樱桃糕

樱桃糕——著

江苏凤凰文艺出版社
JIANGSU PHOENIX LITERATURE AND ART PUBLISHING

目录

第一章 诡宅

腊月初三，天阴欲雪。

东市上却颇为热闹。快新年元正了，米行、肉店、绸缎庄、书肆、马行、胭脂铺子……家家都铆足了劲儿招徕生意，骗子、小偷、乞索儿也勤勤恳恳地穿梭在买卖年货的人群中——大家都要过年啊。

周祈背着褡裢，扛着“卜天问地，指点迷津”的幡子，破旧的灰色道袍外不伦不类地罩了件羊皮袄，手揣在袄袖里，慢悠悠地溜达进东市。

笔墨书肆街的头儿上，一拉溜儿七八个摆摊儿卜卦算命的，都笑着与她打招呼：“周道长来了！”“有日子没见您了，还只当您忙着参悟道法，年前不来了呢。”

周祈叹口气，笑道：“参悟道法，也得过年哪……”

众人都心有戚戚焉地点点头。

见她过来，摆在最中间的“紫微宫传人”和“周公后裔”赶忙各自往旁边挪一挪，空出地方来。

周祈冲二位拱拱手，道声谢，一边寒暄着“今日买卖如何”，一边把摊子展开，又从怀里掏出银丝糖与左右分食。

周祈这个位置，如果天气好的话，能晒到太阳。晒得浑身暖融融的，再捧一碗热热的桂花牛乳小口啜着，美！最好再加上两块刚出锅的红豆年糕……

正憧憬着桂花牛乳和红豆年糕呢，周祈突然眼前一亮：“这位郎君，这位郎君——”

青衫士子扭头，略挑眉：“道长是叫我？”

周祈站起来，甩一甩拂尘，满脸慈祥：“是叫郎君。贫道观郎君风姿特秀、器宇不凡，定非池中之物。然周身似隐有青气流动，一时断不好吉凶，不知郎君可愿意卜上一卦？”

旁边的“紫微宫传人”和“周公后裔”亦点头：“确实隐隐有些青气。”

那青衫士子本迈步要走，听了这两位的话停住脚，看看这排算命的摊子，又打量一眼周祈，走过来：“如此，就请道长帮某卜上一卦。”

周祈面前的破布上放着罗盘、皇历、龟甲、蓍草、签筒、旧铜钱，一堆的鸡零狗碎。“龟甲蓍草之卜，依上古之法，烦琐复杂，要劳郎君多候些时候；抽签和钱卜，近人多行，倒是简便。郎君请择其一，贫道为君卜来。”

青衫士子踌躇着。周祈的目光扫了一圈儿，颇诚恳地道：“其实摸骨亦可。”

青衫士子闻言，看向周祈。周祈微笑着与他对视。

旁边的“紫微宫传人”和“周公后裔”亦互视一眼，倒是不知道周道长还懂摸骨术。

青衫士子淡淡地道：“便抽签吧。”

周祈没摸成英俊郎君的骨，倒也不怎么失望，拿起签筒，请他抽一支。青衫士子伸手取了一支签子，看都未看，直接递给周祈。

签子上是李太白的一句曲子词，“乐游原上清秋节”。周祈甩甩拂尘，温文一笑：“恭喜郎君，这是一支上签。乐游原重阳登高，萧萧肃肃，辽阔高远，恰合郎君气度。”

青衫士子神色不动，微垂着目听她继续说。

“紫微宫传人”“周公后裔”二位亦等着——循着常理，该说“然而”了。先扬后抑，先捧一捧，再吓一吓，大家都是这样的路数。不过，周道长惯常不太爱按常理行事。

果然，周祈没有“然而”，而是顺着道：“秋气肃杀，若论前程，郎君日后怕是要做刑狱官呢。[1]”

青衫士子微眯眼，认真地看了看周祈，点点头，伸手去拿钱袋。

周祈略抬手止住他：“送郎君一卦，全当结个善缘。”

青衫士子却依旧掏出钱袋来，弯腰把卦资放在签筒旁，道声“多谢”，转身走了。

周祈皱一下鼻子，笑了。今天一来东市，便遇到这么个有些特别的俊俏小郎君，运气不错！

“老大，你已经跟那位认识了？”

周祈扭头。

陈小六一只手里举着二三十串羊肉串，另一只手里是纸包的两个芝麻胡饼：“你要的桂花牛乳没有了，我就买了烤羊肉！还热乎着呢，趁热吃！”

想的是甜点，来的是烤肉，周祈倒也不挑，让过“紫微宫传人”和“周公后裔”，便接过一个饼和几串肉，把肉都撸到饼里：“你刚才说跟哪位认识了？”

陈小六目示周祈，周祈与他略往后退了退，站到墙边少人处。

陈小六低声道：“就是昨儿我跟你说的新任大理寺少卿谢庸啊。”

周祈撸肉串儿的动作一顿：“不是……哪个是新任大理寺少卿？”

1　《周礼·秋官司寇·序官》：“乃立秋官司寇，使帅其属而掌邦禁，以佐王刑邦国。”秋天肃杀万物，所以司寇等刑狱官又称秋官。

陈小六挑挑下巴："就刚才那个啊。"

周祈看向那背影消失的方向。

"老大，你不认得他，怎么搭讪上了？"陈小六颇感诧异。

周祈："我搭讪人，还用认得？"

陈小六："那倒是！"

和自己人说话，周祈还是实在的："我适才搭讪的，是英俊小郎君，不是大理寺少卿。"

陈小六半张着嘴，半晌，爹着胆子问："所以，您就穿着洒了菜汤的羊皮袄，嘴上沾着糖渣子，调戏了旁司上官？"

周祈抹一把嘴边，手上是刚才吃的银丝糖……

陈小六捧着胡饼夹羊肉默默地吃，吧唧嘴的声音似乎比平时轻了一些。

周祈笑了一下，这事儿还真是寸！

昨日陈小六去吏部，回来说，遇上了新任大理寺少卿去领敕牒、告身。又听吏部的人说，这位谢少卿在鄜州别驾任上，做得极好，尤其精于刑狱诉讼判审，李相公与圣人特奏请擢其入大理寺。

自己还想着要去拜访探看一下，毕竟免不得要打交道，这回倒是省了……周祈又琢磨自己今儿这卦卜得还真准，还真是个刑狱官！

陈小六把那个饼都嚼完，小声道："老大，叫我看，调戏也就调戏了。你堂堂干支卫一支之长，五品羽林郎将，又比他大理寺少卿差多少？"陈小六越说越理直气壮，"况且你相貌堂堂，拳脚了得，调戏他，我看倒是他谢少卿赚了。"

周祈把饼渣抹在陈小六的袍子上，熊孩子，夸人都不会夸。

干支卫是今上十几年前于南衙诸卫、北衙禁军外另设的一支禁军，旨在"督察四方，纠劾百司，博采民意，直达天听"——简而言之，找事儿的。

干支卫以天干为序，从甲乙至壬癸十部，分驻各州道，甲部负责京畿之地。各部内又按职责以地支排列，周祈属甲部最末位的亥支。

这亥支的职责说来重大——博采民意，其实干的是探查京畿民间异动的活儿。

当这“猪头”，平时倒也颇为逍遥，最怕的是“年关”。

天子脚下，小老百姓都老实得很，能值得皇帝一听的“异动”实在少。国泰民安固然好，却让周祈这亥支的头儿为难——业绩太少，年终述职奏表没法写。

这奏表写不好，丢点儿脸面倒没什么，只怕圣人给“腊赐”时，把亥部忘了……那可就大大地不妙了！更怕，监察皇亲百官的子丑辰巳诸支与朝臣互掐时，皇帝拿亥支这弱小无辜又可怜的出来顶锅塞嘴。

猫吃肉，狗挨揍，忒冤。

所以，这样的时节天气，惯常来摆卦摊儿的两个小子家里有事儿，周祈亲自披挂了来这里“博采民意”，就想着年前是非多，凭着自己的“火眼金睛”，能揪出一二，给这述职奏表再添补些，到时候兄弟们这年也就顺顺当当地过来了。

“不知那谢少卿娶妻没有，若没有——”陈小六犹在念叨谢少卿。

周祈挠挠头，突发奇想：“你说，我要是让人拿个本子，见人就问‘你觉得如今是不是太平盛世’，弄个满是颂词和签名的《万民共享太平长卷》，元正的时候当献礼，怎么样？兴许比我们跟这儿趴到什么大活儿，更能交得了差呢。”

陈小六无语。

周祈想了想，摆摆手，罢了，罢了，我还是接着跟东市装神棍趴活儿吧。

替喜得麟儿的汉子取了名字，为羞答答的女郎算了明年“运势”，帮怀疑头顶发绿的郎君支了着儿，给家里有病患的妇人几句吉祥话并支去了医馆……周祈兢兢业业地为长安城的安宁祥和忙活了半日，眼看太阳西斜要敲闭市钲了，也并没发现什么“异常”。

都是小老百姓的柴米油盐、喜怒哀惧，这里面小猫腻是有的，但周祈不是法曹，又惯常心大，律己甚宽，律旁人也不严，睁一只眼闭一只眼，能过去就过去了。

周祈看看日头，与旁边的“紫微宫传人”“周公后裔”互问着买卖如何，便开始收拾摊子，又与陈小六商量着一会儿从东市带点什么回去吃。

“道长——”

周祈抬起头来。

一个穿灰布衫的汉子直冲周祈走过来。

周祈放下卷了一半的摊子，改拿起拂尘：“施主可是有什么着急的烦难事儿要贫道解一解？”

汉子愁眉苦脸：“让道长说着了。我家主人，便是这东市贩卖花木的赵大郎。他两日未归，家里老夫人和娘子都急坏了。老夫人说她连着两晚做极凶的噩梦，梦里阿郎浑身鲜血，口中喊冤。”

“哦？”听得“鲜血”“喊冤”，周祈目中精光一闪。

被她这样的目光看着，汉子没来由地有些畏缩：“那个，娘子遣我们去亲朋故旧家里寻，并没找到。老夫人在家中吵闹不休，非让去报官。”

周祈温声问：“没有实证，只这梦境，万年县[1]恐怕不接吧？”

州县衙门跟干支卫不同，他们的考绩与发生凶案多少相关，发生凶案多，即便破了，也于年终考评不利。这会子都进腊月了，事情都是能压一压就压一压，能捂一捂就捂一捂，拖过今年再说。

汉子唉声叹气：“道长又说着了！我请托了里正，见了万年县法曹，两句话便被打发了出来。那钱法曹只让我们再去寻，又说我家郎君保不齐在平康坊哪个小娘子那里绊住了，让我们挨家去问问。

“若说旁的郎君三五日不归，或许真是在花娘妓子那里绊住了，我家郎君不会！”

周祈诧异：“你家郎君格外君子端方？”今日见的那位从头发丝儿

1　《旧唐书》卷三八《地理一》云：“都内，南北十四街，东西十一街。街分一百八坊。坊之广长，皆三百余步。皇城之南大街曰朱雀之街，东五十四坊，万年县领之。街西五十四坊，长安县领之。京兆尹总其事。”

到袍子角都无一处不妥帖、神色始终淡淡的大理寺少卿倒有两分这样端方寡欲的味道——莫非现在长安街头流行这一款郎君？

汉子尴尬地咳嗽一声，小声道："我家娘子着实美貌贤惠，阿郎对娘子……这个，好得很，好得很！"这也是请这女冠卜算的缘故，她若去宅里见老夫人和娘子，到底便宜些。若请个男人进宅，日后阿郎回来，定被训斥不会办事儿。

周祈点点头，让这汉子报上其家主生辰八字。

丙辰年……掐指算一算，四十多了，中年夫妇还这般黏糊——莫非老夫少妻？

"可知你家主母的生辰年岁？这凶邪之事，或者是自身命数，或是亲人命数。粗粗算起来，你家主人这命中不当有什么大劫啊……"

汉子为难："这——主母的生辰八字，却不知道。"

周祈略一沉吟，又道："除了命数，阴阳宅的风水气韵若是不佳，亦于主人的运道有大妨碍。"

"道长真是神了！那宅子——确实有些不太平。"

周祈心想，最近自己这嘴啊，还真有点儿铁口直断的意思了。

"我家在升平坊十字街东，盛安郡公府东邻的小宅便是。听说十几年前死过许多人。我家主人买这宅院时，已经荒废了许久，明明建房子用的都是好材好料，却修葺一番，才住得人。"

"平时住着，可有什么异常？"周祈问。

"这却不曾……我是听同坊的邻人说，在我们搬来前，逢七月半，宅院中便似有人语，又有纸钱飞舞。"汉子搓搓胳膊，"不能想，想多了还真有些怕。"

"那当日为何买这凶宅？莫不是被中人骗了？"

"这宅院便宜啊。当时阿郎问过老夫人和娘子，都说不怕，这宅院又委实便宜，阿郎便买了下来。"

闭市钲响，周祈领着陈小六与这算卦的汉子一同往东市外走。一边走，一边闲聊，又约定明日去升平坊看看宅子，见见其老夫人和娘子。

谁想第二日到了升平坊，周祈没见到这赵家婆媳，却先见到了京兆

少尹崔熠和那位有些端方寡欲味儿的谢少卿。

被仆人领着一进前院，周祈便看见在那儿乱转的崔熠。

周祈走上前去，笑道："崔郎君，贫道有礼了。"

崔熠见到她，笑起来，顺着她叫"周道长"："周道长——鼻子很灵啊。全长安城哪里有点儿风吹草动，你都知道。"

有昨天的教训，又因为要进别人的家门，周祈今日拾掇了一下，羽衣道袍莲花冠，颇有两分仙风道骨。周祈甩一甩拂尘，自得地一笑："好说好说。"

"长公主殿下身体安康？"周祈又问。

这位崔少尹系寿康长公主之孙。今上兄弟一堆，然而长成年的姊妹只有这位长公主。今上刚登上大位时，众王过得颇为艰难，这位长公主却一直滋润着。长公主滋润了几十年，育有一子一女，这一子又有一子，便是面前这位。

崔少尹既是皇帝近亲，又不似同姓诸王那般被皇帝忌惮，快快活活地长这么大，是长安纨绔中排名第一的愣头青，五陵少年里最单纯的小可爱。

前些日子长公主身体欠安，他每天在家侍疾，怎么今天逛出来了？

"多谢惦记，家祖母大安了。"挥退左右，两人凑在一起说闲话，崔熠咂着嘴道，"幸亏我回来了。你说老郑他们怎么就不会算数呢？拖着捂着，能拖没了？左右今年也就这样了，赶着在今年内结了案，明年若老天垂怜杂事儿少，考绩还能好些也不一定。"

周祈竖起大拇指："要说明白，还是崔少尹！"

崔熠笑了，又突然想起什么："你上回帮圣人驯那鹰委实是好。有个回鹘人，说能弄到极好的鹰，你教教我怎么驯鹰吧？"

周祈笑道："这有何不可？等你的鹰到了，告诉我一声就是。驯上一回，你就会了。对了，马贩子豪丹利新到的大宛马，你去看了没？我昨日听说，还没来得及去看。"

"上佳的不多，不过有一匹白马，颇为神俊。我一个汉子家，骑它太娘气，你骑倒合适，飒爽英姿的小娘子……啧啧，好！"

周祈让他夸得笑起来，我们小崔就是会说话！

两人正说得热闹，听得脚步声。周祈抬头，是谢少卿，身后跟着差役和赵府奴仆。

差役和赵家奴仆都远远地止住脚。谢庸近前，周祈行道家礼。

崔熠笑道："你又作怪！"然后对谢庸道："你不认得她，她就是——"

"干支卫甲部亥支长周将军。"

崔熠："你们认识？"

"昨日周将军为我卜了一卦。"

周祈把拂尘换只手，笑着问："不知谢少卿是如何认出下官的？"

"一个年纪轻轻的坤道在东市龙蛇混杂的卜卦者中居于正中最好的位置，且两侧卜卦者对其多有逢迎，恐怕不是因为周将军道术上乘吧？"

崔熠先笑了，打趣周祈："露了行藏了吧？"

"况且崔少尹亦跟某提起过周将军，对照一下，认出来倒也不难。"谢庸淡淡地道。

对照自己昨天那散漫德行的样子认出不难？周祈扭头看崔熠，咬牙笑着问："不知崔少尹是如何提起下官的？"

崔熠紧紧闭着嘴，又用手指点点谢庸。

周祈横他一眼，挥挥拂尘，走去赵家内宅。谢庸负着手，若无其事地朝门外走去。

崔熠悻悻的，友情的小舟，真是说翻就翻了。

周祈进了赵家后宅。一个小婢瑟瑟缩缩地等在门边儿，见她过来，上前行个礼，许是见生人少，讷讷地喊声"道长"，便低着头带路。

小婢子穿一件式样老气的烟色短袄，袄子有些窄小，下面接了一截儿，饶是这样还戴着袖套，对这衣服爱惜得很。

周祈温声问她是老夫人身边的，还是娘子身边的。

小婢嗫嚅："家里不分这个，也在厨下帮忙，也洒扫，也给老夫人

做些针线。”

周祈惊异：“针凿炊煮都会吗？这般好？”

小婢涨红了脸，害羞地一笑。

这宅子不算大，几步便到了主屋正堂前。堂前阶下的花圃里种着葱，这个时节葱已经枯黄干巴了，只等明年春天结葱籽儿。

长安百姓多风雅，阶前爱植好看的花木，周祈难得见到这般跟自己一样拙朴的——她曾在干支卫衙署摆设的一个东汉盆盂里种过蒜苗，长得颇旺，炒鸡蛋吃香得很。再想到这家是做花木买卖的，周祈就觉得更是难得了。

一个身材矮小、枯干的老妇迎了出来。

周祈知道这定是赵大郎的母亲，便甩一下拂尘，行礼，口称“老夫人”。

赵母打量了周祈一眼，请她去屋里坐。

周祈坐在榻上，亦打量赵母。这老妪头发梳得一丝不苟，穿件与小婢身上那件式样差不多的绛色袄子，腕上套一对粗大绞丝银臂钏，许是挨着皮肤戴嫌凉，只套在袖子外面，眼皮垂着，嘴唇极薄，嘴角旁是深深的竖纹，整个人似一颗头尾俱尖的枣核。

“听奴仆说，道长与外面官府的贵人认得？”

周祈微微一笑：“曾替京兆府的崔郎君解过惑，他倒是极信服贫道。另一位是大理寺的谢郎君，昨日才为他卜了一卦。”

赵母缓缓地点点头。

“听贵府的人说，老夫人这两日发极可怕的梦？”

赵母从袖中取出帕子来抹眼睛：“道长帮我儿看看，那梦委实凶得很。梦里，在个黑洞洞的地方，他满身鲜血地喊冤。”

“梦里还有什么？”

赵母摇头：“没有旁的了。”

周祈点点头。

“道长道法高强，又与那官府贵人们有旧，万请帮忙！我儿只怕是——凶多吉少了。”老妪说着，突然放了悲声。

这时从屋外匆匆走进来一个年轻娘子。

周祈的眼前一亮，这娘子二十出头的年纪，柳眉杏眼，腰肢窈窕，玉色短襦，半新的石青长绵裙，挽着条宝蓝织锦帔子，虽家常，却很雅致。

“阿家，你又哭起来了。跟你说过，郎君定然没事儿的。”一口极好的雅言，与老妪山南道的口音不同。

赵母停了哭声，拿帕子擦擦眼睛，阴沉着脸，并不说什么。

周祈与这小娘子相对见礼。

“依贫道看，老夫人和娘子无须太过担忧。贫道给赵郎君推算过生辰八字，赵郎君七十岁时还有一步红运呢，怎么也不是个早夭的命数。”周祈劝道。

“当真？”

“真的？”

赵母与赵家娘子同时问。

“当真！只是——生辰八字是先天命数，这譬如一棵树，苗子是极好的苗子，若是土地贫瘠，气候不佳，甚或有虫害……那便是后天的命数不好了。人亦如此。本身的德行操守，近亲的命格气运，屋舍祖坟的风水，若出了差错，皆于其命数有大妨碍。”周祈话锋再转，“然我观老夫人和娘子面相，都是极好的，莫非是……”

赵家娘子摇头，拿帕子掩嘴清清嗓子：“我家宅院虽有‘凶名’，住了这几年也并没见有何异常处。”

“这却难说！”老妪幽幽地道。

周祈看着赵母：“哦？老夫人是看到、听到了什么？”

赵母抿抿嘴，半晌道：“只是觉得有些阴寒。当日真是不该买这宅子啊……”口气中浓浓的悔意。

门外奴仆来报，说官府的人走了。

赵家娘子站起来：“有官府的人帮着寻，兴许郎君明日就回来了呢。我们如今不过是自己吓唬自己罢了。”

周祈微笑一下。

赵母突然道：“你去把继祖抱来让道长看一看，于他阿爷有没有妨碍。”

赵家娘子愣了一下，看看赵母，终究行礼答“是”，又请周祈稍候。周祈对其颔首，也看一眼赵母，若有所思地皱皱眉。

不大会儿，赵家娘子便抱了一个婴孩来，一岁多的样子，长得可爱，在小被子中睡得正香。

周祈端详端详这孩子，对赵母笑道：“相貌也极好，于其父母没有什么妨碍。”

赵母点点头，似是累了地挥挥手：“抱回去吧。”

赵家娘子再行礼，便把孩子抱走了。周祈又问了赵母几句，见没什么新鲜的，便提出在宅中转转。

赵母要亲自领她看，周祈道：“不敢劳动，老夫人遣一小婢指路即可。”

带周祈进来的那个婢子便接着领她在宅子里逛。

这宅子着实不大，前宅后院，外加两个跨院，最后面还有个小园子。从前的主人是个雅致的，小园中花圃、小池、摆棋盘的石案子都有，只是如今都荒废了。花圃的牙子砖拆了大半，改了菜畦；池塘已经屯上，若不是还剩了个石头沿子，便看不出什么来了；石案子倒是还在，石榻却已经裂了。

周祈指着后园一处屋子笑问：“这里还有一间小花厅？”

她走近了看一看，这间花厅不似与前面屋子一样重新修葺过，但门前还算干净。

“家里用不着，便没有修，只打扫打扫，娘子夏天图它凉快，偶尔来午睡，旁的时候也来看看书，坐上一阵子，说在这里心静。”

看看一园子的菜畦，周祈点点头，嗯，是心静。

后院有门，挂着大锁。周祈仔细看看，都锈住了。

婢子小声道：“听说从前人就是在这后门外死的，郎君让把这门锁了，一直也没开过。”

周祈“哦”了一声，点点头。

周祈觉得这园子自有一股美感，便在园中又转了一圈儿，一边转，一边与小婢子聊天。不过是聊些“几时来赵家的”“赵家老夫人、郎君还有娘子待你好不好”“宅子里奴仆几个，脾气怎么样”“郎君待娘子好不好”之类的闲话。

婢子有些口拙，不太爱说话，但许是见周祈面善，说着说着便放开了。

“郎君待娘子好着呢。”婢子抿嘴一笑，“若娘子与哪个男人说话，郎君便会呷醋，所以我家娘子极少出门。”

周祈笑了：“果然这般待娘子好的郎君极少！你家娘子也是好的，他们这样的，从不吵嘴吧？”

“不——”小婢子停住，沉吟了一下，“我前几日扫院子时，隐约听到郎君与娘子口角了。”

“这般好的夫妻还口角，为着什么呢？”

“他们声音低，我只听得‘有人’什么的话。”

周祈点点头，笑道：“许是有人买你家花木没给钱，你家阿郎与娘子抱怨，娘子也与他一同抱怨，你听成口角了也不一定。”

婢子皱着眉，想摇头，终究点了点头。

回到赵母处，周祈说这宅子确实有些阴气，还需自己回去设个坛作个法问一问。赵母拿出一袋铜钱给她。

周祈甩甩拂尘，微笑道：“等令郎回来之后，再给不迟。”

赵母顿了一下，点点头：“还请周道长也帮着问问官府的贵人们。这一袋子钱不算什么，除了这个，我还要重重地谢你。”

周祈道谢告辞。出了赵家门，正拟转去后面看看那“极凶”的后门外是什么样儿的，谁想一眼看到崔熠、谢庸正与盛安郡公说话——他们还没走呢！

盛安郡公的先祖是开国功臣，过了这许多年，开国功臣也只剩了这一家，听说从前也被夺过爵、抄过家，后来又发还的，只是已经元气大伤了。

这两代的盛安郡公都老实得很，总怕帽子哪一天被皇帝拿了去。这

会子估计是看到崔熠小霸王在升平坊，唯恐是自己惹了什么麻烦便去打听，或者只是去赔个笑脸混个见面人情的。

盛安郡公穆咏其实颇为年轻，也就二十五六的样子，长相也极好，只是有些“软”，与旁边张牙舞爪的崔熠和冷淡中带着些坚硬的谢庸比，像个——八月十五街上卖的糯米兔子。

周祈从另一边绕去后巷，一边走一边想，那么崔熠就是元正的糖画老虎，顶着兽王的名头，其实甜滋滋，还有点儿粘牙；而谢少卿嘛——大概是端午节的粽子，看着好看，闻着也香，真吃起来，恐怕不好克化。

周祈绕到赵宅后门外，眼前竟是一条明渠，渠道蜿蜒，水都结了冰，两岸栽了杨柳，若是春夏，这里景致应该很不错——只可惜凶名在外。

周祈回头看看赵家后门，在心里捋自己知道的事情。

盛安郡公府旁的“凶宅”，住着小花木商人一家，四十余岁的男主人，花容月貌的年轻娘子，一个精明老妪，一个婴孩，两个男仆，两个婢子，另有一个看门的老叟。

当日，赵母与娘子带奴仆、婢子去青龙寺上香，赵大与往常一样走去东市其卖花木的铺子，便再没回来。然后赵母便做了凶梦……还有今日所见……

对面有两个半大孩子扛着钓竿，拿小镐吭哧吭哧地凿冰窟窿。

周祈多事儿，冲他们喊：“今天这么冷，连个日头都没有，鱼也懒得动，白冻你们两行清鼻涕。赶明儿个天好了，再来钓。”

其中一个看看另一个，两人说了句什么，便接着闷头凿，并不理会周祈。

周祈笑骂道：“小孩崽儿，不听老人言，吃亏在眼前！”

崔熠和谢庸走过来。

“哟，都学会欺负小孩儿了？”崔熠笑道。

“这是前辈教给他们道理呢！就这水里的鱼子鱼孙，不知道让我吃了多少。”

崔熠看看她，满眼的“你又胡扯”。

周祈对这种不学无术的从来不手软嘴软：“这应该是永明渠的一段，往北连通到龙首西渠，往南顺到曲江，兴庆宫的龙池之水就来自龙首西渠。”干支卫的驻所衙署就在兴庆宫龙池西南角，周祈祸害了多少龙池里的鱼，自己还真说不清。

谢庸听了周祈的话，顺着渠道往北看去，又回过头看看赵家关着的后门和不远处的盛安郡公府。

崔熠被挤对两句，全不当回事儿：“听说兴庆宫的鲈鱼都是四腮鲈，还是先太子从松江弄回来的鱼苗，当真吗？”

周祈遗憾地摇头：“我是没钓到过。兴许是水土不服，养不活吧。”

崔熠却又嘴欠：“兴许是你们兴庆宫阴气太重……”

周祈却笑道：“哦？那你认为本案也是这凶宅吃人，让赵大平白无故地不知道死在了哪里？”

崔熠满脸自得：“这都看不出来？什么宅凶？这分明是人凶！

“一个买卖花木的小贩，身上能有多少钱值得人为谋财害他？听其奴仆说，赵大虽与同卖花木的偶有摩擦，却没什么大仇敌，故而也不会是仇杀——那就剩下情杀了。”

周祈点头。

看周祈同意，崔熠越发来劲儿：“赵大四十多了，听说其貌不扬、身材瘦小；那赵家娘子呢，虽不是豆蔻年华、倾国倾城，可也算个美人吧？”

周祈只看着他表演。

崔熠转向谢庸：“是吧，老谢？”

谢庸负着手，半垂着眼帘，也不说话。

周祈“哧”地笑了。

崔熠的本事在于没人给梯子，也能自己下去：“听说那娘子通文识字，能弹琴赋诗。我问了赵家奴仆，赵大斗大的字勉强认得三筐两筐的。容貌、才情、年纪都相差如此之多，那小娘子能心甘？这妇人心

啊……”崔熠停住嘴，“阿周，你不在此列。”

周祈似笑非笑：“我们小崔少尹如今是越来越会说话了。”

崔熠一指谢庸：“拜谢少卿所赐。”说完自己先笑了，嘿，终于报了先前在赵家前院的仇。

周祈看看那位微皱着眉不知道在想什么的谢少卿，叨咕一句：“近墨者黑。”

谢庸或许听到了，或许没听到：“赵大是巴州人，从前家境贫寒，在码头上扛过麻包，给人赶过车、看过铺子，后来与人学侍弄花草，往来长安与洛阳之间，以贩卖花木为业。其妻则自言曾是洛阳信阳侯家的婢女，被放了良。两人三年前结缡，随即在长安买屋定居。”

崔熠道：“这就更对了，一个见惯了公侯家做派的婢子，能受得了赵家这样的穷酸？”

周祈易服而来，没法像他们这样直接讯问，只能旁敲侧击，但旁敲侧击有旁敲侧击的用处：“我听婢子说，赵家娘子与赵大郎在前两日曾有口角，其中有字眼‘有人’；又，赵母对其孙并不亲近，按说这个年纪才得一孙，该待若至宝才对。”

崔熠以拳击掌：“故而，肯定是那小娘子在外面有人了，被赵大得知，才生口角。也因此，赵家老妪怀疑这不是自己的亲孙，而是奸生子，这如何还亲近得起来？”

崔熠掐着腰，看看周祈，又看看谢庸，嘿嘿两声：“我把话撂在这儿，这肯定是个谋杀亲夫案！”

“赵母颇为精明，赵妻鲜少出门，这奸夫从哪里来？”谢庸缓缓地道。

“赵母一口咬定其子已经遭遇不测，难道仅仅是因为那个凶梦？你真信有凶梦喊冤这种事儿？”谢庸又道，“此案疑点颇多，还是莫要先入为主的好。”

崔熠想了想，咳嗽一声：“固然还有些疑点，但我依旧觉得那小娘子最可疑。”

谢庸转头问周祈：“周将军可知道这处凶宅的掌故？”

周祈这种满长安城流窜找事儿的，确实知道些：“这宅子凶不凶不好说，那边的盛安郡公府才真凶。那里曾是当年戾太子之太子妃娘家秦国公府。当年太子坏了事儿，秦国公府被查抄，满门男丁都没剩下。”

戾太子案发生时，崔熠还穿开裆裤呢，后来只简略地听过几句，这是头一回听说盛安郡公府曾是太子妃娘家秦国公府：“难怪今天穆咏格外小心翼翼，估计是听了赵家‘凶宅’的事儿，怕牵扯到他头上去。还真是个树叶子掉了怕砸脑袋的。”

周祈说自己的理解：“这样的大案，极容易波及旁处，这宅子的凶名或许就源于此。”

周祈与谢庸对视一眼，周祈知道他明白。

谋反大案，都是死罪，有几个束手就擒的？免不了要逃、要打，上面下的又往往是“格杀勿论”的令，当时的升平坊肯定刀光剑影、血流成河，波及周围邻居家，太正常了。婢子说人就死在这后门外，再想想这条河，还有什么不懂的？

“哎，哎，做什么眉目传信？欺负人是不是？”崔熠不满。

谢庸垂下眼帘。

周祈笑了：“知道为何欺负你吗？”

谢庸转过身去，看那两个垂钓的孩子。

周祈也回头看看那两个孩子：“要说鲈鱼，还真是冬天的最好吃。鲜，嫩，干净，不腥，最适合切鱼脍，再配上一壶新丰酒……”

崔熠哼笑一声，看看她，又看看谢庸：“走吧，东市丰鱼楼？”

周祈弯起眼睛，嘴上却假装客气：“又让你破费……这坊里十字街西好像就有些酒肆食店，不如就近吃些算了。”

崔熠正要说什么，谢庸点头：“就在坊里吃吧。”

不似周祈的假客气，谢庸的话带着些“就这样吧”的意味。

果然，崔熠点头：“也行。”

周祈自认不算特别馋，只是那丰鱼楼的鱼格外好吃。那鱼脍片得薄薄的，浇在上面的金齑子咸香中带着酸甜，听说里面掺了南诏国的野橘汁，别处再没有这样的味道——自然，这样的鱼就格外贵些。

周祈每月月中发了薪俸，总要去吃上几回，到月初，就不大去了——非是不想去，而是没钱去。

周祈也奇怪，怎么钱就这么不经花呢，我也没买什么啊。可见是如今的东西太贵了。

比如前几日买了根犀角镂银马鞭，犀角也不是顶好的犀角，只镂刻精巧些，竟然就要八万钱！

周祈觉得太贵，走了，过后再看别的马鞭，就有点儿不大入眼，因那是个孤品，又怕被别人买走了，转了一圈儿又走回去。与那卖鞭的胡人鸡同鸭讲地还了半天的价，终于抹掉了二百文，周祈心里得了些安慰，把那根鞭子请了回去。

周祈算算还剩下的薪俸，大约能撑到月中吧？

“老邵在永兴坊有处宅子想卖，他那园子里种的芍药颇能看，我帮你问问？”崔熠道。

谢少卿要买宅子？永兴坊老邵——明阳侯邵齐？那么大的宅院……啧啧，有钱人啊。周祈心里冒起酸水儿。

“邵侯的宅子太大，我买不起，也逾制了。你帮我打听着，两三进的小宅即可。”

周祈的酸水儿瞬间少了。

崔熠想起什么似的转头看周祈：“这个就得我们周道长帮忙了。你对京里熟。”

三人走进一家门口幌子上画着鱼的小酒肆，许是因为天气不好，虽是饭点儿，店里却只有一两个散客。

跑堂本在慢腾腾地擦桌子，突然见到两位长相极出色的郎君，又有一位妙龄美貌女冠，不由得神色一振，听过的浑话故事都涌入了脑子，面上却极为殷勤客气：“三位客人请这边坐。”

周祈一边往里面座位走，一边道：“要买屋舍，谢郎君且再等几天。过了年，官员们致仕的致仕，外任的外任，士子们也考完出了榜，该远游的远游去了，那时候房子才好找。”

谢庸点头道谢。

崔熠亦道："果然该问你。"

跑堂的听他们的话音儿，不免有些疑心，这美貌女道士与两位郎君，似不是那般关系？

周祈不知道自己一个卖艺的被当成了卖肉的，犹笑道："最关键，得打听清楚，莫要买了不干净的凶宅。是不是，小兄弟？"最后问的是跑堂的。

跑堂的点头笑道："客人说得是。"然后不等周祈再说什么，便主动道，"可不能买了街东赵宅那样的。几位听说了吗？那赵家出事儿了。"

周祈道："隐约听说了。说是那郎君几日没回来，其母做了极凶的梦，疑心他出了事儿。"

跑堂的一边重新擦周祈他们面前的食案，一边道："我看，那赵大郎八成是回不来了。他家那宅子，凶得很。从前那宅子空着的时候，一到七月半——"

店主人走过来，斥道："又胡说八道！等赵大来找麻烦，我只把你丢给他。"

又对谢庸、周祈等笑着解释："客人们莫听他瞎说。这个小子舌头长，不知道惹了多少事情。那赵大又有些爱较真儿……"

周祈笑道："店主也太小心了些。那赵大能不能回来……我看难说。"

店主人看看谢庸、崔熠，一脸不好跟周祈说的尴尬样子："这个，郎君们，几日不回家，不是极平常的事儿吗？"

周祈懂，他认为赵大是让花娘妓子们绊住了，正待细问，却见那位谢少卿嘴角微翘，侧头挑眉问道："赵大相好的那位娘子很是美貌？"

想不到那张冷淡的谪仙脸竟然能做出这般风流轻佻样来……好在周祈见惯了风浪，赶忙拿茶盏掩住自己半张的嘴。崔熠则彻底让谢庸的样子惊呆了。

店主人一副这怎么好说呢的神情，到底低声道："我也只是在平康坊东门见过他与一个小娘子从外面回去。那小娘子——"店主人看看周

祈，“不过就是年轻罢了。”

店主人神色又正经殷勤起来：“今日敝店有极好的鲈鱼，渔人从城外河里凿窟窿钓的，为客人们蒸上来？或是片了鱼片，放进羊汤里滚熟，撒些胡椒，倒也鲜香，又可以驱驱寒气……”

崔熠点了饭菜，店主人满脸堆笑地退下。

崔熠看谢庸，谢庸又是那副不食人间烟火的样子了。

“老谢，你是怎么知道这店主人见过赵大在外面相好的小娘子的？”

“诈一诈而已。他之前说‘等赵大来找麻烦’的口气太过笃定。”谢庸淡淡地道。

崔熠与周祈对视一眼，两人都端起茶盏喝茶。过了片刻，崔熠道：“所以‘有人’的，原来是赵大……”

到底在店里说话不方便，看跑堂的过来，崔熠等也就住了口。

跑堂的端了冷切羊、拌醋芹、糟鹌鹑之类下酒小菜来，说别的菜肴很快就好，又把烫好的酒倒入小壶，分放在三人食案上，谢庸却摆手。周祈诧异。崔熠代为解释：“他不饮午时酒，咱们喝咱们的。”

周祈笑了一下，本朝人爱酒，有些人朝食都喝，如谢少卿这样在酒上自律的人倒是少见。周祈算不得爱酒，但是有冷切羊，有糟鹌鹑，一会儿还有鱼脍和炸肉圆，这种时候没有酒，似乎缺点儿什么。

周祈与崔熠且吃且饮，偶尔谢庸也以茶代酒与他们喝一杯。

周祈喝了酒，就更放纵一些。她歪着头看谢庸津津有味地吃茱萸[1]鱼鲊，那想来是他极喜欢吃的，嚼的时候眼睛微眯，享受得很。

周祈的食案上也有，夹一块，啊，辣得很。原来谢少卿爱食辣……

然而周祈发现谢庸只吃了两块鱼鲊便不再吃了，开始拿勺喝起寡淡的菜粥来。

看看自己桌案上已经空了的鱼脍盘子，周祈觉得自己与这谢少卿大约不是一个品类的人。再转头看看那边吃了几个鱼头的崔熠，周祈释

1 千年以来，茱萸一直是中国餐食六味中“辣”味的主要来源，直到明朝中后期辣椒传入中国，茱萸才被逐渐取代。

然，好在还有这兄弟是一伙儿的。

酒肆门前，崔熠看看街东：“我再仔细问问赵家奴仆和其邻人故旧，让人去平康坊找找。要是在那里找着，看某不拧断他的脖子。”

周祈笑道：“那可真是大案了。惊！京兆少尹白日街头行凶，却原来是……”

崔熠“嘁”了一声，也笑了：“那时候我们老郑心里不知道该怎么笑呢。”

周祈做推心置腹状：“崔啊，说实话，你真是像我们干支卫派到京兆府的细作。”周祈都有点儿同情郑府尹了，手底下有这么个唯恐治下不乱的人。

崔熠想了想，竟然点头：“还真是……”

周祈越发笑起来。

崔熠又对谢庸道：“老谢，今天白让你跟我瞎跑了半日。”目前这只是个失踪案，且不到移交大理寺的级别，请谢庸来，纯粹是崔熠的私人交情。

谢庸却摇头：“这事儿怕是没那么简单，你且去找吧。另外让户曹翻一翻旧档，找找当年秦国公府出事儿时这宅子的主人。”

周祈亦拱拱手：“能者多劳啊，崔少尹，有事儿知会我一声儿。”干支卫毕竟只是“监察”，亥支本来人就不多，又都撒了出去，干这活儿的正主儿还是京兆府。

崔熠对二人拱拱手，又返回赵宅。

周祈看谢庸，一双醉眼目光流转，学着他在酒肆内那轻佻风流的样子：“再会，谢少卿。”

谢庸抿抿嘴：“再会。”

不远处的奴仆牵马过来，谢庸翻身上马走了。

又调戏了一回隔壁上司的周祈心满意足，甩一甩拂尘晃荡回去，自觉脚下走出了几分凌波微步、罗袜生尘的仙气。

周祈经过东市，拐进去，问了问赵大铺子旁几个同样卖花木的，并没什么新鲜的，只再确认了赵大是个有些小气、较真儿的人，不招人喜

欢，却也没什么要命的仇家。又转去平康坊，找自己的人，让他们盯着点儿，随时回报。溜了大半天的腿儿，才回到干支卫署衙。

周祈是同意谢庸的话的，这事儿恐怕没那么简单，在平康坊找到赵大的可能性不大。

第二日是初五，有常参朝会。从前其实是每日上朝或隔日上朝的，但今上上了年纪，只逢一、五才有朝会。不管几日一朝，都不与周祈相关，哪怕是大朝会，干支卫也不参加。

周祈觉得这样挺好。朝中没有女官，只干支卫中有几个。因干支卫是皇帝私人禁卫，不与其他官员一体，朝臣们也就睁一只眼闭一只眼了。若周祈等与他们一样站班上朝，朝臣们这眼恐怕是想闭都闭不上，平白多了多少麻烦——只是不能当“朝臣”，干支卫其他诸将不大乐意。

干支卫的驻所衙署在兴庆宫龙池西南角。未登基前，今上在兴庆宫住过，后来先戾太子又住在这里，他坏了事儿，没有新的太子，这宫苑就荒废了。后来组建干支卫，圣人便把干支卫塞在了兴庆宫南面园子的一隅。

周祈正在衙署里咬着笔尖琢磨年终奏表，不远处陈小六用火箸子拨炭盆里的烤芋头，另一边的赵参则在记账算账，据说记录每日花销就能剩下钱来，外面还有个段孟在冬练三九。

周祈在榻上，一会儿盘坐，一会儿箕坐，挠挠头，抠抠脸，等到太极宫那边散朝的钟鼓都响了，也只憋了三五行出来。

周祈抬手拿茶盏，喝一口，凉了，扭头看看那边的陈小六和赵参，周祈找碴儿：“小六赶紧把你那爪子消停消停，你这么翻着，一天也熟不了。老赵，我上回按你说的记账，也没剩下钱，你这办法行不行？”又张嘴喊：“段大郎，你要是把那棵老梨树弄死，我跟你没完。”

陈小六老老实实地把火箸子放下，不跟这女魔王犯戗。外面踹树、拍石头的声音也轻了些。

赵参一脸的无奈，周老大就是天生的败家子儿，有俩花仨，头半月一掷千金，后半月喝风吃土，大多数时候荷包比脸还干净。上回花得狠了，连着吃了好些日子的干支卫公厨，估计实在受不了了，说也要学着记账，结果一共记了四天就把本子扔在了一边。拿着新发的薪俸，说什么反正花的都是该花的，不费这劲儿也罢，嗬，这会子又质疑……

找完碴儿，周祈清爽了些，接着埋头琢磨怎么夸大其词、文过饰非，涂涂抹抹，好赖又写了两行。

外面传来急急的脚步声，周祈停住笔。

“老大！平康坊出事儿了。”是周祈放在平康坊的齐三。

周祈与齐三奔平康坊，路上碰到崔熠派来通知自己的人，周祈知道崔熠、谢庸已经到了，想是下了朝直接过去的。

周祈骑马来到平康坊东回北曲一个叫翠影苑的院子外，这是一片稍微大些的空地儿，植了一棵梧桐，几竿竹子，又有石台、石榻。

平康坊与旁处不同，即便不是南曲那样高级妓子住的地方，也注重“风雅”，门前屋后多爱造景。你别说，若是夏日，在树下、竹边坐一坐，听娘子们弹弹琴，着实不错。此时却没有什么娘子、琴声，只见一圈衙差，最外则是些看热闹的闲人。

京兆的衙差认得周祈，为她开道。围观的闲人让一让，惊诧地发现来者是位标致女郎，二十上下年纪，雪白的脸儿，杏子眼，一双极英气的剑眉，椎髻胡服，手里拎着马鞭。浪荡子们不由得眼前一亮，然而被她似乎开了刃的目光一扫，刚冒头的绮念立刻缩了回去。

周祈踏着衰草，绕过几竿深绿的瘦竹，来到崔熠等的近前。崔熠手里拿着个荷包端详，扭头见是周祈，笑道：“你来得倒快。我们也才到。”

那位谢少卿正蹲在尸首旁，查看其手掌。周祈对崔熠点点头，蹲在谢少卿的对面：“没头的？”说着撩起一角盖在尸首上的单布。

嚯！齐三只说是没头的，没想到还是个一丝不挂的。

谢庸皱眉看一眼周祈，点点头，接着端详那只手。

这尸首身材不高，略显干巴，脖颈上的断口像是用刀砍的，中间有个茬儿，似乎砍时停了一下，算不得多么利落——但是干净，流血极少。

现场也干净，周围没有血迹，亦没有打斗的痕迹，只除了踩踏过的草，还有不远处的溺盆儿和结冰的黄尿。

不远处有个老叟，颤颤哆嗦的，被衙差看着。再看看这竹子小路尽头的茅厕顶，不用问，周祈也能猜到，这老叟约莫是妓馆看院子的，起来倒溺盆时发现了尸首。

平康坊东回三曲住的都是妓子们，这里的作息比长安城其他地方得晚两个时辰，这尸首又有几竿竹子掩着，故而这会子才被发现。

崔熠走过来：“看出什么来了？”

周祈摇摇头：“尸首这般干净，是为掩盖行藏身份，在别处砍了头，又收拾过，挪过来的吧？”

崔熠点头：“我看也是如此。”

谢庸撩起一些盖尸首的单布，低着头仔细看尸身：“有此可能。不过，这个天气若尸首冻住再斩其首，不流血也说得过去。”

“先杀再斩？”崔熠看他，“多大仇？多大怨？这一拨长安凶徒这么狠吗？”

周祈道：“关键，为什么要冻住再斩其首？就为了少流点儿血？掩盖行藏也不用这么费事儿啊。”看看谢庸那似乎格外整洁的官服，周祈又觉得，或许是有这种人的吧。

谢庸皱皱眉，没说什么。

崔熠把那荷包塞给周祈：“你看看这个。在那边石榻下找到的。”

这是个颇精致的荷包，湖水绿的底子，上面绣着鸳鸯戏水。在平康坊这种地方，鸳鸯荷包若挨个儿摆开，大概能把这片空地放满。

“这是益州绢，上好的料子，一匹就要七八万钱。”周祈也只能看出这些。

看谢庸也站了起来，周祈便把荷包递给他。谢庸正反都看过，又拿到鼻子前闻一闻。

崔熠问：“针线绣法呢？”

周祈嘬了一下牙花子：“你看我像懂绣法的人吗？是什么让你产生这种误解？”

崔熠看向谢庸求认同。谢庸淡淡地道："你是不该问周将军。"

崔熠瘪瘪嘴，拿回那荷包："我回去让婢子们辨一辨。"

周祈挑起眉头看向谢庸，他这"向着"自己说的话，怎么让人听了这么不高兴呢？

"少卿，某来了。"大理寺的胖仵作连呼哧带喘地奔过来。谢庸点点头："你去看看吧。"

崔熠与周祈、谢庸简略通报了此间的情况，果然与周祈所猜不差，是看院子的老叟发现的尸首，目前唯有的一个算证物的东西就是这个空荷包。

平康坊这种热闹复杂之所，一个没穿衣服的无头男尸，一个不知道主人是谁的空荷包……

周祈突然问："你查那赵大查得如何了？"

崔熠看她："你不会以为这是赵大吧？虽然赵大身材瘦小，但矮瘦的人满街都是。况且他失踪几日，要死早该死了吧？昨晚死……也太凑巧了些。"

"等仵作验过，让赵家人认认吧。"谢庸道。

仵作吴怀仁撑着双膝站起来，跺一跺蹲麻的腿，对谢、崔、周三人叉手道："据其血坠[1]，推测此人约莫死于昨晚亥时至子时；全身只有一处伤口，便是脖颈处，观其切口，凶器当是刀，而非斧剑之类。切口处有接茬，执刀之人，似略有迟疑，或不甚熟练，抑或力有不逮，缘由不好揣测。

"地上未见喷射血，这尸首又委实干净，某推测，此地恐非案发之处。"

崔熠拍掌："我刚才与周将军也是如此说，偏你们谢少卿要抬杠，说也可能是先冻住再斩其首。"

吴怀仁虽胖，却不笨，口才与肚子一样圆融："崔少尹与周将军所

1　血坠：尸斑。

言固然不差，我们谢少卿说的亦有道理。看这男尸的皮肤和身体状态，先冻住再斩首也不无可能。”说到那身体部位时还对周祈带些歉意和尴尬地行了个礼。

崔熠皱眉：“你说这人是冻死的？”

“冻亡者有此症状，不意味这人必然是冻死的，这个天气，别的死法，亦可能有此症状。我们少卿说的本也只是一种可能。”吴怀仁对谢庸行礼，“谢少卿不因断首明显之伤而放过其他细微之处，委实细致严谨啊，下官佩服。”

崔熠与周祈对视一眼，在彼此眼中看到了羡慕嫉妒等若干情绪。

崔熠是羡慕居多，京兆固然拍马者众，然蠢笨者居多，有此水准的何其少，时常还需要自己给他们兜底。

周祈是嫉妒更多些，想想笑话自己穿破羊皮袄嘴上挂糖渣子的陈小六、眼睛里总是控诉“你这个败家子”的赵参等，周祈觉得很应该拉他们去大理寺看看。

于这响亮的马屁，谢庸却恍若不闻：“还有吗？”

吴怀仁忙道：“尸身有酒气，其亡故前约莫饮过酒。余者，实在看不出什么来了。这尸首被处理得太干净。”

谢庸点点头：“有劳。”

虽则尸首是大理寺的人验的，但京兆还未递送移交文书，故而这无头男尸还是运回了京兆府殓房。认尸自然也去京兆府。

周祈脸皮厚，不待崔熠相邀，便表示要去蹭个旁听。谁想谢少卿脸皮亦不薄：“都同去吧。”

崔熠是就怕不热闹的性子，笑道：“那敢情好！”

等在京兆府的郑府尹却满面苦涩，似嘴里刚喝了三碗三黄下火汤。还能不能让人好好过个年了！这眼看就元正了，先是有人失踪，那倒没什么，不过一个小商人三五日不回家罢了，谁知道在哪里绊住了！这会子又直接出了具无头男尸，还是裸的，还是光天化日之下！

这种事儿一日之间就能传遍长安城，不出半月，东市书肆就有相关的传奇，然后事情便越传越奇诡，保不齐会与《幽冥马车》《无头女郎的石榴裙》《崇仁坊毒手郎中》并列近年长安城四大奇诡悬案。

周祈到底官职小些，甲部亥支这满京城找事儿的又与京兆素来有些嫌隙，郑府尹对周祈便淡淡的，对谢少卿倒颇为客气："朝上匆匆见了谢少卿一面，远看便觉得丰神俊朗，如今近观，越发觉得如玉山上行。"又笑看崔熠，"与我们崔少尹站在一起，可谓连璧了。"

崔熠笑嘻嘻地看看郑府尹："下官觉得也像。"

郑府尹即便与崔熠共事的时间不算短了，也依旧时常有不知道如何与他说话的时候，奈何这个纨绔子弟身份实在太高……

郑府尹笑了一下，转头与谢庸说了句颇不吉利的话："以后能时常与谢少卿这样的青年才俊共事，真是好得很。"说完方意识到若常与这位大理寺少卿共事意味着什么，赶忙停住口。

谢庸微笑道："某亦极钦仰郑公，日后还请郑公不吝赐教。"

恍若来打醋买油的周祈在心里嗤笑，呵，官场中人……

"都是为君分忧，为民办事，合该共策共力。"郑府尹轻叹一口气，"只是眼看就要元正了，这种时候出了这种事……"

谢庸深深地点头，心有戚戚焉的样子："确实。这种时候，外藩使节、各州府朝正的官员，年后考试的举子都聚集京城，事情若闹大了，谣言丛生，人人口耳相传《平康无头鬼》之流的传奇，真是不好收场。"

郑府尹几乎流出老泪，如何大理寺卿王匀就这般福气了得，能有这样的佐官，不说才干如何，至少能说上话来。对比一下自己那不着四六的，真是人比人得死，货比货得扔啊。

郑府尹拉着谢庸的手："子正所言甚是啊。君之所忧，亦某之所虑也。"已是把客气的"谢少卿"换成了亲切的"子正"。

崔熠与周祈对视一眼，交换一个"嘁""哈"的眼神，这次是崔熠"嘁"多一些，而周祈则"哈"多一些。

"若此案能尽快告破，还死者以公道，灭谣言于未起，情形又要好许多，百姓们或恨凶手之残暴，叹生命之无常，却亦会觉得安心。人最怕者，未知而已。"谢庸道。

郑府尹点点头："此话极是！此话极是啊！"回头对司法参军道："如何那赵家人还不来？紧着催一催！"

周祈、崔熠相视无奈地笑了。其实是郑府尹太过心急，赵母和赵家娘子来得极快。

衙差把她们引到堂上。赵家娘子许是路上哭过了，眼睛通红，神色焦急，饶是如此，行动仍颇有风仪："奴家卫氏见过贵人们。听说找到奴家郎君了？"

老妪有些惊惧地看着堂上诸人，见到周祈时面现异色，却没有说话。郑府尹摆手，衙差拿过托盘去，上面是那个荷包。

崔熠问道："你可认得这个？"

赵家娘子拿起那荷包，看一看："是奴绣给奴家郎君的。"

"你可要看仔细。"崔熠道。

"是奴的针线，这鸟的翎羽用的徐娘长短针，莲花脉络用滚针，没有错。"

崔熠点头，看看郑府尹，刚想让人带她们去殓房，却听周祈喊："婢子们？"

谢庸微启的嘴又闭上，崔熠也重新坐正，郑府尹则皱皱眉。

给周祈引路的那个小婢一直低着头，根本不敢看堂上，自然无从认出她，与另一个婢子都畏缩地行礼："在。"

"都帮你家娘子认一认这荷包。人在着急慌乱时，容易出错。"

两个婢子凑近，周祈认识的那小婢一脸茫然，另一个婢子偷偷地看一眼堂上："回，回贵人，这是奴家娘子绣给阿郎的。娘子绣时，奴见过。"

周祈点头："那就没错了。"

郑府尹道："带她们去殓房。"

诸官也起身，在后面跟着。众人还未走到殓房门前，已经听到里面的哭声："郎君——"

郑府尹心里轻松了一点儿，到底不是两宗命案，又确认了尸首身份，破案总容易些。拐杖打人的声音传来："滚开！乱喊什么郎君，你这贱人，你倒盼着我儿死！这不是我儿！”

众人都顿了一下，郑府尹本是绝不进殓房的，奈何看谢庸、崔熠等一点儿没有忌讳的样子，又有老妇这一出，咬牙迈进了门。

衙差、仵作已经把赵母拉开，赵家娘子只伏在地上哭。那尸首上的单布掀开了大半儿，露出胸腹、半边胳膊大腿等处。

“这老妪，你如何认得这不是赵大？”郑府尹沉声问。

赵母没了刚才打儿媳的气势，看看郑府尹，嘴哆嗦两下：“我儿，我儿，我儿大腿根处有颗黑痣。”

“卫氏，你可知道赵大有痣的事儿？你如何认得这尸首是赵大？”

赵家娘子爬起跪好，哭道：“奴家郎君便是这样的身材，刚才贵人们又给奴看了那个荷包，这不是他，又能是谁呢？至于阿家说的黑痣，奴家不记得有。”

婆媳二人所言相左，郑府尹皱眉，看看谢庸，轻声道：“这——夫妻虽然同床共枕，但于对方身体细致处不知道，也是有的。”郑府尹咳嗽一声，觉得与一个年轻后生说这个有些不成体统，“但其母这般年纪，也许会记错……”郑府尹满脸为难。

谢庸看看那对婆媳：“适才周将军所言甚是——”

周祈不知道怎么自己突然被点名。

“人在着急慌乱时，容易出错。让老妪与卫氏都回去再想想，改日再问。”

郑府尹知道此时也没旁的办法，点头，让衙差带她们出去。他踏出殓房，微微叹口气。谢庸微笑着安慰他：“郑公莫要着急，有时候等一等或会有转机。”

郑府尹点头。

周祈暗笑，刚才撺掇“赶紧破案”的不是你吗？这会子又“等一等或会有转机”了，道理都让你说了，不过，好像确实都有道理……谢少卿这张嘴啊，若去东市摆卦摊儿，倒是个强劲敌手。

“这赵大郎似在平康坊还有一位红颜知己，她于这赵大郎的特征或许知道也不一定。只是目前尚不知这位娘子的名姓。”谢庸又道。

郑府尹、崔熠、周祈瞬时面上都露出了然的神情，对啊，平康坊的妓子，与良家女子不同，那——玩得都很开，莫说大腿根子有痣，便是再什么的旁处有痣，兴许也知道。

然而很快三人都尴尬起来，我为什么要听懂？郑府尹轻咳一声，崔熠大方地坏笑一下，周祈则看向谢庸，原来你是这样的谢少卿……

谢庸满面正经，微皱眉回视周祈，一副“周将军有何事”的样子。

这寻找赵大郎红颜知己的事儿还是落在崔熠的头上。昨日重新询问赵家主仆，又问了几个其邻居友朋，都言不知道这平康妓子的事儿。

崔熠皱眉，竟然让一个普通妓子难住了。

“越是普通人，越不好查。反倒是达官显贵，一堆人盯着，某年某月某日其暮食是吃的羊羹还是鸭肉饼都有人记得。不过你也不用太着急，”周祈看看走近的谢庸，对崔熠笑道，“谢少卿不是说了吗，‘有时候等一等或会有转机。’”后面半句学的谢庸口气，许是在东市看戏弄口技看得多，居然学得颇像。

谢庸看向周祈。崔熠笑起来，对周祈眨眨眼，周祈也眯着眼笑，宛若两个顽童。谢庸不与他们一般见识，问崔熠：“显明，你那边户曹查赵宅旧主人查得如何了？”

“户曹查了买卖田宅的旧档，大业二十八年，一个叫程纬卿的买了那宅子，大业三十一年出了那件事儿，紫云四年，算一算，也就是出事后的第五年，程纬卿把宅子卖给了胡山溪，就是这姓胡的把宅子卖给了赵大。这程纬卿不是京城人氏，而是青州人，我已经让人去户部调其底档了。胡山溪倒是好找，就在新昌坊住，是个卖布匹绸缎的。据这胡山溪说，他买了这宅子，就没怎么住过，当时不过是贪便宜买下来的。”

谢庸点头。

“这赵大一案，应该与当年的事儿没有干系吧？小商户、妓子，与……应该是没什么干系。”崔熠自问自答完，又道，“我还是紧着去找那个妓子吧。”

事情还真让周祈或说谢庸说着了，等一等，果真有了转机。

赵大失踪，凶宅传说，平康无头裸尸，随着时间的推移、事情的发酵，许多长安人都在议论，尤其是升平坊，简直见面不谈赵大郎都不好意思说话了。

升平坊街西某酒肆中便有人道，曾在平康坊外遇到赵大。

“赵大当日喝了不少酒。我笑道，一看就知道艳福不浅，问他是在哪个娘子那里喝的。他大着舌头，笑得颇为得意，用手指指平康坊，道是‘端娘’处。”

这人说完，便被假装酒客的衙差带去了京兆府，只吓得差点尿了裤子。得知只是问那妓子的事儿，方才缓过劲儿来，又恨可惜当时只听了一个名字，没多打听两句——听说面前这位京兆少尹是长公主之孙，贵胄子弟里面的大拇哥……

崔熠却已拎了马鞭，打马奔去平康坊查那个叫“端娘”的。然而，崔熠乘兴而去，败兴而归——整个平康坊就没有一个端娘！若那知情酒客在近旁，恐怕会挨崔熠的老拳。崔熠让人分别给谢庸和周祈报信儿。

“听了这升平坊刘四的话……郎君大半天没好生歇着，结果查无此人……郎君知道将军惦记着，让奴来报与将军。”来给周祈报信儿的是崔熠的贴身奴仆的卢。崔熠身边奴仆多以千里名驹为名，这位“的卢”是不是跑得快、跳得远不得而知，嘴皮子很是利索。

“端娘……”周祈眯着眼睛揉下巴，“这平康坊的娘子以‘端’为号……怎么不叫贞娘呢？”

虽然周祈总是脸上带笑像个好说话的，的卢却不敢在她面前造次，只赔笑。周祈放下揉下巴的手：“恐怕是叫丹娘吧？”

怔了一下，的卢拊掌：“恐怕是了！到底是周将军！奴这就回去告诉郎君。”

周祈笑着挥手：“去吧，跟你家郎君说，有事儿叫我。”

的卢纵马跑得飞快，只想着能得主人两句赞。自赤兔去给长公主当侍卫后，众仆便隐隐以绝影为首，的卢与绝影同龄，自觉不比绝影差……这回郎君肯定会夸自己会说话会办事儿。

谁知刚进书房门，便听到崔熠道：“对啊！定是丹娘！”

的卢呆住。

“谢少卿说，兴许是檀娘、团娘之类，但还是丹娘最为可能。”绝影恭声道。

崔熠看的卢：“阿周那边说什么？”

的卢近前行礼：“周将军也道，那妓子或恐是叫丹娘。”

“这就对了！”崔熠拍手，“我这当局者迷，他们倒是旁观者清了。”

的卢也“清”，算一算，谢少卿暂住崇仁坊，就在自家所在的永兴坊旁边，兴庆宫则斜着隔了胜业坊，自己吃亏就吃亏在路途太远上了！

崔熠喝口茶水，便站起来，要二查平康坊！

的卢忙道：“如何不叫上周将军他们呢？奴临回来时，周将军还说让郎君有事儿叫她呢。”

崔熠也觉得把两个“旁观者”都拉进局里比较好，便派绝影、的卢再跑一趟，约谢庸、周祈同去平康坊，又促狭一笑：“跟他们说，我请他们听曲儿喝酒。”

绝影、的卢行礼便要出门，崔熠或许也觉出自己的不靠谱来，多吩咐一句：“让周将军着男装。”

周祈年终奏表今天颇多编了几行，心里高兴，听了的卢转述崔熠的话，挑眉，笑一下，还真转去自己的小院换衣服。

崔熠在崇仁坊东门见了谢庸，笑道：“她一个女郎去平康坊寻咱们不好，不若咱们去兴庆宫找她，再一同去。”

谢庸想起那连通永明渠的龙池来，便点点头。

这天下午，兴庆宫干支卫衙署里一如既往地充满“人间烟火气”。外面一个小子，穿着单衣拍石头，头上冒着热气，宛若传奇中说的能飞檐走壁的绝世高人，见了崔熠、谢庸，憨笑着行礼。

引路的禁卫撩开厚毡门帘子，屋里一股子带着醉枣、糖炒栗子香甜味儿的热气迎面扑来。进了屋，迎面是大榻，榻上是桌案，案上是放得横七竖八的笔墨纸张，笔墨旁边儿是一堆枣核儿、栗子皮儿。

屋子的另一边，两个小子在下棋，一个在旁观战，的卢也剥着栗子且吃且看棋。观战的小子喊："错了，错了，你应该下在这儿！"下棋的两个同时道："嘁——滚蛋！"

崔熠突然觉得，自己若进干支卫，还真挺好的。谢庸则抿抿嘴。

观棋的小子和的卢同时抬头，大惊，赶忙上前行礼，另两个也赶忙站起来叉手。

崔熠摆摆手，笑着问："周将军呢？"

那观战的小子道："周将军说一会儿出去办案，要稍做收拾。"

的卢咧咧嘴，其实周将军的原话是"一会儿要出去喝花酒，得捯饬捯饬，争取胜过崔少尹，压倒谢少卿"。

正说话间，周祈掀帘子进来。见到崔、谢二人，笑道："哟，贵客临门，有失远迎，恕罪，恕罪。"

崔熠的眼前一亮："阿周，你要是个儿郎，去曲江探花，小娘子们能挤到水里去。"

周祈点头："幸好我不是个儿郎啊。不然引发这样的事儿，得给你们京兆添多少麻烦？"

崔熠哈哈大笑："走着吧，周郎？"

周祈对崔熠、谢庸笑道："走着！"

"若周将军方便，能否顺便带某看一眼龙池？"谢庸道。

周祈的动作顿了一下，笑道："这有何不可？今日是来不及看全了，改日谢少卿来，某带你围着龙池转一圈儿。"

龙池离干支卫的廨房很近，没几步路程。

站在龙池边上，周祈约略地给谢庸和崔熠讲这龙池的布局，北面的高楼叫什么，池中的岛上有什么，一共有多少桥，又讲这水的给排："与龙首西渠相连的是北闸，北闸大，绞动起来吱吱嘎嘎的，很是费劲儿。"

周祈伸手指指："往东南还有个小闸门，水流出去也通到龙首西渠，偶尔给公厨送菜蔬鱼虾的小船从这里进来。"

她的手特别白，尤其是穿这琉璃蓝的袍子就显得更白了，谢庸顺着那手看过去，又回过头来。

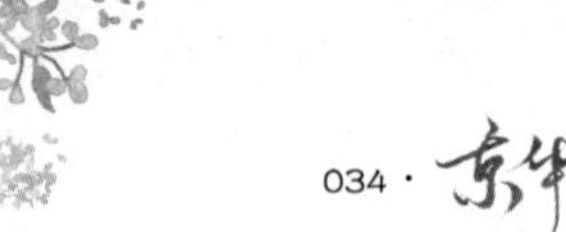

周祈对他一笑，今天谢少卿也是一袭蓝袍，只是颜色略浅淡些，又半新不旧的，让周祈想起那些传奇中夜宿兰若的书生，只是不知道是被什么精怪勾搭的那个。

时候不早了，三人也只略站一站，便往宫外走。

周祈右手负在身后，食指上钩着犀角镂银马鞭，鞭子在身后晃晃荡荡的，似长了条有节有毛、雕金镂银的大尾巴。

这个时候的平康东回三曲与头午不同，街曲中车马喧嚣，人来人往，楼宇里丝竹袅袅，娇声笑语，热闹得很。

周祈、谢庸、崔熠三人带着几个侍从行在各种各样的寻芳客中，裘马轻狂的五陵年少、士子打扮的年轻人、穿绸袍的大商贾，偶尔也能见到便装而来的朝中同僚，少不得要打个招呼，寒暄两句。

周祈扭头看一位正上车的娘子，虽戴着帷帽，看不清真容，但就那身形也算是个美人儿了，她身后一个婢子抱着琵琶，一个婢子提着包袱，想来是去别处赴宴的。

“嘿，你这样盯着人家瞧，小心人家以身相许。”崔熠笑她。

周祈斜睨：“难道我还养不起她？”

崔熠：“你真养得起？”

想想自己这个月剩下的薪俸，周祈抿抿嘴，熄了气焰。

难得让她吃瘪，崔熠心里愉悦，劝她：“好在你又不用真……”

那车从周祈等身旁经过，迎面一个挎着食盒的小奴只顾低头数钱，抬头突见马车近前，赶忙一闪，却撞到了谢庸的身上，几枚铜钱都掉了。

护卫侍从们连忙去挡，又吆喝：“乞索儿！看着些。”

小奴不过八九岁年纪，瘦黑脸，一双眼睛很是灵活，趴在地上求饶：“是奴走路不长眼，求贵人放过奴吧。”

侍从们要去拎他，却见谢少卿弯腰捡起那几枚钱，递回小奴：“以后走路看着些。”

小奴千恩万谢地接了，满嘴“贵人文曲下凡、升官发财、娶个娘子赛神仙”的滑稽吉祥话，想是在坊里伺候客人说熟惯了。

周祈和崔熠都笑起来。侍从们也笑了：“赶紧走吧。”

小奴笑嘻嘻地爬起来，拎上食盒一溜烟地跑了。

周祈看着那小身影，又侧头看看谢庸，不知怎的，突然想起自己小的时候。那时候她可没有这小奴乖觉，有点儿愣头青，嘴也不甜，被大一些的小宦者们欺负。七八岁的时候，让一个小子狠踹了几脚，晚上咯了血……

“想什么呢？”

周祈扯过那小奴的话来说：“能想什么？不过是想崔少尹和谢少卿什么时候‘娶个娘子赛神仙’呗。”

崔熠每日被长公主催婚，一脸的“你怎么回事儿，哪壶不开提哪壶”；谢庸则似没听到一般负着手往前走。

这么顺嘴要贱捅了他们一刀，周祈心里舒服了。不过，话又说回来，娶新妇有什么不好的？若自己是个汉子，三间房，四亩地，一头牛，娘子娃子热炕头，不知道多开心……

三人行至管理乐籍的外教坊，教坊头目和平康坊的里正早已恭候在门外，见三人过来，赶忙行礼。

听崔熠说要找叫丹娘的，教坊头目和里正都要上前回话。两人对视一眼，里正停住。

教坊头目笑道：“确实有一个叫丹娘的，姓吴，住在南曲最靠里的一个院子里，善琴，也能作几句曲子词。”说着把手里的乐籍册子翻到吴丹娘处，双手捧上。侍从接过，呈给崔熠。

崔熠看了看，与谢庸、周祈轻声道：“罪臣家眷，原宜州刺史彭阳春之子媳，二十二岁。”

谢庸看向里正：“北曲呢？”北曲住的是下等娼妓乐人，多而杂，都是散妓，教坊没有造册。里正长居此坊，对北曲熟悉。

里正上前行礼道：“北曲，某知道的有两个丹娘。一个姓邹，三十上下，善歌，酒令行得好，住在常春院。”北曲不似南、中两曲，有才情的少，这个邹丹娘算是其中很不错的。要不是长相不佳，兴许也能搬

去中曲。

“还有一个，姓常，十六七岁模样，去年来的，住在杨柳楼。”里正赔笑道，“至于还有没有叫这名字的——就不太好说了，某得去查查问问，北曲的人来得、走得都太快了。”

“这常丹娘，善什么？以何招徕客人？”谢庸问。

里正再赔笑道：“这倒不曾听说。年轻小娘子——这个，大约随便唱唱、舞舞，都是好的。”

谢庸点头。

周祈道：“走吧？先去这常丹娘处。”

谢庸点头，崔熠跟上，里正和教坊头目在前引路。

走了一会儿，崔熠到底忍不住，轻声问周祈：“为何不是南曲吴丹娘，我懂，那赵大，一个小商贩，进不得南曲的门，入不了曾经高门女子的眼。可为何不是邹丹娘呢？”

周祈笑着看看他，从前便知道小崔可爱，但不知道这么可爱……

崔熠抿嘴，用眼神要挟她“你说不说”。

“男人嘛，找小娘子，会不会唱曲、作诗、行酒令有什么打紧？什么都不如年轻的——”周祈以手掩嘴，轻咳一声，“皮肉重要。”

崔熠皱眉，想了想，不敢苟同的样子。谢庸则严肃地回头看她一眼。

周祈也看他，不是……我不就说了句实话吗？你让二十岁的小郎君们选，他们会选刚及笄的小娘子，让八十的老叟选，他们还选刚及笄的小娘子。在这一点上，郎君们还是很专情的。

难道你们觉得年轻美丽的皮相不那么重要？周祈想了想，觉得有些明白了。崔熠，不用说，贵胄子弟，谢少卿，就这瞎讲究的德行，想来也出自高门，都是从小见过不少美人儿的。见得多，便觉得年轻貌美不算什么，总要于皮相外再有点儿什么才好，看不上这种单纯爱年轻漂亮皮肉的。就类似吃惯了八珍美食的，不明白为何有人见了大肉片子馋得流口水一样。

想至此，周祈突然有些想吃崇仁坊刘家米粉蒸肉了。最近太穷，成天吃公厨，嘴里都淡出鸟儿来了。公厨的那帮庖厨也是本事，不管什么鱼肉菜蔬，烹出的都是一个味道……

说话间，已经行至杨柳楼。

进了院子，周祈四处打量，这里虽不似南曲、中曲那般雅致，倒也干净，还带着些家常的亲切。

二楼一个小娘子凭栏而立，突然她手里的罗帕落下，飘过谢庸的头、崔熠的肩，被周祈一把接住。

周祈仰起头对那小娘子一笑，小娘子大概从没被一个女子调戏过，张张嘴，没说什么，只神色不太自然地一笑，转身走了。

崔熠笑话周祈："枉你还是长安城里混的，窗下掉撑窗的叉杆，栏下丢手里的帕子，走路掉随身香囊荷包，这种八百年不变的伎俩都识不破……"

周祈："你怎么这么懂呢？"

"不光我懂，老谢也懂啊，故而我们都不接。"

周祈看看崔熠，又看向谢庸的后脑勺儿。

杨柳楼管事的杨氏迎了出来。这杨氏四十余岁模样，是这院子里众妓的假母。杨氏见了教坊头目和里正，面色一变，又看到后面的谢庸和崔熠等，神色越发地小心，听说是贵人找丹娘问话，赶忙道："丹娘就在楼上，奴这就去叫她。"

来的竟然就是刚才掉帕子的那位。这小娘子十六七岁的年纪，虽说不上多漂亮，但白白净净的，看着很是乖巧老实，就如邻家小娘子一般，再想想带些雅致矜持气的赵家娘子卫氏，嗯……周祈觉得自己又有点儿懂了。

杨氏带着她给众人行礼。

周祈把帕子递给她，笑眯眯地道："可见与小娘子有缘。"

丹娘伸手来接，却被周祈急切地握了一下，笑道："小娘子穿得太单薄了。"

被她这一握，丹娘的手抖得更厉害了，再也藏不住。周祈面色一冷："说说吧！"

周祈腥风血雨里走过不止一遭，虎起脸来，作奸犯科的彪悍汉子都怕，更何况一个小娘子。丹娘直接坐到地上，哭了起来。

周祈一拍桌案，刚想说什么，谢庸抬手止住她。周祈演完了自己的角儿，便功成身退。

“不过是找你问一问，只说你知道的便好。”谢庸口气中带些安抚，温和得似一个好脾气的兄长。

周祈隔着袖子轻抚胳膊上的鸡皮疙瘩。传奇中说，黄鼠狼诱哄小鸡崽子从窝里出来会吹一种和缓悦耳的口哨……

丹娘拿开捂着嘴的手，哭问：“他，他，真的死了？”

周祈和崔熠对视一眼。

“谁真的死了？”谢庸轻声问。

“方，方郎君，方斯年。”

周祈再和崔熠对视一眼，怎么又蹦出一个方斯年来？也失踪了？周祈想起郑府尹来，看来老郑真是难过这个年。

“你如何知道是方郎君出事儿了？”谢庸接着问。

“他原说这两日要来赎我，没有来。我托人去他赁的屋子找，几次都没有寻到。又前两日，说坊里有个无头男尸……我便怀疑，怀疑是他出了事儿。他性子有些不合群，那些人又嫉妒他的学问，怕就是因此被人害了。”

“不一定是他。你且说说，这方郎君是个什么样的人，年龄几何，做什么的，当日是如何跟你说的？都细细说来，我帮你核查。”

丹娘被那句“不一定是他”安抚住了，擦擦眼泪，细细道来。却原来这丹娘另有一个相好，寿州方斯年，二十五岁，前年的贡举，可惜礼部试不第，流连京城两载，一边等着朝廷制科考试，一边又常去达官显贵府上投文，希望能入了贵人们青眼。与丹娘认识也一年多了，在丹娘眼里，是顶有学问、日后必然为官做宰的人。

丹娘瞥一眼旁边杨氏的衣角：“说好了他这两日筹了银钱来赎我的……”

杨氏面上带着冷笑。

“如何这个时候为你赎身？这方郎君莫非想年后回乡去，或去别处谋差使儿？”

丹娘再瞥一眼杨氏，啜泣着小声道：“奴另有一个客人，叫赵大，想为奴赎身。奴便求方郎先赎了奴去。”

谢庸点头，很是通情达理地道：“既然你与那方郎君两情相悦，求他赎身，倒也是常理。那赵大却显得横插一杠子了。他是什么时候，又是如何跟你说的？”

“就是前几天，他来看奴家，说要给奴家赎身。奴，奴不愿跟他去。”

“那赵大——”谢庸咳嗽一声，“腿上有痣，你可知道？”

丹娘有些木然地抬眼，对上谢庸好看的眉眼，忙低头道：“并不记得有什么痣。”

又问了这丹娘几句，谢庸便让丹娘回去。

周祈黑脸扮到底，拿马鞭磕一磕桌案，不阴不阳地看着杨氏。

杨氏瞬间懂了，赶忙躬身道：“奴一定看好了她。”

周祈点头：“若她伤了、死了、跑了，到时候少不得要劳烦你跟我们走一趟。”

杨氏苦着脸笑道：“是，是。”

谢庸温言道：“如此，就辛苦你了。”

杨氏忙赔笑：“不辛苦，不辛苦，应该的，应该的。”

“这方斯年，你想来认得？”谢庸微笑着问。

“认得。这姓方的，总冷着一张脸，说话刻薄，又穷又无赖，没钱还要霸占着丹娘，长得虽高大体面，却全无读书人的体统。有一回他来了，还跟点丹娘陪酒的客人打了起来。”

“哦？该不会是和赵大吧？”

“那倒不是，他们倒是没有碰过面。”

从杨柳楼出来，已经到敲暮鼓的时候了。崔熠留了人手在这院子周围蹲守，又不顾夜禁，让衙差拿着京兆符牌去这方斯年的住所找人。

三人出了平康坊，且走且说话。

崔熠道：“刚才那杨氏说方斯年长得高大体面，那男尸便定不是

他了。虽丹娘说不记得赵大腿上有痣，但仍不好说他腿上就没痣……这个男尸身份仍是难以确定。对了，你们觉不觉得，那小娘子说话不尽不实的？”

周祈点头：“一个穷士子，恐怕给她赎不起身。要么是方斯年诓她，要么是她诓咱们。”

崔熠道：“我看是后者。那小娘子手段高得很，吊着两个要为她赎身的，却能不让他们碰着面。”

周祈歪头，隔着谢庸看崔熠。崔熠也看她：“怎么了？这小娘子是手段挺高的。”又问谢庸：“是不是，老谢？”

谢庸不看他们俩，也不说话。周祈笑起来。

崔熠清清嗓子，接着道：“丹娘一个小娘子，单独杀赵大，又砍头抛尸……有些难；若他们两个合谋，今日丹娘算是把方斯年卖了，这等抓住方斯年，倒是好审；若方斯年是凶手，那杨氏却又说他与赵大不认得……”

谢庸淡淡地道：“不碰面不意味着不认得。或许赵大不知道方斯年，方斯年却应该知道赵大——不然丹娘如何说服他赶紧筹钱给自己赎身？不过，若这赎身的说法本身就是扯谎，便不好说了。”

崔熠想了想，拍手：“这么说，这方斯年确实有极大嫌疑。若丹娘和杨氏所言为实，这方斯年醋意甚大，曾为丹娘打过架，他又穷，筹不出赎身钱来，便干脆釜底抽薪杀了情敌，想来也干得出来；他是读书人，杀人当不是个熟练活计，所以那尸体脖颈切口上有犹豫的痕迹；那方斯年或许就是埋伏在杨柳楼附近一举杀了赵大。这凶犯们杀人之后，惯常远抛近埋，虽同在一曲，那发现尸首的地方离这里甚远——”

崔熠皱起眉：“只是，这平康坊街上晚间也常有人走，那方斯年想来没有车轿，他如何运尸呢？”

周祈干的就是查探民间异常的活儿，颇知道些诡案，又遍阅东市传奇，脑子里多的是这类“偏方”：“这个简单——”

周祈虚着手放在旁边谢庸的腰后：“这样半扶半架拖拉着走，如同两个醉鬼，保管走遍这东回三曲都没人管。”

谢庸的脚步一顿，后背似也绷了一下，接着若无其事地往前走。周祈两只手又负到身后，那马鞭子在她身后晃荡出两份轻佻得意来。

崔熠恍然大悟："那传奇《幽冥马车》里便是这样的。"

周祈点头，语重心长地道："多读书，还是有用的。"

这种三流传奇也算书？崔熠实在不知道怎么回答这句不要脸的话，扭头恰好看见她跳动的"尾巴"："你又不骑马，拿得什么马鞭？"

"主要是为了配今天的袍子。若夏日，我就拿扇子了。"其实周祈本是想骑马的，但从兴庆宫往外走时才知道谢庸住在崇仁坊，他们是走着来的，只好随着。

崔熠一向觉得自己是这长安街头最不羁风流的郎君，这会子却觉得似乎应该让贤："咱还是回来说这无头男尸案吧。如今看来，这凶犯很可能是方斯年了。"

"不然——"

"不一定——"

谢庸、周祈同时道。

周祈看谢庸，示意他先说。

"还记得那个荷包吗？若方斯年是凶手，而那个尸体就是赵大，他砍下赵大的头，脱下其所有衣物以掩盖身份行藏，按照常理，他即便想顺手劫财，也不会在摆着尸体的抛尸现场倒空翻找他的荷包。"谢庸道。

崔熠皱起眉。

周祈接着道："若不想顺手劫财，只是慌乱中掉了荷包，那这荷包为什么是空的？恐怕让丹娘搜刮去了这个理由说不大过去。"即便是北曲，也不兴这样。

崔熠缓缓点头："确实说不过去。还真有点儿扑朔迷离啊。"

"哎？"崔熠突然看向谢、周二人，"你们这一唱一和的！还有讯问丹娘时，你们一软一硬，配合很是默契啊。"

谢庸和周祈彼此看一眼，又都扭开头。

崔熠笑起来："嘿，我跟你们俩也都打过配合，回头咱们抓住真

凶，一起三堂会审，肯定精彩！”

对这样胡吹瞎扯的话，谢庸少有地“嗯”了一声，又道：“赵宅旧主程纬卿的事儿还得催着他们些。”

周祈则忙着从脑子里驱赶“一软一硬”的事儿，看来，有些书也不能多看啊……

第二日早晨，周祈端着碗坐在干支卫公厨饭堂喝羊肉馎饦。与东市老杨家的炝锅羊肉馎饦不同，公厨里都是头一天把肉炖好了，早晨清水煮馎饦，盛在碗里再加肉。

因周祈多少算个将军，是亥支长，放肉时，那打饭的王叟便不抖勺子，甚至还舀得格外多些。这个天气，馎饦从锅里进了大盆，再舀进碗，就不算热了，白乎乎的肉和没化的羊油堆在同样白的馎饦上，一股子腥膻之气，让人实在没胃口。

周祈挖着下面的面片子吃，就着每张食案都有的腌萝卜和霉豆腐。

“老大，你不吃肉？”陈小六一眼看见。

周祈把碗推过去，陈小六乐呵呵地把羊肉舀走。老大什么都好，就是太馋……

“今日是腊月初八，听说如今民间都兴食粥。那粥用白米、粟米、黍米、薏米、红豆、红枣各样米豆，放上糖熬两三个时辰，直熬得米豆尽烂才出锅，讲究的临吃时还要放些松仁、胡桃仁、糖栗、榛瓤之类，又暖，又甜，又香……”周祈咂巴一下嘴道。

边上吃得本来很香的陈小六、赵参、段孟等人都突然觉得嘴里的馎饦没味儿了。

陈小六惯常管不住自己的嘴：“老大，你该买个宅子了。你看这甲部十二支的支长，只有你和冯老大在营房住，人家冯老大可不是因为没宅子，只有你……若有个宅子，买两个奴仆婢子，什么样的汤粥吃不到？”

赵参、段孟都缩着脖子用看英烈的目光看陈小六，周祈也歪着头看他。

陈小六声音低下来，却依旧英勇地把话说完："那个，这回圣人发了腊赐，老大，你别买什么名驹、宝刀这些没用的了，买个宅子吧，啊？"那目光宛如牧人看自己失群的小羊，口气则像老母亲劝一意孤行的女儿。

赵参咬咬牙，也加一句："就是，就是。"然后不等周祈发火儿，就火速转了话题，"你们腊赐的钱，准备怎么花？"

这是个好话题！本来装死的几个都加入进来，热烈讨论。有要整修家里宅子的，有托人捎回老家的，有要给新妇攒聘礼的，有攒着当孩子束脩的……

要说周老大这点最好，不拿兄弟们的抽头，谁该多少就多少，间或还把自己的拿出些来补贴家里穷的，一说就是"反正我光棍一条，自己花也是花了"，故而兄弟们都信服她，也故而才劝她——就没见过这么不过日子的小娘子！

周祈本来要敲到陈小六脑袋上的竹箸没有敲，接着有一搭没一搭地在碗里捞已经凉了的馎饦片子，这帮傻子还惦记腊赐呢，那无头男尸案若动静太大，传扬开来，却破不了案，京兆固然吃挂落儿，难道亥支能讨到好？今年这腊赐啊……

周祈放下竹箸，推开碗，接着回廨房雕琢那份年终奏表，顺便等京兆府那边的信儿——不知道昨晚找到那方斯年没有？

"你看你，小六，惹得老大不开心了。"赵参较旁人心细。

陈小六看看周祈的背影："别胡说，我们老大是谁？胳膊上能跑驷马大车，肚子里能撑拉粮货船的人，会为这么两句话不开心？老大在想那无头裸尸案呢。"

"哎，哎，还让不让人吃饭了？"

周祈手里的奏表没雕琢修改几行呢，崔熠那边就来了信儿，已经找到了方斯年，且郑府尹马上要开堂审理！

相比周祈的吃饭不香，郑府尹要厉害得多——一天的工夫，嘴上起了三个燎泡。

昨日从吏部徐侍郎那里打听到，自己的考绩在“上下”和“中上”之间，别看只差一等，那可是天差地别，“上下”属于上等，是能吏范畴；中上就不行了，上一任京兆尹就是得了一个中上，第二年被人参劾过于庸碌，贬去边远之地当别驾养老去了。

郑府尹觉得自己完全还能为朝廷再发光发热二十载，不用养老！

听的卢说郑府尹要审方斯年，周祈扔下笔，拿起马鞭便往外走。她到时，因要去传常丹娘，堂审还未开始。

偏厅里，郑府尹、崔少尹正在喝茶，自然还有谢少卿——因此案已经由失踪案升级为命案，大理寺便正式开始介入。

周祈跟三位行礼，然后在谢少卿下首坐下，仆役也给她端上茶来。周祈尝一口，笑道：“哟，剑南蒙顶？好茶！”

郑府尹皮笑肉不笑的：“要不说周将军有福呢，我这茶才开筒，你闻着味儿就来了。”

亥支与京兆府虽不对付，但惯常郑府尹自矜身份，对周祈顶多是冷淡些，今儿个——想也知道，是让过年逼的。

周祈突然心有戚戚焉：“我跑过来却不是为府尹的好茶，是焦躁这赵大案还有无头男尸案。”说着叹一口气。这口气委实叹得真情实感了些，郑府尹一怔，不由自主地便点了点头。

谢庸看周祈一眼，慢条斯理地端起茶盏，用盏盖刮刮茶粉，浅浅地饮了一口。崔熠则歪着头皱着眉揉下巴——这揉下巴的毛病不知道是他自产的，然后传给了周祈，还是总与周祈混着跟她学的。

一盏茶喝完，刚又续上，衙差来报，方斯年带到。郑府尹站起来，呼一口气，对三人道：“走吧。”

周祈打量这方斯年，长得确实颇为体面，一双凤眼，与谢少卿有点儿像，身上一袭桂布长绵袍，虽有些脏了，又有许多褶皱，但也能看出来是新做的。

“方斯年，你本月初三晚间在哪里？做什么？”郑府尹沉声问。

方斯年有些蒙的样子，皱着眉想了想：“禀府尹，某最近晚间都攻读诗书至二更天，然后便睡下，初三晚间便是如此，并没什么特别的。”

“可有人证？”

方斯年摇头：“某租住在朱公宅子之东亭间，这里别有小门通到街曲中，某又无奴仆，故而没有人证。”

“那你可识得升平坊赵大郎？”

方斯年抿抿嘴：“认得。”

“哦？说说。”郑府尹眼睛里冒出精光。

“那赵大以买卖花木为业，略有薄财，是个吝啬刻薄的性子。”

“你如此说赵大，是因为争风吃醋吧？”郑府尹冷笑。

方斯年行礼：“某只是据实回答。”

“听说你曾为那个叫丹娘的妓子与人争斗？”郑府尹再问。

方斯年再抿嘴。

“说！”郑府尹拍起惊堂木。

“是那人辱我寒酸，说我这样的一辈子也中不了，我才与他打起来的，丹娘等以为是……”

堂上几人都懂了，丹娘和杨氏纯属误会，为丹娘颜面，或者为在丹娘面前卖好儿，这方斯年顺水推舟没有解释。

郑府尹皱皱眉，这也不能说明他不会因吃醋以及无钱为丹娘赎身而杀害赵大……正待再说什么，却听这方斯年道：“不知府尹为何拘了某来？又为何问这些古怪问题？”

“古怪？”郑府尹道，“那赵大腊月初三晚间死在了平康坊东回北曲，你有重大作案嫌疑！”

方斯年的面色一变：“那赵大为人吝啬刻薄，兴许是得罪了人才被杀的，如何扯到某的身上？”

“我问你，你是否与他争赎丹娘？”

方斯年面色难看，紧紧抿着嘴。

“我再问你，你一直穷困潦倒，你身上这件桂布绵衣价值几千钱，还有脚下的新靴子。”郑府尹一挥手，衙差端上一套书来，“这是从你住所搜出的《山云亭诗集》，如此之新，如此之全，在东市书肆买，总要两万钱。你从何处得来这些钱财？”

方斯年张张嘴，又闭上。

“哼！你可别说是你卖字画遇上了什么大主顾！”郑府尹气势如虹，“你分明就是与那赵大争赎丹娘，却又凑不够赎身钱，便起了杀心；杀人抛尸之后，顺手拿走了他的钱财，你的新衣和书便是物证；你是个书生，于拿刀杀人不甚在行，故而赵大尸体伤口处有犹豫痕迹，此为勘验之证。桩桩件件都指向你，你还想抵赖吗？”

方斯年面色甚是难看，犹豫再三，伸手探入怀中。

几个衙差赶忙上前，挡在郑府尹、谢少卿、崔少尹和周祈等人前面，喝问方斯年。

郑府尹挥手：“哼，他还敢刺杀吾等不成？”

方斯年却只掏出一个荷包来，然后双手举着呈上。

“这是何物？”郑府尹问。

“这便是某钱财的由来。丹娘把她积攒的财物交给我，让我质押典卖，再另凑些，与她赎身。我凑不齐钱，”方斯年满面愧色，“后日就是著名的山云亭诗会，府尹自然知道，那于我等士子何等重要，我用丹娘的钱买了礼物送出去，好赖混了一张入门帖子，又买了书和衣物，想着在诗会上博些声望……”

周祈与对面的崔熠互视一眼，用妓子给的赎身钱为自己博前程，唉——果真负心多是读书人吗？

衙差拿过那荷包，先看了有无危险之物，然后放在托盘上，呈给郑府尹。

郑府尹从荷包中倒出一对银嵌绿宝石耳坠子，并一张典质文书。

“那些我算着就够了，这个是她心爱的……”

郑府尹面沉似水，挥挥手，让人带方斯年出去，然后把这荷包传给谢庸、崔熠和周祈等看。

谢庸看一看：“妓子们或会学些吹拉弹唱歌舞诗画，却不会学针黹管家，除了那些半路被拐卖的和罪臣家眷，妓子们少有精于此道的。这荷包虽能看出是精心缝的，但仍显粗糙，当确实是丹娘的。至于那典质之物，去上面的质库查一查便知，而这些东西要辨别是不是常丹娘的，亦容易。”

郑府尹点点头。

“那方斯年不是傻的，应不会在这种一查便明了的事儿上撒谎，他这财物来源当是真的。”

郑府尹再点头：“还是让人去核查一下这典质之物吧。”

崔熠答：“是。”

“即便排除劫财，也不意味这方斯年就没有杀赵大。他用了丹娘的钱，拿什么给丹娘赎身？若赵大来赎丹娘，丹娘绝望，把这事儿吵嚷出去，他方斯年可就斯文扫地了。前头他可是为了一两句话便与人动手的……”郑府尹确实是个能吏，脑子很是清楚，“且，也不能排除丹娘与方斯年伙同作案之嫌疑。他们杀了赵大，自然害怕，丹娘自然想赶紧赎身离开……”

本来因为这横空出世的荷包，郑府尹有些沮丧，这时又振奋起来：“带丹娘！”

丹娘小家女出身，做妓子也是北曲的妓子，没见过什么达官贵人，一到堂上就软了，郑府尹根本不用恐吓或诈她，便全招了——与方斯年所言一般无二。

“奴的钱便是方郎的钱，把这些私房给他，也让他少犯些愁。”丹娘道。

“这事儿，前次谢少卿等在平康坊问你，你如何不说？”

“奴怕假母知道……她若知道我私存了钱财，又付与方郎，定会打死我。”

听她口口声声“方郎”，郑府尹突然生出些恻隐之心来，若这丹娘所言属实，知道方斯年把那钱都挪用了……

然而离间他们或可早日破案，郑府尹还是道：“你可知道方斯年把这些东西典当了，花用在什么地方？”

然而即便再诈，也没得到他们共谋杀害赵大的证据。

郑府尹颇感失望，再挥挥手，让人把丹娘也暂时收押——目前方斯年仍是本案最大的嫌犯，而丹娘也脱不了帮凶之嫌。周祈本觉得拘押丹

娘有些过了，但想到杨氏和众妓馆的手段……周祈又把嘴闭上。

周祈等因之前注意到那抛尸现场的空荷包并赵家凶宅疑云，本就对方斯年是凶手存有疑虑，所谓希望越小，失望也就越小，故而倒不似郑府尹这般失望——只是，这尸体到底是不是赵大？凶手又是谁？

崔熠自带人去查典质之物，谢庸与周祈并排骑马往回走。

看看将行至正中的日头，官员们马上就要放班了。周祈问："谢少卿还回部司吗？"

谢庸摇头："直接回住所吧。"

周祈犹豫了一下，她想去崇仁坊吃刘家米粉蒸肉，但似有刻意攀近谢少卿的嫌疑——之前玩笑逗弄人也还罢了，再这样，怕是要引人误会。

谢庸侧头看她。

周祈笑道："那个，崇仁坊刘家米粉蒸肉虽是粗鄙之物，却甚合下官口味，我们这些天天吃公厨的都不挑，哈哈哈……但谢少卿高人雅致，恐怕就不爱了。下官与少卿既然同路，不邀约似说不过去，邀约嘛，又明显是不情之请，故而有些犹豫。"

周祈极少解释什么，更少这样长篇大论地解释，这回全是因为自作孽。周祈告诫自己以后见了谢少卿莫要再嘴贱、手贱了。

谢庸淡淡地道："多谢，周将军自用即可。"

周祈正色道："谢少卿初来，我们这些日后常打交道的，按说当正正经经摆酒为少卿洗尘。过两天找个少卿空闲的日子，或干脆这无头案破了，叫上崔少尹，我们去东市丰鱼楼吧。下官做东，为少卿接个迟来的风。"一番话说得又亲切又客气，形容也洒脱中带着些威仪，颇似朝中兵部侍郎、刑部侍郎几位的风格。是啊，这才是干支卫甲部亥支长，皇帝的羽林郎将。

说话间，已经进了崇仁坊。行至刘家蒸肉处，却见挂着门板落了锁，周祈的"侍郎"风荡然无存，不下马，直接冲着旁边店铺的人喊："借问一下，老刘怎么没开门啊？"

旁边卖索饼[1]的娘子出来："他头午走的，回乡过年去了。客人年后再来吧。"

周祈拱拱手，肩膀塌下来，眉毛嘴角都耷拉下来，有些失魂落魄地想，吃块肉都吃不上……

本已经道了再见，也已经走出一小段的谢庸回头，恰见她那副样子，骑马又往前走了几步，到底拨转马头又回来："若不嫌弃，周将军去某家里吃个便饭吧。"然而又想起她的挑剔来，谢庸少有地出尔反尔，"不过是些粗茶淡饭。其实，周将军此时去东市也来得及。"

周祈故态复萌，眯眼笑道："那就叨扰谢少卿了。"

谢少卿租住的是个两进小院，且是民居，不是官宅，前院很是浅窄，虽有几间屋舍，但看起来颇为萧索，不像常用的样子。谢少卿也没虚客气地要请周祈"外书房奉茶"，直接推开二门，领她进了后宅。

一推门，先从院子里蹿出一只黑白花的大猫来，大猫颇为肥硕，油光水滑的，缠着谢少卿的腿喵喵叫。

谢少卿很是自然地捞起猫，抱在怀里，抚摸它的头和背，猫侧着脸蹭主人的袖子，又舔他的手。周祈在心里"哦吼"一句，这位总是冷冷淡淡的谢少卿竟然是个猫儿奴……

周祈没养过与人太过亲近的猫、狗之类，大约有点儿类似浪子不愿娶妻生子的意思，觉得这是"家累"。这些小小的东西最会惹人掏心掏肺，就那么软软地叫，或者连叫都不用，就那么看着你，心肠就让它们看软了。

周祈爱的是马，骏马骄行、来去如风；也曾帮人驯鹰，鹰的眼睛带着一股子野气和孤傲，周祈喜欢。

从东厢走出一个老叟来："大郎回来了，吃饭没有？"

谢庸点头："嗯，还没有。"

老叟看向周祈："这是？"

1　索饼：面条。

“这是周将军。”谢庸道。

“哦，哦——”老叟虽然“哦”着，想来还是不明白怎么会有女将军。

周祈却从那声“大郎”和谢庸与其相处的样子上大致猜出了他的身份，这应该是谢家有身份的老仆，或许是曾经伺候过谢少卿父母辈或者祖辈的老人儿。周祈便客气地称呼其“老翁”。

谢庸伸手，请周祈入正堂。入了正堂，谢庸放下猫，自去屏风后脱氅衣、洗手，剩下周祈与那猫大眼瞪小眼。这猫颇有内外之别，神情严肃地看着周祈，似学堂的先生打量新来的弟子，全无刚才在谢少卿怀里撒娇耍赖的样子。

老仆就热情得多，笑着用托盘端来两碗牛乳茶：“将军尝尝我们的茶。估摸着大郎该回来了熬上的，正是火候。”

大概也看出周祈是蹭饭的，老仆又道：“将军先宽坐，还有两个菜，一会儿就吃饭了。”

如此家常又和善，与谢少卿全不是一个品类，周祈已经决定喜欢这老人家。她也自动调整成家常的样子，仿若隔壁的王老二，笑道：“给老翁添麻烦了。”

老仆摆手笑道：“不麻烦，不麻烦。”

谢庸从屏风后走出来，已经换了家常衣服，半新不旧的黛色绵袍，幞头也摘了，只用簪绾着发。

谢庸问老仆：“怎么就您自己在家，罗启、霍英呢？”

“我打发两个小子出去买米面肉菜了。米面肉菜得早点儿买，过几日就过年了，都涨价。”

谢庸点头。

“这长安城的腊肉不大好，少买些吧？”

谢庸再点头：“吃新鲜的也好。”

“菘菜可以多备一些，再冻些豆腐？”

“好。”

周祈实在想不到还能听到谢庸与人聊过日子经的时候，远山晶莹雪瞬间变成了屋顶瓦楞霜。

又说了两句年货的事儿，老仆便自拿着托盘出去忙了，顺便叫走了那一直盯着人嘴的猫。

周祈与谢庸相对喝茶。这牛乳茶加了炒黍米粉，甚香。周祈又喝一口，笑问："这茶真好。莫非谢少卿是关内道人？"

"嗯。"谢庸点头。

周祈有些得意地笑了，此所谓凭一口茶辨别家乡也！北边人煎茶多爱放牛乳、羊乳，但还爱往里面放炒黍米粉又放姜的，唯有关内道；河东道有的地方会往茶里滴几滴醋；山南道那边会放茱萸粉；江南道人不放牛乳羊乳，爱喝清茶；京畿这片儿最乱，有只放盐巴喝清茶的，也有什么都放一锅乱炖的……

谢庸微笑一下，舌头敏锐，也是本事。他饮一口茶："周将军于大业三十一年的戾太子造反案知道多少？"

周祈就知道请自己来不只是吃顿便饭的，可惜自己虽忝任干支卫甲部一支之长，做的却是个"博采民意"的活，若是想听"长安城十大诡案"，打听长安城各个里坊哪里刁民多、哪里爱打架、哪里有什么特色货，都能给他讲出个一二三，甚至四五六来，可惜啊……

"戾太子起事儿时，下官当还未出生，便是他病死狱中的时候，下官也不过一两个月，委实不记得了。"周祈笑道。

谢庸看向她那张玩世不恭的脸，如今是紫云十八年，所以她是十九岁……谢庸再低下头喝茶，觉得自己甚是无聊，怎么算起这个来，莫不是沾染了这位周将军的毛病。

看谢少卿那神色，周祈心里叹气，这兄弟脸也太酸了，像我这种厚道人，便是不吃你的饭，都是为了公事，你问我，我也会知无不言，言无不尽的。

"知无不言，言无不尽"的"厚道人"周祈却只字未提朝中事，说的还是她擅长的奇闻怪谈："某虽未曾亲历，却也听前辈略提过几句。说来，那年委实怪异了些。据说九月时有大星陨如雨而下，民间议论纷纷，多有谶语，有言此太平百年之兆者，有言将有大德之人降生者，亦

有人言恐将有天灾兵祸，自然，还有更无稽的……之前圣人便命太史局择址监造了紫云台，紫云台刚建好——”周祈停住嘴，紫云台刚建好，皇帝便与太子反了目。

周祈把碗中乳茶一饮而尽，笑道：“着实是好茶！比郑府尹那里的清茶要香得多。”

谢庸扭头，还想再问两句当年旧事儿，却见她上唇沾了奶渍，突然想起那日她在东市嘴边沾着不知道什么渣，一派“仙风道骨”地给自己卜算的事儿，话就变成了：“你那日在东市叫住我，是为了什么？”

周祈略睁大眼睛，神情真挚：“自然是因为少卿卓尔不群啊。少卿知道，我等卜卦相面者，最是见奇欣喜。满街凡俗人中，突然见到少卿这般人才，岂能放过？自然要卜一卜，相一相。果然被某卜中了，少卿是个刑狱官！”

周祈着实觉得这卦卜得甚好，解得尤其好，高超的卜卦本事，挽救了自己略有那么点儿瑕疵的人品，更挽救了今天的饭——谢少卿这种人，明察秋毫，若没有这“秋官”之卜，无论如何没有这么严丝合缝。自己解释的时候，若露出些“就是看你好看，想调戏调戏”之意，恐怕立时便会被打出去吧？虽然估摸着打也打不疼，但这饭肯定是泡汤了。

谢庸吸一口气，深恨在外面一时心软把她带了回来。

谢庸不再说话，周祈也觉得松了口气，这不是一路的人，在一起说话太累，若是在崔熠家，这会子定是歪在榻上听曲儿看戏弄呢。

然而稍后周祈便觉得这累很值得！

谢少卿的两个侍从买了外面的卤鹅、酥肉回来，又有老仆做的羊肉圆子烩菘菜、煎豆腐、蒜苗鸡蛋、辣鸡脯子丁，都很不错，关键是有一钵腊肉八宝饭，超乎想象地好吃。吸了油脂半透明的米粒间有腊肉块、菌子丁、虾仁碎、松子儿、榛瓤儿、香葱花，鲜咸中带着一点儿甜，哎哟，怎么就这么香呢？

晨间周祈还与兄弟们馋各样米豆煮的粥呢，午食就吃上了这样的八宝饭——这大约就是天生好运道吧？

周祈与谢少卿对坐而食。周祈看看谢少卿，厚着脸皮，又从钵中盛了一碗腊肉八宝饭——如此那钵饭的大半都进了周祈碗里嘴里，谢少卿却恍若未见。周祈觉得，他兴许是不喜欢这饭。

老仆大约是怕周祈这客人吃不惯家里的饭，还专门过来问问。

周祈吃得好，嘴也格外甜："真是太好吃了。您这手艺，去东市开酒楼，那等座儿的人能排到朱雀大街去。"

老仆笑了起来："其实这个还是大郎做得最好，我做的总腻了些。"

周祈有点惊讶地看向谢庸。

谢庸对老仆温言道："您快去吃饭吧，一会儿就凉了。"

缓了缓神儿，周祈才干笑道："想不到谢少卿还是如此擅长鼎鼐调和之道的。"

谢庸"嗯"了一声，到底没说想来周将军是不擅长此道的。

在谢家吃了顿出乎意料的饭，周祈觉得人这个东西确实复杂；第二日的事则让周祈觉得，人这个东西，即便死了也不安生啊——赵大郎家闹鬼了！

这回也不装什么卜卦道士了，周祈直接带着陈小六骑马去了升平坊。

崔熠从西边光德坊京兆府来，两人在赵大家门前遇上。打了个招呼，周祈便问起崔熠昨日查那典质之物的事儿。

崔熠把马缰绳扔给侍从，摇头道："我去那文书上的润丰质库问过，确实是方斯年去典当的，又取了单子上所有典质之物，去平康坊让杨氏及其他妓子辨认。那都是些小巧的女子钗环，有她们见过的，亦有没见过的，想来是恩客给丹娘的，丹娘私藏起来了。于这财物一节，他们确是没说谎。如今，虽未能排除方斯年的嫌疑，却也不能说他就是凶手。"

周祈点头，看看赵宅："绕了一小圈儿，咱们又回来了。"

周祈突然觉得少了些什么："嗯？怎么没见谢少卿？"

"他去查这宅子旧档、访当年旧人去了。"

周祈停住脚："旧档不是你的人在户部查吗？那程纬卿查得如何了？"

"那程纬卿是大业二十五年的进士，几次吏部铨选都未通过，故而一直未曾授官。想来当时在京里也是四处谋划，或拟考制科，但终究未成，后来干脆卖了房子走了，如今不知所终。"京里像这种读书人很多，有些没有考中进士，有些则考中了却未曾通过铨选，本案中那位方斯年便是其中之一。

周祈再点头。

崔熠突然贱兮兮地笑道："你刚才——莫不是想老谢了？"

"是什么给你造成这种错觉？"周祈扭头看他。想谢少卿……我想他做的饭还差不多。

崔熠立刻为他的朋友鸣不平："老谢很好啊。人长得好看，又有才干，进士及第，二十四岁的大理寺少卿，凭的全是自己的本事，不像我——凭的是老祖母。"

周祈"扑哧"一下子笑了："也不像我，凭的是熬鹰、跑马的功夫。"周祈这正五品上的羽林郎将得来颇有"玄机"。她从前只是个正六品上的校尉，因为给皇帝熬鹰熬得好，才官升四级，称得上是"将军"了，"摄亥支长"中表示暂代的"摄"也去掉了。

周祈与崔熠相对笑起来，可见狐朋狗友能混在一起绝非偶然之事。周祈又厚着脸皮道："以我这熬鹰的本事，未尝不能在二十四岁的时候混成四品官。"

"那就看回鹘人还给不给、什么时候给圣人再送没驯化的大鹰。"

周祈重重地点头："今年过年上香，一定求神拜佛赶紧让回鹘派使团送鹰来！"

崔熠想说"你自己作作法就是了"，但赵家奴仆已经迎了出来，便停了闲话，转而问那奴仆："怎么的？今日你去找法曹，说家里还闹起鬼怪来？"

回话的是那日去找周祈算命的汉子，这汉子约莫是赵家奴仆里管事儿的，曾自言叫徐三。

徐三双目无神，满脸晦气：“回贵人，家里确实不安宁。婢子听琴是帮娘子看小大郎的，晚间睡不踏实。她打昨日就说晚间听到外面有声响，呜呜地似哭似喊，吓得半宿没睡。”

周祈与崔熠互视一眼：“哦？只她一人听到？你家主人怎么说？”

“听琴昨日报与老夫人和娘子，老夫人说她也听到了，这是我家阿郎魂魄不安，在喊冤呢；娘子则道前晚刮大风，听错了也是有的。”

“老夫人让奴再去报官，这种事……”徐三面上现出些为难，也实在是最近和京兆打交道打怕了。

老夫人总催着去府衙打探消息，那京兆府是那么好打探的地方？莫说自己只是一个奴仆，便是阿郎，与这些高官、贵人也挨不上边儿。只好拿钱财请里正代为打点，问问衙差、仵作等人，得些边边角角的信儿。

“我等怕虚报了，也为护着些老夫人和娘子，晚间不睡前院，都睡在东边小跨院里，后半夜果然听到外面有动静儿，就跟鬼哭一个样儿。”说至此，徐三打了个哆嗦，面色越发难看了。

崔熠诧异：“你原先曾听过鬼哭？不然你如何知道是鬼哭呢？”

徐三苦着脸道：“那声响，断然不是风声，也不是小大郎在哭，听着就瘆得慌，那，那，只能是鬼哭啊。”

崔熠揉揉下巴。

“能听出那声响是从哪里传来的吗？”周祈问。

徐三摇摇头。

“你适才说你们原来住在前院的时候没听到？”

“回贵人，是。”

周祈微眯眼睛，那个叫听琴的婢子既是帮着赵家娘子照看娃娃的，当是与其主母同住西跨院，正宅住着赵母，之前男仆们住前院没听到，住到东跨院就听到了，那么声音来源……

周祈和崔熠来到后宅，赵母和娘子卫氏带着两个婢子都在院中候着呢，见了他们都上前行礼。

不过才几天不见，卫氏憔悴了不少，眼底发青，面色也无光彩，

与周祈初见时的美貌小娘子判若两人；赵母也越发干巴，一张脸阴沉沉的，或许是她本来就像枣核，再干也不过如此了，倒没有卫氏变化那么明显。

赵母给崔熠和周祈再行礼，求他们为儿子做主：“我儿被奸人所害，这是魂魄不安啊。”

“老夫人回来仔细回忆没有，赵大郎腿上果真有痣吗？”周祈话题一转。

“有！”赵母回答得斩钉截铁，“他是从我肚子里爬出来的，我如何能记错？那断然不是我儿！”

周祈跟她耍起了官腔儿：“赵大郎不管是被谁害死的，尸首总不能凭空消失，而这时候有一具无头男尸，身形与他极其相类，旁边又有他的荷包，仅凭你一个年老之人说的‘黑痣’，便否其身份……”周祈摇摇头。

“那真不是我儿，我儿——”赵母急得打起了磕巴，“我儿真有黑痣。”

周祈微笑了一下，显然未被老妪说服：“我们也与你等通报一下此案进展。我们在平康坊找到一个与赵大素有纠葛的妓子及其恩客，他们有极大的嫌疑。”

老妪越发急了：“不是，那不是我儿，我儿不认得什么妓子，我儿不是他们杀的，真不是！”

“哦？老夫人以为是谁？”

“是这个娼妇！每日打扮得妖妖娇娇，”老妪指着卫氏，“勾搭了野男人，谋害了我儿。”

周祈越发地笑了。

崔熠虎着脸，比周祈的官腔儿打得还显威严：“你这样没凭没据乱说，小心本官治你诬告之罪。”

老妪张张嘴，拿出帕子哭了起来：“我儿，我儿冤哪——”

周祈劝崔熠：“崔少尹，她一把年纪糊涂了，又爱子心切，还是网开一面吧。”

崔熠看老妪一眼：“在旁站立，莫要喧哗。”

“卫氏？”周祈看向赵家娘子，不知是不是错觉，刚才说找到嫌犯，她的脸似乎都亮了。

“贵人。”卫氏行礼。

周祈却不问她尸体的事儿，转而问起闹鬼：“你可听到那诡异之声了？”

卫氏面现惊恐，轻声道：“前晚睡实了，没有听到。因婢子说她听到怪声，昨晚便没睡踏实，确实，确实，有怪声。”

“能听出是从哪里传来的吗？”

卫氏摇头：“若真是鬼魂，又哪里有个实在地方？”

周祈抬手：“不然！本官参悟道法多年，于民间秘术亦知道不少。据本官所知，这鬼魂常徘徊于某些地方，比如——”

周祈看卫氏：“他的亡地——

“他的葬身之所——

“他生前执念所在——”

卫氏紧紧地绷着嘴唇。

周祈的话又一转：“你们这宅子本来就不安宁，原先后门外就曾出过事儿，也许是快到年终大祭的时候了，他们孤魂野鬼的，闹腾闹腾，也情有可原。”

周祈的一番话成功地让在场诸人都后脊梁冒了冷汗，崔熠、陈小六等与她相熟的都心道，要不是知道她什么样儿，这会子还真信了。

卫氏却还撑得住，再福身道：“是。奴家不敢请贵人亲自施法，还请贵人指点迷津，找个道长，给超度超度吧。这样，不是办法。”

周祈却摇头，满面严肃：“这种事儿，还得是本官自己来。”

崔熠和陈小六都睁大眼，莫非，这人/周老大真有什么神道本事？

卫氏问：“贵人要在哪里作法？要备些什么东西？奴这就让人准备。”

“我看那后院的花厅就好，便是那里吧。”

周祈在这里坑蒙拐骗的时候，谢庸正听一个老翁说话。

这老翁在大业三十一年的时候是升平坊的里正。老翁六十余岁，前面中风一回，不甚厉害，只是嘴有些歪，说话有些不兜风，吃饭总掉饭粒子，但老翁很爱说话，只是没人爱听罢了。

这回来了个打听旧事儿的贵人，老翁很是高兴。

“那年委实有些邪，九月间，那大星陨，这么大的星星，”老翁用手圈个鸡蛋大小，“一个个哗哗地往下掉，就跟下雨似的。我们都说定有不平常的事儿要发生，随后便听说应在了太子的身上。”

谢庸仿佛从老人那歪着的嘴上看出两分某道长的影子。

“当年太子娶太子妃，我是亲见的，太子骑在高头大马上来亲迎……”老翁说起当年太子与太子妃成亲的场面。

谢庸轻咳一声。

老翁顿一下：“哦，哦，贵人是问当年查抄秦国公府的事儿。秦国公附逆，哪有不抄的？圣人的禁卫如此厉害，秦国公却想以卵击石。国公府整个儿都被围住了，墙头儿、几个门都打得厉害，刀光剑影，喊杀震天，可把坊里人吓坏了。”

“哦？有殃及的坊间邻人吗？”

“那倒没有，那次来的禁军多，把国公府都围住了，这仗就没散到街曲里去。我听说当年查抄府邸，打得满里坊乱窜，那同坊的怕是免不得有倒霉蛋儿要遭殃。”

“可怎么都说国公府东邻小宅是凶宅呢？”

老翁叹气：“那是因为秦国公的一子三孙都死在了那河边上，惨哪！”

男主人失踪，很可能被害了，凶宅传说，最近又有鬼哭，赵家人有日子不敢踏足这后园了，听周祈说要把坛设在那里，面色都有些难看，只赵母是个胆子大的：“我给贵人们带路。”

周祈对众人道：“都去，都去。放心，有我在，便是真有什么，也不能奈何你们。”口气活像九天荡魔祖师下凡。

众人唯唯诺诺。

崔熠惯常是与周祈狼狈为奸的，虽不知道她这是要做什么，但给兄弟捧场补台定是没错："如此就全仰仗周将军了。"

崔熠身份最高，又是个浑不论，走在前面，周祈却错后他几步，与赵家娘子卫氏同行。

看看面色苍白、紧紧抿着嘴的卫氏，周祈笑着问："娘子的雅言说得格外好，连我这等好耳朵的都听不出口音。娘子是哪里人？"

"奴从小被转卖，也不知道是哪里人了。"卫氏道。

"哦？那真是身世堪怜。"周祈像个听话不懂听音儿的二愣子，"娘子是在哪里长大的呢？"

"辗转几个地方，在商州待过，在东都也待过。"

"没在京里待过吗？"

卫氏微微顿了一下："也待过些时日。"

周祈再"哦"了一声，点点头。

卫氏垂着头，脸色似乎越发白了。

一行人来到后园。周祈举目看看，这里比前次还要萧索，想来是多日不敢有人来的缘故。这花厅，这后门，这菜地……真是个多灾多难的地方啊。

卫氏一福："贵人作法需要什么？奴去备来。"

周祈刚要说什么，却听留在前院的衙差来报："谢少卿来了。"

周祈看看崔熠："如此，我们等一等谢少卿？"

崔熠笑道："也让老谢开开眼。"

开眼……周祈微微一笑，看看卫氏，又看看那花厅。

卫氏再福一福："贵人作法需要什么？奴去备来。"

周祈嘴角微翘，眼睛中却全无笑意："不必劳烦娘子。"

她拿着马鞭的犀角柄敲打敲打手掌，轻叹一口气："我们这一支道派啊，不炼丹，不画符，讲究的是修炼自身道法，身在法随，勇猛强刚，倚仗手中之剑，擒拿鬼怪妖魔，涤荡人间凶戾——"

谢庸转过影壁，周祈止住"讲道"，笑着打招呼："谢少卿。"

崔熠也笑道："你来得巧，我们周道长正要作法呢。"

谢庸点头，看看周祈，心里有些替她庆幸，好赖今日嘴边没有吃食渣子，不然刚才的“身在法随，勇猛强刚”“倚仗手中之剑，涤荡人间凶戾”伴着那渣子……

周祈不知道谢庸在想什么，犹颇有高人气息地负着手转身往花厅方向走，鞭子没有晃荡，而是被卷着攥在手里。

谢庸亦直奔小花厅。周祈略惊诧，嚯，难道心有灵犀了？

身后京兆衙差、赵府人等都跟着，老妪拐杖敲在石子路上似格外响亮。

这小花厅明暗两间，布置颇为简单，却透着那么点儿雅致。外间一坐榻、一小几、一长案、一鼓凳，几上有笔墨，案上有琴。

周祈手贱，抹一把那琴，一层薄灰。

崔熠亦跟着周祈满屋子乱转，不太明白他们俩对这个小花厅何以如此上心。

谢庸却只在外间略看了看，便迈步走向里间。

啧啧，小哥儿有点儿不讲究啊，直往人家起卧的地方钻，周祈腹诽着谢少卿不讲究的时候已经跟了进去。

里面与外间迥异，外间的家什都颇轻巧俏丽，里面则拙朴得多，且都是合着地步打造的，定在地上、墙上。一张大榻，榻上放着小枕屏，是个午睡小憩的摆设。一个书架子摆在墙角儿，上面放了不少书卷。墙上嵌着几个花瓶、花盆，还有戏弄小人儿石雕和一个香炉，整个儿看起来不像花厅，倒像文人的书房。

崔熠顶不爱读书，看见那书架子，皱皱眉，轻声与周祈道：“睡觉就睡觉，为什么要在这里放书？”

突然想起自己上学时候的经历，崔熠了然：“约莫是不看书睡不着。”

周祈深有同感地点头：“很是！”眼睛却看向卫氏。卫氏的面色看起来越发不好了。

谢庸站在书架前，随手拿出一卷来展开看，目光扫过上面的旧题注，放回去，又换了一卷展开看。

“这些书是买屋子时就有的吧？”谢庸扭头问卫氏。

卫氏嘴唇都在抖：“是，买屋时就有的。”

谢庸点点头，开始把架子上的书往下搬。卫氏整个人的身体都摇摇欲坠。

周祈看了她一眼，走到那书架前，帮着谢庸搬书。

衙差也上前帮忙。谢庸道：“小心，里面有善本。”

周祈动作一顿，不由自主地回头看看崔熠，你们俩——到底是怎么混成朋友的？

书架搬空，周祈试图抬一抬，又敲那内侧木板。崔熠怎能还不知道他们在找什么，赶忙也上前来，跟周祈一起敲打。谢庸却退后，微皱着眉再次打量这屋子。

终于在右下角的地方，周祈敲出不一样来：“这里！”

卫氏坐在了地上，以手捂脸啜泣起来，赵母则双眼冒出精光。

谢庸直直地走去那些花盆、花瓶前面。

还不待做什么，便听得“咔嚓”一声，谢庸扭头，只见那位“勇猛强刚”的周道长把架子踢出了个大洞，腿还伸着呢。

谢庸抿抿嘴：“周道长收了神通吧！”他转动那石雕小人儿，书架缓缓移动。

周祈收回腿来，拍拍袍子，颇为自得，多日未练，这踹门绝技倒是没放下。

书架挪开，是一个洞口，有台阶顺下去。

崔熠眼睛放光，就似顽童见了什么好玩儿的物事，立刻便要下去。周祈拦住他：“这样密闭的地方空气污浊，且等一等。”

既然不能立刻下去，崔熠又实在好奇，只好问看似胸有成竹的两个：“哎，你们如何知道这里有个洞？”

谢庸看看卫氏：“且下去看过再说吧。”

周祈却没他那么谨慎——干支卫就没有谨慎人，毕竟风闻言事是他们的传统。

周祈走到卫氏的旁边，指指那架小枕屏：“《咏而归》……绣得真

好，盛安郡公喜欢这屏风吗？”

卫氏只是委顿在地上哭，赵母亦跪下，哭求“贵人为我儿做主”。

崔熠走去拿起那小枕屏，端详端详，上面一带春水，杨柳依依，一位布衣角巾的老者，五六个年轻人，六七小童，且言且笑的样子，旁边又有字，“咏而归”。崔熠虽读书不多，但到底也被逼着上了十几年学，知道这是《论语》中孔子与诸弟子言志的一段。

咏而归——崔熠恍然大悟，盛安郡公名穆咏。

周祈再指给他看：“这‘咏’字左边‘言’下之‘口’被柳枝挡住一画。缺笔，是为了避讳。”

谢庸本在整理那些书册，闻言看一眼周祈，又低头翻阅起来。

崔熠对此就只能叹气了，他自己写字连皇帝的名讳偶尔都会忘记避忌，如何会注意这个？原来只知道阿周狡诈，不知道她还这般心细……

周祈看向卫氏：“若我没猜错，或许娘子曾在盛安郡公府为奴？或者是随着洛下信阳候府的人来过郡公府？”这些旧公府、侯府多少代互相联姻，多有些滴里嗒啦的亲戚关系。

卫氏只是哭，不说什么。

周祈不再问什么，这男女之事啊，若不正当，不能晒在大太阳下，是极容易引出事情来的……

她又走回那洞口边儿，看看谢庸、崔熠：“二位郎君，走着吧？”

衙差们赶忙点燃已经备好的灯烛，周祈接过，当先走了下去，崔熠赶紧跟上，再然后是谢庸，衙差、侍从们倒落在了后面。

这洞口修得极精妙，明明只开在墙上不高的那么一小截儿，往下走却不用弯腰，再往里走，就更开阔些，能容得三人并肩而行。

里面也挺讲究，用青砖整砌，隔不多远壁上还有放烛台的地方，只是到处都积了不少的灰尘。

周祈蹲下，查看地上的印迹，有女子绣鞋的踩痕，亦有穿靴男子的脚印，在这积了有小二十年的尘土上……

周祈摇摇头，轻叹一口气。

崔熠以为她发现了什么，忙问：“怎么了？”

“突然生出些怀古的幽思来……”

崔熠笑起来：“去个什么地方都要怀个古，你这是要向老谢看齐吗？”

周祈看向同样举着灯查看地上痕迹的谢庸，谢庸亦扭过头来看她。从这“怀古”二字，谢庸更确定周祈对此案的推测与自己相同，看着莽撞，心里倒是明白……

周祈想的则是，动不动就怀古……谢少卿这么风骚吗？

本来谢少卿在周祈这里已经由远山雪变成了瓦楞霜，这会子又即将变身花朵上的露水，可以积到坛子里，埋在老梅树下，专等或春和日暖，或月明风清，或夜雪静落的时候烹茶喝。

这样的水，有人送给周祈一坛子。她附庸风雅地与兄弟们喝了一回，她和段孟都没什么，陈小六和赵参却闹了肚子。两个小子说是水有问题，周祈笑话他们是中午吃羊肉吃太多撑的，到底是如何，至今是干支卫亥支一大悬案。那剩下的半坛，周祈虽嘴硬，到底没喝，都拿来浇了花儿。所谓来于斯，归于斯，也算得其所哉了。

周祈的目光从那明灭灯光中的俊逸侧脸上移开，在心里埋汰他，这位，一定是那种吃了肚子疼的。

周祈接着低头探查。突然，她停住脚：“这里！”闻言，谢庸和崔熠都凑过去。

三个烛台把那印迹照得很清楚。那印迹有一尺多长、两寸多宽，暗红色，似是拖擦而出。

“这是血吧？”崔熠问。

谢庸伸出食指抹一下，凑近灯光照一照，捻一捻，闻一闻，手指上没有什么，连灰尘都很少，微有血腥味儿：“应该是比较新的血迹。东重而西轻，是从我们进来的入口拖擦往前走的。”

几个人继续往前走，又发现了些血滴和另一处拖擦血痕。

地道不算曲折，亦不长，若不是初次进来又要查探印记，估计走到头最多一盏茶的工夫。

灯光能清楚地照到那出口处的扳机，谢庸扳动它，门渐渐移开。

三人拾级而上，然后便看到一个婢女目瞪口呆的脸。

三人走出来，往旁边看看，又是一个书架儿。再看看这室内的泥金大屏风、雕花檀木大榻和书案，案上的掐丝宝钿小香炉、镂雕笔筒和玉石镇纸，以及案旁容颜清秀、身着细绢的婢子，不用问，确实是盛安郡公府的书房。

“哎，回魂了！盛安郡公呢？”崔熠问。

婢子满面通红，赶紧行礼：“回崔郎君，敝主当在内书房。”

崔熠有些嗤之以鼻，穆咏那学问，还弄俩书房……不过想想这个书房可能不能算书房，当算卧房，崔熠释然，旋即又疑惑：“你如何认得我？”

“上巳节时，奴婢曾见过郎君打马球。”婢子轻声道。

崔熠点点头，想来是我马球打得好，风姿也好，婢子记住了。马球是崔熠的绝学之一，在长安儿郎中鲜有敌手。崔熠看看谢庸，又看看周祈，得意地一笑。

周祈看向屋顶，谢庸则回头找这边开合书架的机关。崔熠悻悻的，对婢子道：“前头带路，去内书房。”

周祈咧嘴笑了，谢庸亦微翘嘴角儿。周祈挑眉，你别说，我们小谢少卿笑起来还挺好看的呢。

崔熠围着面色灰白的盛安郡公穆咏绕了半圈：“你说你何苦来呢？”

半晌，穆咏道：“我没杀赵大。”

崔熠“呵”了一声：“我们都从那破地道里出来了，你还说这个！你当真没杀人？”

穆咏垂下头。

崔熠挥挥手：“得了，我也不问了。走吧，老郑还在府衙等着呢。”

衙差带着穆咏走出去。内宅的太夫人、夫人们听了信儿都哭着追出来。周祈回头看看穆咏头发斑白的祖母、已经不年轻的母亲、青春年少的妻子，摇摇头，叹口气。

崔熠笑问：“怎么的？心软了？”

周祈笑着看崔熠和谢庸：“要心软也是你们这有家有业有爷娘的心软。我光棍儿一条，哪日若是横死街头，身后连个哭的都没有，有什么可软的？”

谢庸皱眉。

崔熠道：“快元正了，说话也不忌讳着些。”

陈小六则在身后呸呸两声。

周祈浑不论地笑道：“嘻，我不过就是一说。你们没听过祸害活千年吗？”

对周祈这种自知之明，众人俱有些无语。周祈不但有自知之明，也有知人之智。崔熠如何能忍得住，在路上便问起此案的原委，大家看到的、听到的都一样，怎么你们就能猜出来呢？凭什么？啊？

“记得那日你与谢少卿遇到穆咏吧？他堂堂国公为什么会走开向小曲的偏门？分明是专门在那里等你们。原先我们认为是他胆小怕事儿——但再胆小怕事儿，也不过是邻居一个小商人的命案罢了，再即便牵扯到从前秦国公府旧案，又与他盛安郡公何干？他们家是案发五年后搬来的。”

崔熠想了想，点点头：“你接着说。”

“我们再说赵家娘子卫氏，确实如你从前所说，与赵大在年龄、相貌、志趣上皆不相配，又有婢子听到他们夫妻争吵‘有人’的话，后来发现赵大在平康坊有个红颜知己丹娘，我们便以为是赵大‘有人’，”周祈哼笑一下，“你们这些男子狎妓平常得紧，又不是在外面偷娶二房，算什么‘有人’？这词儿用在赵大、丹娘身上，本不合适。”

崔熠否认：“我与老谢就不狎妓，最多去听个曲儿，是吧，老谢？”

“不是。”

“哎——”崔熠惊诧地看他。

周祈“呵”了一声。

“我连曲儿都不去听。”谢庸一脸的淡然。

周祈的呵笑卡在脸上，她只好抬手挠挠耳朵，遮掩过去。

崔熠干笑："其实我去得也极少，都是同僚们相邀，实在磨不开脸儿，才去听那么一支两支的……"

陈小六和侍从们一边暗笑，一边替崔熠、周祈尴尬得慌，为免被殃及和"清算"，都默默地与谢、崔、周三人拉开了距离。

周祈轻咳一声，把自己拐跑的话题又拐回来："况且这卫氏的表现着实有些怪异，在赵母说凶梦，认为赵大遇害的时候，她极力否认，提到这宅子是凶宅时，她亦否认，似有不喜我等探查之意。这是一个普通妇人、一个丈夫失踪的妻子该有的样子吗？"

"我们在平康坊发现的荷包，用料很是讲究，赵大为人吝啬，那会是他的荷包吗？但婢子又做证确是卫氏所绣，我们是不是可以推测那是她绣给旁人的？一个身份贵重、日子过得讲究的人？"

"还有赵母对她的指责，"周祈停顿一下，"这老妪有些让人看不透……或许她着实知道些什么，但无证据，又惧怕盛安郡公权势，故而只暗示，不敢明告。"

崔熠再次点头："之前我就说这小娘子有问题，可你们如何想到那后院有地道的？"

"记得从前谢少卿的疑问吗？赵母颇为精明，卫氏鲜少出门，她如何与人通奸？婢子又说卫氏爱往这后园花厅去……我这脑子呀，便不由得想起从前的旧案来，京郊刘长庆在地窖囚禁邻家少女秋娘七年。还有那些看过的传奇——"周祈一只手拉着马缰绳，用拿着马鞭的另一只手开始数，"《春园记》里面阮绫娘与情郎在花园假山洞子里相会；《幽梦引》中去寺庙礼佛的富家千金芳娘，睡梦中被从佛像下暗道钻出来的和尚带走；还有《琳琅阁》中那女阁主与众美男……"周祈突然停住。

崔熠正听得大有兴趣："与众美男如何啊？还有旁的吗？之前你说你博览群书我还不信，还果真是！"

周祈看看崔熠，他一脸的"快说啊"，周祈又微扭头看谢庸，他抿着嘴，眼角却微微翘起，一副要笑不笑的样子。周祈被他的笑噎了一下，我这大概就是所谓的一世英名毁于话多吧？

眼角的余光中见到周祈那紧紧抿着嘴、睁大眼试探的神情，谢庸不只眼角翘起，连嘴角也翘了起来。

周祈的嘴抿得越发紧了，旋即却又释然，以自己与谢少卿的脾气秉性，本不是一路人，想来他看自己不惯之处颇多，倒也不在乎再多添这么一两笔。

周祈又玩起了她的马鞭柄，扭头对崔熠道："不过是些与地洞、地道有关的传奇，回头你去东市搜罗搜罗，有的是。本案中，一个有些心虚的邻居盛安郡公，一个足不出户却有嫌疑的小娘子，小娘子流连后园，但因那鬼哭，我提起后园，她又面色紧张，似有避忌，这不得不让我生出些想头来——这后园中有什么？会不会就是他们幽会之所，或者可通向幽会之所，比如有这么一条连通两府的地道？"

"自然，猜想有这地道，还有些旁的缘故，说来那才是本案的缘起。"周祈看向谢庸，"这个，谢少卿更清楚，我就不卖弄了。"

崔熠扭头看谢庸："老谢？"

"这宅子大业三十一年时的主人程纬卿，进士及第，流连京城，未曾出仕。流连京城是平常事儿，但流连京城十来年，就不平常了，大多数人早已去各州府谋差使儿了。而这读书人宅子旁边是一个权贵……我们皆知，权贵宅子周围，常有依附而存的族人、门客，这程纬卿会不会就是秦国公的幕僚门客？这也解释通了他为何没有出仕。早些年小宅中每逢七月半烧纸的当是知情旧人，兴许就是这位程公吧。

"至于地道，我问过这升平坊的老里正，他说当年禁军整个儿围了秦国公府，又说秦国公一子三孙死于这小宅后门外，那么这秦国公的子孙是如何逃出来的呢？有这地道就说得通了。

"再有，周将军曾言，兴庆宫龙池之水通向这里，而太子居于兴庆宫。大凡废立谋反这种事儿，早有端倪。太子找人谋划，最可信者，一则是母族，一则是妻族，太子生母出身卑微，那便只剩了妻族的秦国公府。或许当年太子及其使者，便是通过兴庆宫龙池东的小闸门悄悄出去，顺河而下，进了这坊的。又为避过秦国公府内外可能有的耳目，在这小宅里凿了地洞，直接通向秦国公外书房。"

想想那精致的地道，崔熠击掌："可不就是给太子准备的吗？偷个

情，何须费这么大劲儿？”

崔熠又想起周祈的“怀古幽思”来，原来她是这个意思！

“关于盛安郡公与卫氏，我同意周将军所言，他们许是旧主仆，偶然机会发现了这机关秘道，并曾进去探查过。后来嫁为人妇的卫氏再来长安，想办法购置了这小宅，引发了本案。”

崔熠想想，这案情其实算不得复杂，只是裹在了十几年前的旧事儿中，就不好理顺猜透了，幸好有这两个多思多虑的。崔熠突然笑了：“老郑还在那儿跟方斯年较劲儿呢……”

周祈与崔熠都挑挑眉，彼此“嘿嘿”一笑，全是狐朋狗友长期混着长出的默契。谢庸不理他们，打马往前走，周祈与崔熠再撇撇嘴。

周祈：“没趣味。”

崔熠：“没意思。”

两人又“嘿嘿”地笑了，也打马跟上。

听谢庸叙述了案情经过，郑府尹欣喜之情溢于言表，搓两下手，才想起这样的不雅相，又放下，勉强郑重了表情：“这回真是辛苦子正啦。子正果真大才，难怪得李相公器重，特奏请圣人擢入大理寺。”

“郑公太过奖了，此京兆府、干支卫和大理寺共办之案，大家勠力同心才查出些眉目来，不是某一人之功。”

郑府尹越发高兴了，却还是道：“嗯……子正莫要太谦……”

周祈一边有一搭没一搭地听着，一边喝茶，摸自己旁边小案上的干果子吃。京兆这葡萄干儿定是从西市胡商那里买的，大，甜，不是很干巴，好吃。

听到二人的官场客套，周祈在心里哂笑，这些官员……

其实，周祈从小到大听过也说过太多这种话。说起来，谢少卿的官场客套到底带着文人的矜持端庄，是穿着大衣服的，不够敞亮。要说敞亮，还得是宫里人……都是赤膊的。

周祈拈葡萄干的手突然一顿，为何我见了谢少卿，就总想起赤不赤的事儿来？这调戏人总挑着一个调戏，似是过分了些……周祈难得地自省了一下。

郑府尹赞道："依某看，子正就是天生该着当这刑狱官的。"

谢庸再客气回去，听郑府尹说"天生当刑狱官"，谢庸看一眼那个饮茶吃果子吃得正欢的。

周祈也想起自己卜的那一卦来，得意地一笑。

谢庸端起茶盏。

郑府尹这回对周祈的脸色很是和暖，看见她那吊儿郎当的德行也不再堵心，反而罕见地道了句"周将军辛苦了"，对崔熠的夸赞也更多了两分真心，说崔熠"不负众望"，是"高门子弟之楷模"。

周祈与崔熠都拱拱手，客气一句，两人又笑着对视一眼，对郑府尹何以如此心知肚明。

本朝惯例，这种涉及朝中官员的案件，由京兆合同大理寺办理，若是大案，刑部、御史台也要共审，但不管大案、中案、小案，只要涉及官员们，便不算在京兆考绩中，也算给人多事儿杂的京兆府留些余地。

本以为是个民间凶杀案，谁知摇身一变成了官员杀人案。郑府尹暗叹，变得好啊！青龙寺的签子果真灵验，"来路疑芜废，源中有人家"，这不就如那渔父一样找到路了吗？本来郑府尹都做好去做养老官的准备了。

郑府尹站起来道："此案审理宜早不宜迟，早日审清结了案，也让亡者安息。我们这就去吧？"

三人都站起行礼，与郑府尹一起走去大堂。

"穆咏，你是功臣之后，有爵在身，本府也不想弄得太难看，事情已经明朗若斯，你还是从实说了吧。"

隔了这段时间，穆咏站在京兆府大堂上倒比崔熠逼问他时更从容一些："某确实与卫氏有私，但赵大不是我杀的。"

站在这堂上的，哪有老老实实招供的？郑府尹于此颇有经验，只道："你且说来。"

"卫氏本是家祖母的婢子，某年少时，家祖母溺爱，多遣身边小婢照顾，卫氏便是其中之一。大约某十岁时，发现了外书房的秘道，当时

正是卫氏随侍，便带她去探这秘道……”

“可曾与人说起？”

“当时小，怕家里大人说，便不曾与他们说起。后来又下去那秘道几次，不过是个荒废小宅，并无可观处，便不再下去，渐渐也便淡忘了。”

“你和卫氏之私又是何时开始的？”郑府尹问。

“舍下与信阳候府有些旧亲，她后来被家祖母送与了信阳候府的三娘。三年前，她来长安，从那地洞中出来，我才知道她被放了出去，且嫁与了那赵大。”穆咏抿抿嘴，“她哭诉赵家吝啬、赵母刻薄、赵大粗鄙，我很是怜惜她，我们本是相熟的旧人——便，便有了私情。”

这么轻易就有了私情？周祈终于信了传奇上男女初见便如何如何不是瞎编的了。那《花月记》上……周祈赶忙在脑子里打住，用手指揉揉耳朵，接着听。

“那卫氏所生之子，是你所出，还是赵大的？”郑府尹又问。

“是我的。”穆咏低着头道。

这倒也在意料之中，郑府尹道：“那便说说你杀害赵大的事儿吧。”

“我真没杀赵大。不管你们信不信，我真没杀他。”穆咏抬起头。

郑府尹笑了一下，觉得他否认得很没意思：“那你说说，你的荷包是如何掉在平康坊尸体之侧的？”郑府尹颇通诈供之术，根本不问那荷包是不是他的，只问他为何掉在那里。

果然穆咏没有否认，沉默了片刻，只摇摇头：“我不知道，兴许是被谁偷了，或掉在平康坊什么地方了，被人捡了用来栽赃。”

郑府尹觉得这功臣之后啊，真是黄鼠狼下耗子——一代不如一代啊，这样蹩脚的借口大约只三五岁小童会用，七岁的都会想个更通顺一些的。但转即又想，就是这么个人办的事儿，让自己差点提前养老，心里不免堵得慌。

“那你再说说地道里的血迹吧。”

“那个，我确实不知道。兴许是多年前的陈迹吧。当年秦国公府被围，有受伤之人用那暗道，滴落了血迹在地上。”

郑府尹拍案，冷笑道：“简直一派胡言，处处漏洞。那洞中是拖擦血痕，且是从赵宅方向拖去公府，说什么陈年旧迹……”

穆咏皱起眉，目光略显茫然：“我真不知道。”

装得倒像，这郡公也不是全无是处。郑府尹缓缓地道：“本府说说，你看对不对。你与那卫氏有了奸情，并生有一子。不知何处露了端倪，引起了赵大怀疑，故而赵大与卫氏发生口角，所以婢子才听到‘有人’的话。”

郑府尹语速渐快：“这通奸，大小也是个罪名，你怕赵大找你去闹，被人知道，故而带着家奴、伙同卫氏，便在赵家打伤打晕甚至杀了赵大，并通过地下密道运回家中。又砍了头颅，收拾干净，用马车载去平康坊，丢在东回北曲。

“许是卫氏早知道赵大认识常丹娘，告诉了你，所以你才这般嫁祸的。你那荷包便是搬运尸体时不小心掉下的。本府的推测，没什么差错吧？还不速速从实招来！”说到后面便有些疾言厉色的意思了。

穆咏面色苍白，不断摇头：“不是，我没杀赵大，我不知道，不是我！”显然精神已濒错乱。

郑府尹冷哼一声，若不是你身上有爵，一顿板子下去，就都招了。审这种人实在束手束脚，郑府尹想着初步审出个头绪来，写了奏表，把他往大理寺一送，也就完了，便挥挥手，让人把他带下去。

然后提审卫氏。

卫氏与穆咏所言差不多，赵大买这宅子果然是她引导的：“我告诉他听人说这坊里有便宜小宅，他为人吝啬，听了‘便宜’二字，哪里还顾旁的？与其母商量过，便买了下来。

“……他想整一整后园，把那花厅改成暖房，好放花木。我说暖房要点炭，放那点子花木，不定能不能抵上炭钱呢，他才作罢。”

“那日婢子听你与赵大口角‘有人’，是怎么回事儿？”

“便是他说改暖房的事儿，我不让，他玩笑道：‘那房里莫不是有什么花妖精怪变的野男人勾了你的魂魄吧？’我心里吃惊，便说他：‘有人这种话不是随便说的，以为都跟你似的什么香的臭的都让她沾

身子。’”

“你果然早知道常丹娘的事儿？”

卫氏低头道：“是。”

郑府尹摇摇头，先买宅，再通奸，又用话拿捏反将丈夫，还有案发后的所作所为，世间怎会有如此奸诈的女子？目光扫到那边的周祈，郑府尹又觉得，这女子的奸诈倒也寻常，最怕那种又狡诈又泼皮又彪悍的……

然而卫氏并不承认与穆咏合谋杀了赵大：“他真的是失踪了。或许真是被平康坊那妓子杀了也不一定。”

郑府尹对她可没有什么顾忌，当下便上了刑，然卫氏依旧死咬着未曾杀夫。

“铁证如山，你死咬着又有何益？你以为不说，本官便奈何你不得？”说着，郑府尹便要加刑，却见谢少卿看自己，似有话说，便改而挥挥手，让人把卫氏带了下去。

几人回到偏厅。

郑府尹笑道：“刚才在堂上，某观子正似有话说。”

“是下官打扰郑公问案了。”谢庸带些歉意地笑道。

“你我之间还说这个？”郑府尹责怪他，“子正尽管讲来。”

“从案情进展和堂审上看，此案尚有颇多疑点。那赵大是初一失踪，而平康男尸是初四晚间被杀，若那男尸是赵大，中间空的这几天是为了什么？这不是绑架案，中间需索要赎金；那男尸身上亦无折磨伤，故而这几天也不是穆咏在折磨他。”

郑府尹略沉吟：“许是在犹豫吧？毕竟杀个人，不是杀只鸡。”

谢庸接着道：“还有那空荷包，看今日堂审，确实是盛安郡公的，但他带个空荷包，还恰巧掉在抛尸处，这也太奇怪、太巧合了些吧？”

这个就连郑府尹也解释不通。

“况且赵大是在外面失踪的，如何会在家中被杀？他尸体何以有酒气？还有其母那凶梦，那诡异的鬼哭……这里面疑点太多。下官以为，此案还要再查，倒不忙着定论。”

郑府尹兴头儿上被泼了一瓢凉水，不免心里有些不快。但转即又想，是该夯实些，常言破船尚有三千钉呢，盛安郡公府虽没落了，但到底有底子在，若出了差错，被其反咬，倒也着实麻烦。

郑府尹又恢复了笑脸："那依子正看，我们当从何处查起呢？"

"还是先查查那几日穆咏的行踪吧。赵家也要再去看看。"

崔熠去审一同带到京兆府的盛安郡公府仆从，谢庸和周祈则辞别郑府尹出来。

周祈胡噜胡噜肚子："你说老郑怎么就这么抠呢？也不说留咱们在京兆吃个饭。跟京兆府打交道这么久，我还不知道京兆公厨饭堂朝哪儿开呢。"

谢庸淡淡地道："大约是看你吃果子的样子，怕明日还要出去买碗盘吧。"

陈小六一下子就笑了，又赶紧绷住。谢庸的侍从罗启亦是忍笑的样子。

周祈拧着眉头看谢庸，我饿了还不能吃点儿东西垫补垫补了？怎么就是要啃了人家盘子碗的架势？你以为都跟你似的家里有人做了好吃的饭食？

其实没吃饭这事儿真还赖不到郑府尹，他们一行人先是去赵宅查探，又是探秘道，又是去盛安郡公府拿穆咏，一路上说案情，走得也不快，到京兆府的时候已过了午时。

因为有个讲究吃穿的纨绔崔熠在，郑府尹怎么也想不到他们会没吃饭——而纨绔子弟崔熠是让案情急得，真忘了。到了京兆便议案情，跟着开堂审案，这一忙便已交申时。

周祈冲他拱拱手："少卿此话甚是，那下官便告辞了，去找个卖盘子碗的瓷器店垫补垫补。"说着便拨转马头，想在光德坊找个能吃饭的地方。

陈小六赶忙也给谢庸行一礼，跟上周祈，心里暗叹，周老大这干支卫的派头真是越来越足了，随便就给大理寺少卿甩个脸子……为不给自

家老大丢份儿，陈小六下意识地挺了挺腰。

罗启看向自家主人。谢庸却翘起了嘴角儿："跟上吧。"

罗启觉得，自家阿郎什么都好，就是不会哄女郎开心。从前只是说话少，冷冷淡淡的，这回——还不如从前呢。哪有说女郎能吃的？也就小周将军是出来做官的，经得多，见得多，度量大，换别的女郎兴许就哭了呢。看来阿郎这些年没娶上新妇，全是凭的自家"本事"啊，真是白瞎了那张好脸……

这光德坊不似东、西两市卖吃食的多，酒肆、食店从午时开到快日落，这不当不正的时候，周祈连着问了几家食店，都说熄了火儿，周祈不死心地接着找，谢庸领着侍从便慢悠悠地跟着。

功夫不负有心人，总算让她找到一个小食铺儿，店主人是个看上去颇精明的汉子，说可以煮索饼，荤素都有。

周祈笑道："便做些炝锅的羊肉索饼吧，又热乎又香。"

谢庸走进食铺，周祈回头，佯装惊异地笑道："呀，真是此生无处不相逢啊。这么巧，谢郎君也是来找瓷器的？"

陈小六和罗启都低着头憋着笑。

谢庸还是那副淡然的样子："嗯。"

周祈点点头："这里的粗瓷大碗想来管饱得很。"

店主人赔笑道："郎君和小娘子说笑，我们食店卖的是吃食，不卖碗。这要买碗啊，最好去西市，那里有个陆家老瓷，出得好细瓷碗盘。郎君和小娘子一看就是贵人，用老陆家的，合适。"

周祈道："细瓷大碗且不急，先煮索饼吃。"

店主人笑道："客人稍待，很快就好！客人要加蛋吗？"

那岂有不加的？周祈道："加，再多放些菘菜丝。"

这小食铺儿许是地方小，不是单人单案，一共就一张大食案，旁边摆了四五把小胡床。周祈与谢庸对面坐下，周祈又招呼陈小六与罗启："别讲究了，一起坐吧。"谢庸亦指指座位让他们坐，两人便也都坐下。

食案上有个小醋壶，又有个小碟，里面放着一堆没剥的蒜瓣儿。

周祈脾气来得快，去得也快，知道马上有炝锅素饼吃，刚才又戗了谢少卿两句，这会子便好了，从碟中抓了几瓣蒜，问谢庸："谢少卿要吗？"

谢庸摇头："多谢。周将军自用吧。"

周祈分给陈小六两瓣，然后笑着对谢庸主仆道："没有蒜的炝锅羊肉素饼是没有灵魂的。你们大约没听过坊间一句话：'羊肉汤饼就辣蒜，给个宰相都不换。'"

陈小六看一眼自家老大，你不是惯常都说"给个郎君都不换"吗，怎么今日正经了？谢庸照旧摇头，倒是罗启看一眼自家主人，也拿了两瓣。

周祈放弃劝说谢少卿，口味这种事儿，本来就是甲之熊掌乙之砒霜，倒也不必强求。况且不吃蒜瓣这种事儿，也不一定关乎口味，而是关乎包袱。想想，远山雪似的谢少卿拿瓣蒜张开大嘴生啃……周祈笑了。

谢庸看一眼周祈，周祈越发端出街上周道长的样子来，笑得慈祥。

店主人手脚很是麻利，不大会儿就用托盘儿把素饼端来了。先给谢庸和周祈："二位真是大福，今日打出来的竟然都是双黄蛋。难得，难得啊。"然后又端给陈小六和罗启。

这城里坊间食店、酒肆有规矩，在店里若吃到需运气才能赶得上的好东西，比如吃蛋吃到双黄的，吃肉吃到项间脔肉，总要额外给些赏钱。

周祈笑着看店主人一眼，又看看谢庸："看来我们还真是运气好。"

店主人笑道："那是，郎君和小娘子这样的贵人，哪有运气不好的？"说着便笑眯眯地退了下去。

周祈咬一口荷包蛋，嗯，火候正好；又吃口带着羊肉末的素饼，甚香；再咬口蒜瓣，更香了！这店也不光整些虚头巴脑的。

这么冷的天气，吃这样的热汤羊肉素饼，大半碗吃进去，周祈后背竟出了些薄汗。抬头看对面的谢少卿，周祈有些纳罕，一个人是怎么做

到看着慢条斯理，其实吃得又不慢的呢？这大概比弄明白为何今日这般幸运有两个双黄蛋还要难些。

周祈吃得开心的时候，谢庸亦几次看她，从她的身上仿佛看到许多年前一大一小两个身影……

四人都吃完了，周祈掏出钱袋，招呼店主人结账。

店主人走过来，笑里带着些希冀。

周祈晃着钱袋笑道："店主人不妨带我们去看看怎么做出的双黄荷包蛋。"

店主人本想糊弄过去，却见那似颇好说话的小娘子变了神情，似笑非笑地眯着眼："说实话。"

不知怎的，店主人被她这样看着，觉得有些冷，不敢再扯谎："是，是某蒙骗了贵人。不过是把两个蛋打在抹了油的勺里，放在开水上虚着，再煮，不是真的双黄。"

周祈又恢复了之前的笑，从钱袋里掏出钱放在案上，几个人走了出去。店主人本以为饭钱泡汤了，谁知道不只饭钱，额外竟然还有赏钱！

四人出来，罗启颇为纠结，郎君怎能让女郎掏钱呢？谢庸疑惑的则是周祈如何知道那双黄蛋是假的。

周祈料定他不知道这长安城坊间酒肆、食店的规矩，与他讲了，又道："哪那么些巧合，咱们俩都能吃上双黄蛋？凡是这不合常理之处，多半就是有鬼。"

谢庸点点头，想起赵大案的案情，是啊，多半是有鬼，可这"鬼"是什么呢？

虽然时候不早了，谢庸和周祈还是又返回了升平坊。

盛安郡公府里，太夫人病倒，谢庸和周祈也就不去老人床前添堵了，只见了穆咏的母亲和妻子。

先见穆母，穆母眼睛哭得红肿："咏儿从小仁善，幼时连只鸟死了都要流泪。他不是什么宰辅之才，这个我知道，要说他杀人，我不信。"

再见穆妻，穆妻伤心中带着些决绝："我们内宅妇人又如何知道他在外面如何？少卿和将军自去查吧。”

谢庸与周祈出了盛安郡公府内院。

“这穆咏确实有问题。”周祈道。

谢庸点头。穆妻那神情分明就是已经认定穆咏有罪了，穆咏或许会在祖母和母亲面前着力遮掩，但在朝夕相处的妻子面前，恐怕早已露了马脚。会发现马脚的还有那些贴身伺候，本来就心细的婢子。

谢庸和周祈又来到外书房——若这案件果真是穆咏干的，那么最可能的分尸之所便是外书房。

外书房留有京兆的人把守，在此，谢庸和周祈先见了见外书房的婢子们。外书房的婢子除了那日见过的那个，还有一个。知道自家阿郎被带走，面前的又是带走自家阿郎的人，两个婢子有点儿战战兢兢。

“你家阿郎近来有什么异常？”周祈问。

“奴等看不出阿郎异常来。这些日子，阿郎只来坐一会儿，静静神便走。从前倒是常在这外书房读书，一待就是大半天。”

“他读书还有在这儿坐一坐的时候，你等可在身旁侍奉？”周祈问。

“阿郎读书喜静，故不要我等在书房侍奉。”

又问了几个诸如婢子们是不是成天在这书房值守、从前可曾听见书架后有动静、穆咏可曾带了男仆在这书房密谈、可曾从这书房搬走东西之类的问题，周祈便放了婢子们，与谢庸一起里里外外地查看这书房。

周祈又与他通报了刚才审问婢子的结果，婢子们的话只是再次佐证了穆咏与卫氏有私，却缺少杀人斩首的证据。

谢庸点点头，蹲在屏风后的大榻前，看上面的雕花儿。周祈不知他动了什么东西，只听“嗒”的一声，竟打开一个暗格。谢庸低伏身子往里面看了看，拿出一卷书画来。

周祈走近：“什么机密东西？”

谢庸却把那画又卷上，放了回去：“没什么，无关紧要的东西。”

周祈却已经隐隐看到了卷轴上的“鸾凤斋”，不由得一哂，鸾凤斋的春宫，精致有余，新奇不足，有什么稀罕的，还藏着掖着……

谢庸板着脸看她一眼，走了。周祈撇撇嘴角儿。

周祈拍拍大榻，连着外面的书案，还有那机关书架，这些大摆设都是老檀木的，雕花雅重，与华丽的泥金屏风、精巧到略显轻浮的掐丝宝钿小香炉、镂雕笔筒等颇为不同，只略一想便知道，这些应该是从前秦国公的东西。

“盛安郡公府还挺勤俭，坏了事儿的旧宅主的东西还留着接着用。就刚才放——”周祈咳嗽一声，免得再被某人板着脸瞪，便省了两个字，“——的那个暗格，从前不知放的是什么机密东西，到了穆郡公手里，就风花雪月起来……”

谢庸不理她的缺字，只回答疑问：“想来是因为盛安郡公守孝归来被再赐宅第时，敕旨上是连着这宅中家什一起赐下的，穆家人谨慎小心，不敢动而已。”谢庸皱着眉，谨慎若此的穆家……

周祈想一想，也对：“所以那程纬卿早不卖宅子，晚不卖宅子，等这里赐给了盛安郡公才卖，就是觉得新宅主入住，秘密守不住了，谁能想到会阴错阳差至此……”

然而解开这些疑团，并无太大用处，饶是谢庸和周祈把这外书房踏遍，到底也没发现什么穆咏杀人的可疑痕迹。

实在查无可查了，谢庸、周祈带着罗启、陈小六再下秘道。

这回，他们查看得更仔细一些，谢庸在秘道口不远处一个放灯烛的壁台上找到两块石子儿，与那边赵宅花园中铺路的有些像，那壁台也格外干净。周祈接过那石子儿看一看。

谢庸道：“大约卫氏有书信便放在这里，怕秘道中有风把信吹了，故用石子儿压上。”

周祈点点头：“婢子说穆咏偶尔遣出婢子，自己在这里坐一会儿，想来就是进入密道查看有无卫氏的信。”

秘道中血迹还在那里摆着，没有什么变化。有周祈他们走过，路上的足迹更散乱了，便是不乱，青砖路也不是个辨别足迹的好地方。倒是在赵家那边的秘道口，亦找到一个特别些的壁台，没有靠盛安郡公府这边的那个干净，上面也不见什么石子儿。

周祈伸出手指抹一下上面的灰，心里慨叹，只从这俩壁台上，卫氏与穆咏的关系便一目了然。

官府的人从后园冒出来走去前面，把去偏院牲口棚子喂骡的看门老叟吓了一跳："贵人们何时进来的？"又疑惑地自言自语："这么些人进来我竟都没看见？"

周祈问："老丈，你家老夫人可在家中？"

老叟侧耳大声道："啊？老夫人？在，在呢。"

谢庸和周祈等便径直走去赵母所居的正宅。身后，老叟弓着腰慢慢走向偏院。

赵母用帕子擦擦眼，对谢庸、周祈行礼："多谢贵人们为我儿申冤报仇，抓住了那奸夫淫妇。"

老妪消息倒是灵通，知道已经把穆咏带走了。看着老妪那张干巴阴沉的脸，还有闪着精光的双眼，再对比对比那边宅中的穆母……周祈道："老夫人莫要客气，这本是我等该做的。只是虽抓住了穆咏和卫氏，这里面还是有些麻烦。"

赵母着急："这如何还有麻烦？"

谢庸板着脸："官府办案，都要板上钉钉。这杀人案，要有尸体尸格，有凶器，有证人证词，要知道起因和经过。穆咏与卫氏通奸或是事实，但他们拒不认罪，又无赵大之尸体，无证人，无凶器，如何能定他们的罪？"

赵母欠起身子，急道："这般明显还不是他们吗？那秘道里有——那秘道黑洞洞的，我那梦里大郎喊冤，身后就是黑洞洞的，是他们干的，差不了！"

周祈与谢庸互视一眼，周祈缓声安慰道："老夫人少安毋躁。若果真是那穆咏与卫氏所为，定然饶不了他们。"

赵母又坐回去。

"我等就是想让老夫人再想想，令郎腿上确实有痣吗？那平康坊的无头男尸到底是不是令郎？"

赵母垂下眼皮："我上了年纪，记混也是有的。我有个外甥，与大

郎一般年纪，兴许是他腿上有个痣？”

赵母又用帕子抹眼睛：“兴许那就是我苦命的大郎。”说着便捂着脸哭起来。

谢庸的目光在赵母袖子里露出的半串佛珠上停了一瞬，然后便站了起来，径直往正厅旁的西屋走。

赵母不哭了，略显不安：“贵人——”

周祈与这位谢少卿共事不长，却颇能明白他的所思所想，看一眼赵母，问：“老夫人住哪个屋？”

西屋里放的都是些杂物，扔了可惜，留着也是白留着，脏乱之外，因不住人，还格外冷。谢庸扫一眼便知道自己错了，退了出来，却见前面周祈已经钻进了东屋。

谢庸眼角带着些笑意，惫懒是惫懒了些，却也……

赵母神色大变，然而谁也不再看她。周祈不是那等不会办事儿的，不曾先动，等着谢庸进来，侧头问他：“估摸在哪儿？”

屋里一架箱式床，床帷低垂，一个单扇屏风，半掩着个柳木高柜和一个带脚的胡式长矮柜，矮柜旁放着火盆。另一边靠墙还有口大箱子。

谢庸指指矮柜：“那里吧？”

英雄所见果真略同！周祈走去掀起箱子——一个身材矮小瘦干的汉子与她看了个眼对眼，那双眼与赵老妪的一模一样。

周祈笑道：“赵大郎，请吧！”

陈小六和罗启饶是也算见多识广，还是有些目瞪口呆。赵母则软倒在地。罗启去招呼守通道的京兆衙差带走赵氏母子。

周祈看看那老妪，颇善心地道：“就借他们府上的骡车送去京兆府吧。”阴谋从坐车去上香开始，阴谋的结束，也让他们坐车去府衙吧。

谢庸、周祈和陈小六在后面跟着，一起去盛安郡公府前骑马。

“老大，你跟谢少卿是怎么想到赵大藏在老妪屋中柜子里的？”陈小六这回是真对自家老大还有谢少卿佩服得五体投地。

找到了赵大，周祈高兴，就又有些嘴瓢：“你就是看书看得太少。那《柜中鸳梦》里不是明明白白写着吗？”

陈小六看一眼那边的谢少卿，想捂脸，老大啊，你真是全凭自己“本事”找不着郎君的……

谢庸则有些无奈地笑了。

众人到光德坊时，暮鼓已经过半，天将黑了。

周祈眼力好，一眼辨出京兆门口的崔熠与他的侍从一行。

崔熠亦看到他们，打马往这边来迎，远远地便道：“嘿，老谢、阿周，你们猜我查到了什么？证据！那杀赵大的定是穆咏！”

走近了，崔熠得意地一笑：“嘿嘿，这回也轮到我说嘴了！我找到了穆咏杀害赵大的证人。”然后便卖关子，等着周祈和谢庸问。

押解赵大母子的京兆衙差一脸的不忍，自家少尹嘚瑟一回不容易啊，但……唉！其中一个悄悄撩开了车帘子。

崔熠：“这是——”突然意识到什么，“赵大？”

衙差对他深深地点点头。

崔熠回头瞪了身后坐着平康名妓的车子一眼。

作为兄弟，周祈给他补场：“太好了！那穆咏果然有问题。兴许那无头男尸的事儿有着落了。”

崔熠给周祈一个“好兄弟，什么也不说了”的眼神，周祈则回以“自家兄弟，客气啥”的笑。两人眉目传“情”的时候，却听谢庸道：“确实很可能与平康男尸相关。”

崔熠看向谢庸，想了想，对啊……情绪立刻又好起来。

众衙差虽然于这里面的事儿不甚了了，却也能觉出自家少尹这心路历程的一波三折来。

因早有衙差飞马回报，本已下衙回家的郑府尹、司法参军等也已经回到京兆府等在偏厅。听见外面的人语声，郑府尹带人满面笑容地迎出来，看到衙差押着的赵氏母子，只满口道“好”。

来到偏厅，众人分宾主按官职坐好。郑府尹对这峰回路转也着实好奇：“子正，你们是如何找到这奸诈之徒的？”

“周将军曾言‘凡是这不合常理之处，多半就是有鬼’。”谢庸竟先引用周祈的话。

郑府尹等看看周祈，知她虽一贯地吊儿郎当，但毕竟是皇家禁卫，也着实有些见识。

周祈又端出东市卜卦一条街扛把子周道长的微笑来。

“此事之始，便是赵母的凶梦，老妪说其子失踪是被害，催着报官，并暗示进而明示对卫氏的怀疑，且表现出对自家是凶宅深信不疑。这世上真有凶梦预警、凶宅害人？凶杀案中多有自作聪明的凶手去官府报案的，此即所谓‘贼喊捉贼’也。故从一开始，这老妪便有可疑。”谢庸道，“见到平康尸首时，赵母言之凿凿赵大腿上有痣，我与周将军今日再问，她又道或是记错了。何以证词反复？前后所差者，不过是我们已经找到了暗道，捕了穆咏和卫氏。试想，前次若那尸首被认为是赵大，我等只会着重查探平康坊，如何还能发现赵宅暗道之密？而此次已经拿了穆咏和卫氏，再说那尸首是赵大便无妨了——其证词反复的目的便是他二人。”

谢庸又道：“其实赵母身上最大的疑点也在于此，她对赵大的死‘确信不疑’，却不关心赵大的尸体找到没有，悲伤亦似有限，只口口声声‘为我儿做主’，求我等擒拿真凶。于一位寡母来说，擒凶为何比其子之死本身还重要？”

郑府尹点点头：“很是！盖因其子未死，目的本就在这‘凶’上。”

“还有那鬼哭，正是那鬼哭又把我等引向赵宅，引向后院，直指暗道，这与老妪的目的相同。世间真有鬼哭？若是人为，是老妪，还是另有其人？

“今日老妪更是说漏嘴，差点儿说出那地道中的血迹，她是如何知道的？

“这种种，若赵大系诈死，便都能解释通了。”

郑府尹和司法参军等道：“果然如此。”

“我猜，赵大那日想把后园花厅改成暖房，却无意间发现了秘道，并通过秘道走到了盛安郡公外书房地道口处。或许从前他对卫氏便有怀疑，这回更确定了卫氏与穆咏有染，甚至怀疑孩子的血统。其他证人证词皆说赵大为人吝啬刻薄，非心宽之人，出了这样的事儿，他如何忍得？必须报复回去，便归而谋于其母。

“而赵母极精明，与赵大一起定下这诈死之计——赵母信佛，今日在其腕上见到佛珠，或许就是老妪选的全家去青龙寺上香这个契机，赵大偷偷回宅，伪装失踪。”

郑府尹拊掌：“我看便是如此了！”

“却不想出了平康无头男尸的事儿，让此案扑朔迷离起来，”谢庸微笑道，“也让我等拐了个大弯儿。”

郑府尹面色又不太好起来：“唉，可惜，这桩命案却是没有破。”

谢庸看向崔熠。崔熠对郑府尹笑道：“平康坊这边亦有进展了。南曲妓子方绫儿说腊月初四晚，已经亥末了，穆咏才到其院子里去，面色不佳，行动慌张，说话也总是失神。那平康的无头男尸正是死于那晚亥时至子时许！”

郑府尹身体微前倾：“哦？这么说就是那穆咏杀的人。可那死者是谁？何怨何仇？这也太巧了些吧？”

这个就不是崔熠擅长的了，崔熠端起杯盏饮一口茶，这好几个时辰，连口水都没喝呢。

周祈吊儿郎当地一笑：“能是谁？倒霉蛋儿呗。”

众人都看她。

郑府尹多数时候看不惯周祈，这“多数时候”不包含分析案情时。这干支卫许是术业有专攻，对这些凶戾恶徒鬼祟之道，总是看得颇清楚。

“还记得吧？便是初四那日咱们去的赵宅，且当日中午听酒肆主人说赵大在平康坊有个知己，崔少尹当日下午便去赵宅查问这‘知己’之事。卫氏于丹娘本就略知道些，当日便把此事告知了穆咏。穆咏害怕奸情暴露，自己被怀疑因奸情杀人，便来到平康坊，找了个与赵大身形相似的倒霉蛋儿杀了，以此‘移祸江东’，嫁祸平康妓子，也转移我等放在‘凶宅’上的视线。

“那荷包想来是穆咏故意扔下的吧。砍头，脱衣，掩藏此人真正身份；扔下荷包，作为‘物证’，指向赵大。”周祈冷笑，“画蛇添足！”

“穆咏平日那般和软怯懦，想不到竟如此心狠手辣！”想想那无头男尸，郑府尹觉得脖子有些发凉。

“怯懦之徒多自私，视自己重若天下，视他人轻如草芥。他人性命、人间道义，什么都不及自己的得失重要。若有冲突，什么都可以毁了拿来垫脚。”谢庸道。

郑府尹感慨地点点头。

谢庸沉吟了一下：“说到‘和软’——自然，这只是我的猜测，还要堂审再验证。穆咏在平康坊杀人，是在何处处理尸首处理得这般干净？妓子处？不知诸位是否还记得，那尸首身有酒气，并有冻亡者之相。

“人饮酒后，比平时更易冻死，各地每年都有寒冬时节饮酒过量、卧于街头冻亡的。穆咏或许便是想到此节，用信笺、玉佩，甚至就是那个荷包，诱那喝醉之人去外面傻等，候其冻死后，便在外面轻轻巧巧地砍了头颅，脱了衣物。人死后本就血流停滞，大冷天再冻一冻，流血更少。那抛尸之所，也即其处理尸体之所，才得如此干净。他这杀人方式，与直接拿刀砍死比，倒也确实显得‘和软’。”

郑府尹再次拊掌：“妙哉！这就都通了！”

外面更鼓声响，郑府尹笑道：“今日某就不说什么‘辛苦’之类的话了，子正、周将军、显明，大家都先回去好好睡一觉，明日朝会后，我们一起来漂漂亮亮地审结此案！”

诸人都站起来行礼。

郑府尹携着谢庸的手臂亲自送出府门。后面崔熠问周祈：“你今天是回不了兴庆宫了，住哪儿？跟我回去吧？”

周祈赶忙摆手：“快打住！就你们家洗个脸十个婢子伺候的排场，我可受不了。”

崔熠笑起来：“谁还非逼着你洗脸？”

“崇仁旅社多，我带着小六随便找一家住一晚就是了。”

崔熠点头：“也行，随你。”

谢庸、崔熠、周祈并陈小六和几个侍从一起冒着夜禁往回走。崔熠、周祈他们既人头儿熟，又有符牌，于犯夜这种事驾轻就熟，并不当回事儿。

今晚月光明亮，在这空旷的长安街头骑马，虽风冷了些，却也颇为恣爽。

几个人行得不快，崔熠问起找到赵大的细节，陈小六嘴皮子最利索，与他从头到尾说了一遍。

崔熠奇怪："哎，他们怎么知道那赵大藏在矮柜里，不是榻上，不是高柜中？"

陈小六有些迟疑，虽则崔少尹与周老大相熟，但直说还是不大好吧？

周祈回头，看看陈小六那德行，哈哈地笑起来："那屋里没个榻，想来老妪平时便坐在床上，火盆却离床甚远，反而挨着矮柜，为什么？那是寡妇疼儿，怕藏在柜里的儿子冷，刻意放在那里的。且那矮柜还用屏风半掩着，'藏'嘛，总要能遮一遮就遮一遮，能掩一掩就掩一掩的。想来谢少卿便是以此推断出来的吧？"

陈小六神色略带悲愤，周老大还能不能嘴里有句实话了？还什么《柜中鸳梦》，这是多读传奇就管用的事儿吗？枉我还想着省吃俭用把东市传奇都买了看呢！

听了周祈的话，谢庸扭过头来，月光似把她剪了个影，而晚风让这剪影生动起来，每一处都那么恣意，还有——洒脱。

谢庸扭回头来。

周祈突然一笑："哎！谢少卿，我们今晚回不了宫，你说住去崇仁坊——"

谢庸抿抿嘴。

"哪一家旅社好啊？"

"就一晚，你还瞎挑什么？老谢家旁边就有一个，叫什么清风逆旅的，你去住下就行。"后面的崔熠道。

行到清风逆旅门前，周祈在马上对谢庸叉叉手，笑道："明日见，谢少卿。"

谢庸点点头，带着罗启走了。

周祈和陈小六都下马，陈小六去叫门。这个时候，那清风逆旅中都黑了，想来连主人带客人都睡下了。

拍了一会子，终于听到一个苍老的声音答应着："就来啦，就来啦。"

陈小六便不再拍，转而过来接过两匹马的缰绳，突然想起什么似的对周祈玩笑道："老大，你听崔少尹的话住这清风逆旅，莫不是打着晚间爬墙的主意吧？"

周祈笑问："这是怎么讲？"

谢庸走到自家门前下了马，突然想起王寺卿说的事儿来，略想一想，把缰绳递给罗启："你先进去，我有件事儿与周将军说。"罗启答应着，在后面看自家主人又折返回去。

陈小六自得地对周祈笑道："咱也是读过书的人啊。那《东邻女》中，女郎看那邻家书生俊逸好看，便竖了梯子爬过墙头，假说自己是狐仙，与这书生有夙缘……

"还有咱们原先办过的永宁坊的案子，里面那个王家小娘子攀着院中的桂树翻墙去隔壁与刘三郎幽会。老大，你翻墙过院自然是利落无比，但对谢少卿还是莫要操之过急吧？"

周祈微侧脸，又回过头来对陈小六笑道："你啊，还是读书太少，经的、见的也少。你可知道十来年前一桩旧案，洛下有个被称为穷奇娘子的？

"那穷奇娘子是洛下至味楼的庖厨，本事大得很，切的羊肉片比纸还薄，一盅炖八珍香飘半条街，然而她最出名的却是'熘邻肝''抓炒七窍玲珑心'。"周祈的声音变得幽幽的，"夜半的时候，穷奇娘子攀墙而入邻居李大家，取了李大的心肝，然后回来切丝切片、点火架锅倒油……"

陈小六抖一抖身子："老大，你快别说了！"

周祈语重心长地道："所以说，这攀墙而过，不一定都是你以为的风月之事……"

身后一声轻咳。陈小六吓一跳，回头见路边树影里走出一个身材颀长的身影来："谢少卿？"

周祈也回头："嗯？谢少卿！莫不是忘了交代下官什么话？"

谢庸负着手，淡淡地看她一眼："我忘了与你说，明日朝会后仗下议政要议重修紫云台的事儿，估计散得早不了。"

周祈赶忙行礼，笑道："多谢谢少卿还专门走来告知，那我就不早早去京兆府等着了。"早知道他来说这事儿，就不讲穷奇娘子了……

谢庸点头，"嗯"了一声，便转身离开。

周祈叉手："下官恭送谢少卿。"

"某以为，以周将军之才，想来也做不得那穷奇娘子。"那背影的声音不咸不淡的。

周祈撇撇嘴，讽刺我没有做饭的本事……能吃就完了呗！

陈小六则吸了一口气，做不得穷奇娘子……那这攀墙便是风月之事，莫非谢少卿是暗示让老大攀墙过去吗？

吸气的声音在这寂静的夜里委实有些响，谢庸脊背一僵，行路的姿态虽然依旧从容，步伐却似变大了。

"客人还住不住店啊？"门口提着灯笼的老叟扬声问。

"住，住！"周祈领着陈小六进了旅店。

周祈悉心教导陈小六："这调戏人呢，要分人，要点到为止，不可太多，亦不可太过，太多、太过了就不是风流了，万一遇见暴脾气的，会挨揍……"

第二日，周祈起得晚，与陈小六一起在崇仁坊吃了顿颇有盛名的胡娘子小鹌鹑肉馄饨，才牵马晃悠着回兴庆宫。

头午在兴庆宫干支卫廨房处理了些杂事，再次修改添补了年终奏表，然后在公厨饭堂吃了顿味道千篇一律的午饭，在龙池边转悠一圈儿，估摸着时候，周祈便骑马去光德坊京兆府衙。

等的时间不长，郑府尹并谢庸、崔熠便到了。

虽则又是朝会又是仗下议政，郑府尹精神却不错，只略歇息，便笑道："走，我们去会会那几个奸诈之徒。"

今日是正式大审，作为大理寺少卿，谢庸与郑府尹同审。

先提审的是赵大。

赵大上来便喊冤："求贵人为小民做主啊。"

郑府尹被他气笑了："你说说你构陷他人，冤从何来？"

赵大睁大眼睛："贵人，小民这不是构陷啊，这是让那有罪的人露出马脚。况且，小民也是被逼无奈，盛安郡公有权有势，与我那不贤之妻通奸，小人若去找他理论，只怕早被灭了口。"

郑府尹怒道："这天子脚下让你说得还没有王法了！你有冤情，为何不来告状？"

赵大赶忙磕头："小民记住了，以后有事儿便来这里找贵人告状。"

崔熠和周祈都有些忍俊不禁，这赵大果真是个能人……

让他这一通无赖浑说，郑府尹竟然气得忘了词，用手指点点赵大，便要发签子打板子，这等奸诈之徒，不打果真不老实。

"那你可知道，若未找到你，穆咏与卫氏或会被断成谋杀，按律，谋杀人者，当斩。"谢庸的声音不大，却透着一股子冷冽。

赵大认得这是抓来自己的那个官员，心里本就打怵，这样直指弓矢之的的话，他也确实没法回答，不由得有些讷讷。

"若那般，杀他们的便是你。你，这是谋杀。"

"不是，我不是……"赵大本能地反对。

堂上却没人说话。

公堂无形的威势压下来，赵大有些乱了："卫氏通过秘道与人通奸好几年，我替人养儿子，当这剩王八，我报复一下子怎么了？我辛辛苦苦这么些年，若是没发现，不知什么时候就被那奸夫淫妇治死了呢。这种事儿，本来便不是你死，就是我亡！"

"说说事情的经过吧。"郑府尹见已经打开口子，便接着审。

赵大耷拉下头："我早就觉得卫氏对我虚情假意的，尤其是搬来这长安后更甚，孩子也不是我的相貌，只是苦于没有证据。那日我去后园花厅，想着把那里改成暖房，谁知触动机关，打开了秘道……

“我一个小民，如何动得了一个郡公？于是便想出这诈死之策。家母信佛，知道腊月初一青龙寺有法会，当日，家母与那淫妇并奴仆婢子们都去了寺里，只留刘叟看门。刘叟年迈耳聋，我极容易便混进了门。先去那地道中，用布蘸着备好的鸡血，于那地道中不很显眼的地方造了血痕，显眼的地方怕被那奸夫淫妇发现坏了事儿。”

“那装鸡血的东西和布在何处？”

“装鸡血的是厨下的瓶子，我已清洗干净放了回去。那布我也略洗过，然后扔到了灶膛深处，如今想来已经烧成灰了。”

郑府尹点点头，放弃寻找这物证：“你接着说。”

“家母回来，按照事先说好的，第二日便说做了凶梦……谁想会扯出丹娘的事儿？我正着急，家母与那淫妇被叫去认尸，那里竟然有具无头尸体，身边又有卫氏针线。若那尸首被认为是我，谁还会来查这宅子？家母急中生智，说我腿上有痣……”

赵大所言，竟与之前谢少卿推测的一丝不差。

“那鬼哭又是怎么回事儿？”郑府尹问。

“家母让奴仆来府衙打听着，知道贵人们怀疑丹娘和那姓方的，她们自然也不是好东西，”赵大脸上微现纠结，“但害我的毕竟还是卫氏和盛安郡公。我便趁夜去后园，假装鬼哭，好引贵人们来查这宅子和园子……”

这案情虽有曲折，但有之前谢庸的分析，众人倒也都不惊讶。

审完赵大，便提审他的情敌——盛安郡公穆咏。

穆咏被抓，京兆又把他与赵大分开关押，故并不知道赵大还活着的事儿。此时提审，与赵大于走廊上走了个对面，穆咏满脸惊骇。事已至此，赵大也没有什么怕的了，对他冷笑两声，便走了过去。

来到堂上，穆咏问：“那赵大竟然还活着？”

郑府尹冷笑：“你如今是不是格外后悔？若是不杀那无辜之人，如今不过是个通奸的罪，徒一年半而已。”

穆咏变了脸色，到底当了这么些年的郡公，比赵大能扛：“什么无辜之人，我不知道。既然那赵大还活着，诸位便该解除对我的怀疑了

吧？我承认犯了通奸罪，郑公按律定刑就是了。”

“定罪且不忙，你听听我说得对不对。”郑府尹综合了周祈和谢庸的说法，“你听说赵大在平康东回北曲认识一个妓子，为掩盖通奸，摆脱嫌疑，便生出嫁祸之计。你在这平康坊客人中发现一个身材与赵大相当的，这人喝了不少酒，你用那荷包或是别的什么香艳之物诱他去外面等，等他冻死，你与仆从便把他剥了衣服，砍了头颅，又把那荷包扔下，以引我等认为那是赵大，作案毕，你就去了妓子方绫儿那里……”

穆咏往后退了两步，面色苍白，嘴唇微抖。

“方绫儿说你当晚面色不佳，行动慌张，还需要我叫她来与你对质吗？”郑府尹拍响醒木，“还不速速招来！”

过了半晌，穆咏方垂头道：“你后面说得都对，但我不是一开始就有意去害人的。卫氏与我传了信儿，我心里乱，本是想去南曲坐坐解烦，谁知不由自主地就拐去了北曲，随意找了个院子进去，恰见一个人在那里豪饮，这人与赵大身形很是相似，也一样鄙俗……我便上前搭讪，知道他是个泼皮赌棍，这种人，便是失踪了，旁人也只以为他出去躲债了……

“我与他毕竟没有冤仇，怎好杀了活人？我想起前年平康坊有个喝多了躺在外面冻死的，便想出了这个主意……”

周祈看一眼谢庸，我们这位凶手果然还有小时候哭鸟的影子，如谢少卿所说，是个“和软”的。

穆咏说了那人相貌，又交代了埋头颅和衣物之所，郑府尹当即便让人去起。

审完了主犯，余下赵母、卫氏、穆咏贴身仆从等涉案的便容易了，饶是这样，一干人犯审完，又是暮鼓时候。

崔熠还有收尾的事儿，谢庸和周祈辞别郑府尹等出来。

周祈长叹一声：“一所多年前的凶宅引发的案件……看来这买房啊，真得谨慎。”

周祈看谢庸：“对了，谢少卿，听说四门博士冯公和左拾遗曲公都将致仕，且听说要一同返乡，那他们开化坊的宅子或是要卖的。二公虽官职不高，却于士林和朝官中有令名，如今高龄致仕，善始善终，着实让人钦羡，那两幢宅子当能算是吉宅了。那宅子都不大，两三进的样子，少卿若有意，可去看看。”

谢庸没想到她竟然真还记着这事儿呢，脸上终于带了微笑：“多谢。”

周祈笑道：“少卿莫要客气，某旁的做不了，打听点消息倒还使得。”

谢庸看周祈，疑心她在回敬昨晚说其没有穷奇娘子烹饪之才的事儿，却见她原本英气的眉眼弯着，鼻子微皱，笑得竟很是纯良。谢庸觉得，许是自己想多了吧。

京兆的人起出了那无辜被杀者的头颅和衣服。那头颅虽埋入地下几天，但因天气寒冷，还能辨出形貌。稍加打探，也便找出了他的真实身份。

此人名钱哙，是个赌徒，可惜名字取得不好，钱来得快，去得更快，有钱的时候便嫖娼喝酒，没钱的时候到处举债躲债，搜刮家里去“翻本儿”。他几日没回家，家里人只当他又输了，到处躲债去了。

事后崔熠与谢庸、周祈感慨：“那钱哙家里穷得就剩两床被卧，两个孩子，一个七八岁，一个四五岁，都瘦巴巴的跟芦柴棒一样，那娘子头脸上还有被打的痕迹。饶是这样，她还伏在钱哙身上哭呢……”

谢庸淡淡地道：“她悲伤亦有她悲伤的道理。一个女子带着两个孩子，于穷街陋巷之中，活得不易。钱哙活着固然给她们带来麻烦，但有这么个人‘支撑门户’，也省了许多麻烦。显明，你回头让人交代里正和坊丁照应一下吧。”

崔熠想了想，点点头，回头看绝影，绝影立刻行礼出去了。

周祈看看谢庸，长了一张高门旧族的脸，竟然颇懂民间里巷的事……再看看旁边可爱的崔少尹，周祈一笑，又吃了个糖果子。

周祈说到做到，月中一发了薪俸，便约着崔熠，一起给谢少卿在丰鱼楼接那个迟到的风。

这丰鱼楼除了做鱼一绝，又有一处招周祈喜欢的——各种点心、糕饼、糖果子做得极好。

比如这“玲珑水晶果”，山芋块、橘子瓣、山楂、栗子等干鲜果子外面裹了一层脆脆的糖皮，撒了些芝麻，又脆又甜又香。那果子上都插着牙签子，一会儿工夫，周祈面前就攒了一小堆儿牙签子，瓷盘中则去了一半果子。

崔熠道：“从前老谢便说，可怜之人常有可恨之处，可恨之人亦多可怜之处，想想，还真是，本案中的穆咏、赵大、卫氏……”

跑堂的领着两个士子模样的来到近旁座位，其中一个不忙坐下，先对崔熠拱拱手：“这位郎君请了。刚才几位莫不是在说最近那有名的‘凶宅案’？”

崔熠亦拱拱手，明知故问道：“哪个凶宅案？”

另一个士子坐下道：“便是升平坊那个凶宅案啊。盛安郡公使人掘了一条地道通向其邻赵大郎家，与赵妻——”士子看一眼周祈，咳嗽一声，略过了半句，“那赵大竟然诈死以诬盛安郡公，京兆并大理寺诸位倒也精明，竟破了这奇案。”

另一个士子道：“我听说这破案的还有一个禁卫的女将，很是厉害。”

崔熠扫一眼周祈，笑问：“怎么厉害呢？”

“据说那位女将身高近丈，虎眉豹眼，膀大腰圆，手拿一根九尺长鞭，端的是个烟熏太岁，火燎金刚！”

崔熠忍不住哈哈大笑起来，谢庸亦端起茶盏掩住唇边的笑意。

周祈看看案上自己那马鞭，突然觉得它不够好起来，果然还是长鞭更气派些，但九尺的长鞭——东市上有卖的吗？得找人定做吧？

那士子看他们笑，不高兴起来：“几位莫非不信？如今坊间都是这般说的。若不是这般，如何能做得将军？”

崔熠忍着笑点头：“信，如何能不信？说起来，某还有幸见过这位女将呢。这位将军鹰驯得极好，酒量亦颇佳，真真的女中豪杰！”

那士子道：“可惜这样的豪杰错投了女身，相貌又着实威武了些，如今男儿多浅薄，只怕这位女将军婚嫁上有些艰难。”

周祈举着山楂果，面色略带悲愤，我没说话啊，怎么躺着还能中这种流矢？关键，还扎这么准！

另一个士子笑道：“听伯清之言，似对这位女将颇有倾慕之意啊……”

崔熠皱起眉打量那之前说话的士子，似买肉的在挑肥拣瘦。

那士子摆手：“某一介白衣，谈何倾慕？”

崔熠收回眼来。

那士子却话音一转：“若某有幸登科，过了铨选，得授一官半职……”士子咳嗽一声，“不说这个了，显得无礼。”

周祈得意地看看崔熠和谢庸，嘿，看了没？某已经有人愿意接手了，不像你们俩……周祈觉得，这就譬如三人一起吃公厨大灶，临吃饭了，突然有人请自己吃小灶去。

崔熠对周祈微撇撇嘴。谢少卿没什么特别神色，端着茶盏，用盏盖轻拨茶粉，浅浅地饮着茶。

周祈越发得意，单就着他们俩的羡慕嫉妒，自己也能多吃一碗饭。

不大会工夫，跑堂的端上蒸鱼、烤鱼、炸鱼、鱼丸的全鱼宴来，周祈到底抛下这点光棍们之间的明争暗斗，专心招呼这两根，并对付起自己食案上的鱼来。

周祈固然不通烹调之道，但这长安城好吃的，十成中，她吃了也有六七成了，故而于品评之道颇通，更记得各种各样的典故，张刺史安西归来连吃了五盘还要再添的鱼脍，惹得和尚木鱼敲错点子的刘娘子蒸鱼头……说来足以佐餐。

就着周祈的典故，崔熠又多要了两个鱼头，那位谢少卿却着实难招待，这般的好鱼和好客主人，他都没有多添半碗饭。周祈觉得自己已经尽力了……

谁想更好客的是这丰鱼楼的店主人。

“我刚才听跑堂的小子说有人讲我们这里鱼菜的好典故，便知道是周将军来了，没想到还有崔少尹，真是蓬荜生辉啊。”然后拍打那跑堂

的一下，“你新来，认着些，这是崔少尹，这是周将军……”

他们话音虽不高，那两个士子却也听到了，不由得有些瞠目结舌，也太巧了吧？那个说倾慕周祈的不由得多向她看了两眼，被崔熠瞪了回去。

出了丰鱼楼，崔熠问周祈：“席间你冲我们笑什么？你还真看上那小子了？比他好多少的，我也能给你弄一车来。那人不行！是不是，老谢？”

谢庸是那种秉承君子之道的，鲜少背后评论他人，崔熠也就是随便一问，谁知这次谢庸竟然也有了些凡人气儿：“嗯，那人是略显孟浪。”

哎哟，这羡慕嫉妒的嘴脸……周祈嘿嘿一笑，把自己吃大灶吃小灶的譬喻讲给他们听：“这小灶好不好吃，我吃不吃的，都不打紧，关键你们俩还吃着大灶呢。”

崔熠指指她，谢庸则转身负着手走了。

周祈越发得意了。

让她高兴的还在后头。

忙完了升平坊凶宅案，又已经交了年终奏表，周祈便松下来，跟陈小六、赵参、秦都安、孙广几个或常在廨房或换班回来的一起玩叶子牌，就连段孟都没在外面拍石头、踹树，而是在旁边不言不语地观牌。

周祈人品不好，牌品却极佳，不耍赖，不使诈，可惜牌技却着实差了些，不大会儿工夫，脸上就贴了七八张纸条。

陈小六脸上只两三张，不时看看周祈，帮她数一数，又幸灾乐祸：“老大，你快十张了哈。凑够十张就让座儿，墙边蹲去。”

墙边扎马步的孙广龇牙咧嘴地道：“兄弟们赶紧着，把老大砸下来，让她来替我！”

周祈却甩出手里的牌，嘿嘿一笑：“赢了！”又可以多玩一会儿。

孙广实在蹲不住了，坐地上喘气。门帘子被撩开，孙广先看见靴子和袍子角，心突然往下一沉：“参见骠骑大将军。”

周祈回头，赶忙扯下脸上的纸条，上前叉手行礼，其余诸人亦忙在她身后行礼。

蒋丰皱皱眉，轻斥：“成何体统？”

周祈讪讪地一笑。

“你们去吧，我与你们将军有话说。”蒋丰对其余人挥一下手。

陈小六等赶忙再行礼，退了出去。

周祈把自己日常坐的榻清一清，请蒋丰上座，又给他奉上茶来。

“老些日子没来兴庆宫了，我来看看你们。”

蒋丰是皇帝身边第一显宦，据说皇帝亲言其是“比后妃皇子公主还要亲近些”的人，封骠骑大将军，是这干支卫的总统领，又兼领甲部之长。不过他不在兴庆宫住，若有急事儿，各支长可径去叩见：若无急报，干支卫每半月一会，也能见到。

这甲部从子丑到戌亥十二支，亥支是最不显的——露脸少，惹事儿也少，周祈不明白蒋大将军怎么今日跑到这里来。

蒋丰指指自己的对面：“你也坐。”

周祈便道了谢，笑着坐下。

蒋丰喝一口茶，看着她光洁白皙的额头，不知想起什么，突然问：“算来，你也有二十了吧？”

周祈赔笑:“是。”蒋大将军说的是虚岁,等过了年,就得说是二十一了。

蒋丰点点头，略感慨地道：“都这么大了。”

周祈再笑。

其实除了这上下级的关系，周祈与蒋丰还有些特殊关联。周祈是蒋丰从宫外捡进来的。

这宫里宦者从外面捡孩子回来倒也不罕见，一般都捡已经稍微懂事些的，且多是男童，净了身，稍微养一养，便能使唤了，又多让这捡的孩子跟自己姓，待他们也格外亲近些——多少有些“养儿防老”的意思。

蒋大将军就特别些，捡了周祈，抱来的时候还是奶娃娃，又是女童，蒋大将军又让她跟着宫里一个大宫女姓周——那宫女从不曾照看周

祈一时半日，周祈长大一些觉得，还不如跟给自己洗衣喂饭的老妪姓韩更合适呢。

许是位高权重，争着抢着管他叫“爷”的实在多，蒋大将军对周祈这女童便不大上心，周祈自然与他也算不得亲近，甚至头一回听老妪说自己是蒋大将军捡来宫里的，还觉得很是惊讶。

在周祈的记忆中，唯一一回显示蒋大将军关心自己的，便是七八岁的时候，自己跟一帮小宦者打架，被一个大些的小子狠踹了两脚，晚间吐了血，把韩老妪吓坏了，哭哭啼啼地去求见蒋丰，第二日那小宦便不见了，又有医者送了药来。

也是自那回起，周祈开始跟一个姓苏的老宦者学些防身拳脚——这自然也是蒋大将军的恩惠。老宦本只教三招两式便停了，但耐不住周祈软磨硬泡，就再教一些，又教一些，几年下来，到底也让她学了不少。也是凭此，干支卫在宫里招人的时候，周祈才被选了出来。

新丁拜见官长时，蒋大将军见了她，还有些吃惊呢——当时两人已经很久未见了。

两人许是都忆起了当年，屋里一时静下来。

周祈看向这位位高权重的显宦，虽如今也算常见，却鲜少这样仔细看他，他鬓边华发丛生，脸似乎也比记忆中老了不少，时间确实不饶人啊。

蒋丰再饮一口茶：“如今外面都传那升平坊凶宅的事儿，甚至有外藩使节在圣人面前提及，你们处理得甚好，你的奏表写得亦好。”

周祈笑了。周祈在宫里掖庭念的书，但那时候放在打架偷吃东西上的精神更多，是个活猴儿，故而如今写文章实在算不得好。之所以得这一句赞，是因为那奏表中刻意淡化了当年戾太子和秦国公的事儿。周祈自谓于遣词造句上不那么在行，却是个知情识趣的。

蒋丰挑眉：“我给你换个支？”

周祈赶忙摇头，又行礼道谢：“多谢大将军，祈在这亥支待惯了，觉得挺好。”

蒋丰一笑：“倒是个好性子，若——”蒋丰停住，不再说了，站起来，“行啊，你们接着玩儿吧，我走了。”

周祈赶忙站起来送行。

等蒋丰走了，小子们都凑进屋里，一个个眼睛亮晶晶的：“老大，是不是腊赐的事儿？”

周祈沉下脸卖关子，哼，小子们，刚才合伙挤对我、贴我的条儿……

“不会吧？没有？”一个个立刻眼暗了、脸垮了。

周祈笑起来，把蒋丰的话与他们学了，然后道：“我看，应该是有的。”

陈小六等都欢呼。

到二十三祭灶日，腊赐发了下来，果然有亥支的，且很不少。

戌支长杨肃顶小心眼儿，不免酸一句：“阿周，你这运气真好啊。这都进腊月了，还能干下一桩长脸的事儿。”

周祈冲他勾勾手指，杨肃凑近。

周祈道：“兄弟我有自己画的好运符，两万钱一张，你要不要？要的话，我们自家兄弟可以便宜些，算你一万五。”

杨肃笑骂：“掉到钱眼儿里去了！你这假道士画的符能有用？”虽这么说，却还是道，“赶紧进贡给哥哥两张！”

周祈嗤笑：“行吧！”

给大伙儿分了钱，又私下周济些家里穷的，再给苏师父留些——可惜前年老妪去了，花不上自己的薪俸了……周祈也和亥支其余诸人一样盘算这些钱怎么花。

这二十多万钱，年后还有年俸要发，也有二三十万钱，凑一起有五十万钱，可真是一笔巨款啊。不知道老王器铺制一条长鞭要多少钱？九尺的就不要了，四五尺的正好用……上回崔熠说的那匹白马也不知卖了没有？快过年了，是不是也要置办几套行头？

看她揉着下巴在那儿琢磨，陈小六不由得劝道：“老大，你可攒着点吧！想想你没钱只能吃公厨的日子……一年可就元正前后来这么两回大钱，你都败干净了，那点儿月俸，够你吃几回丰鱼楼？再说，你

不该买个宅子吗？咱们一年总得有几回回不来，要是外面有宅子就方便多了。”

周祈被那句“公厨丰鱼楼”戳在了命脉上，不由得在各种吃食和长鞭白马中间踟蹰起来，甚至动用了扔纸球抓阄大法——唉，可真是甜蜜的烦恼啊。

第二章 画中人

周祈是受穷等不到天黑的性子，手里有点儿钱就烧得慌，怎么也要去东、西两市撒一圈儿。

既然到了东市，便来书画街转一转，见见卜卦算命的同行们，拜个早年。有些已经撤了摊子回家过年了，也有还坚守的，一见了周祈都道："周道长，这阵子不少来打听你的呢。"

又道："我们也听说了周道长在升平坊降妖除魔的事儿。周道长果真道法高强。"

周祈抱了不少甘蔗段儿，一边走一边分："都怎么说我的？"

"混元真人"笑道："都说周道长化身身高丈二、虎眉豹眼、手拿九尺长鞭的一个英雄，不但力大无穷，还道法高深，极善审阴魂。你于那阴曹拘来平康坊无头尸的魂魄，让他自述冤情，又招来六丁六甲、四值功曹并土地等询问，这么一问就都清了……"

“我前次听说，还身高近丈呢，这会子就丈二了！长得忒快。还有这神通……”周祈嘬嘬牙花子。

众人赔笑。

周祈叹道：“我要是有这神通，先点石成金再说……”

众人都笑了：“很是！是该先点石成金再说。”

与周祈更熟些的“紫微宫传人”笑道：“坊间的话过些火儿是有的，却也表示了对周道长的惊叹推崇之意。”

众人再道：“很是，很是！”

常年一块摆摊儿，看这位周道长及其“同门”的行事做派，他们又常卷入各种凶案中，众人也能大体猜到其身份，不过是不道破罢了。

众人对这位“周道长”格外推崇礼遇，除了惹不起，也是觉得有她在挺好的，这条街格外安宁，泼皮无赖从不光顾。这里面像“紫微宫传人”和“周公后裔”这种老人儿还见识过早年这位周道长踹翻五六个泼皮的悍绩……

“这阵子慕道长威名来的委实不少，有一个小娘子成天来问，刚才还在呢。”“周公后裔”道。

正说着就有个老妪来打听：“你们这儿是不是有位女道长？”

众人忙指指周祈：“那不就是？”

这老妪看向周祈，见是位极年轻标致的女郎，不由得有些犹豫，但转瞬就想明白了，高人，自然都是会变化的，各种样貌随心所化，便是变个虎豹也不稀奇！

老妪上前求肯：“求真人帮忙，我家五代单传，到我儿这一代，娶妇十余年，至今没有信儿，这眼看就要绝户了……”

周祈想不到一来就有买卖，且是个求子的！

应对这个，周祈倒也熟惯，借“紫微宫传人”的笔墨纸张画了张符与她，又荐去回春堂的张郎中那里——那位先生祖传的医术，其先人曾在前朝宫中供奉，很擅长治疗男女孕育的病症。

后面又有来求平安符的，来解梦的，来问卜的。有些是慕名而来，有些则是回头客，大多都是些妇人，有的事儿不好对男子启齿，专等周祈，让周祈着实忙了一阵子。

刚想歇一歇，却听旁边“周公后裔”道：“快来！今日周道长在。错过了今日，周道长惯常神龙见首不见尾的，就不知道你什么时候能再遇见了。”

周祈扭头，见是一个十五六岁穿泥金披风的女郎，带着两个婢子。

“周公后裔”与周祈笑道：“便是这位小娘子这阵子每天来打听你。”

周祈点头。

那女郎大概也想不到传说中法力高强的道人是这么个样貌，不由得有些呆，又仔细打量周祈。这位道长一身暗红色蜀锦胡服袍子，袖口领边露出黑色风毛，看起来颇为贵重，那黑风毛映衬得她脸很是白净，可惜面上未加装点，两条长眉斜飞入鬓，梳极利落的胡髻，全不是时世妆的样子……

周祈和蔼地笑着问：“小娘子找贫道有什么事儿？”

那女郎上前施礼：“儿家里很不安宁，求道长慈悲，指点一条明路。”

看这女郎穿着和刚才那直勾勾的眼神儿，当出身富裕人家，但不是什么高门大户，这种人家的“不安宁”……

周祈点点头：“小娘子请讲。”

“儿家里是做粮食买卖的，日子还算过得下去，只是人丁不丰，从外祖那儿便是单传，到家母这一代，便只有她一个，于是招赘了家父。家母又只生了阿姊与儿两个，并无男丁。为积阴德，每年家父元正都往道观寺庙里撒大把的银钱，供奉各路神佛，为先人做道场，祈求赐福。

“今年年头儿上，家父照例去庙里施钱粮，巧遇一个女子，回来与家母说，为子嗣计，要纳那女子。家母——同意了。”

从最后这微妙的停顿上，周祈听出些意思来，点点头，让女郎继续说。

“那女子良民身份，家父正经摆酒纳了做妾。从她进门，家里便格外不太平。家母从前便有咳疾，但尚能支持，今年却格外厉害，面容也

很是瘦削，已是卧床了；从前家父对表兄极好，那日我却听到他们似有争吵……”

周祈问：“这表兄又是哪个？”

女郎微低头，轻声道：“是儿姑母家的表兄，十来岁便来舍下了，是个顶和气的人。”

周祈看女郎一眼，再点头：“小娘子接着说。”

“我曾见过姊夫与那阮氏在花园说话，表兄似也对她……”女郎咬咬嘴唇，停住话音。

周祈看着她皱皱眉，奸情？乱伦？宅门内斗？可若只是如此，来找我一个假道士做什么？

“那阮氏一定不是人！”女郎下一句便惊人起来。

“哦？”周祈来了精神。

“当时家父去庙里施钱粮，我也跟着去的。当时阮氏梳着倭堕髻，穿淡青色圆领小袖衫，描着极细极弯的眉毛——如今哪有做这般装扮的？”

周祈“博览群书”，有一些书便是从旧书摊儿上买的，这书中有不少带画儿的，又往往有前主人的笔墨，从中颇可窥见男儿们的痴梦。那些诗词感慨中又往往有年月日期，由此可推算成书年代，再看那插图，也让周祈颇知道了些多年前的风尚。

低矮的倭堕髻，圆领小袖衫，细弯新月眉，大约二十年前在京里流行。后来发髻越来越高，如今贵女们谁的发髻低于两尺都不好出门的；又盛行大袖衫大袖襦，手放在腰腹间，袖子往往都垂到膝下了，若是夏日，两腋生风，倒也凉快；至于眉毛，虽时常变，但总的说流行宽眉，什么蛾翅眉、连娟眉之类，便是柳叶眉、远山眉如今都要被说一句村气了，更不用说新月眉。

一个穿着打扮是二十年前时世妆的女子……确实有些意思。

女郎压低声音，微凑近周祈：“儿与阿姊年少时曾在家父书房见过一幅画，那画上便是这样一个女子，倭堕髻，小袖青衫，细巧眉眼……”说到后面，她的声音有些抖起来。

周祈揉着下巴，眼睛晶亮地看着她：“你可知道这阮氏家中的情况？她如今有孕了吗？”

“她来不久就有了身子，入冬的时候生了个男婴。她是前几年江南道发大水逃难过来的，家中还有个老母，都有正经的公验。”女郎蹙眉叹道，“儿与阿姊都曾劝阿爷，若是纳妾也纳个本乡本土知根知底儿的，但阿爷铁了心……早知如此，我便是撞墙、上吊，也不让阿爷纳她。

“前日阿爷也病了，人事不知，阿娘又那般，”女郎拿帕子擦擦眼睛，“我只怕——这以后家将不家了。”

当日天晚了，第二日一早，周祈便按照与那女郎的约定去其府上“捉妖”。

李家住在怀远坊，紧挨着西市，长安城东贵西富，这怀远坊住的多是些有家底儿的富商。从兴庆宫到怀远坊不算近，周祈带着陈小六骑马过去。

小六侧头看看周祈，笑道：“老大，你这打扮，活似王侯家修行的贵女。”

今天周祈头上戴着银丝嵌珠莲花冠，身着素色益州锦夹绵道袍，外罩狐皮裘氅，腰间插着白玉拂尘，端的是富贵奢华。

周祈把她的犀角镂银鞭甩个空响儿，并不舍得真抽在爱马身上，扭头教导陈小六：“去什么人家穿什么行头。去普通百姓家，或者世家大族朝廷官员家，都不必这般，倒是这种不高不低富而不贵的，要在意些。”

周祈也不怕骑在马上呛风，给他说起前几年有名的“紫云台骗局”来。

“有个小子，骑宝马，衣轻裘，奴仆成群，住在胜业坊的一处大宅院里，自云是宫里丽妃的兄弟。当年丽妃颇得宠过一阵子，她出身不高，没什么大来历，冒出这么个兄弟来倒也不奇怪。可见这骗子很是精明，都提前打听过的。

“这个小子说自己从圣人那儿揽了个活儿——重修紫云台，但他又不懂土木，不知物价，这么大的事儿里面定有许多藏掖之处，生怕有负

圣人信重，故而召集长安富商，让他们‘承办’。”

“从来这种事儿都是工部来做的，怎么会落到民间？这都有人信？”陈小六惊奇。

“有人信啊。这小子说因为从前修建紫云台，朝中掀起大波澜，所以圣人这回要悄没声儿地把事儿做了，不让工部插手，甚至不让朝臣们知道，钱全从内库走。

“为取信于众商人，他还弄了一幅紫云台的详图。后来工部的人说那是前朝洛阳宫的图纸，这小子如何得到前朝宫殿图纸的就不得而知了。那些平时做买卖比鬼还精的富商让他耍得团团转，争着掺和进去，大笔地给他送钱，甚至还为此明争暗斗起来，那骗子却带着钱财一招儿神龙摆尾，人走屋空。”

陈小六有些张口结舌，真是——神奇的骗子！

“他能骗得了这么些人，最关键的是这整套的‘行头’好，华服美宅、娇婢侈童，举手投足都带着股暴发的富贵气。据说，其烹茶婢子随意去取了一串个个都有拇指盖儿大的珍珠，拿小臼子砸了，给众人烹珍珠奶茶吃，这骗子犹嫌‘简素’‘怠慢’。反正，人们觉得宠妃兄弟该是什么模样儿，他就是什么模样儿。”

陈小六咂嘴：“果然要骗到人，得舍得下血本儿。”

周祈笑起来：“骗术里头，把这个都叫‘行头’。但凡想让人相信，这行头啊，就不能马虎。”周祈想起今日这“画中人”的事儿，不知道这“行头”后面又是个什么？

周祈和陈小六一到门上，单看周祈的气派，阍人便不敢怠慢，立刻进去禀报，不大会儿工夫，一个郎君领着奴仆快步接了出来。

这郎君合中身材，一身豆馅儿色团花绸绵袍，团团脸，未说话先笑：“某才知道舍姨妹请了道长来，有失远迎，还请道长恕罪。”

这位想来就是李家大娘的夫婿了。周祈挥挥拂尘，微微一笑：“施主客气了。”

这郎君一边引周祈和陈小六往内宅走，一边问：“在下范敬，是这李家长婿。道长莫非就是最近坊间传得颇盛的那位周真人？”

周祈颔首："正是。"

听她承认，范敬面上闪过讶色，于虚客气上多了些真恭谨，再拱拱手，笑道："难怪道长如此仙风道骨，可见这真有道行的人气韵就是不同。"

周祈再笑一下，收下了这称赞，又打量这宅第院落："贫道看贵府第善宅吉，没什么凶气，不像有邪物作祟的样子。"周祈沉吟，"或者那邪物道行深，把气息隐了也不一定……"

范敬轻叹一句："是不是有凶邪，某也不好说。家岳为子嗣计，于今春纳了个妾室，并得一子。这一年，家里委实有些事儿多，岳母便有些疑心这妾室的身份并这孩子的血脉。据贱内说，家岳书房有幅图，这妾室与那图中人一般无二，可那图中人要是在，怎么也得四五十，甚或更老了。"

"哦？果真一般无二？"周祈停住脚。

"这个——"范敬面上闪过一丝尴尬，"某却不知道，那是她与舍姨妹幼时看到的，某并没见过。"

周祈点头，看向范敬："不提这图画的事儿。据范施主看，那女子可有异常之处？"

范敬面色更尴尬，张张嘴，又闭上。周祈笑了，接着往前走。

范敬犹豫了一下，低声道："其实以某的身份，不适合说什么。一则，那是家岳的妾室，总要避些嫌疑；二则，她有子……周真人懂某的意思吧？"

周祈当然懂了，若这妾的孩子没有什么问题，以后家里财产大半都是他的。面前这位岂不是忙忙碌碌许多年，都为旁人做了嫁衣裳？范敬能这般直说，倒也是个敞亮人儿。

"说实话，家岳那妾室平日说话、做事颇温婉柔和，不是那狐媚魔道的。家岳待某不薄，如今又重病，某虽只是一介小商人，却也做不出为财物得失便诬陷谁的事儿来。"范敬那团团的脸肃然起来。

听了这样掷地有声的话，周祈面上露出一丝感慨，点点头。

"我等毕竟肉眼凡胎，看不真切。这事儿还求周真人帮忙辨清真伪

吉凶，让敝宅再返安宁，事后某必登门拜谢。”范敬再施一礼。

小六看看范敬手上的白玉指环，再看看这颇气派的宅院，不由得心里生出些希望来，其余诸支干活都能落着些实惠，就咱们亥支……贫穷且沉默啊。但愿这回替这富商“降妖”，能得些谢仪。

周祈全不见为怎么花钱抓阄扔纸团时候的抠唆，一派高人风范地点下头：“降妖除魔，铲凶除恶，本是我道中人该当做的。”

还未进厅堂，便听得里面传来隐隐的说话和哭泣声，周祈看向范敬。

范敬小声道：“正审着呢。”

门口婢子们见他们过来，赶忙通报，又帮忙掀起毡帘。

李夫人被女儿、婢子搀扶着从榻上站起来，周祈甩甩拂尘行礼道：“夫人请勿多礼。”

李夫人打量周祈，点点头：“道长请坐。”

周祈坐下，亦打量这屋内诸人：李夫人确实有些孱弱，但看着精神颇佳，目光精亮，想来年轻的时候是个精明人儿；昨日去找自己的那位李二娘子坐在榻边儿母亲身旁；下面小鼓凳上坐着的年轻娘子与李夫人、李二娘长相相似，想来就是李大娘了，看着不似李二娘娇憨，亦没有其母外露的精明，倒像个直爽人。李大娘旁边坐的是其夫婿。

这屋里最引人注目的是地上坐着哭哭啼啼的那位，所谓“梨花一枝春带雨”，大概便是这样的吧？这位小娘子大约二十出头的年纪，身姿纤瘦袅娜，长得很是秀丽。

周祈大约有些明白她为何以新月眉、倭堕髻装扮见人了，这样浅淡清秀的面庞眉眼，就适合那样打扮。一张又瘦又小的巴掌脸上，若描两条粗眉……是吧？不合适！

今日她虽梳的不是倭堕髻，却也是个不高的半翻髻，眉毛描成远山形，这样微低着头垂着目，露出颈后雪肤，很有些楚楚之致。

李夫人嫌恶地看地上的阮氏一眼，对周祈道：“真人帮老妇看看，她可是什么邪魅？”

周祈端着个高深的笑，并不答话，只道：“适才夫人可是在问话？

不知贫道一个外人可不可听？”

李夫人点头：“既然请了真人来，便无有瞒着真人的。”

“你那孽障生时满打满算也不足八个月，说什么是伺候我以致早产！一个肥头大耳近六斤重的婴孩儿能是早产的？分明是你怀胎在先，图谋我家家财，找上的高峻那老糊涂蛋！”李夫人沉声道。

听母亲在外人面前这样称呼父亲，李大娘子略带不满地看母亲一眼，李二娘也拽拽其母的袖子。范敬却不好表示什么，只垂头听着。

“娘子不是找这长安城的稳婆打听过了吗？八个月生的孩子将近七斤的都有。大郎只是看着健壮，从出生就小病小灾不断，可见里子虚。早产的孩子多数如此。”阮氏用帕子擦擦泪，轻声道。

“那些早产儿之母可没有奸夫！”李夫人冷笑，“你家邻居说，你在家时，有年轻后生时常去找你，你敢说没有？”

阮氏用帕子捂着嘴又哭了：“娘子怎能疑我到这般地步！”

“说吧，你这般作态，在我面前没用，只合糊弄——”李夫人到底没再说“老糊涂蛋”。

“这事儿郎君是知道的。那人叫裘英，住在永安坊，奴先前与他议过亲，后来他家背约，另攀了富贵高门，听说去岁刚过完元正便成了亲。他成亲后，奴再未见过他。娘子若不信，可差人去打听。”

李夫人再次冷笑：“水性杨花之人，说得这般无辜，我自然会让人去打听的。那你说，你与五郎又是怎么回事儿？婢子曾亲见你与他在花园背人处说话。”

李夫人扭头吩咐婢子：“去叫五郎，让他们当面对质！”

周祈瞥见李二娘子面色一变，本拉着其母袖子的手变成了抓——这所谓“五郎”想来就是那位“表兄”了。

一个着蛋青色襦裙的婢子领命出去。

“也不过是碰巧遇见说两句话罢了。都在一个家里住着，低头不见抬头见的，总不能见着不说话。奴也不只与五郎说过话，与大郎子[1]

1　郎子：女婿。

在廊下、花园子里遇上了，也说过话。娘子如何只问五郎？”说着，阮氏看向李夫人，又扫一眼范敬，“娘子这般构陷我们，就不怕郎君醒来恼怒？”

周祈觉得，能在一个入赘之家当宠妾又生下独子的，果真有其不凡之处。不说别的，胆色惊人。不过，话又说回来了，她是良妾，李夫人倒也确实不好下狠手……

不大会儿工夫，方五郎来了。

这位方五郎不像个商人，倒似个书生，面皮白净，长眉凤眼，一身蓝衫，很有些玉树临风的意思。

方五郎安安静静地给李夫人行礼：“不知舅母叫我来有何事？”

“红霞说曾见你和阮氏在桂树后面说话，可有此事？”

方五郎皱眉想了想：“许是有的吧？记不太清了。”

李夫人微眯眼：“你与她去那种背人的地方做什么？”

“从那儿能看到旁边静远寺的钟楼，我有时候去那儿听寺里的钟响。至于阿姨[1]去做什么，我就不知道了。”方五郎淡淡地道。

周祈想不到这位还真是个读书人的性子，听钟声……让人想起那位爱怀古的谢少卿来。

“我听说前两日你与你舅父有口角？”

方五郎看一眼李夫人，又看一眼范敬：“未曾口角，只是舅父责我蠢笨，不是做买卖的坯子。”

李夫人“哼”了一声：“花了那么些钱，开什么西北新商路，水花儿都没见一个，你舅父说的也不算冤枉你。”

李二娘子又拽拽其母的袖子。看一眼女儿还有自己已经被抓皱的衣袖，李夫人到底和缓了口气：“别弄那些没用的了，好好跟你姊夫后面学着，以后也好成个家立个业。”

方五郎叉手答：“是。”

范敬赶忙站起来道：“五郎读书多，聪明，这两年颇认得些大胡

1　称呼父妾为阿姨。在这里是称呼舅舅的妾。

商，是做大事儿的样子，敬所不及。”

李夫人挥挥手，让方五郎退下，接着审阮氏。这些罪名都没什么铁证，阮氏虽看着柔弱，其实颇精明，周祈觉得，李夫人审不出什么。

果然是。又耗了小半个时辰，李大娘子劝母亲先吃药，歇一歇，改日再审，这“三堂会审”只好以“把阮氏拘在她的院子里”暂结。

李二娘子是个急性的，阮氏一被带走，便问周祈：“道长，她到底是个什么来历？”

李大娘子亦道：“我听说一些古物年久了就会生出精怪来，什么前朝的花瓶子、屏风、扇子、画儿之类，尤其上面本就雕画了人物的。”李大娘子看一眼范敬，“我曾听说，东边新昌坊就有书生是被他枕屏上的美人吸干、吸死的。”

李二娘羞红了脸：“阿姊如何说这个！”

李夫人亦皱眉看大女儿，又扫一眼范敬。倒是范敬笑呵呵的，一副无奈的样子，李大娘子嘴角儿也露出一丝笑来。

周祈没想到李大娘子居然还是自己的同道中人，或许该问问她愿不愿加入干支卫……

李夫人看看女儿女婿，又拍拍小女儿的手，轻叹一口气，与周祈道：“他们都不知道这其中的原委，故而瞎猜。什么书画成精！若那阮氏果真是什么鬼魅精怪，也是冤魂索命！”

李夫人挥挥手，让奴仆婢子们都出去，便说起二十多年前的旧事儿。

“我李家向来子嗣不丰，到老妇这一代，更是一个男丁也无，绝了门户。她们的父亲是个南边来的穷士子，落了第，病倒在我家铺子前面，被先父救了。先父极爱读书人，知道他还未娶妻，便把他招赘进来。”李夫人口气淡淡的，药膳汤水的热气氤氲在她脸上。

“却哪知我们婚后不久，一个年轻妇人找上门来，这妇人自言姓赵，是外子在家乡的未婚妻子。我当时年轻气盛，问外子这可是真的，若果是真的，便合离了，让他与这赵氏团聚。我虽商户女，却绝不抢人

夫君。外子否认了。”

虽只听了个开头儿，周祈却已能大致猜到整个故事。穷读书人当了负心汉另攀富贵，旧人进京寻亲，再联想到李夫人“冤魂”之语，这旧人想来是死了。那画儿嘛，自然是高峻自己画的，旧情难忘，或良心难安，或两者兼而有之吧。这种负心汉的事儿不知道在长安城有多少……

“我也知道那女子说的当是真的，但我也料到外子不会认。吃惯膏粱，哪里还愿意回去接着挨穷？”

李大娘、李二娘姐妹都变了神色，范敬一副不知作何表情的样子，周祈却点点头，人性这东西啊……

“我怪这赵氏不懂眼色，上门给人添堵，便极不客气地把她赶了出去，又嘱咐人盯着些外子。外子那时初来我家，左右都是李家旧人，再说他既已经选了，想来便是我不吩咐什么，他也不会妄动。

“后来外子回乡探亲，我让随行老仆替我打探，据说，那赵氏当年回乡便一病死了。老仆去其坟上看过，那坟头儿年深日久，都成了小坟包儿了。”

李大娘子姐妹和范敬都静静地坐着，没有从这样的旧事儿中回过神儿来。

周祈问道：“夫人也见过那幅画？画儿上画的便是这赵氏？”

“见过。我听见大娘与二娘在一起叽叽咕咕地说什么‘美人’，那时候大娘快及笄了，我怕有什么不好的事儿，便问她们身边的婢子们，知道了这画的事儿。我去看了，那细眉细眼的样子，就是赵氏。”

“对此，高公是怎么说的？”

“我没问他。当时想着，左右都是烂没魂儿的了，何苦为了个死人置气？他愿意供着就供着、愿意想着就想着吧，总比成日流连花楼，或者弄几个妖精回来的好。”李夫人幽幽地叹一口气，“却不知道走了赵氏，来了阮氏。”

“她们果真长得一模一样？”周祈问。

李夫人微皱眉头，想了想：“当年也只见过那一面，又只一会儿的工夫，实在也记不太清了，恍惚觉得是差不多的。”

“我不让他纳阮氏，孩子们只以为我小题大做。这样的人，我哪能让她进门？可这已经不是当年了，这李家哪还是李家，分明已经是高家了……如今他病了，我便是拼得性命，也要把这搅家精弄出去，还孩子们一个清静！管她是什么来路，是不是冤魂投胎，便是个活生生的双头恶鬼又如何？大不了我与她把官司打到阎罗殿去。”李夫人咬着牙道，说完便咳嗽起来。

李二娘子哭起来，李大娘也满面愀然，上前帮母亲捶背。

周祈劝道：“夫人且莫动怒。既然此事全因高公而起，他又突发急症，我们还是先去看看高公吧。”

李夫人身体不好，只让女儿和女婿领周祈去看高峻。

李家姐妹并范敬带着周祈来到后一进的正房卧室。

周祈仔细看这位高公。比其妻看着要年轻不少，平头正脸的，年轻时当相貌很不错。他面色苍白，口唇微绀——肺病、心疾，并昏迷久的人许多都有这般症状。周祈探一探他的鼻息，轻缓，但还算平稳，扒开他的眼睑看一看，又把手搭在其腕间，周祈不通什么医术，只觉得其皮肤湿冷，脉搏微弱。

“周真人，家父如何？”李大娘关心地问。

“听二娘子说，令尊已经这样昏睡三日了？”

李大娘点头。

周祈点头，用拂尘在高峻身上掸了一圈儿，皱眉道：“高公身上看不出什么阴邪之术的迹象……高公就这样突然昏睡不起，之前没有旁的征兆？他头晚做了什么？”

李大娘摇摇头。

范敬道：“我们毕竟不能时时在身旁伺候，这个还得问婢子们。”

原本跟在李夫人身边的一个粉襦婢子微微一福，口齿伶俐地道：“阿郎大约戌正时来看娘子，说是从书房过来的，之前跟五郎说了会儿话。娘子肠胃不好，每餐吃得不多，故而戌时要垫补点小食，阿郎便与娘子一同用了些。”

李氏姐妹互视一眼，都满面凄然。

周祈看她们。

李大娘子轻声道："因阮氏的事儿，二老闹了许久的别扭，家父更是一气之下搬到这里来住，吃饭也是各吃各的。家父已经许久未曾陪家母用餐了。"

周祈点点头，问婢子："不知高公和夫人当时吃的什么？"

婢子道："娘子只吃了一块山药茯苓糕，阿郎喝了一小碗桂花羊乳。"

周祈看看那婢子："倒是好记性。"

婢子愣一下，道："阿郎难得来陪娘子用点心，故而记得。"

周祈点点头。

范敬却皱起眉："莫非——周真人怀疑有人下毒？"

李大娘和李二娘都吓了一跳。李大娘拍一下其夫的袖子："这种事儿，莫瞎说！阿娘这里，能有谁下毒？"

范敬尴尬地一笑："我就是看周道长问吃食，突然想到了。"

周祈微笑道："也不过随意一问罢了。那些中毒的，大多面色青黑，剧烈吐泻，令尊只是昏睡。"

另一个本来便在这屋里伺候的小婢面色一变："那日晨间奴来叫阿郎不醒，确实曾见阿郎口唇和枕畔略有些奶渍。"

李大娘急声问："你说的是真的？"

小婢子赶忙跪下："是真的。当时忙乱，又听说郎中要来，奴等便赶着收拾了。"

李大娘看看丈夫和妹妹，又看周祈："难道真是……"

周祈赶忙安抚："据贫道所知，心疾等诸多病症发病时也会呕吐，令尊这个不好说。"

李二娘子道："郎中也道家父许是犯了心疾。只是这两日强喂了些药，也并不见好。"

周祈想了想，道："我看令尊病情还算稳定。今日过午，最多明日，某带个医术高强的来，让他诊一诊。"

范敬并李氏姊妹连忙道谢。

周祈又提出看看那画儿。

“家父出了事儿，我们疑心阮氏，便想去找出那画儿烧了，却在家父的书房遍寻不着。既然周真人也觉得那画儿是个关键，我便是把书房拆了，也定找它出来。”

周祈点点头。

说完正事儿，已到巳末，周祈谢绝了李家留饭的美意，领着小六出来。陈小六搓搓肚子，笑道：“我还真不敢在他们家吃饭，别也一个长睡不醒才好。”

周祈笑了一下，在这个行当待久了，容易生疑心病，连缺心少肺的熊孩子都未能幸免。

“咱去哪儿吃饭啊？”熊孩子小六问。

周祈拿马鞭指指光德坊：“去吃小崔去。”这种事儿落下他不好，况且还得借他府上的郎中一用呢。

陈小六笑了，那敢情好！崔少尹出手阔绰，每次都领着吃好吃的。怀远坊走几步就是光德坊。都是老熟人了，连通禀都不用，周祈便带着陈小六走进了京兆府衙。

今日是腊月二十六，从明日起，不，应该说从今日午时，便开始放假了，众官员要么在廨房收拾东西，要么坐在一起闲聊。

见周祈走进来，纷纷站起说“元正吉庆”“福寿永延”之类的拜年话儿。周祈则贺他们“升官发财”。众人都笑，说“最会说话的便是周将军”云云。

干支卫亥支虽与京兆有些利益上的冲突，却也时常协作配合，比如前几天的升平坊凶宅案，大家便协作得很不错，周祈又是个四海之内皆兄弟的性子，故而面上大家与她都很过得去——除了郑府尹。

偏偏周祈还要问他：“怎么不见府尹？”

“晨间开了会，府尹便出去了，倒是少尹刚才还在。”众人也知道她是来找谁的。正说着呢，便看崔熠进来。

“嘿！阿周，我也正想找你呢！有人赠了我一把西域宝刀，说是大食人铸的，回头你帮我看看。”

两人一起从京兆府出来，周祈简略地与他说了怀远坊李家的事儿。崔熠最爱听这种离奇古怪的事，一听就听住了。

周祈笑道："我就知道你有兴趣，故而赶着来告诉你。"

崔熠笑道："不只我，老谢也有兴趣，我们一块去找他！这会子大理寺也该散衙了。"

周祈嘿嘿一笑："谢家的饭我蹭上过一顿，甚好！要不我们就去他家当个不速之客？"

崔熠拊掌："大好！我也极爱谢家的饭。"

两个不太要脸面的一拍即合，决定去谢家蹭饭。崔熠又格外"周到"，还让奴仆专门去大理寺告诉一声。

谢庸回到家，便看见两人宾至如归地坐在自己惯常坐的榻上，喝着自己的茶，下着自己的棋，那位周将军甚至还抱着自己的猫！

周祈能搂上这猫着实花了些工夫，还是谢家老仆替周祈准备了一小碟鸡肉条儿，这猫才让周祈碰一碰，进而搂在怀里的。

谢庸回来，周祈也没有把猫还给他的意思。

今天周祈看谢少卿格外不顺眼——越坐在他的座位上撸他的猫，越看他不顺眼。他这日子未免过得太舒服了！散衙休假的日子，在这么个小院里，喝喝茶，看看书，撸撸猫，种种花，还有老仆给做各种好吃的吃食……明明是一样的同僚，凭什么自己就得在兴庆宫冷屋凉炕大锅灶？

看来夫子说得对啊，"不患寡而患不均"。从前周祈觉得自己过得还不错，甚至去崔熠家，看他高堂广厦、金奴玉婢，也不觉得羡慕，如今却深深地觉得"不均"起来——尤其在那猫见了谢庸连鸡肉条都不吃了，立刻"叛逃"到他身边之后。

周祈皮笑肉不笑地与谢庸寒暄："下官与崔少尹不请自来，谢少卿莫要见怪。"

谢庸抱起猫，顺一顺被某人抓得有些乱的毛，又安抚地拍拍猫脸，猫回以"喵喵"两声。周祈似从那两声"喵喵"中听出些告状的味道，心里更酸了。

“一起来，这是有事儿？”谢庸坐回自己的座位。

周祈只好坐回客座。

“确实有个有意思的案子，今日阿周去寻我，我想着你定也感兴趣，便一起来寻你。”

周祈觉得崔少尹着实够兄弟，没说是自己先提出来蹭饭的事儿。

饭还没好，三人便先议案情。崔熠替周祈叙述了一遍，又道出自己的见解：“我是不信什么宿世冤孽这样的事的。”崔熠看周祈，“咱们一块儿办过的神神鬼鬼的案子还少吗？哪次不都是有人在背后作祟？”

周祈点头：“这李家你们没去，真有些阴飕飕的。倒不是什么鬼神，而是人心。

“不说似从画里走出、身份成谜的阮氏和她那八月而诞的孩子，也不说方五郎与阮氏及李二娘子的纠葛，也不说方五郎与范姊夫之间隐隐的对立，就单说高峻与李夫人吧。

“高峻，背弃旧约，攀图富贵，书房里却藏着画有旧情人的画儿，他是旧情难忘，还是悔，或是恨？若是恨，是恨自己还是恨妻子？

“李夫人，颇通算计人心，言谈之间，可见强势精明，且忍功了得，明知道高峻书房藏了这么一张图，却多年来佯装不知；反对高峻纳阮氏，但高峻坚持，李氏也便忍着，直到高峻一睡不起，昏迷几日，估摸是不能好了，李氏便拔除阮氏。”

谢庸听他们说案情听得入神，端起杯盏放在嘴边，突然想起来这是周祈的，略不自在地抿抿嘴，把杯盏又放到案上，往周祈那边推了推。

周祈拿过杯子，把里面的姜茶一口饮尽：“这样两个人，多年来，一直同床异梦吧？那高峻昏睡前晚可是在李夫人那里吃过东西的……”

崔熠笑道：“我早就说，不婚不娶保平安！阿周，上回那个士子真不行，老谢都说孟浪，那种人根本配不上你。”想起跟周祈一块儿鉴宝刀、骑名马、猎兔子、喝酒、下棋、打牌、听曲，满长安城乱窜的过往，崔熠加拍一句，“在我眼里，就没人能配得上你。”

周祈本来想瞪他的眼笑得弯起来，胡吹回去：“我也觉得京中贵女少有人能配得上你。”又同情地问，“这新年元正，长公主又该让你相

亲了吧？”

崔熠深深地点头：“过年，难啊。”

周祈也知道他的艰难：“过年了，你们这种人总要到处走动走动。那些同族长辈，皇室宗亲，还有老大臣们恐怕都要说‘何以还不娶新妇啊，莫要太挑剔’。”

崔熠的头都快点到食案上了：“我太难了……”

周祈宽他的心：“其实你便是娶了新妇，他们也要问的，‘何以还未有子’？便是有子，也要勉励你两句‘多子多福’。这种事儿，看开就好。”

崔熠却让她劝得越发看不开了，原来娶了新妇也不算完啊……

谢家老仆带着罗启、霍英端上饭菜来。听了他们的话，老仆皱皱眉，忧虑地看一眼谢庸，好在大郎只是抱着猫在那里坐着，并不掺和，不然以后成家立室也很堪忧啊……

老仆又着意看看周祈，明明这样美貌明达的小娘子，还是个将军，如何就不愿婚嫁呢？老仆转念又一想，若她早嫁，还有大郎什么事儿？无端地，老仆就觉得这小娘子与自家阿郎般配。你看，连朏朏都让小娘子抱呢，旁的生人可不行——而全然忘了自己那盘鸡肉条。

三人都净了手，重新归座。因下午还有事儿，谢庸又是个不饮午时酒的，周祈和崔熠也不喝酒，三人一起吃饭。

老仆特意指着一道腊肉什锦炒饭对周祈道：“将军与崔郎来得晚了些，来不及做那道蒸的八宝饭了。将军尝尝这个可还入得口？”

谢庸有些诧异地看向老仆，老仆笑眯眯的，谢庸又扭回脸来吃自己的。

周祈老实不客气地盛了冒尖儿的一碗，尝一口，猛点头：“好吃！”

老仆笑了：“将军，还有崔郎，下回早些来，奴给你们做最拿手的八宝鸭子吃。”

周祈再次猛点头。

谢庸温声对老仆道：“唐伯，快去吃饭吧，一会儿就凉了，不用来照顾我们。”

老仆笑着退下，临走还给周祈添了一碗汤。

崔熠未免有些羡慕："阿周，你说你怎的就这般招人待见？我那婢子阿棠、阿梨时常问，'怎么近来不见周将军来耍一耍？'便是的卢他们听说去兴庆宫传信儿，也争着抢着去。"

周祈舀一个鱼丸子放在嘴里，吃尽了才若有所思地道："这大约就是天生的吧？"

谢庸如今听他们这样说话已经熟惯了，只吃自己的饭。偏偏崔熠要说他："若不是你，是别的女郎，我该以为是唐伯看上了，要撺掇老谢娶来做新妇呢。"

谢庸嘴里的饭一哽，差点儿呛住，赶忙拿帕子捂住，扭头咳了两声。周祈与崔熠都哈哈大笑。

周祈促狭地笑着问："不至于吧？谢少卿，听见娶新妇这般喜欢？"

崔熠却道："老谢分明是吓的，以为他家唐伯看中你了呢。"

周祈不乐意了："我怎么了？怎么就吓的？"说着扭头看谢庸，似要问个明白。

谢庸觉得这饭真是没法吃了，枉自己没在公厨吃饭，冷风朔气地空着肚子跑回来陪他们。周祈却不等他回答，已经笑了，对崔熠道："总不及看中你更吓人些。"

崔熠哈哈地笑道："我可没有那癖好，你也没有吧，老谢？"

谢庸板起面孔，说出了主人家的规矩："食不言，吃饭！"

随意打趣闲聊一阵子，三人又说回了案情。

"我任鄜州别驾时，听一个胡商说，胡医有一种药，无色无味，少量食之，可以安眠；若食用过量则会昏睡不醒，无知无觉：若量再大些，或会致死。"谢庸道，"听起来这药似与汉时神医华佗的麻沸散相类。但《后汉书》中说，那麻沸散要以酒服用，胡商则言，这胡药反酒，若同服，更易致死。周将军看到的那高峻的症状，是否可能与这胡药有关？"

不待周祈、崔熠说什么，谢庸摇摇头："心疾确实也会导致昏迷，

且有的心疾之前并无征兆……还是先排除自然病症吧。显明，恐怕要借长公主的郎中一用了。”

“我已经让人去找庞郎中了。这阵子家祖母身子硬朗，便把他们都放回去过年了，让年后再来。”

谢庸点头。

“不管旁人如何，这阮氏身上定有机密。除了高峻的病症，其余的，我们还是先从阮氏身上查起。”

周祈道：“我已经问过了，这阮氏娘家在敦义坊。”

崔熠道：“我们便先去敦义坊。老庞上年纪的人，慢得很，我让人跟他说直接到光德坊京兆府门前等我们，他到时，我们兴许正好探完阮家回来。”

周祈却道：“你去敦义坊倒没什么，你去怀远坊李家，恐怕不大合适。”崔熠是这京城贵介子弟里的头号人物，又一向爱到处乱窜，认识他的人很多，那范敬便保不齐认得崔熠，如今李家是不是凶案还不好说，人家也没报案，京兆恐怕不好明白介入，也容易打草惊蛇。

周祈自己虽然也满京城到处乱窜，还有这样那样的邪乎传说，但干支卫毕竟是禁卫中在暗处的一支，民间知道的少，周祈一般都着便装，甚至道袍，故而知道她真实身份的不多。

倒是谢少卿方便些，他才来京里，便是官员们还有好些不认得的呢，更别说民间了。

崔熠想了想：“也罢，我且只在家里听消息。若有证据指明高峻之病确是中毒，我再与你们一起。”

吃过饭，三人分开，崔熠自回家里不提。敦义坊是个穷坊，周祈要去那里暗访，这一身未免太过耀眼，便打马回去换衣服，然后带着小六与谢庸会合。

敦义坊地方大，人家不多，屋舍大多低矮陈旧，阮家在其中算是体面的。

虽只一进的院子，却是瓦房，且很新，门口拾掇得也利索。阮氏之母五十来岁年纪，身边跟着一个中年仆妇。周祈打量阮母，想象她会不会是那赵氏，又觉得太匪夷所思，况且高峻纳阮氏时，李家人当见过阮母，虽过了这么些年，若她是赵氏，当也能认得出来。

对于自己几个人的来意，周祈随口便编了一个："我们想在这附近几坊寻个地方修建道观，见府上这宅子修得体面，想来人也牢靠，便想进来打听打听。"

阮母听了这样的话，便笑着请他们进来。

周祈走进院子，看一看，又加夸一句："第善宅吉，贵府这宅子修得真好。"

陈小六在后面微不可见地咧咧嘴，这已经是周老大今日第二次夸人"第善宅吉"了，第一家如今正鸡飞狗跳地"捉妖"呢——莫非老大意指这里是"妖巢"？小六跟着周祈久了，颇知道她，老大恐怕没那么些深意，就是顺嘴一说，老大这堪舆术学得有多二五眼，大家都知道……

却听那位谢少卿负着手亦点头道："确实第善宅吉，是个安居之所。"

陈小六又疑惑起来。

听两人都这么说，阮母越发高兴了："修这宅子的时候，我专门找人看过，那位道长也说吉祥。"

周祈点头笑着问："施主是什么时候修的这宅子？请的哪里的工匠？"

阮母笑道："去岁开了春儿修的，请的旁边大通坊的朱三郎他们。我们小家小户，三五个人也就修了，道长要盖大道观，怕是要找成名的圬工来。"

周祈点点头，不再纠缠于此，与阮母一起进了屋。因对方是老妇人，谢庸便不大开口，只任周祈来问。

周祈是套话儿的行家："这样好的宅子，只老施主自己住？儿孙不在家？""哦？有个女儿？嫁到哪个坊？老施主可有外孙了？若没有，贫道倒可以送张得男符给她。""看运势，还要配合八字来看，老施主请报上令爱的八字。""令爱出嫁有些晚，可是有什么缘故？""令爱与那裘郎确实无缘""在夫家顺不顺，还是要看生辰八字。老施主请再

报上令婿的八字，让贫道算一算”……

周祈摇摇头：“令爱与令婿倒也有夫妻缘分，却恐难白头偕老。”

“我——”老妇张张嘴，想问什么，到底停住，“她样样都是好的，就是于这姻缘上波折了些，也都是为了家里。但愿以后能顺起来吧。”

从阮家出来，周祈看谢庸，这阮家确实有疑点：“我们再找个邻居问问？”

谢庸点头。

不远处有水井，恰有来挑水的小妇人，周、谢等三人便上前搭话儿。

“那阮家才搬来几年，开始是赁屋住，如今都翻盖了大宅了，啧啧……长得好就是好。”

周祈听这话大有文章，忙问：“这是怎么说？”

小妇人看一眼谢庸，带些羞意地抿嘴笑道：“这奴却不好说。”

周祈略嫌弃地看一眼谢庸，带着你出来真是麻烦！长得好有什么用？谢庸若无其事地牵马转去看那水井旁的石头辘轳架子。

“那阮小娘子先是与本坊的孙家二郎议亲——她们先前便是租的孙家屋子，故而孙家也不要其赁屋钱，拖拉了一两年，却与永安坊的裘家郎君定了亲事。裘家开着豆腐坊，我看阮家能买下从前的旧屋，里面不知道有裘家多少豆腐钱。后来不知怎么又与裘家散了，攀上了更富贵的人家。听说如今住在怀远坊的大宅子里，使奴唤婢，穿金戴银的。”

周祈凑近：“这样的女子……出嫁前怕是常有穿着体面的年轻郎君来找吧？”

小妇人拍手，诧异道：“道长连这个都知道？道长若是不说，我都忘了。去岁我确实见过有年轻郎君来找她，就像道长说的，穿得体体面面的，骑着高头大马，像个富家子。”

“什么时候的事儿？”

小妇人想了想：“大概就是春天吧。”

“那便定不是裘家郎君了。”

“那是自然，我们都认得裘家那个。”

周祈抬抬下巴，看一眼谢庸，轻佻地问：“那郎君长相好吗？与那位比如何？”

小妇人笑起来：“人家骑着马，来去匆匆的，哪里看得清？”又咬咬唇，瞥着谢庸，与周祈道，“我看能比上这位郎君的，少！”

周祈却摇头：“可惜这位立意出家为僧，过了年便要剃度了……”

小妇人直叹可惜，又问：“何以你们这一僧一道在一起？”

“都是方外之人，碰见了总有三分香火情分。”

陈小六也牵马走开，再不走就实在憋不住要笑出来了，周老大刚吃了人家谢少卿的饭，这会子还没消化呢，就编派人家……

出了敦义坊，周祈搓搓脸，肃然起来：“那阮氏兴许真是个赵姬，只是不知谁是吕公。”

“那妇人不记得其人相貌？”谢庸问。

周祈遗憾地摇摇头。

陈小六听得一头雾水：“老大，我怎么听不懂呢？”

周祈叹息：“平时让你多读书，你偏下棋打牌跑马斗鸡，这会子知道不懂了。”

陈小六略带悲愤，也不知道我下棋打牌跑马斗鸡都是跟哪个一起的……

周祈与他讲秦皇身世：“《史记》中说，当年巨商吕不韦把怀有身孕的姬妾送给秦国质子子楚，姬生子，便是后来的始皇帝。”

陈小六点点头，又摇摇头，还是不太明白，又诧异，原来老大不光看传奇，还看过《史记》啊……

周祈道：“裘家子去年过完元正就完婚，阮氏又是今年元正后才‘偶遇’高峻的，那阮家春天修宅子的钱从何处来？从别处搬来起初赁破屋而居的这两母女，当没有这个积蓄。”

“那妇人的话也不能尽信，兴许是那裘家悔婚，彩礼自然要不回去了，阮家用这彩礼修的房子？”

“一个开豆腐坊的，能给出修那样一所宅院的彩礼？这样大手笔

的，一定是个更有钱的。”

陈小六懂了，所以老大诈那小妇人，说“穿着体面的年轻郎君”什么的，也懂了为何之前周老大和谢少卿一唱一和说什么“第善宅吉”的鬼话，原来就是为了问修宅时间，他们这心眼儿也太多了……

两个在阮家一唱一和地对视一眼，彼此明白心中的怀疑，一个有钱的年轻人与这阮氏有首尾，又知道李家旧事儿，想图谋李家家财……

但两人都不是什么头一天接触案件的新鲜人，知道于案情中，好些事儿不宜先入为主，不然极容易误入歧途，一个不小心，就出了冤案、错案。

周祈与谢庸一同来到光德坊，会同了庞郎中，同去怀远坊李家。谁想还未进其家，便看到奴仆正摘桃符，往门上挂白，周祈大惊：“这是怎么了？”

阍人认得她，哭丧着脸行礼道：“我家阿郎去了。”

周祈看看谢庸，得，来看病的变成来吊孝的了。周祈又看庞郎中，这郎中今日也得变身仵作。

依旧是范敬迎出来，周祈与他道恼。范敬眼睛红红的，摇摇头，叹一口气，谢过周祈，又看谢庸和庞郎中：“这二位是？”

周祈把谢庸原本要假扮的“郎中弟子”随口改了：“这是贫道的两位朋友，庞郎中、谢郎中，都颇精治疗心疾，可惜高公未能等得。”

谢庸早就收起了那副冷面，俊逸的脸上满是悲天悯人，颇有两分郎中相，但到底气势还在，范敬对他倒似比对老庞郎中更敬重些。

范敬引着三人来到后面。这高峻才死不久，刚刚小殓换了衣服，因灵堂还没设好，只从卧房暂移其所居的正堂，李大娘子姐妹两个并婢子们都在哀哀地哭，并不见李夫人、阮氏、方五郎等的身影。

因万事皆不齐备，且不举哀，周祈等进来，李大娘子只是带着妹妹与他们行礼。周祈也一脸凄然：“头午见时，高公病情还算稳定，这才几个时辰，竟然这就去了……”

李大娘子哭道：“道长走后，我们又请郎中来看了看，郎中说似比前两日脉搏有力了些，让接着吃药不要停，或许过几天就醒过来了。谁想，谁想……那是回光返照……”

周祈点头。

谢庸问：“想来午时又喂了药，那药碗可还留着？”

李大娘摇摇头，知道谢庸是郎中，便道：“但还有没熬的，也有药方，我让婢子拿来，请先生看看。”

谢庸点头。

婢子取来一包药并一张药方。谢庸略看一看那药方，便递给庞郎中，又打开药包，用手指拨一拨，闻一闻。庞郎中看过药方，又与他同看这药，然后对谢庸微点下头。

谢庸道：“倒也对症。”

李大娘哭着点点头。

“既然人已经亡故，便非我们医家能帮上忙的了。”谢庸叹息，“只是某习研心疾几年，听周道长说令尊症状，觉得与他人颇有不同之处，不知可否让某见一见令尊之面？”他说话时神色认真，仿佛书斋中的书生在考据一词一句，这样的话虽略显无礼，却让人反驳不得。

李大娘子大约明白了他的身份，这般年轻，大概是太医署学里的，故而一股子学究气。李大娘子点头，范敬引着他们来到高峻的尸身前，揭开遮面之布，谢庸凑近，竟然掏出帕子在尸体嘴角擦了一下。

李大娘子姐妹和范敬都变了脸色。却见这位谢郎中皱眉轻声责备道：“与亡者净面，要仔细着些。”

李大娘子等一口气便散了，刚才她们姐妹亲自帮父亲净面，竟然没洗干净……

周祈心想，我们谢少卿演得好一场恶人先告状啊！

周祈也觑着眼看高峻的尸体，又看了看谢庸，谢少卿估计特别想把这高公抬到大理寺口唇鼻耳里里外外地好好检查一番吧？但如今家属不上告，又无谋杀的证据，就不能这样办，不然被人告上去，也是个麻烦。

这时候就该神棍上台了，周祈甩一甩拂尘：“高公亡故，那阮氏到底是不是宿世冤孽，这时候倒好辨认了。不妨请阮氏来见一见吧。”

范敬皱皱眉：“她闹起来恐怕不好看……”

周祈曲解他的话：“有贫道在这里镇着，她还能作什么法不成？”

范敬看看周祈，点了下头，李大娘子也没什么主意了，李二娘更是只知道哭，李夫人悲伤过度，家里如今是范敬拿主意，他便让人去带阮氏。

周祈又问：“怎不见那位方五郎？”

范敬道：“家岳过身，五郎极是悲伤，我便不敢让他守在这里，怕他做出什么哀毁之举。”

周祈看一眼李家姐妹，恰好对上谢庸的目光。

时候不很大，阮氏便被带了过来。

阮氏进门便哭着冲向灵床，被仆妇婢子们拉住。

“阿郎就这么去了，你们还不让我看看吗？”阮氏哭道。

但范敬、李大娘子等都不松口，仆妇婢子们便拦着，阮氏只得软倒在地上哀哀地哭了起来。

一直没怎么说话的李二娘子冲上前，红着眼睛对阮氏喊道：“你莫要惺惺作态了！如今阿爷已然被你治死了，你仇也算报了，还想怎样？”

“二娘怎能这样血口喷人？如何是我治死阿郎？”阮氏哭道。

“你与阿爷书房那画儿里的人长得一般无二，你便是那画儿里的赵氏转世的吧？你莫非害死阿爷一个还嫌不够，要把我们家都害死？”

范敬看看周祈，看她并不拦着，只好自己沉声道：“二娘！”

李二娘看看姊夫，又哭着回到其姊身旁。

“我不知道什么赵氏！我姓阮，有名有姓有爷娘……”阮氏看向李大娘子他们，“难怪总说我是妖邪，原来是因为这个。人长相相似有什么稀奇？兴许就是因为我与那画中人相貌相似，阿郎才纳了我的呢？”

“阿郎一倒头，你们就给我安上这样那样的罪名，我不服！我要找族老里正评理，我要告官！”阮氏虽声音不大，话锋却利。

李二娘子又蹿出来，喊道：“告官就告官！还怕你不成？分明是你害死我阿爷的。”

“告什么官？”两个婢子搀着李夫人从门外进来，“我去与族老商议，给她放妾书，让她走。回头把丧事操办起来，打发你们阿爷入土为安是正经。”

李氏姊妹和范敬都迎李夫人，周祈等亦行礼。

李夫人看看灵床，有些灰心地叹口气，“都莫要闹了。”又看阮氏，“他已经死了，不管你是什么来历，再闹对你没有好处。你走吧。”

“娘子就这般赶我走？那大郎呢？那是阿郎唯一的子嗣。”阮氏问。

“八月而诞，那不是郎君的孩子，你抱走吧。”

“这样不明不白地把我们娘俩赶出去，我不服！”阮氏不再哭，怒视李夫人。

“你们说孩子不是阿郎的，有什么证据？你们说我害死阿郎，我为什么要害死阿郎？阿郎若在，你们敢这么欺负我，敢把我们赶出去？”阮氏声音尖厉起来，“若阿郎活到七老八十，这家财以后都是我大郎的！这屋子里谁都可能害死阿郎，唯独我不会！”

李夫人想说什么，却一连串儿地咳嗽起来，只颤着手指着阮氏。

范敬沉声警告：“阮氏！”

阮氏冷哼一声，又软倒坐在地上。

“你到底想要什么？”范敬问。

“让我带大郎走可以，但要给我们足够的银钱。”阮氏终于说出目的。

范敬看看岳母，又与妻子对视一眼：“待我们商量后再答复你。”

这一家子见面就掐，倒忘了周祈这叫阮氏来的始作俑者，周祈却琢磨是不是应该把那位方五郎一块儿叫来，让他们这样三头对面地吵，三吵两吵，兴许真相就出来了。现在阮氏不就把目的说得明明白白的了？

周祈扭头看谢庸，却见他看李夫人——周祈顺着他的视线看过去。

“那个婢子，”谢庸道，“把你的臂钏脱下来。”

他说的是半跪着给李夫人顺气的婢子。婢子变了神色，用袖子掩住胳膊。

周祈走上前，拉起这婢子的手，撩开些袖子，看她戴在小臂上的臂钏，点点头："嗯，还挺粗！能藏不少东西吧？"说着便解开了她臂钏的搭扣儿。

把臂钏拿在手里略看一看，周祈拉一个小钩，然后轻推臂钏的雕花面儿，便露出里面的空心来。周祈从中抽出一个纸卷，打开看，是西市恒通柜坊的凭帖，上面写着三十万钱。婢子白着脸跪倒在地。

周祈看看那婢子，对李夫人道："府上当真富豪，连个婢子都有如此多的私财。"

众人的面色已经一变再变，李夫人颤声问婢子："红霞，你说，这钱是从哪里来的？"

婢子看看李夫人，委顿在地上哭起来。

李大娘走上前："莫非是你——"

婢子哭着磕头："这钱是碧云给我的。"

李夫人另一侧的婢子面色大变："红霞，你如何血口喷人？"说着也跪下："求夫人做主，奴不曾给红霞什么钱。"

李夫人又咳嗽起来。

周祈对红霞道："还是你先说说吧。"

"奴与碧云同住一室，她好些事儿瞒不了奴。她倾慕五郎，五郎对她也……她前阵子生病，根本不是病，而是小产。"

李二娘满脸的不敢置信："你胡说！五郎连我都看不上，如何看得上她？"

李大娘子看一眼妹子，微不可闻地叹口气。李夫人却不看女儿，接替周祈问另一个婢子："碧云，你有何话说？"

婢子面色灰白，再不是刚才急赤白脸冤屈无辜的样子："奴，奴——"实在说不出什么，这婢子大哭了起来。

周祈道："夫人，府上的事儿委实蹊跷了些，还是报官吧。"

李夫人抖抖嘴唇，却摇摇头。

这个时候又岂是她拒绝便有用的？周祈看着范敬：“那位就是大理寺谢少卿。另外，还请范郎君知会一声，这屋子里、院子里的人就暂时不要动了。”又看小六：“你去与崔少尹说一声。”

范敬赶忙上前给谢庸行礼，又把周祈的命令传下去。

看看地上的两个婢子，周祈对面色极其不好的李夫人道：“夫人请保重自己，这两个婢子，我们且带去其屋中，搜一搜看有什么物证。”

李夫人垂目点点头。

婢子们的屋子不大，一案一几，两张床榻，床边各有箱子和带锁的小柜，另有些物事。

不用婢子们指认，周祈也能分清谁的是谁的。叫红霞的那个，偏爱粉色、绯色，帐子被褥都是这种艳丽颜色，家主死了，还没来得及换；叫碧云的那个，床帐则是青色、蓝色。不知是人随其名，还是主人家据其爱好取的名字。

如今谢庸是“大理寺少卿”，当着外人，不好搜婢子的屋子，便只好都周祈自己来——其实周祈觉得谢少卿大可不必如此矜持，一个在人家抬胳膊瞬间看见小臂上的臂钏并看出其中有猫腻的人……是吧？

在心里打趣了谢少卿一句，周祈便先从红霞搜起。这红霞私财颇丰，四季衣服并明面妆盒里的小首饰不算，箱子中另有一包钱，总有六七万，周祈又在箱子底找到一对放在荷包里的玉耳环，玉料虽不算顶好，雕工却颇精致，并有一支放在木盒中的嵌红玛瑙金钗。

周祈自己首饰极少，但对各种物品估价是干支卫中人的看家本事，不然如何看出各种猫腻？据周祈看，这金钗怎么也要三四万钱，玉耳环估摸也要两万钱。

周祈拿着那金钗看一看，问红霞：“你们这当婢子的真好，比我还有钱呢。这么贵重的东西，是夫人赏赐的吗？”

“是攒着夫人给的钱，自己出去买的。买回来又觉得太贵重，便一直没戴。”

周祈晃晃那装耳环的荷包。

红霞道：“那个也是自己买的。”

周祈看范敬："贵府婢子的月钱多少？"

范敬恭敬地回道："她们是每月千钱，府里过年过节喜庆事也会发赏钱。岳母对她们很好，时不常还有赏赐。"

周祈点点头，又皱着眉算一算。

搜完红霞搜碧云。这个叫碧云的与红霞不同，颇有几件好料子的衫裙，样子也极新，却没有贵重首饰。

周祈从衣衫中找到一个用层层帕子包着的荷包，又从荷包里找出一条项链。碧云从进屋就一直白着脸，看见这项链，脸就更白了。

周祈仔细看这项链，只是银制的，也没什么镶嵌，款式、花纹却特别，当是大食等地的东西。那链坠能打开，周祈打开看了看，又合上。谢庸微皱眉地看她。

上回发现盛安郡公府暗格的时候，周祈笑话谢庸，这回自己自然不会那样干，大大方方地把项链递给了他。谢庸打开，也合上，抿抿嘴，看一眼周祈。

周祈颇觉无辜，你好奇要看的啊。再说，有什么啊，不就是一个赤身女仙吗？那女仙还长着羽毛翅膀呢，怪好看的。

"那个是方五郎给你的？"周祈问碧云。

碧云不说话，但她的神情已经回答了。

周祈接着搜，除了还有做了半截的男子荷包和袜子，也并没旁的了，至于那荷包和袜子是给谁的，周祈连问都没问。

搜完了正要出去，却突然听碧云道："我见过红霞与阮氏鬼鬼祟祟地说话，看见我来了，便停住了。"

周祈停住脚："还有吗？"

碧云摇摇头。

周祈看一眼瞪着碧云眼里冒火的红霞，慢慢去公堂上说吧。

崔熠带人来得很快。阮氏、方五郎、两个婢子等涉案的人，同高峻的尸体都带走，又让人去搜方五郎和阮氏的住所。

按理，这人和尸体都该带去京兆府。京兆府元正期间也一直有人值守，但郑府尹已经封印了——老郑讲究多，若封印后不到时候被迫开印，第二年这一年都不顺当，崔熠是觉得他瞎讲究，但谢庸还是把人并尸首都带去了大理寺。

这不是周祈第一回来大理寺，也不是第一回来大理寺少卿的廨房，却是第一次来新任谢少卿的廨房。

大约他们这些主掌刑狱的官员性子都差不多，又冷又静的，这间廨房变化不大，颜色庄重的屏风，檀木坐榻几案，架子上书卷码放得整整齐齐，老竹笔筒里笔插得满满当当，还有刑狱官必备的方正青石镇纸……

周祈却突然瞥见那榻边有个毛茸茸的东西。周祈手欠，拿起来，是个狐皮暖袖筒子，棕色中杂着些白，油光水滑的，摸着很舒服，让周祈想起谢少卿的猫来——他这袖筒子恐怕不是保暖用的，而是摸着玩的吧？

大理寺里就两个值守官员，仆役们大多也放假了，谢庸亲自去给崔熠和周祈沏了两碗茶来，却不想一进门就看见周祈在玩自己的袖筒。

周祈握着谢庸的袖筒笑得安详，嘿，这玩意儿可没长脚，不会跑回你身边去了吧？

一盏茶没喝完，大理寺仵作吴怀仁就到了。他面色发红，连呼哧带喘，进门先行礼："下官听说又有凶案？"

崔熠看看吴怀仁被腰带几乎勒成葫芦的胖肚子："不是我说，老吴，你真不能再胖了。"

吴怀仁略带尴尬地笑了："下官就住在旁边的居德坊，是快走过来的。"

周祈颇喜欢这胖子："我教你一套拳如何？每天早晚各练上两趟，半年以后腰带能松一截，从义宁坊跑到我们兴庆宫不费劲儿。"

吴怀仁有些心动，又有些迟疑："下官这——主要是爱吃。"

崔熠笑道："还有比我们阿周更爱吃的吗？她恨不得把老谢家的碗都啃了，照样身轻如燕，上房揭瓦。"

周祈"嘁"他，"身轻如燕"跟"上房揭瓦"能放一块儿用吗？怎

么听着这么别扭呢？

吴怀仁看看正在翻物证的谢少卿，又看看周将军，觉得自己发现了点什么——谢少卿已经请周将军去家里吃饭了吗？

谢庸站起来："咱们一块儿去看看那尸首吧。"

一边往殓房走，谢庸一边大致与吴怀仁讲这案子，特别是与高峻发病死亡有关的事儿："其家人说这高峻之前未有心疾……我用帕子擦尸体嘴角，上面是药。有婢子和女儿们照顾，小殓时也不是一个人，这嘴角的药很可能不是吃药时沾上没擦洗，而是后吐的。"

吴怀仁点头："这可能是临死前已经反涌入口中，小殓挪动尸首，溢了一些出来。不同于另一种死后呕吐。那种要死后几天才会出现，尸身内有了腐败之气，压迫肠胃，把胃里的东西压了出来。"

谢庸点头。

几人来到殓房，吴怀仁先从尸首头发眼耳口鼻查起，果然在其嘴中发现一些残药，但量不大。他用小瓷杯取了，闻一闻，又取银针出来试一试，并没什么变化。查过尸体面部，再查四肢、胸背等处，用不了多少时间就查完了。

"该尸口唇及手足指甲呈紫绀色；除口内有少量药液外，鼻、耳等处皆未见异物；头、颈、胸、背、腰、阴、四肢亦均未有损伤。药液我闻着，确实像是呕吐出来的，而不像喂药残留，用银针试过，未见变色。紫绀、呕吐、未有中毒症状——目前看来，确实极像是心疾昏迷之后的亡故啊。"吴怀仁一转，"但是，我听说胡人有一种药，无臭无味，食之令人昏睡……"

崔熠拊掌："你们谢少卿也这么说！"

吴怀仁笑道："要不说是我们少卿呢，就是见多识广，又极敏锐，那嘴角的残药，谢少卿之前便推断是呕吐物。"

周祈和崔熠对视一眼，得，又来了！看看人家的属下，再对比对比自己的，真是让人羡慕啊。

"只是某未见过这种胡药，更未见过因过食而亡之人……"吴怀仁又说回这胡药上来。

谢庸看周祈："这就要看周将军的了。"

崔熠笑起来，在长安城找人、找东西还真就得看周祈的。

周祈懒懒地道："听你提起那药，我回去换衣的时候已经交代下去了。"

吴怀仁转动眼球看周、谢二人："回去换衣"……谢少卿和周将军已经到这一步了吗？他们两个倒也郎才女貌，只是谢少卿这样文雅的人，日后若与"上房揭瓦"的周将军有个马勺碰锅沿，会不会吃亏？不过那兴许也算夫妻闺房之趣……

谢庸问："可需要剖尸？"

吴怀仁端着了神色："有的心疾，其心肥大，剖尸能看出来，但有些就看不出什么来；倒是可以看看其肠胃内的东西……"

即便是大理寺，对剖尸也格外谨慎，需寺卿签署文书才行。

王寺卿住在常乐坊，与大理寺所在的义宁坊一东一西，现下已经开始敲暮鼓了，王寺卿又已高龄，约莫今日不会到了——谁想老翁却走了进来，且直奔殓房。

几人都忙上前行礼。王匀摆摆手，走到高峻尸首前。谢庸向他禀报案情。

老翁已到致仕之年，却一副老而弥坚的样子，估计能在这大理寺卿的位置上再干二十年。听完案情，对照尸格看了尸首，又略看了看已得的各种物证，便在这殓房里，王寺卿分起工来："子正理一理现有物证；显明去接应你的人，把物证搜全，莫要遗漏；小周去打探胡医、胡药，擒拿卖药之人！"使唤崔熠和周祈使唤得极顺手又理所当然，偏偏崔熠和周祈吃他这一套，都恭敬地行礼答"是"。

谢庸看看周祈，难得见她这样恭谨的样子。

第二日傍晚，周祈让人通知谢庸和崔熠有那胡药的信儿了，但尚未抓住卖药之人，准备晚间在其住所蹲守。

本只是告诉他们一声，谁知道陈小六带来了谢少卿并他的两个侍从来，且道："要不是今日长公主府有大宴，崔少尹也要来呢。"

周祈听了这话，再看看谢庸，颇感无奈，这又不是去东市看新来的

百戏杂耍，有什么好凑热闹的？像卖这种药的，都是惯常作奸犯科的亡命之徒，刀枪无眼，你们这身娇肉贵的，擦着碰着怎么办？本来以为谢少卿是个稳当人，谁知道跟小崔一样不靠谱儿……

不待周祈说什么，谢庸先轻声问周祈："卖这种药的，都是惯常作奸犯科的亡命之徒，人手够吗？"

周祈："够。"

谢庸点点头，他知道干支卫亥支的人少，平时又都撒出去，能调动的人手有限，又怕周祈自恃功夫好托大，故而陈小六一说，便跟了来。

人家来了，又是上司——虽然是隔壁上司，就不好赶人家走，也不知道罗启他们俩本事如何，周祈额外安排一拳能打死牛的段孟照应着些谢少卿。

丰邑坊坊门关闭，天已经黑透了，也没见那卖药的几个胡人回来。周祈的人有在屋顶看哨的，有在院外补刀收尾的，自己则带着陈小六、段孟、赵启、魏大郎、唐青、邱遇几个功夫好点儿的等在院子里，自然还有谢少卿主仆。

胡人这院子颇宽大，又堆了些乱七八糟的物事，正好方便大家隐藏。

正是四九时候，一年最冷的日子，就这么在外面等了一个多时辰，陈小六觉得自己的脚都冻麻了，晚间吃的两个胡饼并一碗羊肉丸子汤根本扛不住这样的冷啊。陈小六凑近周祈，轻声问："老大，他们不会不回来吧？那咱们兄弟可就亏了。"

"线报说，明早有人来拿货，他们今晚应该会回来。"

外面更鼓敲过，已经是亥时了，屋顶的暗哨学两声枭鸣。

周祈曾为了捉两个连环杀人作案的凶犯连蹲过五夜，也是这样的腊月天，白天换班睡觉，晚上在房顶子上猫着，故而对等这一两个时辰不当回事儿。

周祈扭头看看身边的谢庸。虽没有月亮，但繁星漫天，借着星光，颇能看清他的面孔。

你别说，美人儿就是美人儿，哪怕黑灯瞎火地看，也是美人儿，又似乎比白天看更多两分风致——罪过啊，今天让美人儿受苦了。

谢庸扭头看她，不知道有什么事儿。

对上那双寒星似的眼，周祈越发怜香惜玉起来。她往谢庸身边稍微凑凑，轻声道："冷吧？你应该带你那个暖袖筒子来。"

两人肩膀不过一拳之隔，她又略往这边歪头，谢庸闻见一丝香甜味儿，不是什么香饼香球的味儿，倒像是——柑橘味儿。

谢庸失笑，这么馋吗？刚才也没察觉她吃东西啊。

周祈还不知道自己偷吃橘子的事儿被人所知，犹想着怜惜美人儿，轻声道："我们练武之人的手倒是挺热的。"

谢庸板起脸。

"我有一套剑法特别适合年轻郎君来练，舞起来好看，又强身健体，练上一阵子，保准冬天手足不冷。"

原来又是好为人师……谢庸板着的脸恢复了原样儿，又不自觉地松了松肩背。

"小崔太没天赋，我教他好些天都没学会一招半式的，错个步能把自己绊倒……"周祈犹不忘嘲笑崔熠。

屋顶传来另一种转调枭鸣，周祈神色一凛，握住刀柄。

有人开锁，推开院门，进来四个人。其中一个笑道："刚才翻坊墙差点儿扭了脚。"另一个说了一句胡语。四人中最后的把门插上。

知道后面没人了，周祈当先蹿出来，其余埋伏的人也都动了。那四人大惊，纷纷抽出刀剑抵抗。

与周祈打斗的是个高大胡人，刀法不同于中原，不花哨，却扎实，周祈一时奈何他不得，扭头看看另三个人都被自己的人围住，跑不了，周祈便放心大胆地与这胡人斗起来。

走了几趟，大约摸清了路数，周祈卖个破绽，胡人一刀向她肩膀劈过来。周祈斜肩拧腰，手摁在那胡人的胳膊上借势飞起一脚，正踢在胡人的脖颈上，胡人应声而倒。

周祈顺手掸一下袍角，嘿，踢人踢门都靠它，可谓黄金右脚。她扭头想去接应兄弟们，却正见那个说"扭了脚"的凶徒撒出一把粉面，瞬

间几个兄弟眯了眼。

周祈面色大变，立刻飞身上前。那人却奔着战圈之外的谢庸而去：“我跟你们拼了——”哪知刚到其身前，便被飞来一脚踹翻。

周祈着实有些惊着了，脚用力踩在他的锁骨处，咬牙冷笑：“你拼命倒会找人，欺软怕硬的渣滓。”

谢庸一顿，若无其事地把短匕首又收回袖中。

周祈回头看看，另两个已经被擒住。陈小六等上前，把周祈脚底下这个也捆住。

周祈又看向谢庸，突然觉得刚才的话有些不大好的歧义：“我不是说你——”

软。

谢庸淡淡地笑道：“多谢。”

周祈长眉一挑，也笑了，罢，调戏就调戏了吧。

三更半夜的，不好押着这些人再回大理寺，谢庸和周祈便在丰邑坊这药贩子的住所里审问了起来。

正堂掌着灯，周祈穿着鞋盘膝坐在榻上，旁边的桌案上堆着些在这宅子里搜出来的药水、药粉、药丸、药锭子，桌案另一边坐着谢庸，谢庸这边儿的榻下是些研钵、模子、陶罐之类，想来是制药用的，还有一包银钱。

离的这些杂物不远是人犯们。之前被周祈踹晕的那个胡人已经被扎醒了，和另外三个一样都捆着跪在地上。

周祈轻叩桌案：“说说吧。你们这些药是自制，还是从哪里弄的？这些药都有何功效？下家又有哪些？”

四个人犯都不开口，特别是被周祈踹晕的那个高大胡人，还恶狠狠地瞪了她一眼。

陈小六惯常给周祈搭梯子的，很懂掐时机：“老大，就这种凶戾之徒，直接上刑吧。不上刑是不会招的。”

周祈点头，皱着眉揉下巴，看几个人犯就跟屠夫看待宰的肥羊一样：“你说先上哪种刑好？”不待小六说什么，周祈扭头看谢庸：“谢少卿，你们一般从哪种刑开始？”

谢庸正色道：“笞邢，先打二十，不招就再加三十，不招再加。”

“直到打死拉倒？”周祈摇头哂笑，“不是我说，谢少卿，你们公堂用刑，太糙。我们禁卫就不一样了——”周祈看陈小六。

陈小六脸上挂着跟他上司同款的笑，连嘴角咧的幅度都一样：“我们一般不动棍子。简单点儿的，就几张草纸就行，喷湿了，贴一层，不招就再贴一层，一般人熬不到六张纸。”

周祈道：“也有强人能熬到八九张的。”

“是啊，”陈小六幽幽地道，“等那九张干了，从尸体脸上抠下来，真是好一张狰狞的大傩面具啊。”

罗启和霍英都觉得后背有点儿发凉，两人对视一眼，果然是干支卫啊……

“别的还有往身上钉热铁钉，拿夹杆一个个夹碎手骨脚骨乃至手腕手肘膝盖，把木棍从口中往下捅……”

另三个胡人可能是汉话不利索没太听懂，也可能格外凶戾胆大，没太大反应，那个想捉谢庸当人质的中原人早在说“面具”时就已经怛然失色，这会子更是双股战战。

周祈微抬手：“行了，别提那些费事儿的了！就地取材吧。直接把这些药给他们灌进去就完了，还正好试试药性。”然后挑挑下巴，“就从刚才妄图对谢少卿不恭的那个开始。”

那人早在刚才就被吓破了胆，这会子听见点名儿直接就趴倒了：“我说，我说，我都说！”

中原人叫齐四，其前主人是往来于长安和沙州、肃州、玉门一代的药材贩子，故而齐四也知些药性，并会说胡语。三年前，其主人西行到了大食，被歹人所害。齐四逃得性命，在大食流浪，认识了些胡人，其中就包括这三个——一个吐蕃人，两个粟特人。

在大食有个颇有名又有势力的胡僧，卖各种千奇百怪的药，吃了让人昏睡的、让人产生幻觉的、于男女之事上助兴的……这些药物都极

贵，齐四与他的三个同伴冒极大的险偷出几种来，然后便逃离大食，一路东行，于今秋来到长安。

齐四指指桌案上的一个白瓷瓶："那是可以让人昏睡的。若只吃一小丸，可以助眠；要是喝了酒，吃上二十丸，人就完了；便是不喝酒，再多吃上十丸八丸的，也会死。"又指着那包药锭子，"那是助兴的，男女都能用。"指着一包药粉，"那个吃了便极精神，又舒服，练武的本事能加三成，念书的能写出好文章，但吃多了也会死……"

谢庸和周祈的脸色都阴沉得厉害，就这些药，不知道会弄出多少惊天大案，害死多少人，而那个大食胡僧还在不断制售，这里面又有多少药正在或者已经流入本国……

周祈问："你朝着我们撒的药粉子是做什么的？"

齐四赶忙道："那个是今日买的一包芋粉，于贵人们无害。这药来之不易，卖得虽贵，但一卖就没，我们就想着往有的里面掺一掺，弄个三六九等，也好多卖几个钱……"

周祈险些让他气笑，这脑子……怎么长的！

关于卖给哪些人，齐四面露难色："买这些药的，大多藏头露尾、蒙头遮脸的，有机密人只约定了地方，我们放下药，他放下银钱，压根儿没见过面。"

一直没说话的谢少卿突然问："升平坊做粮食买卖的李家人，你可认识？方汉生方五郎、李家女婿范敬，乃至李家奴仆……"

齐四道："倒是听说过这方五郎，他跟好些粟特人都熟。"

"这昏睡药一共卖出去几份，各卖多少？你们秋天才到京里，这瓶中又还剩了这么多，想来卖得不很快，你当还记得。"

"一共卖了五份，都是二三十丸，一个是八月间卖的，把药放在曲江边儿上歪脖子狐仙树的树洞里……"

抓住这些药贩子，虽于李家的案子所得线索不多，但能缴得这么多药品，并得到大食制药胡僧的线索，也算收获。

第二日把这些人都押往大理寺，周祈和谢庸各自与上司报告此事，并写了呈文——从源头上截住药品流入，还有解决那胡僧的事儿，得让安西都护府、北庭都护府来做。

周祈这边是如此，崔熠那边也有进展，除了带回来一堆的李家内外的账册子，还找到了那幅画！

崔熠大马金刀地坐在大理寺大堂偏厅的榻上："我告诉小子们，能拆的都拆了，能散开的都散开，能挪的都挪个地方，就不信找不着！"

可以想见书房被造成了什么模样，周祈笑问："到底在哪儿找到的？"

"我还以为怎么也得有个暗格、密屉之类，原来就是裁了装裱，夹在别的书册中了。"崔熠笑道。

谢庸展开画，周祈凑过去同看，崔熠也站起来凑过去。

崔熠道："我看了半天，似乎跟那阮氏是有点像。你们觉得呢？"

画中一带碧水，一个身姿纤瘦的女子站在岸边树下。这女子细巧眉眼，梳着倭堕髻，着青色圆领小袖衫，正扭头欣赏对岸的山景，她脚下一条长满野草的小径伸向远方。那画上又题了"上巳游春图"几个字。

周祈仔细端详，突然笑了："就是我修个这样的细弯眉，梳个这样的发髻，穿件这样的小袖衫，也能有三分像。"

崔熠看周祈，想象她娴静中带着些轻愁的样子，不由得打个哆嗦："你可别吓我了，就是老谢扮上也比你像些。"

周祈抿嘴，瞪崔熠，又看那位可以扮仕女的谢美人儿。谢庸对崔熠和周祈的话如若不闻，仍在看画儿。莫非这画儿上还有什么玄机？

周祈再仔细看这图，竟真发现了一处蹊跷："我看这题字的墨迹似比这图中的要新一些。"

周祈手里颇有些旧传奇，这些传奇有的都不是二手的，而是三手四手的，这些主人又多留有墨迹，故而周祈对不同年月的笔墨痕迹不算陌生。

"这题字年头也不短了，怎么也有七八年了吧？"周祈道。谢庸点点头。崔熠也仔细端详，摇摇头，看不出什么来。

大理寺卿王匀从外面走进来，三人赶忙行礼。之前谢庸和周祈已经交过差了，崔熠也把自己带来的物证呈上。王匀展开那图，皱着眉端详

了片刻，看向谢庸："看出来了？"

谢庸行礼："是。"

"那就提审人犯！今日你来主审。"

谢庸再行礼："是。"

王寺卿走在前面，他身侧错后半步是谢庸，崔熠和周祈跟在后面。

崔熠小声问周祈："他们打的什么哑谜？"

周祈摇头，要说拳脚功夫、奇诡异闻她在行，这书画学问……要是自己都能说出个一二三来，都对不起当年念书时趴在桌案上流的那些哈喇子。

崔熠突发奇想："我听说有一种隐形药水，画在纸上什么也看不出来，得泡在水里，又有说要用火烤的，或者在特别的角度看才行，还有说需要涂上另一种药水的……"但也没看大理寺这两位这么折腾啊。

周祈道："咱俩看的是同一册传奇，《南北迷案》。"

崔熠来了精神："你也看过？"

周祈点头，那本传奇是个残卷，当时遍寻东西市的书肆，也未找到全本。周祈疑心，那本传奇的写作者根本就未写结局，这就譬如挖坑不填土。周祈真想查查是谁写的，往其门上送个刀片。

"那杜侍郎最后定是死遁了。"

周祈和崔熠看向前面的王寺卿。

王寺卿也回头看他们："回头某给你们说，为什么那杜侍郎是死遁。"

想不到老翁也好这一口儿，周祈和崔熠都笑了。周祈犹不忘挤对谢庸："看来我们这里不爱看传奇的，唯有谢少卿了。"

王寺卿看向谢庸，颇正经地劝道："看看，有意思，挺好的。"

谢庸："是。"周祈和崔熠又笑起来。

王寺卿与崔熠、周祈都坐于堂下，谢庸独坐堂上，先提审婢子碧云。虽只这一两天的工夫，这婢子明显憔悴了，来到堂上，畏缩成一团。

“本官问你，你与方汉生可有私情？”

知道人证、物证俱在，碧云哭着点点头。

“方汉生可曾让你做些不利于主人的事儿，比如偷听、偷盗、下药……”

听到“下药”二字，碧云猛摇头：“没有，我没有下药！”

谢庸点点头：“也不过是一问罢了。想你一个弱质女流，也不敢做出下药这样的事儿。”

碧云抽泣起来。

“你平日在李夫人身边做什么？其余诸婢子呢？”谢庸温声问道。

“我伺候夫人更衣梳头，红霞照管夫人的财物首饰，彩月照管饮食药膳；白虹管着夫人与外面人情随往并与管家等来回传话，另有几个支使干活的小婢子。”

“我等去了，只见你与那个叫红霞的婢子，未曾见另两个。”谢庸诧异。

“白虹拿乔，只把自己当内管家，不在夫人身边跟进跟出；彩月进了腊月就得了伤寒，挪去下房住，还没好。”

“那这饮食药膳又是谁照管呢？”

“我们，我们谁有空就顺手做了。”碧云低头小声道。

“我看李夫人似是寒疾，平日服药以何为药引？”

“黄酒。”

周祈与崔熠对视一眼。

“当日你家阿郎去陪夫人吃饭，你可在身边伺候？”

“在。”碧云之声几不可闻。

谢庸再点点头：“虽说那药无臭无味，但药嘛，总会发苦，下在桂花羊乳中，若再稍加些饴糖蜂蜜，倒确实合适……”

碧云哭着摇头，这次声音却小了很多：“没有，不是我，不是我……”

谢庸叹口气：“你可知道，有罪之人，满脸都写着‘我害了人’？”

碧云捂脸大哭起来。

谢庸挥挥手，衙差把碧云拉下去。

“带方汉生。”谢庸沉声道。

方五郎站在堂上，还是那读书人的清高样子。

谢庸淡淡地道：“碧云已尽招了你给她昏迷药的事儿，你也说说吧。”口气虽淡，却掩不住那股子冷冽。

周祈突然发现谢少卿颇有些怜香惜玉，审女犯，大多怀柔，用“软攻”；对上男犯，则往往冷若冰霜，坚硬锐利，如一柄闪着寒光的枪。

“她是诬陷。”方五郎冷声道，“怕是受了什么人的指使。我是与她有些来往，还送过些东西给她，但这种婢子，与她有关联者不知道有多少。”

方五郎看向堂上，又扫一眼王寺卿和崔熠、周祈：“列位想想，我为何要害舅父？舅父待我恩重如山，是我在这家里唯一的倚仗。害他，我还算个人吗？”最后一句话说得颇带着些真情实感。

谢庸还是那样冷冷淡淡的口气：“因为你本来想害的便不是他，而是李夫人。”

方五郎神色微变，半晌道：“贵人这是欲加之罪。”

“李家当家主事的虽是高峻，但那毕竟是李家，怕是许多事儿都要李夫人同意。我看了你西北商路的账册，里面多有虚头花账，那些银钱都进了你的私囊了吧？若被李夫人知道，你的日子恐怕不好过。”

方五郎扭头，硬声道：“经商之人，什么买卖过手不沾油？贵人以此推断我杀人，未免武断了些。舅母待我不薄，还想把表妹许配于我。”

“那你为何不应呢？若与李二娘婚配，你所得李家家财，总比这样零打碎敲来得多吧？且更名正言顺。”

方五郎冷声道：“我与二娘性子不合，况且我也不是那种会为了钱财就搭上婚姻的人。”说完不自觉地咬了咬牙。

“这个，我倒是信。不过就是你想娶，令舅父也不许，因为——”谢庸盯着方五郎的脸，“那是你同父异母的妹妹。”

方五郎神色大变，睁大眼睛看向谢庸。崔熠也一脸惊讶，看看谢庸，又看王寺卿。王寺卿半闭着眼听着，崔熠又看周祈。周祈微皱眉，这方五郎是那赵氏之子？

谢庸展开那幅图："这幅图上题着'上巳游春图'，却不是一般的游春图。上面有江水，有乔木，有游女，岸边有蒌蒿，小径有野荆荒草，游女隔江望向对面的山林，估计是听到了樵夫的歌声吧。"

谢庸再看向方五郎："这画的是《诗经》里的《汉广》篇。"

方五郎咬着牙不说话。

"而你，名'汉生'。

"'南有乔木，不可休思；汉有游女，不可求思。'这首诗说的是樵夫对游女的思而不得。《诗经》里那么多诗，高峻之所以选这首入画，想来一则你们本就是楚地人，或许他当真与令堂在汉水边游玩过；再则，他对令堂虽思之慕之，却再无可能，倒也算切合诗意；或者这诗里含着令堂的名字，或者旁的只有他们自己知道的典故——某就不妄加揣测了。

"令堂身故，你由姑母抚养，那次高峻回乡探亲便把你带了回来。高峻给你取名汉生，以纪念令堂。李夫人只以为你是外甥，便容下了你。只是后来那幅画被李氏姊妹看到，高峻或许发现有人动过那画儿，有些心虚，又不愿毁了它，便补了题个'上巳游春图'在上面，以遮掩画儿的本题，甚至把装裱也裁了，藏在书里。"

方五郎闭闭眼睛。

"你刚才说令表妹的事儿，其实也正是此事提醒了我。这账册中有的有令舅父的签字，有的就没有——没签的是你花账做得太厉害的两本，故而，这假账他不是没看出来，但看后面的账册，他依旧拨给你大笔的银钱。他这般疼爱你，李二娘对你又有意，令舅母也不像特别反对的样子，是什么阻止了这桩亲事？"

方五郎依旧不说话。

谢庸继续道："或许也正是由于不允此亲事，他怕你吃心，便把你的身世告诉了你。你觉得，从前是李氏害了令堂，现在更是李氏阻止你父子相认，使得你不能继承全部家产，所以你便动了杀心。"

谢庸的声音冷起来："你与众多胡商相熟，知道有这么一种昏睡药，更知道此药反酒，便买了合酒致死量的药，让与你有私情的婢子碧云下在李夫人睡前小食中。李夫人一向体弱，吃了这药第二日一睡不起死了，众人也只会以为她是病亡。"

谢庸冷哼一声："可谁知，这碗加药的桂花羊乳被高峻服下，他未饮酒，故而只是昏迷，但最后终究没有醒来。方汉生，你还是招了吧。"

方五郎凄然一笑："既然贵人都猜出来了，我还有什么必要再说一遍？舅父之所以画《汉广》，确实与家母名讳有关，她叫乔娘，是汉水边儿最美最好的女子，却被李氏逼死！我为什么不能报仇？"方五郎声音尖厉起来。

"我只是还有一事不明，你是何时出生，为何倒称李大娘子为姊？"

"本便是我大。当年家母刚生下我，便上京来寻夫……舅父怕人疑心，刻意说小了而已。"

谢庸点点头，那就说得通了。

方汉生画了押被带下去，谢庸退堂。崔熠先笑了，对王寺卿和谢庸道："原来那画儿里是这么个玄机。我和阿周这种不读书的，是真看不出来。"

周祈向来不要脸："你不读书，我读，前两天我还看书熬了大半宿呢，只不过与王公、谢少卿读的不一样。"

王寺卿笑了起来，谢庸也莞尔。谢庸又对王寺卿行礼："虽有碧云、齐四等人证，方汉生自家也承认下毒杀人，但此案尚有许多疑点，庸想再去趟李宅。"

王寺卿点头："是当如此。"

这种事儿，自然落不下崔熠和周祈。崔熠骑在马上："方汉生连杀人都认了，没必要再否认与阮氏的事儿，他既然说自己与阮氏没关系，那当是真的……"

周祈顺嘴便把他拐跑偏了："如果阮氏所生之子果真是方汉生的，他不承认，看如今的样子，阮氏至少能从李家得一笔钱财，这样方汉生至少也给自己留条根。若是他承认，这种乱伦通奸，阮氏还能活？那孩子又如何长大？"

崔熠想了想，不由得点点头："也是，你说得有理。"

周祈却又笑了："其实，我也觉得那奸夫不是方汉生。"

崔熠瞪她一眼："消遣我，有意思吗？"不待周祈说什么，自己也笑了，"要不说聪明的脑袋都是相似的呢。你说说，为何你也觉得那奸夫不是方汉生？"

周祈驱马离他近一点儿："我那日与谢少卿访敦义坊阮家，街坊四邻有见过那奸夫的，都说郎君骑马匆匆而来，看不清、记不起长什么样儿。

"这一个人啊，若是长相好，风姿好，比如我们谢少卿这样的，自然还有你崔少尹这样的，当然，我也勉强能算在列——"

不等她说完，崔熠已经笑起来。

"那都不用近看，远远地就被百姓雪亮的目光揪了出来。敦义坊的邻居都说没看清、记不得，很可能是这奸夫长相普通，过目即忘。"周祈道，"我们干支卫搞跟踪盯梢的都是这种。"

崔熠竟然又觉得她说得有道理。

周祈挑挑下巴指向谢庸，对崔熠道："你不觉得方汉生在气度上有两分像谢少卿吗？他这种，按说不应该是看不清、记不住的。"

崔熠刚想点头，突然歪头看周祈："前几天那个落魄士子方斯年，你说他有点儿像老谢，如今又觉得这方汉生像老谢，阿周啊，这——不太好吧？我们老谢可是抓凶犯的，怎么会与嫌犯们相似？"

崔熠架秧子拨火的本事全套地使出来："阿周啊，你对老谢有什么不满，可以直说嘛。大不了让他做两顿饭给你赔赔罪。"

让他这一说，周祈却不由得反思起来，为何看到个好看些的男人，我就觉得像谢少卿？周祈不由得又打量谢庸一眼，谢庸还是那副冷冷淡淡的德行，对他们的话恍若未闻。

周祈的目光从他高挺的鼻梁上扫过，得出结论，大概好看的人都是相似的，难看的才各有各的难看之处。但转头看向旁边笑得一脸欠抽的崔熠，又犯了疑惑，小崔长得也好看，但与谢少卿不像。哎呀，小崔真是个神奇的存在……

一路说着话，不觉已经到了怀远坊李宅门前。

依旧是范敬接了出来，把三尊“大神”请进去。

三人既已显露了身份，便不好再进后宅了，故而被请去前宅正厅奉茶。范敬还要赔礼：“从前小人有眼不识泰山，不认得贵人们，多有怠慢，还望海涵。”

谢庸摆摆手，笑道：“这有什么的？本便是我等为查案微服而来，范郎君不认识才正常。”

范敬赶忙称“是”，又谢他们为自家的事奔忙。谢庸却慨叹：“令岳才身故，家里又多事儿，全靠范郎君独立支撑，也是委实不容易啊。”

听了这样体贴的话，范敬感怀地再冲谢庸行礼。周祈看看谢庸的侧脸，又想起那黄鼠狼诱哄小鸡吹口哨的故事来。

进了厅堂，喝了茶，谢庸与范敬通报案情：“府上的事儿，我们已经审清楚了……本是想谋害夫人，谁知竟是高公喝了那一碗加药的桂花羊乳……”

范敬赶忙再次站起来行礼：“想不到家里竟然出了这等奇案，幸好贵人们明察秋毫，不然家岳真是去得不明不白。”又慨叹，“想不到五郎那样文质彬彬的人，竟然做出这样的事儿来。”

慨叹完，范敬却又替方五郎求情：“不知贵人们给五郎如何量刑？五郎到底年轻，才被仇恨迷了眼，又有这样的前情，不知能否从宽些？”

谢庸摇摇头：“量刑还要看本寺王公的，不过依某来看，想活是难了。”谢庸却又好心建议，“我们量刑自要依照律法，可也兼顾人情。你若有心，回头写个请求减刑的陈情书递上，方五郎这斩刑，兴许能改成绞刑，也算落个全尸吧。”

范敬又再行礼道谢。

周祈和崔熠对视一眼，静静地喝茶，看那位“通情达理”的谢少卿接着如何“通情达理”。

“府上闹这么大的动静，恐怕会影响买卖吧？”谢庸又问。

范敬点点头：“已经不少有往来的伙伴儿在打听了。不瞒贵人们说，我们这些小买卖人，都是树叶子掉了怕砸脑袋的，一点儿风吹草动就往后缩，以后家里这买卖确实难做了。”

谢庸笑道：“无妨，本官送你一幅字，他们见了，也便知道可以放心大胆地与你做买卖了。”

范敬大喜，长揖到地。

周祈笑道：“我们谢少卿两榜进士，天子门生，那字可是得过相公夸赞的。范郎君，你福气不小啊。”

范敬哪有不懂的，赶忙道：“这茶果子都凉了，某去吩咐奴仆们再备新茶来。”说完便再施礼，走了出去。

崔熠看看谢庸，又看看周祈，这是……

不大会儿工夫，范敬用托盘捧来三个荷包。谢庸明知故问：“这是？”

“京中规矩，没有白得赠字的。这点小意思，固然不抵贵人笔墨价值之万一，但还是请贵人收下，毕竟也是小人的心意。”

谢庸笑道：“如此，某就却之不恭了。”受贿居然也受得很是儒雅洒脱。范敬笑着再行礼，然后又奉给崔熠和周祈这俩跟着打秋风的。

崔熠掂一掂那荷包，笑道：“某可不会写字儿。”

范敬赔笑：“贵人说笑。贵人为舍下之事奔波，这点权充车马之资。”

周祈则直接揣到了袖子里，笑道：“你们府上，事情是有些多，回头我画张符送你。”

范敬赶忙道谢。

周祈与谢庸是一个样式的通情达理：“回头我们就让人把高公的尸身送回来，也好让客人们吊唁。把阮氏还有府上的婢子也放了。不是我

说，府上这内宅啊，真得好好归置归置。”

范敬连连称是。

三人打了秋风出来，崔熠看谢庸：“这是怎么个意思啊？”

周祈甩甩手里的荷包：“都在这个上头呗。”说着便在马上掏出荷包里的东西来看，四张五十万钱的柜坊凭帖。好大手笔！

周祈看那凭帖上的柜坊，两张是富恒柜坊，两张是明昌柜坊，又问谢庸和崔熠，他们的凭帖除了富恒、明昌以外，还有一张与红霞臂钏里的一样，是恒通的。

长安东、西两市柜坊有十来家。大凡开柜坊的都财力雄厚，颇有信誉，拿着这凭帖儿就可取钱，很是方便，故而这些凭帖可当银钱使用。但也有不少商家觉得还是现钱更好，不爱用凭帖，又有商家只收取、花用某一家或几家的凭帖。

既然又确定了两分，谢庸看向周祈：“这事儿还得周将军去办。”

周祈嘿嘿一笑：“这种杀人放火的勾当我最拿手。”

崔熠越发听不懂他们说什么了。

周祈对崔熠笑道：“你就擎等着看戏吧。”

大理寺大牢里。

牢头儿走过来看看红霞，塞在她手里一个东西：“一会儿上堂别乱说话，使了钱的，很快就放你出去。出去以后有辆车，你径直坐上出城，城外会有人给你身契。关键，上堂别乱说话，懂吗？”

人犯们都是分别关押的，红霞并不知道外面已经差不多尘埃落定，只以为才开审，赶忙点头。

待那牢头儿走了，红霞打开手里的纸，竟是富恒柜坊的五十万钱凭帖！这回被搜去的那些东西就又都回来了！红霞大喜过望。

过了半天，被提审过堂，果真如那牢头儿说的是使了银钱的，那个发现了自己臂钏的官儿和蔼得紧，只略问几句，便说：“与她无干，放了吧。”

红霞磕了头，赶忙出来。大理寺门外树下果然停了一辆带篷骡车，不显山不露水的，那赶车人也不认得，红霞却觉得不用自家车马倒也应该，赶忙爬上那车。赶车人挥动鞭子，车子便动了。

大理寺所在的义宁坊本来就在城边上，马车不大会儿就出了城，又一路往西走，越走越偏。红霞揭开车帘看一看，不由得有些心慌，便试着问那赶车人："这位郎君，我们在何处停车？"

赶车人回头看她一眼："着急了？"

红霞赔笑。

"既然你着急，便是这里好了。"

红霞听这话说得蹊跷，不由得变了神色。

赶车人勒住骡子，从车下抽出一把刀来，笑道："这可怪不得我，谁让你知道得太多了呢。"说着便举刀刺来。

红霞尖叫，在车厢里闪躲，那刀只刺破了她的袖子。

第二刀又到了。

红霞觉得自己怎么也得死在这里了，却突然听得破空的弓箭声……

被救下时，红霞还惊魂未定。

周祈坐在马上啧啧两声："年纪轻轻的，要不是我们在后面跟着，你这会子就身首异处了。"

红霞瑟缩一下，当初是被她搜出的钱，故而有些怕她。周祈哼笑："怎么？还不说？那你就等着再有人来接你吧。"说着便拨转马头。

一个内宅婢子，再奸猾也有限，又刚经过惊魂一场，如何还撑得住？当下便跪在了地上，哭求道："奴说，奴都说，贵人别把奴扔下。"

大理寺公堂。

红霞跪在地上啜泣道："腊月二十六，这位道长贵人走后，家里又请了郎中来，郎中刚走，范郎子就给我一包药丸，让我下在阿郎的药里。"

红霞看一眼旁边范敬的袍子角儿："我不敢。范郎子说，阿郎弄成这不死不活的样子，定是五郎让碧云下的药。以后即便有人查出药来，

也只会算在他们身上。他又以我帮他偷过账册要挟，我，我就……”

“胡说！这婢子定是也与五郎有勾连，想替他开罪，故而诬陷于我。”范敬对堂上坐着的谢庸行礼，“贵人法眼如炬，想必看得明白。”

谢庸看范敬一眼，接着审红霞：“你那臂钏中的凭帖，还有那些贵重首饰，都是从哪里来的？”

“上回偷娘子私房的账册，范郎子给了我一张六万钱的柜坊凭帖。娘子从来不用凭帖，我也觉得这样小小的一张纸，有些不保险，但都换了钱来又未免醒目，便买了那钗子，又换了些现钱。范郎子知道了，笑我村气，专门赠我那个银臂钏，说那个叫‘随身钱库’，有多少钱都可以换成凭帖放在里面，戴在胳膊上，再也没有比此更好的放钱办法了。他这回又给了那凭帖，我便放在了臂钏里……”

范敬抬脚要踢红霞，被衙差拦住。范敬满脸委屈气愤地再行礼：“贵人切莫听信这贱婢的一派胡言。家岳当时已经那般模样，我为何还要这么做，担这杀人的干系？”

“因郎中说，高峻的脉搏比前两日有力，或许过几天就会醒过来。”谢庸淡淡地道，“若高峻苏醒，不但他会重掌家业，方汉生下毒之事也会被捂住，而你早知方汉生与高峻的关系，若他们都无恙，李夫人沉疴多年，一日故去，这李家家业又岂会落在你一个女婿的手中？”

范敬摇头：“贵人说笑了。前两年，某与家岳东奔西走，翁婿一同行路、坐船、宿在山林子里，要想害他，百八十回都害了，如何会等到这时候？且那样岂不干净？如今家岳虽亡故，家中却又有个小内弟，某如何独霸家财？”

“你若早害了他，这家里头一个被怀疑的就是你。况且，那时候你还不知道方汉生的身世，只觉得这李家家财以后都是你的囊中之物，故而未生杀心。”

范敬冷着脸道：“贵人此话难以让人信服。五郎的身世，家里人都不知道，我是如何知道的？”

谢庸道：“那还要从李二娘子对方汉生的恋慕说起。方汉生从前虽住在李家，却专心读书，于买卖事少有涉足，其账册日期都是近两年的。李二娘显露出对表兄的爱慕之意，高峻压下不提，方汉生亦拒绝，然后这方汉生却学起了做买卖。

“于李家的买卖、银钱出入，除了高峻，你是最清楚的。方汉生用于开辟西北商路花了多少钱，你自然也知道，或许还向高峻质疑过，高峻却一意孤行地支持他。”

谢庸往前略倾身子，看着范敬的脸：“不允婚姻，却任其贪家里如此多的财产——你怎会不心生怀疑？你惯常出手大方，会收买人心，李夫人身边有你的眼线，高峻身边定也是有的，便是通过这些眼线你知道了他们的真实关系。

“至于你为何选在现在动手——你或许不知道，在里坊街市，若哪家门窗被打破而不修补，他家门窗会被砸得更厉害，甚至引来盗贼。方五郎就是那第一个打门窗的，而你是第二个——是方五郎勾出你心里的恶魔。就像那婢子说的，你觉得，即便被查出，此事也会被算在方汉生头上。我相信杀人并非你最初的安排，因为你还有旁的动作——阮氏所生之子是你的孩子吧？”谢庸轻声问。

范敬抬头，看向谢庸，又很快垂下眼帘。

“李氏姊妹都不是心机深、口风严的人，但我猜那画儿的事儿，你当是听尊夫人提起的。”谢庸抿抿嘴，“本只是情浓时她无心的一句爱娇告诫，你却记住了。后来知道了高峻与方汉生的关系，你便想起那幅画来，并去高峻书房找到了该画儿。你找了与那画中人略有几分相似的阮氏，让她做画中人打扮，在每岁高峻必去的寺庙等着。一直念着赵氏、如今又掌握李家的高峻果然上当，不顾李夫人反对，纳了已有身孕的阮氏。”

谢庸坐正：“你自己觉得这事儿天衣无缝，却不知处处都留着线头儿。不说高峻尸体嘴角吐药，是二次中毒的症状，也不说你对已成齐子的阮氏宽容中带着些厌烦又不太当回事儿的态度，单那些数额巨大的凭帖便卖了你。方五郎幼年时是受过穷的，故而用钱谨慎，他送给碧云的定情物也不过是条小小的胡式银链子，价值千钱而已，如何会给红霞

三十万钱的凭帖堵嘴？”

范敬脸绷得紧紧的：“贵人这些都是推断，单凭推断，还有一个贪财婢子的话便定我的罪，我不服！”

谢庸看衙差：“去看看周将军回来没有。”

不大会儿工夫，衙差回报：“周将军带着证人回来了。”

众人都看向大堂门口。周祈脸上带着轻快的笑，手里拎着一根花哨马鞭走进来，似一束阳光照在这庄重肃穆得略显沉郁的大堂上。

崔熠一见她就觉得浑身松快，这审案的时候，没个人在身边打眉眼官司，还真不习惯。便是王寺卿也带了些笑。

谢庸的目光在周祈的脸上停了一瞬，便看向她身后。周祈身后跟着两个穿短打的汉子。两人显然是没见过大场面的，一进大堂，离得老远就跪下磕头。

谢庸温言道：“近前说话。”

两个人便又往前走一段，跪在婢子红霞身后。范敬微皱眉看着这两人，脸上带着一丝困惑。

周祈对谢庸行礼：“下官奉命把证人大通坊朱三郎、孙四郎带到。”听了他们的名字，范敬突然面色一变。

谢庸点头：“周将军辛苦了，旁边请坐。”周祈走到崔熠的下首坐下。

“朱三郎、孙四郎，去岁春天可是你们为敦义坊阮家修的宅子？”

“是，是小人们为阮家修的宅子。”

“阮家与你们交接的是谁，可还记得？”

“记得，他家没儿子，平日张罗事儿的是阮家老妪，付钱的是他家女婿，听老妪说，是有钱人家的郎君。”

“这阮家女婿可在这堂上？”

朱三郎和孙四郎都看向范敬：“便是这位郎君。”范敬面色灰白地闭闭眼。

“人命关天，你们可要认清楚了。”

孙四看起来略胆大一点儿，磕头道：“我们认得这郎君。这郎君脖子上有三颗挨着的小痣，从前我们帮一个有钱客人修宅子，那个客人脖子上也有一颗痣。当时我们兄弟们就说，是不是这有钱人的脖子上都有痣。”

崔熠这回终于有了可以和他“眉来眼去”的人了，于是对周祈比个口形：“又是痣。”

知道他指的是前个升平坊凶宅案里赵大那莫须有的痣，周祈也弯起眼睛。朱三郎等被带了下去。

谢庸看向范敬：“这回还不说吗？”

范敬叹一口气，耷拉着头，双膝跪在地上：“我也不知道事情怎么会成了现在的样子。一切的一切，都缘于那幅画吧。家岳书房伺候的奴仆洗砚听到家岳对五郎说‘你是我至亲至近的人，旁人都排在你后面’，又说曾见家岳和五郎对着一幅画垂泪，我立刻想起内人说过的那张美人图来，再加上二娘的事和五郎贪的钱，我如何还能不明白？后来趁着家岳不在，我让洗砚帮我找出那幅画儿来，看的时候本只是好奇，后来偶尔见到阮氏，看到她梳着低髻那低头垂目的样子，便生出了这条计策。正如贵人所说，便是那时候，我也没想过杀人……

“我在买卖上朋友颇多，故而多听到些奇闻逸事。家岳一睡不醒，我便想起那胡人的昏睡药来。家岳是在岳母那里吃的东西，五郎又认得许多胡人，我便猜，那药本是五郎下给岳母的，却被家岳吃了。鬼使神差的，我也打听到地方，去买了一份。那日周将军假作道士来我家，我于那升平坊凶宅的事儿知道得比旁人清楚些，知道她的身份不简单，她说要带名医来，郎中又说家岳兴许会醒过来，我便把那药给了红霞……”

谢庸点点头，又问：“阮氏与方汉生多有交接，是你让她去的吧？若高峻未死，阮氏又站住了脚跟，阮氏或许可以诬陷方五郎非礼。可惜，后来高峻身故，这伏笔便用不上了。”

范敬微微点了两下头。

审过范敬，再审阮氏，一干人等都审完画了押，到快日暮了才退堂。

王寺卿扶着腰站起来，谢庸关切地看看他，到底不是情感外露的人，没有说什么。王寺卿拍拍他的肩，又看看崔熠、周祈：“也算历练出来了。以后啊，我可不跟你们这帮年轻的小子这样熬了，哎哟，我的老腰——”

周祈笑道：“王公，我有套拳法——”

王匀笑骂：“你快省省吧，你是恨不得把大理寺变成猴子山。”说着扶着腰走了出去：“文案写好，放在我案上。”

谢庸恭敬行礼：“是。”

周祈看着王寺卿的背影腹诽，老翁这倒不是猴子，可像个鸭子。

谢庸却对她道：“我还只当你会诈那阮氏之母，把她带到公堂上来指认呢。”周祈放下红霞，因只一个人证到底单薄，再审李家奴仆又太费事儿——让奴告主可不容易，她便说去敦义坊再带个人证。

周祈满面正气：“诈她，让她指认范敬自然也行，但我们审案，首行正途，能不诈供还是不诈供的好。我想到坊间修房盖屋是大事儿，多由男丁出面，便去碰了碰运气，果真范敬当时露了面，且朱三郎他们竟然还记得他。”

想不到会从这位周将军嘴里听到这样的话，谢庸对上那双娇俏灵动的杏眼。

周祈挑眉。

谢庸目光下落，扫在她身后那有节有毛晃荡晃荡的“尾巴”上，又挪开，亦正色道：“首行正途，此话很是。”

崔熠在旁边想呵呵他们一脸，那柜坊凭帖、那红霞口供不是你们俩用诈术诈出来的？这会子满口“正道”！这俩人太不要脸了！崔熠又疑惑，原先阿周只是匪一些，老谢也只是爱装一点儿，什么时候脸皮就都这般厚了呢？崔熠突然有一种被小玩伴们丢下的感觉。

出了大理寺的门，见街上空无一人，崔熠突然一拍脑袋：“今天是除夜！我得进宫领宴！八成今年又迟了。”说着便蹿上马跑了。

周祈在后面喊：“急什么？反正你每年都迟！”崔熠在马上对他们

挥挥手。

谢庸和周祈也上马东行，身后大理寺的门缓缓关上。

今天周祈没带陈小六，他虽然也没家没业的，但在长安城有个姑母，每年都去姑母家过元正，晨间便已经去了。谢庸也没带罗启他们——他们要在家里帮着唐伯打扫收拾，准备除夜的吃食。

两人并辔而行，周祈且走且跟谢庸胡拉乱扯，说起各地过年习俗。

“听说契丹人用糯米和羊骨髓团成饭团儿放在毡帐中，元日五更天的时候随意扔出去，天明查看，若是双数，就欢庆开宴；若是单数，则让大巫持箭摇铃作法，曰‘惊鬼’，且此后七日都要待在帐中，不得外出。

“突厥人就更奇怪些，过年要先把头半年死去的人下葬，然后男女穿戴一新，聚在这丧葬之地，若有那相悦的，小郎君们就可以去女家求聘。

“南边人有的除夜要以红纸剪鸡贴于门上，又要杀鸡洒鸡血于门前以驱邪祟；赵地这日则不能杀鸡，要把雀鸟放生……”

周祈想到什么便说什么，有的或许是真的，有的只是谣传，她一个小娘子家，说起“相悦”“求聘”半点儿不好意思都没有，好在听这话的谢少卿也没什么不好意思的。

周祈不着急回去，只任那马踢踢踏踏地走着，谢庸耐心不错，在旁相陪。周祈又问谢庸关内道是怎么过年的。

谢庸看着渐渐暗下来的天幕，微笑道：“与京里并没什么差别。幼时家贫，不能常食肉，每到元正，先母便买一只大猪头回来煮，煮熟了，片片儿蘸蒜泥醢酱调和的料子吃，我那时候觉得，这真是无上的美味。”

周祈想不到风姿特秀的谢少卿竟然是个幼时吃不上肉的，不免有些惊诧。对上她微微圆睁的杏眼，谢庸再笑：“其实，先母于鼎鼐调和之道上并不大通的。”

周祈安慰他：“虽然这样比不太恭敬，但说实话，太夫人的厨艺怎么也比我从小吃的掖庭庖厨的要好一些。我疑心啊，这天下的大灶掌勺

都是一个师父教的，不管是掖庭庖厨，还是我们兴庆宫干支卫庖厨，都极擅长把所有的菜肉炖成一个味儿。”

周祈的肚子也适时地咕噜了起来，午间去带证人朱三、孙四，外面店铺都关门了，周祈吃了人家朱三郎家一个菜饼……

谢庸翘起嘴角。周祈看看他，疑心他听到了自己腹内的动静儿。到底她是个女郎，谢庸吸取上次笑她啃盘子碗惹到她的教训，只随口笑问：“晚间如何过？”

干支卫不像旁的禁军元正大朝会有戍卫之责，尤其亥支，负责的是“博采民意”，这会子“民”都过年呢，故而除了少数轮班儿值守的，其余诸人都放了假，能回家的都回家了，兴庆宫驻所只剩了少数像周祈这样没家没业的光棍儿。

公厨也有值守的，给光棍们做些年菜饭食，他们吃了，爱热闹的便不分支派地聚在一起打牌下棋投壶吹牛，混过一夜去；不爱热闹的便回去裹着被子睡觉，与平时无异。

周祈有的年头儿是好热闹的，有的年头儿是不爱热闹的，至于今年怎么个过法儿，周祈还没想过——这阵子委实有些累，要不就回去睡懒觉算了？

周祈说得随意，不知怎的，谢庸却听出些凄凉来，他也实在没见过日子过得这般浪荡的女郎。

看着马上就要到的平康坊，周祈却提出了更“浪子”的过法儿：“要不去平康坊吃一夜花酒？撞进哪个院子，就在哪个院子吃，吃上两盏，看支歌舞就换一家，如此一家一家吃将过去……”

周祈看向谢庸：“倒也颇为风流适意。”

谢庸抿抿嘴。

周祈还要邀他：“一起吗，谢少卿？”

“某从不喝花酒。”谢庸淡淡地道。

哦，对，周祈点头。这会子周祈就想念起崔熠来，可惜他得赴宫中大宴。其实从前的时候，像谢少卿这些大臣也要进宫领宴的，但圣人如今上了年纪，精力不济，这除夜大宴便成了皇家家宴，只妃嫔皇子公主并些得宠的皇亲宗室在了。

周祈和谢庸停在十字路口，右行是平康坊，左行是崇仁坊，周祈对谢庸拱拱手，笑道："谢少卿，除夜吉祥，新春安康。明年再会啦。"

"周将军也除夜吉祥，新春安康。"谢庸道。

周祈拨转马头正要走，却听身后道："你要不去我家守岁算了。"周祈回头，谢庸舔一下嘴唇，"你不是颇爱唐伯的手艺吗？"

周祈又把马头拨回来，弯起眉眼笑道："那自然是好！多谢谢少卿啦。"说着便当先往崇仁坊走去。

谢庸看着马上的她似乎连背影都写着"馋"的样子，静静地笑了。

看见周祈进门，唐伯始而惊，继而喜，不大会儿工夫就往周祈面前的案上摆了一堆的糖栗子、杏脯子、蜜渍梅、炸年糕、酥仁糖之类。

周祈搓搓手，满脸的笑，今天可真是来对了！

唐伯却又劝她："这些杂东西少吃，一会儿有八宝鸭子、烤羊腿、糯米鹅、蒸五香肉……"

周祈赶忙点头，自觉像掉进米缸的耗子。谢少卿的猫胐胐蹲在周祈脚下喵喵地叫。周祈笑着问："你吃什么？我给你拿。"

刚换了家常衣服进来的谢庸轻咳一声。

周祈赶忙抱歉地对猫道："对不住，这里没有你能吃的。"

胐胐大约没见过这般出尔反尔不要脸的人，把肥屁股和长尾巴甩给她，优雅地走向自己的主人。

谢庸抱起它，摸摸脖颈，胐胐亲昵地蹭蹭他的袖子。

周祈觉得刚才谢少卿一定是故意的，怕自己策反了他的猫。

谢庸不爱甜食，故而只抱着猫看周祈吃。

周祈今天穿的是胡服，宽了外面的大氅，闪领绵袍里是圆领中衣，中衣领口不高，露出些脖颈来。她抬手拿东西吃，闪领下隐现一段秀气的锁骨，谢庸把目光挪开，放在杏脯上，心下却有些疑惑，这么能吃，又爱吃甜、吃肉，如何还这般瘦？

唐伯也同意谢庸这后半句，等上了正餐，便不断劝周祈："将军想来是劳累，有些太过纤瘦了，要多吃些肉才好。

“将军尝尝这鹅，先炸，再煮，再蒸，六七个时辰才出锅的。

“将军尝尝这羊腿够不够味儿？知道将军不爱辣，这只腿只略撒了些安息茴香和胡椒。

“将军尝尝我们的蒸五香肉。这肉腌腊了有一段时候了，有腊香气，浇上好黄酒蒸的，虽是腌腊货，但一点儿也不柴。

“别的还罢了，这八宝鸭子将军一定要吃，里面我放了好些东西……”

因是团年饭，不分主仆客人，都团团围坐，更方便唐伯劝食。

周祈很听劝地每样儿都尝了些，果真好吃啊。此时不免有些后悔，应该听老人之言，刚才少吃些糖果子的……

罗启、霍英却跟周祈拼上了酒。两人本也是爱玩爱闹的，但主人爱静，平时只好随着，如今来了周祈，这阵子与她混得也熟了，又是节间，自然就玩儿了起来。

几个人先猜拳。周祈在干支卫中练出来的本事，罗启和霍英如何能比，两个小子被周祈灌了不少酒。

再投壶。两个小子虽也有功夫傍身，但到底玩儿得少，还是罚酒。

霍英不服：“我家郎君投壶才好呢。”

谢庸只微笑着看他们投，并不搭讪。周祈看他一眼，心下哂笑，吹牛！

又换了一两种令来行，罗启和霍英都败多胜少，直到玩起了抽叶子牌，两人才转了运。

周祈牌技、牌运皆不好，但牌品极佳，输了便一口闷，干净利落。灌多了酒的罗启、霍英两个若不是还残存着些忠心，都想跟陈小六一样喊“周老大”了。

唐伯今日高兴，喝得有点儿多，谢庸扶他回去睡了，又在中庭略散了散酒气，回来便看三只醉猫正在歌舞，周祈歪在榻上，以箸击碗唱歌，罗启、霍英正在跳舞。

谢庸听一听，嚯，唱的竟然是宫中雅乐，心中不免有些钦佩，像这样字字不在调子上想来也难。再看那俩舞的，也没一个踩在点儿上，活像两只熊……

谢庸闭闭眼，罢了。谁想，“咕咚”一声，一只“熊”倒了，便干脆躺在地上不起来了。周祈和罗启都笑起来。

罗启去拉霍英，自己还晃晃悠悠的，如何拉得起来？谢庸上前扶起霍英，又拖着罗启，也把两个小子送回他们自己的屋去。

等再回来，脚迈进正堂，不免有些迟疑，但还是又走了进来，却见刚才还含笑击碗的那个已经歪在隐囊上睡着了。

谢庸微笑，挺好，免得只两人守岁显得尴尬。不好就这样让她睡，谢庸取了周祈的大氅给她盖上，不提防一下子被抓住了手。谢庸看向那双微眯的醉眼，两人对视了片刻，谢庸微挣，周祈放开他。

“盖些东西再睡。”

“嗯。”周祈嘴里又咕哝一句什么，自己把大氅往脖子上抻一抻，安稳地合上眼，不大会儿呼吸便均匀绵长起来。

看看满室狼藉，还有呼呼大睡的那位，谢庸笑了一下，把大烛台移到离周祈稍远的一张榻边，自拿一本书坐在榻上看了起来。

一室安宁。

第三章 美人灯

在谢少卿家守了个酒足饭饱的岁，初一是大朝会，没有周祈他们什么事儿；初二至初四，宫里宫外地拜拜年、吃吃年酒，也就混过去了。

到初五，元正假结束，京兆府、金吾卫并亥支这样负责“民意”的就开始忙起来——上元节三日放夜，士庶男女出门观月赏灯，说来热闹繁华，却也极容易出事儿，火灾、踩踏、奸淫、劫掠……

十四日刚到酉时，天还未黑透，街上已经有了看灯的人，周祈也已经带着人巡完东北诸坊了。与往日不同，今天周祈着绢甲戎装，身披大氅，腰间挎刀，长长的眉毛下，眼睛全无笑意，看着颇有些肃杀气。

崔熠从西边安福门转过来，恰在朱雀门前与周祈碰上。看见他，周祈的肃杀气就没了：“郑府尹自己在安福门守着？”崔熠点头。

安福门有极盛大的踏歌，保不齐皇帝也会出来凑个热闹，与“万民同乐”，故而在安福门不管是金吾卫还是京兆府，都安排了不少人，郑府尹和金吾卫的吴大将军都亲自在那里坐镇。

干支卫在那里自然也有人，便是亥支也意思意思地安排了两个，其余则被周祈撤去了旁处。

亥支人少，只能用少量蹲守辅以流动巡视的办法，周祈自己便带了几个人，领了北边四条街的流动巡查岗。

崔熠看看街上越来越多的人，叹口气："我越琢磨越觉得你说得对，上元日，人们不是'观灯'，而是'玩火'。"

周祈看向不远处眉目传情的男女，点点头。

这上元节，最普通的最容易出的事儿便是私奔。在本朝，私奔这种事儿颇为常见，上元节，还有再过两个月的上巳节，都堪称私奔大节。

节前的时候，周祈曾异想天开地与崔熠商议："你说我们要是在各坊贴些警示之语，能管用吗？"

崔熠笑问："什么警示之语？"

周祈把自己这辈子的文采都拿了出来："就写些'私奔乃短视下策，聘娶方为长久之计''私奔一时爽，被弃泪滂滂''带尔私奔者绝非真爱'……这样的。"

崔熠当时哈哈大笑，对周祈竖起大拇指："只怕那些老顽固说有碍观瞻。"

周祈也知道自己是异想天开，只是觉得那些少女可惜，这个世道于女子总格外艰难些，有时候一步走错，后面就不好走了。

许是也看到了那对儿眉目传情的男女，崔熠对周祈道："要不明年的时候我去圣人面前敲边鼓，把你说的警示之语的事儿办了？"

这回换成周祈笑了，周祈觉得自己跟小崔大约上辈子都是棒子，专门打鸳鸯的那种。

今日崔熠也忙，不过匆匆说这么两句话，便带人沿朱雀大街往南走了。

周祈则带人向西往较为偏远的里坊走去。像修真、普宁等坊历来都是事情多发地带。便是去年上元夜，普宁坊有户人家被洗劫一空。

绕回来时经过义宁坊，发现这个日子、这个时候，大理寺竟然还开

着门。

让兄弟们在外面等等，周祈上前与看门衙差打听。衙差认得她："从蒲州移过来的一些人犯今日到了，少卿要复审。"

周祈点头，正要走，却听得脚步声。略等一等，果然见谢庸带着罗启走了出来。看见周祈，罗启先笑了，对谢庸道："是周将军！"

谢庸看一眼罗启，犹记得除夜扶他回房，他嘴里念叨的"周老大"。走到近前，谢庸问："周将军有事儿？"

听了自家主人这问法儿，罗启无奈地咧咧嘴，也就是周老大吧……上元佳节，一个女郎等在衙门外，郎君竟然问是不是"有事儿"，郎君长得再好看，这辈子娶新妇也是难了。

周祈本要说"巡查至此，看见开着门，就进来看看"，却一眼瞥见罗启的神色，也意识到什么，促狭心起，眼波流转，轻声道："没事儿就不能来等谢少卿了？"

谢庸顿了一下，看向周祈。周祈绷不住，哈哈地笑起来。谢庸松了脊背，皱眉瞪她一眼。

周祈笑道："我是怕有人趁着上元放夜，把你们大理寺搬空了，回头列位都要坐在地上办公。"

其实看周祈的穿着，谢庸也能猜到她在巡查——自从认识，这还是头一回见她穿戎装。她的眉毛很长，有些斜飞入鬓的意思，眼睛虽是杏眼，因为这样一双眉毛，就少了两分娇媚，多了些英气，与戎装很是相配，当然，是在不笑、不使坏的时候相配。

谢庸突然想起从前不知在哪里看过的玄女战神像，戎装的周祈与之好像有那么一分两分相似，可惜少一对鸟翅膀……谢庸微翘起嘴角。

周祈不知道自己已经成了"翎羽类"，犹问谢庸："我巡了一圈了，再走完居德坊便往回走了。要不要一起去居德坊杨家馄饨铺子吃羊汤面茧？汤浓，茧也做得筋道，只上元节三天卖。"谢庸点点头。

周祈招呼小子们快点儿走，转完义宁坊就去吃面茧，几人欢呼。周祈与谢庸骑马走在后面，罗启和亥支其他人走在前面。

罗启回头看看自家郎君和周将军，月光照在两人身上，郎君微侧头在听周将军说什么，周将军亦侧着头，脸上带着笑影儿。罗启突然又觉得郎君兴许还是能娶上新妇的。

正月十七，京兆府。

周祈与崔熠站在廊下说话儿。身后屋内各种哭声、恳求声。

“求求贵人，儿与张郎是真心的，并非张郎拐带了儿。张郎虽家贫，却是正经读书人……”小娘子哭哭啼啼的声音。

司法参军威严地道：“什么真心不真心？小娘子家也不知羞！婚姻当凭父母之命媒妁之言，这个都不懂？‘聘则为妻奔是妾’，你也不知道？还有你，拐带人淫奔，还说什么读书人！做出这样的事儿，便是才比子建、长卿又如何？真是枉为圣人门徒，本官都替你臊得慌！”

“贵人怎能如此说他？这本就是你情我愿的事儿。”小娘子不乐意了。

“贵人说‘长卿’，当年司马氏与卓氏女，不也是这般吗？贵人焉知道我们不会成为一桩佳话？”年轻郎君口气微含讽刺。

“岂有此理！简直岂有此理！”

周祈在外面“哧”地笑了，可以想象佟参军被气歪胡子的样子。

“常言说‘天要下雨，娘要嫁人——拦不住’，却不知道小郎君、小娘子要私奔，也拦不住。劝劝老佟，训斥告诫几句，就让各自父母领回去算了。”周祈为里面的几对小鸳鸯求情。

她这话，里面的“小鸳鸯”是听不着，听到的话得在心里骂她——因为里面五对中有三对是她带来京兆府的。

崔熠揉揉下巴：“老佟虽平时拘泥顽固了些，但说的话也不无道理。这帮拐带小娘子私奔的小子是怎么想的，我懂——拐回去占了便宜再说。这帮小娘子是怎么回事儿，怎么就一个个非要如此？你是女子，你说说。”

这却把周祈问住了，周祈觉得自己拿捏连环杀人凶犯的心思兴许还拿捏得准些。

不等她说什么，崔熠自己先笑了：“嗐，我也是问路于盲！若不是

有我在，你就是这长安城最风流洒脱的郎君了。你能知道什么小女儿家心思？”

周祈听这话，一时有些拿捏不好他是夸自己还是损自己：“兄弟，你从前不这样说话啊。”

崔熠嘿嘿一笑：“这不是成天老跟老谢混着吗。”

周祈指指他，难怪！要不说学坏容易学好难呢，小崔从前只跟自己混的时候多么直率可爱，如今愣是让那位奸诈的谢少卿拐成这样儿了。

周祈往廊子边上靠一靠，让阳光洒个满头满身，又有些微的风吹到脸上，凉，却不冷：“慕少艾这种事儿，大概就像春风吹绿杨柳一样，到了时候，就要有的。只是有时候太年轻，把握不好分寸，一场风刮过，连树枝子都刮断了。”

崔熠点点头，过了片刻突然笑道：“阿周，你说话也有些像老谢了，竟然也比兴起来。”

周祈“嘁”他：“不过顺嘴打个比方罢了。贫道定力如此高深，还能让他谢少卿陶染了去？他什么妖，什么怪？”

崔熠笑起来，阿周对老谢似格外挑剔，也是，两人南辕北辙的性子……

周祈和崔熠扯闲篇儿的工夫，屋里与佟参军哭的换成了另外一对儿。

“阿爷嫌秦郎家穷，可儿不嫌弃啊。”小娘子的声音。

“求贵人成全。”年轻郎君的声音听起来有些憨，然后便是“咚咚”的磕头声。

“哎——哎——”

崔熠无奈地笑了，不等周祈再说什么，自转回屋里去与佟参军说。

这些人中有报失踪的，也有未报的。报了失踪的，便先销案；未报的则直接送回。至于两亲家如何商议，亲事能不能成，那就不是官府能管的事儿了。

周祈翻看报案簿子，还有一家的女儿没有找到。周祈皱起眉头，这一起却有些特别，竟是姐妹都未回家。

崔熠被郑府尹叫走，周祈去找佟参军。看佟参军眉头两道竖纹还皱着，周祈笑着劝："算了，年轻人嘛。"

周祈官品高，佟参军不好不给面子，勉强笑笑："别的还罢了，我只恨那两个年轻士子不规矩，如此浮薄，真是给读书人丢脸。"佟参军当年也是正经明经及第的士子，与崔熠这样的贵介子弟，还有周祈这种靠打架本事高、熬鹰能耐大升官的不一样。

对这种读书人的自矜，周祈不以为意——人家上学的时候肯定没睡觉把哈喇子都流书卷上。

周祈指着报案簿子："佟参军，这陈家二女失踪是头午来报的案？"

佟参军接过簿子，点点头："昨日报到了长安县，今日头午便报到了京兆府。因知道这一两日会有许多带回来的私奔男女，汇总过来好方便比对销案。"

周祈点头："这一起却有些古怪，两姐妹同时失踪……"

"许是各有情人，姐妹商量着便一起与情人跑了？"佟参军猜。

那报案簿子写得极简略：常安坊陈三之女陈大娘，小字阿芳，年十六岁，陈二娘，小字阿幸，年十四岁，于正月十五晚同出门看灯未归。

"难道——他们要效仿娥皇、女英共侍一夫？"佟参军突有所悟，"也难怪其父母不同意了……"

周祈看向佟参军那已经微有皱纹的脸，你们读书人——果然想得多啊，共侍一夫都出来了，不过也不是不可能……

"我去看看吧，私奔倒没什么，不要是旁的才好。"周祈道。

佟参军虽觉得周祈有些多此一举，却仍笑着行礼："到底周将军谨慎。"

周祈挥挥手："一会儿小崔与郑府尹议完事儿，劳烦佟参军与他们说一声儿。"

佟参军再行礼："是。"

周祈带着陈小六出门骑马奔常安坊。

这常安坊在长安城西南角上，离前些天画中人一案中阮母所在的敦义坊很近，住的同样也多是些不大富裕的小老百姓。

进了坊门打听一下，知道陈三家住在里坊的西南角，谁知过了十字街，拐进一条小曲，正要再打听打听，却听得一户人家在吵架。

“玉娘一天两夜不归，你还拦着不让去官府报案，说什么‘有辱家风’‘有辱家风’，我看你为了家风，什么都能舍了。我的玉娘，若是万一有个长短，可怎么办啊……”一个妇人站在大门内，虽关着门，外面却也听得很清楚。

“一天两夜没回来，还能是什么事儿？定是……唉！这种女儿不要也罢。”

“你不要，我要！”木门推开，妇人走出来，与牵着马在外面听吵架的周祈看了个眼对眼。

周祈惯常不怕尴尬，关切地问：“莫非府上也有小娘子走失了？”

妇人脸上泪痕未干，见了周祈，听她这般问，更加惊疑。

周祈不提禁军，只说京兆府：“因这常安坊有人报案说有小娘子看灯走失，特来查探，谁想走至此，又隐约听得府上两句相关的话。”

妇人虽不知道何以京兆府竟然有女官，但看周祈身着男式圆领袍，戴幞头，骑高头大马，还有说话时的气派，当不是作假，赶忙上前行礼：“求贵人帮奴找找小女。小女十五晚间出门看灯彻夜未归，奴找遍了亲朋家，也没找到。”说着便哭起来。

周祈皱皱眉，又是十五晚间……

门再打开，从里面走出一个四十余岁的男子来，长得又高又瘦，穿着灰色长袍，走路步子方正均匀。

男子见了周祈也有些惊疑：“请问女郎是？”

周祈扯出自己的鱼袋晃一晃，男子赶忙叉手行礼，自称叫常叔平。

“贵府小娘子也不见了？”

常叔平颇有些犹豫。

妇人哭道：“我家玉娘——”

常叔平瞪其妻一眼：“莫要在外面说了。”又再对周祈行礼：“请贵人进门说话。”

进了院子，周祈见其东厢门上挂着“明德斋”的牌匾，门没关，从外能见到里面的几套几案，原来是个私塾先生，难怪……

来到堂上坐下，周祈开门见山地道：“常公把令爱走失的事儿详细地与我说说。”

“小女玉娘惯常是个贞静听话的孩子，因她日见大了，这两年上元节，某便不让她出去了。她去年、前年的上元节都这般过来，也不曾说什么，今年却软磨硬泡地非要出门去，还因此哭了。某到底不忍，让她带着婢子一同出去，说好只在坊里站站便回。出门未行几步，小女说冷，让婢子回来拿暖袖筒，婢子回来取了袖筒再回去却未找到她……”

“不知令爱可曾有婚约了？”虽周祈猜没有，却还是问了一句。

常叔平摇头：“尚未。”

“令爱年龄几何？”

“十六了。”常妻代答。

“哦。”周祈点点头，坊间好些女子十三四岁便定亲，及笄后便成婚，这常玉娘算是晚的了，不过周祈也能大致猜到原因，“知书达理、聪明上进的好郎子不好找啊。”

常叔平点头，叹口气：“贵人所言正是某顾虑的。”想要再说两句什么，意识到对面坐着的是个年轻女郎，常叔平又闭上嘴。

周祈其实不太指望从常叔平嘴里得到其女走失前后的什么详情细节，这样一位板正的父亲，能看出女儿家的什么心思？常玉娘自己更不会与他说。

周祈对常妻道：“不知娘子可否带某去令爱房中看看？另外，某还想问婢子几句话。”

常妻赶忙站起：“贵人请随奴来。”又道，“小婢子出去担水了，一会儿便回来。”

常叔平也站起行礼：“有劳贵人了。”虽之前不想报官，但既然“官”都知道了，常叔平到底也惦记女儿，希望能知道她的下落。常叔平不方便去女儿房中，陈小六也留在了常家厅堂里。

常家本是一进的院子，却于后园又盖了几间屋子，也算隔出了个前宅后宅来。住在这几间屋子的，便是常玉娘和她的婢子。

周祈打量这屋子，虽简素，却一眼就能看出是间闺房，窗上贴着剪得极细致的牡丹花胜，窗前案上摆着笔墨、书、铜镜、妆盒，半旧的藕粉色帐子用络子拴着，靠墙竹架上搭着几件衣服。

周祈负着手在搭着衣服的竹架前走过，问常妻：“府上是读书人家，令爱又是位贞静女郎，想来她平时并不常出门。最近一两个月，她出门几次？去了哪里？最近一次出门是什么时候？”

“重阳节，她阿爷还有我带着她们姐弟去了趟乐游原。再然后便是腊月初八，玉娘带着婢子出去了一回，去永平坊慈安寺上香。元正的时候，她自己又出去了一回，我们坊里有个小尼庵叫净明庵，她去那里上了个香。因她阿爷不喜欢僧道，我也说年轻的小娘子总去佛寺庵堂不好，劝着她，她便答应着不再去了。其后就再没出过门，直到这上元节。”

“这一两个月，她除了想上元节去看灯，可还有旁的异常处？”

常妻想了想：“她原本便不是爱说话的，这阵子似比从前话更少了。”常妻叹口气，又开始用帕子擦眼泪，“年间节下忙，我还想着过完节问问她……”

“我问一句冒昧的话，令爱可有私房钱？出门可带了去？”

常妻赶忙摇头：“有些钱，都在荷包里，不曾带走。”

周祈点点头，来到窗前案边，顺手翻那案上的几卷书，却在书卷中翻出一张未竟的牡丹图来，颜色才着了一半儿。这图虽画得不算多好，但看得出画得很是认真仔细。

周祈问：“令爱极爱牡丹？”

常妻擦擦泪：“每年三四月都跟我去慈恩寺这些牡丹开得盛的地方看牡丹，但要说多喜欢，也说不上。她从前倒是说爱兰花，说那香气幽静，帕子、华胜都爱绣、爱剪兰花。”

一个面相有些憨的高大婢子走进来，冲常妻行个礼：“娘子叫我？”又看周祈。

“正月十五，是你跟着小娘子出门的？”周祈温言问道。

婢子点头：“是我随着小娘子出门的。”

“十五出门可见了什么人？小娘子怎么说的？你带着暖袖筒回去又在哪里找的？”

“出门有几个看灯的，离得远，我也没看出是谁来。小娘子说冷，让我回来拿暖袖筒，我便回来，等再出去，小娘子就不见了。我只当她逗我玩，便在门外等了一阵子。见她还不出来，我猜她自己先去主街上看灯了，便去十字街找她，转了一圈儿，还是没找到。我又猜，她是不是先回家了，她也没回家……”婢子耷拉下脑袋。

对这种憨直的，若她知道什么，取口供是最容易的，但她现下是“不知道”。

周祈不死心：“腊月初八，你与小娘子去庙里上香，可遇到什么人？比如认识的小娘子，问路的年轻郎君……你们在庙里做了什么？”

“寺里好些人，里面有小娘子，也有年轻郎君……小娘子给了我几个钱，让我去买零嘴，她自己去抽了签子，然后我们就回来了。”

从常家出来，陈小六先道：“老大，这常家女儿是与人私奔了吧？”不待周祈说什么，陈小六便接着剖析起来，“这常玉娘从前上元节不出门可以，为何今年非要哭着闹着出门去？出门后又支开婢子让她回去拿暖袖筒子，分明就是与情郎约好了，要趁着上元节私奔。”

周祈看陈小六：“不错啊，很能看出些事儿来了。”

陈小六脸上露出得意来：“不能白跟了你这么久。”

周祈却皱起眉头，私奔……

从常家再往西走往南拐，过两个小路口，问一问，便找到了开油坊的陈三家。

陈三家是一个小院子，房屋有些破败，但还算干净利落。

这陈三与常叔平不同，一听周祈是来查问失踪之事的，便事无巨细地又有些颠三倒四地与周祈说了起来，边说边哭。

“阿芳与钱家三郎约好一块看灯，他们今年成亲，已经瞧好了今年

八月初六的好日子。据三郎说在永安坊旁边的主街上看了一阵子，阿芳便要回来，他们就分开了，可阿芳和阿幸没有回来啊。三郎也是，他怎么就不知道送送她们啊！

“我的阿芳最是孝顺能干，洗衣做饭、出油卖油，这里里外外的活都来得，自从她们娘没了，家里好些事儿都靠她。

“阿幸小一点儿，有些娇气，好在还算听话，尤其听她阿姊的话。”

周祈不打断他，只任他说。

“阿芳说给了永安坊钱家油坊的三郎，钱家油坊不比我们这小本买卖，听说东西市的大铺子好几家都用钱家的油。隔壁的宋婆是钱家亲戚，看阿芳能干，当的媒人。我原本想着，阿芳在家里受些苦，嫁去他家就享福了，可如今这样……

“阿幸一团孩儿气，还没有人家儿呢，如今……我的孩子们啊……”陈三大声哭起来。

周祈没怎么见过男人哭，看着面前样貌平庸，红鼻子红眼睛鼻涕一把泪一把的男人，不知怎么的，也心酸起来。差不多想问的他也都说了，周祈叹口气：“我们尽量帮你把女儿找回来。”

陈三跪下磕头。周祈扶起他，快步走了出去。

去找这钱三郎之前，周祈先去了陈家隔壁找“宋婆”。宋老妪五六十岁年纪，看着颇精神。

“陈家两个小娘子还没找回来？这——阿芳即便再寻回来，怕也进不得钱家门了。这都快两天两夜了，怎么说得清？”宋老妪摇摇头，“这样的新妇，钱家是万不会满意的。”

“对这桩婚事儿，钱家从前满意吗？”周祈问。

“满意！”宋老妪睁大眼睛，“我保的媒就没有不合适的。”

宋老妪想凑近周祈耳边，看见她袍服上的织锦纹路，又退了回去，有些讪讪地道：“贵人，不是我宋婆子说嘴，我保媒没有一百，也有八十了，都过得极好。就陈家大娘与钱三郎，若不是出了这样的事儿，定然以后也过得很好。陈家虽穷些，但阿芳是个能干的，钱家老三前面有两个兄长顶着，就爱玩些，正好娶个能顶事的娘子。每次我去，钱家娘子都说这桩亲事说得好。”

“那钱三郎自己乐意吗？”

“先前看不出来怎么样，这快成亲了，倒上心了。十五那日午后，我去钱家，看他穿得人五人六的，好生打扮了一番呢，就为了跟阿芳看灯。”宋老妪又摇摇头，“可惜啊，这么一桩好亲事……”

从宋老妪家出来，周祈和陈小六顺便去了这常安坊的净明庵。

这庵是一个小小的院子，没花没草，三间正房、两间厢房。正堂供着菩萨，菩萨身上的漆掉得斑斑驳驳的，身上披块红布遮掩着。地上三个破旧蒲团，一个小小的木头功德箱子。周祈随手扔进去些钱，砸在木头底儿上。

又晃去偏殿，两边偏殿一个供着财神、一个供着道祖，也都一副落魄相。周祈点点头，三个神仙共处一庵，倒也不愁寂寞，正好打牌凑手儿了。

又出来绕到后院，周祈和陈小六才在歪脖树下找到正在修鸡窝的老尼姑。

“啊？元正什么？”老尼姑侧着耳朵大声问。

周祈无奈地笑道：“没事儿，我说您老这鸡窝搭得好。”

“鸡窝垫草？是要垫草……”

陈小六“扑哧”一声笑了。周祈也笑笑，带着陈小六走出来。

常安坊斜对过儿永平坊里的慈安寺就不一样了，虽比不得名字很像的慈恩寺，却也是座大寺庙。西南诸坊中没有什么名刹，这慈安寺就是其中的大拇哥了。

许是因为还在正月里，上香闲逛的人颇多。寺庙门口又有好些小摊儿，卖炸糕、饴糖、甘蔗各种吃食的，卖佛珠串子的，卖钗了、珠花、指环儿的，卖拨浪鼓、泥人儿的，卖书画皇历的……

周祈的目光扫过卖炸丸子的，到底没买，却一眼瞧见旁边卖书的摊子上有本书的名儿有些眼熟，《南北迷案》，后面还有个“下”字。

周祈拿起那卷书，书封最下面写着“烟雨斋主人”，没错了，就是他。她赶忙打开看，第一回曰“明月夜杜宅闹鬼，霜雪天道观飞仙”：“自杜侍郎亡故后，杜夫人日夜啼哭……”

哈，确实接的停住的地方，那个挖坑不填土的著者竟然良心发现了！周祈本已死心地趴在坑底，把这本归到“有生之年无望”之中，谁想竟然等到了，这是什么运气！

看这位女客变幻莫测的神情，书摊儿主人笑道：“一看女郎就是也被这烟雨斋主人坑了的，从前多少人打听这下卷而不得，谁想到时隔几年这著者竟然又把下卷写了出来。”

周祈笑道：“约莫是听到了我等的怨念，总觉得脊背发凉吧。”

书摊儿主人哈哈大笑。

周祈问可还有这本的存书。

书摊儿主人道：“一次进了有三十本呢，今天出来只带了三本。”

周祈把这三本都要了，回头送给崔熠一本，送给老王寺卿一本，也把他们俩从坑底下捞出来。

周祈带着小六走进寺里。寺中殿堂广大、僧舍俨然，院中种了好些花树，等再过些日子，应该很好看。

周祈只在正殿看一眼便来到抽签的偏殿。一进殿，周祈就笑了，这里除了抽签解签的，竟然还摆摊儿卖东西。

佛珠串子，看着比寺外摊子上的要精致些，又有可以当项坠的佛像、玉环玉佩，花朵、如意、寿桃各种形状的银锞子，都编着络子摆在铺了红绒布的木格中，几个小娘子正在颇有兴味地挑。

周祈拈起一个牡丹花形状的银锞子，不过三四钱银子的东西，还挺精致。东市、西市的柜坊、银楼年下节间也卖这种玩意儿，不知道这寺庙是直接从东市、西市买了转手来卖，还是自己去找银匠专门定做的。

摆摊儿的和尚笑道：“这都是在佛前供过的，可保佑施主平安顺遂，富贵延年。”

“这可保我平安顺遂、富贵延年的锞子，多少钱？”

“只需千钱。”

周祈虽惯常是个人傻钱多的，这会儿也得叹和尚们真黑。这玩意儿在东市也就卖六七百钱，若自己找银匠铺子去做就更便宜了，在这里竟然卖一千钱，贵寺比朝廷课税可狠多了。

在寺里转一圈儿，看时候不早了，周祈带陈小六打马去了旁边的永安坊，找到开油坊的钱家。

在钱家门前，周祈见到一个身高体壮、穿翠蓝色绸袍的年轻人，那蓝色极亮，显得这年轻人更壮实了，让周祈想起立春打的春牛来。

想起宋老妪说的话，周祈试着叫一句："钱三郎？"

年轻人抬头，眼前一亮："女郎叫我？"

"我是为陈家大娘的事儿而来。"

钱三郎眼里的光暗下来，语气随意地问："她还没找着吗？"

"没有。听说钱郎君与陈大娘今秋就要成亲了？"

"这回定然是成不了了。"钱三郎看看周祈，笑问，"女郎是什么人？怎么问起这事儿？"

周祈压着性子接着问："十五晚间，你与陈大娘、陈二娘是什么时辰分开的？"

"应该就是酉正左右吧。"

"酉正——天刚黑，灯会才开始，如何就分开了？"

"咳，"钱三郎顿一下，"她们自己要回去，我能说什么？"

"既是未婚夫妻，相约看灯，为何你不送她们还家？"

"她们出门买菜送油抛头露面的时候多了，又不是什么大家女郎，还用送？"

周祈捏捏手指："你与她们分开后，去了哪里？"

"我——"钱三郎看看周祈，"你是做什么的，来盘问我？"

周祈掏出鱼袋晃一晃："说吧。"

想不到是官府的人，钱三郎略有些慌张："我，我，我就是随意在街上看看灯。"

周祈似笑非笑地把手搭在他的肩上。钱三郎有点儿惊又有点儿喜地看向周祈。周祈另一只手抓住他的胳膊，猛抬脚踹膝盖窝儿，那么高大

个汉子顿时跪在地上叫了起来。

周祈略一使劲儿，钱三郎的“哎、哎”就变成了惨叫“啊——”。

“你十五看灯之前着意打扮，却与陈大娘只匆匆见一面，灯会才开始就分开，又并不送她们姊妹回去，言语间对其更是全无情意，这打扮显然不是为了陈大娘，‘随意在街上看看灯’？骗鬼呢？”周祈轻声道，“在我面前，上一个不好好儿说话的，如今已经不会说话了。”

钱三郎除了疼，还觉得后脊背有些冷：“我说，我都说。”

周祈略松一松：“再说一遍，几时和陈家姐妹分开？为何分开？其后你去做了什么？”

“我是酉时出门的，等了一会儿，遇到她们姊妹，在坊外主路上略转了转，大概就是酉正时候分开的，因为，因为——我，我另约了旁人。”

钱家大门打开，匆匆走出一个中年妇人并一个仆妇来。见周祈压着钱三郎，中年妇人慌忙上前：“三郎——”

陈小六伸臂拦住：“官府办案，闲杂人等退避。”

中年妇人缩了一下，惊惧地看看周祈和陈小六，又看钱三郎：“我家三郎是个好孩子，贵人定是弄错了。”

周祈微使劲儿：“接着说，约了谁？”

钱三郎又“啊”了一声：“约，约了怀贞坊的张福娘子。”

“有夫之妇？”

钱三郎嗫嚅：“张福前两日出门去南边贩茶了，我、她，我们约好十五晚间见面……”

“某会去查证。若有假，你可知道后果？”

“不敢，我不敢说谎骗贵人。”

周祈推开钱三郎。许是她刚才踹人用劲儿有点儿大，拿其胳膊肩膀又是抓在脉穴上，一不被抻着，钱三郎就扑倒在地。中年妇人本在呆愣，此时赶忙扑到儿子身上，“儿啊，肉啊”地哭起来。

周祈一哂，带着陈小六上马走了。

怀贞坊虽不大，却颇有些刺儿头，故而有干支卫亥支的人常驻，周祈让陈小六去传话，让其核对钱三郎的话，自己往回走。经过光德坊，进去京兆府，崔熠竟然还在。

“我猜你回来定然来打个晃，故而在这儿多留了会子等你。”崔熠笑道。

周祈拿出一卷书丢在他怀里：“算你有良心，不让你白等，看看。”

崔熠一看：“哎哟——那个《南北迷案》的下卷？你从哪儿弄的？”周祈一副山人自有妙计的得意样子。

外面暮鼓敲响，周祈与崔熠一起往外走，崔熠还一边走一边看。周祈嘲笑他：“要是看正经书这般卖力，估摸可以中个状元。”

上了马，崔熠才依依不舍地把书塞到马鞍下的袋子里，笑道：“看旁的传奇也不这样儿，这烟雨斋主人着实写得好，一环扣着一环的，让人猜不着，可他揭开谜底，你往前推，就会恍然大悟，原来如此，人家早就有伏笔埋好了线的。”

周祈还没看，不跟他说传奇：“今日我去查探报了失踪的陈氏姊妹，这陈氏姊妹极可能是出事儿了。另外，常安坊还有一个失踪的年轻女子常玉娘，虽看起来像与人私奔，却也有疑点。”周祈看崔熠，“咱们又得忙了。这灯节啊，就没有不出事儿的年份。”

“那走吧，老谢家。”崔熠笑道。

周祈还要装一装：“不好吧？总去人家谢少卿那里打秋风蹭吃蹭喝……”

崔熠撇撇嘴，一脸看透她却不拆穿的样子。

“不过我这里还有一卷《南北迷案》，是买给王寺卿的，请谢少卿转交吧。”

崔熠笑起来，打马前行。

周祈开始满脑子转起谢庸家的饭菜来，还有他那只叫朏朏的猫。

谢家人对时不常出现蹭吃蹭喝的不速之客颇有些习以为常了。谢庸穿着家常绵袍子，趿拉着一双不知用什么皮毛做的毡鞋，手里拿着一卷书在屋门口微笑着迎接他们，旁边蹲着肥猫朏朏。

罗启和霍英正在院子里拆招练拳，见了崔、周二人都笑着行礼。

唐伯则从东厢走出来，笑道："正好今日买了一条足有四尺长的厚子鱼，又有新鲜羊肉，要做一锅鱼羊鲜吃。"

周祈与崔熠对这种吃白食的行径更没有半点儿不好意思，周祈咧嘴笑道："如此甚好，如此甚好。"崔熠则要求："若有菜心儿，唐伯放上些，我最爱吃鱼羊鲜里的菜。"当真是宾至如归。

唐伯连声道"有"，又对周祈道："午后我用红枣牛乳做了些枣糕，周将军一定喜欢。"

周祈点头道"好"，心里却突然觉得自从进了谢家，自己就像个见了美人儿只知道点头傻笑的呆色坯。周祈又觉得，这家里大概有一个半不太欢迎自己，一个是谢少卿，半个是那只猫。一看就知道谢少卿是那种郎心如铁的，对他，周祈也就只好算了，但对那只猫，周祈还想努力一下。

坐下，喝着茶，吃着唐伯的枣糕，周祈看一眼谢庸，偷偷掰一小块儿枣糕放在手心，又把手放在案下，对朏朏使眼色。

朏朏果真是大理寺少卿家的猫，明察秋毫，本来一直在榻边儿安静蹲着的，此时立刻挪金步走了过来。

手心儿里毛茸茸、湿润润的感觉让周祈胳膊上起了些鸡皮疙瘩，周祈终于认真思考起了在兴庆宫廨房养一只猫的事儿。

朏朏舔一下周祈的手心，周祈接到指示，赶忙用另一只手又捏一块，却听得一声轻咳。周祈停住，看向谢少卿。

"尝尝就行了，它不能多吃。"谢庸抿一口茶道。朏朏轻轻地喵一声，又舔一下周祈，周祈一颗硬汉心顿时化作绕指柔。

周祈看着谢庸，巴巴地觍着脸恳求："就再多吃一口，一小口儿？"对上她的眼睛，谢庸避开，再喝一口茶，终于还是"嗯"了一声。

周祈笑了，果真只捏了一小点儿，放在那边的手心，朏朏又吃了。

"没有了，改天再吃吧。"周祈无限爱怜地拍拍猫头。朏朏是只有分寸的猫，也不纠缠，再喵一声，转身走了。

崔熠笑着问谢庸："你家的猫成精了吧？"又道，"若哪天这猫不见了，就去兴庆宫找，定是被阿周偷走了。"

周祈一下子被他的话启发到了，或许真可以请朏朏去兴庆宫做几天客呢，嘴上却掩饰："你这是传奇看多了，还猫成精。"说着掏出一卷《南北迷案》下卷来："今日在街上竟然看到了这个，还请帮忙转交王寺卿。"

谢庸看了那书封上的字一眼，点点头，把书收了起来，竟一点儿好奇也无。

谢少卿这辈子大约是与野史传奇这种书无缘了，人生乐趣少了一半——另一半是美食。周祈心里突然舒泰了，这人生趣味，自己与谢少卿各占其半，倒也不必一味地羡慕他。

办了请谢少卿转交传奇这件"正事儿"，趁着还没吃饭，周祈说起真正的正事儿。

"那钱三的话我已经让人去核对了，按情理推测，当没有说谎。如果陈氏姊妹失踪与他无干，那她们去了哪里？陈大娘也另有情人？那妹妹呢？陈大娘这种里里外外都操心的人，是不大容易抛家舍业与人私奔的。陈氏姊妹极有可能是被拐子拐走，甚或遭遇了更恶劣的事儿。"周祈面色有些沉重。

周祈又说到常玉娘："同坊的常玉娘看起来倒有些像与人私奔……从前上元节不出门，今年却哭闹着定要出去，又刻意支开婢子，当是因为腊月初八出门去慈安寺上香时，遇到了什么人，元正的时候又出去见了这人一次，或许上元节见面便是元正时约下的。大过年的去个只有耳聋老尼的破旧庵堂上香，不过是扯谎。

"她从前爱兰花，如今却极用心地画起了牡丹，窗上华胜也是牡丹，我又在慈安寺见到牡丹形状的银锞子，或许常玉娘去寺里时，有人送了她一个这银锞子？这个还要明日再去常宅查问。"

周祈知道崔熠家这种东西应该不少，但怕是不清楚坊间的事儿，谢少卿居庙堂之高，又是这样端方冷肃的性子，恐怕也不知道。

"这种银锞子，大户人家一般是当赏钱用的。在坊间，除了可当年

节礼物给孩子们，小娘子们也打了丝绦络子系在腰上压裙，或者拴在荷包、帕子上，比玉环玉佩要便宜，又活泼逗趣。故而，于小娘子们，这东西不单纯是块碎银子。”周祈看崔熠和谢庸，“才子佳人，贴身小物定情，这种路数你们都是知道的吧？”

崔熠笑着点头，谢少卿又低头喝茶。

嘁——装！周祈知道他懂。她有些感慨：“如花似玉的小娘子，遇到个什么人，听了两句什么话，收了这么个一千钱都算多花了的东西，就被勾去了魂儿……常家娘子说这阵子常玉娘格外寡言。”

周祈一顿，突然道：“说到‘一千钱’还有‘勾去魂儿’，我突然想起这长安城一桩传说。说有个叫千钱婆婆的，她有个宝瓶，那瓶子可以装人的灵魂，只要她叫人的名字，这人答应了，灵魂就被收走。据说这千钱婆婆专门爱收女子灵魂，她又不白收，会给这女子身上放上一千钱。”她看着崔熠和谢庸，“这传说，你们都没听说过吗？”

崔熠看着她，谢庸不说话。

周祈知道自己又扯远了，清清嗓子，把话题扯回来：“一个私塾先生家爱清幽兰花的小娘子，会与什么人一见定情呢？”周祈微眯眼睛，“比如，一个相貌清隽、风姿雅秀的士子？”

崔熠笑道：“你这不说的就是老谢吗？”

周祈看向谢庸，谢少卿确实长了一张祸水脸，这要是站在街上勾搭小娘子，十个里面得有八个上套儿，兴许千钱的锞子都不用送……

崔熠想起从前架的秧子、拨的火：“哎，阿周，你怎么总把老谢跟嫌犯比呢？你吃着人家的饭，还这么说人家，不好吧？”

周祈不理崔熠，接着说案情：“虽如此，我却觉得常玉娘并没有与人私奔。不说她没带私房钱，单是里衣随意地搭在屋内竹架上就说不过去——她不是那种大大咧咧的小娘子，当知道若自己一去不回，这屋子会有多少人进去。”

崔熠点头：“故而，她本只是与人幽会，后面改了主意与人私奔，或是被那人拐走了？”

谢庸道：“也不能排除是被旁人掳走的。本是与情人幽会，却在去时或回时的路上被人打晕、迷晕带走了。”

“幽会，两情相悦，那男的不得接她、送她？”崔熠道。

谢庸看一眼崔熠，淡淡地道：“偷期幽约，离女子家近了，若碰上其父母家人，保不齐会挨揍的。”

崔熠和周祈都看谢庸，哦呵——这般懂吗？

谢庸不理他们：“从前在鄜州，有一桩凶案。一个小童去其同村的外祖父家，多时未归，后来在村外的小山上发现了其尸体。因其舅父舅母与小童父母有财产纠纷，当时的办案官便着重查起了其舅父舅母，甚至动了刑，其实作案者乃是同村一个汉子，意图拐卖那小童，失手杀了他。”

周祈和崔熠面色都沉下来。

谢庸问：“这常玉娘大约是什么时候出的门？”

“大约酉末戌初。”周祈看向谢庸，“莫非你疑心陈氏姊妹失踪与常玉娘失踪是同一人或同一伙人所为？”

“目前还不能这么认为。只是这一个坊，走失了三个小娘子，未免太巧了，且从时间上看，也是可能的。陈氏姊妹与钱三郎酉正分开，慢慢逛回去，遇到出门不久的常玉娘……常安坊虽大，人家却不多，她们或许也是认识的。”

周祈皱着眉道：“路径上也可能，陈氏姊妹回家，有可能从常家门前过。”

谢庸道：“我们明日一同再去常安坊及附近看一看。”

周祈和崔熠点头。

唐伯和罗启等端上饭菜来，三人便放下案情一同吃饭。

唐伯的鱼羊鲜做得极好，鱼不腥，羊不膻，却又都极鲜美，尤其那奶白奶白的汤好喝极了，周祈觉得光用这汤泡饭，自己就能吃上三碗。

谢家浅窄，不便留客。吃了饭，又玩儿一阵子，崔熠冒着夜禁回家，周祈住去谢家旁边的旅店。

满天星光，长安里坊静谧安详。

一间屋子里，哭累了的陈阿幸依偎在其姊身旁睡着了，阿芳却还在黑暗中睁着眼，不远处是抱着肩缩成一团的常玉娘。

暗室内，阿芳睡着醒来，又睡着醒来，因不见天日，又听不到声音，并不知道是什么时辰。阿芳与阿幸身上搭着一条破被，一股子潮气。不远处的常玉娘身旁亦有一床旧被，不知是嫌腌臜还是旁的缘故，她没有盖，只裹着自己的披风倚在墙角。

阿芳听到常玉娘似呻吟了一声，便站起来。

“阿姊，你去做什么？”阿幸问。

“常小娘子怕是不舒服，我去看看。”

“在这个鬼地方能舒服才怪了，都怪她！”

阿芳拍拍妹妹的手：“别乱说。”

阿幸嘟囔一句什么。

阿芳扶着墙走向常玉娘。

常玉娘轻声道：“我没事儿。”嗓音却早不复从前的娇柔。

月落乌鸣，又是早晨。常安坊中晨起的人们还带着年节的懒散。街上，吃过饭揣着袖子遛弯儿的，遇上没洗脸眼角儿还挂着眼眵的和才爬出被窝儿出门倒溺盆的。

“张五，一晚尿这么些，得起来多少回？腰不行了啊。”揣袖子的笑道。

“连个婆子都没有，他就是腰行，又能怎么着啊？”眼角挂眼眵的道。

倒溺盆的老叟作势要把溺盆泼到另两个的身上，另两个赶忙闪躲。倒溺盆的老叟斜眼看他们：“别看我老，腰比你们好。”

另两个都越发笑起来，老叟也不生气，自去了茅厕。不大会儿，老叟回来，三个闲汉接着说话儿。

“听说常先生家的小娘子十五出门看灯不见了，莫不是与人跑了吧？”揣袖子的道。

“这还用问？定是与人跑了。要说这坊里，常家小娘子是个尖儿，走路跟风吹柳树似的，说话也轻声细语，我看比那些大户人家的小娘子也不差什么。”眼角挂眼眵的揉揉眼睛道。

“叫得也好听。”倒溺盆的老叟插嘴道。

这话如此猥琐，另两个都笑骂。揣袖子的又道：“小心老常来找你拼命。”

挂眼眵的道：“这老常也是！非要选个念书的后生当郎子，又要长得平头正脸，还得家里过得去，选来选去……这回得，不知是个什么东西把这么个白白净净的小娘子叼了去。”

“不是我跟你抬杠，小娘子们自家跟着跑的，旁的不敢说，那后生定是个平头正脸的。”揣袖子的道。

倒溺盆的老叟嘿嘿两声。

另两个不理他，接着说话儿。

“那陈家的两个小娘子也还没找回来。看陈三哭得那德行，真还挺不落忍的。”揣袖子的道。

“陈三这几年也是倒霉得厉害，莫不是冲撞了什么？先是大前年娘子去了，去岁他自己又从驴子上掉下来摔了腰，躺了好几个月。多亏家里小娘子能干，他那油坊才没拉胯。听说给大娘定了门高亲，还以为他转运了，谁想两个小娘子出门看个灯，就都不见了。你说，她们莫不是也跟人跑了吧？”已经揉掉了眼眵的道。

“小娘子们……这谁说得清？”揣袖子的看着薄雾中走过的宋婆，“反正与那开大油坊的结的亲事是黄了。”另两个也看到了宋婆，都点点头。

三人正说着话儿，却见大路行来几个骑马的，看那气势像是贵人出行。

“莫不是官府的人吧？”揣袖子的伸长脖子看。

“估摸是。”另一个扭头，看到倒溺盆老叟的身影，“哎，张五怎么走了？”

谢、崔、周三人在常安坊聚齐。

周祈与谢庸、崔熠通报钱三郎的事儿：“有证人大约在酉时二刻见

过钱三郎陪着两个打扮朴素的小娘子看灯，怀贞坊张福娘子供述，大约酉正钱三郎到了她家，然后便没出门。看来他没说谎。”

谢庸点头：“我刚才在坊里走了一圈。按路线来说，从永安坊过来，去常安坊的陈宅，确实先走坊中央的南北街，再走常宅门前的小曲最近。坊外大路上人多，若要不被人察觉地掳走两三个人，恐怕不容易，这常安坊地广人稀，又少达官显贵，想来即便上元晚间也不亮堂，故而极可能就是在这坊里作的案。”

周祈点头，她从前上元夜的时候巡过这几个坊，今晨又找到这回上元节负责巡查西南诸坊的人问过，知道谢庸说得对。

“沿着坊内主路还有这条小曲访一访吧。陈氏姊妹日常做活计，不是那种娇弱的，当会挣扎叫喊，兴许有人听到或看到了什么。”

“陈老叟还哭吗？”周祈问已经进坊转了一圈儿的谢庸。

谢庸点头。

周祈摇摇头。

谢庸又道：“常家还劳烦你再亲自去一趟。”

周祈答应着。那常叔平至今也没报案，谢庸一个大理寺少卿贸然跑到人家，不合适，周祈就方便得多。

周祈扭头看崔熠：“你怎么今日不大有精神，都不说话？”

崔熠打个哈欠：“昨晚想着这失踪案，又看了会子《南北迷案》，后半夜就做起噩梦来。有个老妪一只手拿着一贯钱，另一只手拿个瓶子对着我叫名字。我记着你的话，死活不回答，转头就跑。她一个七八十的，跑得飞快，在后面死追。我好不容易一跌醒了，接着睡，她竟然接着追……”

若不是在常安坊，一会儿要去见失踪者的父母，周祈都想笑了：“行了，回头我画张符给你，塞在枕头下面。”

对周祈这假道士的符，崔熠半信半疑，但终究不愿却了兄弟的好意，点点头：“要两张。”

周祈带着陈小六去常宅，谢庸、崔熠开始带人查访。

常妻眼睛红肿，便是常叔平也眼中带着红丝，脸色憔悴。

对周祈要细查常玉娘闺房的事儿，常叔平轻叹一口气，点点头，常妻便再为周祈引路。常玉娘的弟弟今日也在，一起跟过来，又小大人似的给周祈行礼："家姊的事儿全托赖贵人。"

周祈拍拍小孩儿的肩，细查这间闺房。

干支卫是搜查的行家，莫说一个闺阁女子放的东西，便是大盗藏赃物也难逃他们的法眼。

周祈在常玉娘的枕套中发现了打着福字络子的牡丹锞子，与那寺庙中卖的一模一样，又有未完工的牡丹鸳鸯手帕。

常妻拿帕子擦泪："这孩子——"常小弟却还有些懵懂。

周祈并未找到书信之类更多物证，便只带走了这两样儿。

来到街上，看马匹就知道谢庸和崔熠他们在哪里，周祈也走进这户人家。

院中，一个老叟赔笑，对谢庸和崔熠行礼："我上了年纪，不爱凑热闹，上元节晚上睡得早，真没看见什么，也没听见什么。"

周祈看看他似是刻意挡在门前的身子，不由得眯眼打量起这老叟来。

"你这个'真'字，用得极好。"谢庸道。老叟有些蒙地看一眼谢庸，对上他的目光，又赶紧躲开。

"老丈不请我等进屋坐一坐吗？"说着谢庸已经迈步从老叟的身侧走向屋里。

"请，请进……"老叟咽口唾沫。

崔熠、周祈也走进去。

屋子不大，当间一张长案、一把胡凳，案上放着隔夜未收的残菜碗筷，靠墙一架挂了破旧蓝布帐子的床榻，床榻旁是个木箱子，另一边靠墙有个高脚衣柜，屋里一股子陈腐酸臭味儿。

崔熠皱一下鼻子。

老叟站在床前，笑得很是难看。

周祈挑下巴。

陈小六走过去，一掀被窝，拎出一条水红的帕子来。

谢、崔、周三人俱是神色一凛。

周祈接过，这是一条新布帕，简单地锁了边儿，绣了两朵五瓣梅花，闻一闻，没什么味儿——这般简素，莫非是陈家阿芳的？

两个如狼似虎的衙差押住老叟，崔熠冷声道：“还不招吗？”

谢庸则去拉那柜子，拉一下竟然未开——这么破旧的柜子，竟然有暗锁。

谢庸看周祈。

两人对视一眼，周祈这回未选择踹，而是从腰间荷包里拿出一根细铁钎来。见这位周将军竟然随身携带溜门撬锁的用具，谢庸不由得多看她一眼。

周祈则专心地干着撬锁的“勾当”，用那钎子上的钩儿极轻地拨两下，又换钎子的另一头儿一插，便听得“咔嗒”一声。

周祈拉开柜门——

嚯！花红柳绿一片，都是女子衣物。湖绿的纱线小衣，银红的衫子，白色绣花短襦，淡粉的布裙，柳黄的汗巾子并各色布袜子，有新有旧，都纠缠着堆在一起，又有几双绣鞋在最下面露出鞋尖儿来。

周祈从柜子边随意拽出一角石榴红来，竟是一件胸衣。

周祈看向谢庸，谢庸微垂眼帘。

崔熠走过来，不由得也“嚯”的一声。

周祈仔细看这件胸衣：“看这款型、样式还有布料新旧，这件当是十年前的东西。”

老叟哭着恳求：“我就是偷几件女人衣服，我真没干旁的。”

像这类特殊癖好者，极容易犯下奸淫、绑架甚至凶杀等重罪。他住在这小曲头上，这把年岁，又是多年邻居，若请过往的小娘子来门前帮个小忙，小娘子们怕是不会拒绝。再看一眼老叟虽老却还健壮的身体，谢庸沉声道：“搜一搜，看这房子可有地窖、密室、夹间之类。”

谢庸、崔熠审问老叟张五，周祈带人搜查张宅。

张五哭得一把鼻涕一把泪：“柜子里那些衣服是偷的，可那条水红的帕子真是我在门口捡的。我有这么个毛病儿，怕贵人们怀疑，开始的时候才想隐瞒的。”谢庸只静静地看着他，崔熠不耐烦地皱眉头。

见他们不信，张五磕头，急赤白脸地辩解：“真不是我。上元节那天，我在院子里拨灯火，听见外面一声喊叫，等我开门出去，见到一辆车，两三条人影，似乎两个男的，一个女的，那两个男的把女的推上车，就走了。”

“我不敢叫唤，怕惹来杀身之祸。等他们走了，我捡了那条帕子……”张五再磕头，“贵人们，真不是我干的，真不是啊……”

看了他片刻，谢庸问：“那男的和女的什么样儿？你可认得？”

张五赶忙道：“女的看不清，那男的有一个矮胖些，有一个高瘦些，都只看到个影儿。”

“穿的什么衣服？是长袍还是短褐？”

张五想了想：“好像都是长袍。”

“车是什么车？”

“不是骡车就是马车，反正不是驴车，黑漆漆的车篷子。”

这院子不大，一共两间正屋，两间歪歪斜斜的厢房，都极浅窄，虽到处堆满乱七八糟的杂物，却也不难查，然而周祈并没发现什么密室、夹层或者地窖开口儿。

周祈灰头土脸的，鼻尖儿上还蹭了一块黑，叉着腰站在屋檐下，嘬嘬牙花子。

谢庸走出来，看见周祈这样儿不由得抿抿嘴。

周祈挑眉。

谢庸看看她的鼻子，到底没忍住：“擦擦。”

周祈不爱带帕子，因为还得洗，麻烦。听了谢庸的话，便抬起袖子——

谢庸嘴抿得越发紧了，从袖子里掏出帕子丢在她怀里。

周祈的爪子一抓，那方白布帕就黑了。周祈嘿嘿干笑两声，拿帕子在脸上抹了两把：“多谢谢少卿，改日洗了再还给你——要不干脆还你

一块新的算了。”

谢少卿不说什么。

周祈便把帕子塞在了自己的袖里，又觉得鼻间似有些残余的香味儿，不像香饼子、香球儿之类熏香，有些澡豆味儿，却也不完全是。

“找不到？”谢庸问。

周祈点头：“就这么点儿地方，想藏三个大活人……有点儿难。”

听她说“活”字，谢庸看她一眼。周祈看那院子：“你看那儿。”

谢庸微眯眼，顺着她的目光看过去，院子角上一堆柴草被挪开，那里的地面似比旁处略低一点儿。

谢庸走过去，周祈在后面跟着。看了看那块地面，谢庸对衙差们道：“挖吧。”

几个听用的衙差在张宅找到一把锹铲，又出去借了一把，吭哧吭哧挖起来。

崔熠在屋里又跟张五缠磨了一会子，并没再挖出什么有用的口供，也走出来：“这是？”

衙差的铁铲“咔嚓”碰到了什么东西，立刻停住。谢庸、崔熠和周祈往前凑两步。衙差用手拨开土——是骨头！

崔熠怒道：“把那个老鬼奴给我拉出来！”见到那挖出的一截腿骨，张五委顿在地上，只哭，却再说不出不是他做的话来。

衙差们挖出一具完整的骸骨来。周祈看到新鲜尸首的时候还多一些，辨别白骨便不大擅长。只能从头发、身长和盆骨上看出这是女子骸骨，骨头上未见明显伤痕。尸骨身上未见衣物，生前有什么样的遭遇可想而知。

谢庸蹲下仔细看：“这女子四颗最末的臼齿已经长全，但牙齿磨损还不厉害，耻骨此处有凹痕，听老仵作说，这是已育女子方有的，那么，此女估计在二十岁到三十岁之间。”但死亡时间却不太好推算。

崔熠踢一脚张五：“说！”

张五自知死到临头，哪里还说得出什么，只颤颤哆嗦地哭：“我没想弄死谁……”

谢庸则招呼衙差："这具尸骨埋得未免太浅了些，再深挖看看。"

又挖下去一尺左右，衙差的锹铲再次碰触到了东西。

谢庸、崔熠和周祈的脸都绷得紧紧的。

新挖出来的这具骸骨身上穿的衣服已经差不多腐了，但还能看出是小袖细衫和布裙来，发髻竟然还未散，是个双鬟的样子，结合其身量牙齿，此女年纪当在十五岁左右。

衙差们把这具白骨也摆好，在院子里又往广往深里挖起来。

门外守卫的衙差匆匆走进来："禀谢少卿、崔少尹、周将军，陈三来说找到陈氏二女的留信。"

谢、崔、周三人对视一眼。

这里摆着白骨，不方便让陈三进来，三人便走去门外。

陈三手里拿着一封信并两贯钱，眼中冒出光彩："阿芳和阿幸没事儿，她们让人给我送信来了。"

周祈接过信，先看了一下，这信很是简单，只说姊妹在看灯时遇到一个合意郎君，想随他去，怕家中不允，便先斩后奏地跟着走了，请恕女儿不孝云云。说的都是极普通的话，未用韵用典，但行文流畅，读来颇有几分情真意切的意思，字写得尤其好。

周祈把信递给谢庸。

"这信便塞在油坊铺子的门槛里，用这钱压着。我前两日都未开油坊门，故而今日才看见。"陈三眼睛还红着，脸上却带了点儿松快的笑影儿，"白担心了这几天，这两个孩子……"

周祈去过陈三家，那是个不太规整的前铺后屋的格局，前面一间小小的铺子临街，可以从铺子进去到陈三家院门口，也可以绕一下到后面小曲走到其院门前。想来那送信的不愿被人遇见，便顺手把信塞在了临街的铺子门槛下，怕穿堂风吹动，还压了两贯钱。

谢庸和崔熠一起合看那信，周祈则接过陈三手里的两贯钱来，用两贯钱压信……周祈突然想起前阵子凶宅案中赵家娘子卫氏压信用的石子儿。

周祈掂一掂这两贯钱，又还给陈三。

陈三还不好意思接，但也知道这些贵人不把这点儿钱放在眼里。陈三赔笑："她们姐俩不懂事儿，我也老糊涂了，只以为出了事儿，给贵人们添了这么大麻烦。既然知道她们没事儿，我就放心了。这俩孩子啊……这回真是多谢贵人们了。"

饶是周祈再心硬，也不好说出这里面怕是有蹊跷的话来，只点点头。谢庸和崔熠也没说什么，陈三看一眼张五家大门，不知道里面怎么回事儿，但也知道不是自己该问的，再谢了谢庸、周祈等，便告退离开。

周祈道："因你之前报过案，这信我们要留在官府归档。"陈三不懂这个，只道："全听贵人们的。"

陈三蹒跚着步子往回走，心里琢磨着，之前还不愿跟钱家退亲，如今得觍着脸去人家门上赔礼，幸好从前收的彩礼还在。

刚知道女儿们没事儿时，陈三只满心欢喜，如今则想起这些善后的事儿，心里也免不得抱怨两句，大娘一向懂事儿，怎么做出这样的事儿来。陈三又安慰自己，好在她们没事儿。一时又想，或许过两年，这事儿放一放，她们会回来看看自己。

看着陈三略佝偻的背影，周祈又有些难过起来。她微微叹口气，看谢庸："怎么样？"

"这字——"谢庸皱着眉，说了半句又停住。

崔熠道："比我写得好，比阿周写得也好。这代笔的估计是个落第士子，时运不济，才没考上的。"

"也可能就是陈氏姊妹'看中'的那个男人写的呢？"周祈说出自己的猜测。

崔熠点头："极可能。"

"我们之前推测拐走常玉娘的可能是个相貌清隽、风姿秀雅的士子，如今这写信的又是个颇读过几年书的人写的，这事儿啊……"周祈摇摇头。

崔熠看谢庸和周祈："所以这事儿又拐回了我们之前的推测上，诱拐，且可能是同一伙人甚至同一人所为。"

崔熠突然若有所悟，回头看一眼张五家大门：“那猥琐老鬼奴关于什么马车、三个人影的说辞兴许是真的？”

周祈没参与审张五，故而不知道，崔熠便把张五的供词告诉她。

“诱拐……”周祈摸出从常玉娘枕头中翻出的牡丹锞子，“你们不觉得他们这本钱下得有点儿太重了吗？”

谢庸从那信纸上抬起头来看她。

周祈给他们算账：“一个普通的婢子，在奴市不会超过五千钱。那风月场中，固然有身价几十万甚至百万的，但那要么是绝色，要么是琴棋书画、诗词歌赋样样来得，且要是有些名气的。新卖去的普通女子，应该不会比一个婢子贵多少。”

“这里面常玉娘或许还能多卖两个钱，陈氏姊妹……”周祈不愿说得太不厚道，便停住了嘴。从陈三的长相，还有宋老妪的话、钱三郎的态度，可以推测陈氏姊妹当长相平常。

“最关键，他们没有必要啊。若是怕官府追查，只留信便是，用两千钱压信——这也未免太大手大脚了吧？他们费这么大劲儿拐个人，才赚多少？自然，我这说的只是他们诱拐图财的情况。”周祈捏捏手里的牡丹锞子，“我觉得，这里面定还有旁的事儿。”

崔熠又揉起下巴，谢庸微点头，又把目光放在那封信上，并闻了闻。

暗室门最下的孔洞打开，一只胳膊伸进来，放下一盘黍米饼，和一罐薄粥，然后便“哐”地又把孔洞的小盖子合上了。

阿芳摸索着走过去，拿了吃食，轻声招呼常玉娘：“常小娘子，你也吃一些吧。”

常玉娘不说话。

阿幸轻哼一声。

“已经这般地步，他们要怎么摆布我们摆布不了？何必在这吃食里动手脚？吃一些吧，不然你撑不住。”阿芳劝道。

过了片刻，常玉娘终于动了。

到午正时分，衙差们把张五家的院子并屋里地面都刨了一遍，没有发现更多的尸骨。

谢庸、崔熠、周祈也把坊内南北主路及到常家、陈家几条小曲沿途住户都探问了一遍，有一户苗姓人家见过常玉娘独自一个人走在路上看灯，另有一个姓庞的妇人说在小曲头儿上见过一辆黑篷马车，却未注意赶车的是什么人。

京兆专门运尸骨的车马也到了，几人便把嫌犯张五、两具骸骨和那一柜子女子衣服都带回了京兆府。

郑府尹一脸的晦气，大正月的，就起出两具骸骨来，今年看来是不易过了。郑府尹又觉得有点儿冤，这凶案不知道是多少年前哪一任府尹的时候犯下的，如今却要算在自己这里，真是……郑府尹突然想起周祈说过的“猫吃肉，狗挨揍”来，这话虽粗鲁了些，却也精到。

这惹事儿的上元节啊！郑府尹看一眼拉骸骨的车，对谢庸道：“年年上元节都出事儿，某是真想上书圣人，奏请停了这三日不禁夜。”

周祈和崔熠在后面彼此丢个眼色，老郑又说便宜话儿……

谢庸却神色认真地道：“上元三日看灯是民间长久以来的习俗，放夜是本朝定鼎就有的德政，郑公固然为京城稳定、百姓安危着想，这奏表却恐怕难批。”

郑府尹顺着梯子走了下来，摇头叹息道：“谁说不是呢？”

周祈看谢少卿又戴上了善解人意好脾气的面具，不由得心里一哂，又觉得奇怪，同样都是旁司同僚，何以谢少卿对自己就总是不假辞色？也不是相处时间久了才“熟不拘礼”的，而是从一开始便如此。周祈突然想起在东市的“一开始”……也罢，谢少卿这样的长相，其实冷着脸比“善解人意”的时候还更好看些。

“不瞒郑公，下官这几日也在想上元治安之事。”谢庸道，“固然停不了这三日不禁夜，但吾等亦可做些什么。

“守卫京畿之禁军有限，无法遍布全城各坊，是否可以在各坊招募义勇，于节庆日，也不只上元，其余诸如上巳节、中元节、重阳节等人流涌动、倾家外出的日子，在坊内及人流聚集地巡视，以弥补禁军之空当?

“再则，亦可从百姓教化上着手，编些方便易记的治安歌诀张贴在坊内，节前令坊丁敲鼓宣扬传布，以提醒疏忽轻慢者，警告有心作恶者……”

想不到谢少卿敷衍面具后面竟然还有真举措，周祈有些诧异，旋即又觉得这才是谢少卿。

郑府尹缓缓地点头，也觉得这举措极好，按谢少卿所言，费事儿不多，却很实用，关键——让圣人看到京兆府的作为，也堵堵某些朝臣的嘴，省得他们总说自己是个缩头的。

郑府尹拉着谢庸的手，满面慈祥，正待说什么，却听身后的崔熠道：“聪明的脑袋果然是相似的，之前阿周便提议说在坊间贴警示布告，我也觉得甚好。”

郑府尹的话被堵在喉咙里，咳嗽一声，回头看看崔熠，又看周祈，谢庸也看周祈。

崔熠这么说，郑府尹总要给他几分薄面，便夸一句：“哦？某只道周将军明察秋毫、武力超群，没想到于教化百姓上亦有见地。”

周祈弯起眉眼，拱拱手笑道：“下官只是碰巧想到一点儿而已，碰巧。”

看着她貌似谦逊实在得意的嘴脸，谢庸突然想起朏朏偷吃了肉以为大家都不知道时候的样子，眯着眼，竖直尾巴，尾尖轻摇……谢庸看向她那雕金镂银、有节有毛的马鞭——果然轻轻地晃着呢。

郑府尹与周祈犯相，实在看不了她的样子，便只意思意思地点点头，又回过来情真意切地夸赞谢庸是“才比子房”。

周祈则丢给崔熠一个赞许的眼神儿，多谢这兄弟话说半句，没把自己拟的那些“警示之语”一并说出来，可以想见“私奔乃短视下策，聘娶方为长久之计”“私奔一时爽，被弃泪滂滂”“带尔私奔者绝非真爱”等语一出，郑府尹得是什么样的面色——旁的时候他什么面色倒不要紧，但今天还要在京兆府混饭哪。

崔熠虽时常说话不过脑子，但在外人面前维护兄弟却自觉自动得很。兄弟间的玩笑语，岂能说给老郑听？这老叟什么话都较真儿，根本不懂何为风趣。

交接了嫌犯和证物，几人先吃已经迟了的午饭。

今日周祈到底吃上了京兆府的公厨。不知是京兆府公厨格外好，还是沾了谢庸、崔熠的光，案上有鱼有肉，且不是一锅乱炖的味儿，有一道醪糟秋梨甜汤，哪儿哪儿都正好，似乎比丰鱼楼的也不差什么。

谢庸来了，郑府尹自然相陪，吃着饭，便又聊起案情来。

郑府尹也已看过了诸物证，约略知道了诸人之前的分析："某看那信，文理颇通，字写得尤其好，或许真是什么落第士子所书。若这士子便是诱拐犯……读了这么些圣贤书，却用来作奸犯科，真是罪不容诛啊。"

郑府尹看向谢庸："某看那字与时下字风不同，有些魏碑的笔意。子正看呢？"到底是进士及第的人，郑府尹眼力是有的。

谢庸点头："布局疏朗，含蓄清雅，似有些北魏宋先生的意思。"

郑府尹也只看出有魏碑的痕迹，并未看出"宋先生"来，当下便让人去证物房把那封信再取过来："我们一起揣摩。"

崔熠对自己的无知从来不遮不掩："这宋先生又是哪位？"

郑府尹难得见这位下属请教学问上的事，让他顿生欣慰之感，拈须道："魏碑分四类，造像记、碑碣、摩崖、墓志铭。书写墓志铭之人大多未留下姓名，《刘鸿墓志》《王遣墓志》《张乔墓志》笔风相同，前朝有人考证，说这书丹者姓宋，乃从前宋国公室后裔。"

听郑府尹一句话支到了春秋战国，崔熠这上学就睡觉的，听得有点儿蒙，看向同样上课睡到流哈喇子的周祈。

周祈虽于这些文墨典故不太懂，却是个知道世情的，把嘴里的炸蚕豆吃完，轻声与崔熠解释道："不过是表示有来历而已。时人给自己修家谱，爱乱认祖宗；考证旁人，自然也不会厚此薄彼，也要给他安个有来历的祖宗才行。"一个名声不显的普通人，是不是真姓宋都两说，更何况千年前的祖宗……

崔熠笑起来，要不说是阿周呢，总是能透过那些虚头巴脑的东西看清真相。

周祈虽声音不大，但共处一室，郑府尹哪有听不到的，不由得抿抿嘴，但到底顾忌她的身份，没有说什么。

谢庸则微翘嘴角，聪明是有的，只是不爱读书，嘴巴又太坏。

衙差取了那物证书信来，郑府尹看过，又传给谢庸，然后是崔熠和周祈。

周祈对这种文墨的事儿着实不大懂，拿远了看，离近了看，再怎么仔细看也看不出个所以然来，倒是这墨香味儿……周祈皱皱眉。

谢庸道："时人重帖书，临摹魏碑者不多；先帝时显明和尚写《抒怀帖》，字势飞逸，有《石门铭》之风，带起一阵子摩崖碑文热，但研习墓志铭的却少；便是墓志铭中，历来推崇的也是几篇王室墓志，宋先生这几篇都非元氏之墓志……"

便是周祈和崔熠也听明白了，这宋先生的字风属于犄角旮旯那一类，研习的人很少，估计便是知道的人也不多——难怪刚才郑府尹拈须的样子有两分得意。

这书信再是蹊跷，一时半会儿也没法据此找到写信之人，还是先审张五为要。

如今郑府尹对谢少卿信服得紧，一边往大堂走，一边还在与他议案情："若拐走陈大娘姊妹的另有其人，作案又恰选在张五家附近，是不是也太巧合了些？这张五与他们会不会是同伙儿？"

谢庸道："还是先审一审吧，有时候事情就是这般巧。况且从地方选择上来说，张五家附近，也确实适合作案。张五家在常安坊南北主路与小曲交接处往西两百步之处，左右邻居都有百步之距，格外荒凉；从张宅再往西，离常宅就近了，再往东，则到了主路，主路上未免人多，不好下手；张五这样的老叟，即便上元节，其宅前也必不是灯笼火把格外明亮的，故而选在这里作案，有其道理在。"

郑府尹点点头。

“从作案者特质上看，也不太像一拨人。张五猥琐贫穷，家中没有半张字纸，残害这些女子是为发泄其淫欲，其藏尸方式是家中庭院，又把各种赃物堂而皇之地放在家中。

“而这写信之人，颇读过些书，又以两千钱压信——两千钱够张五过几个月了。若拐走常玉娘并陈氏姊妹的是同一伙人，他们先是设计诱引常玉娘，作案后又扫尾，送信给陈三，明显是有谋略的，与自家院中藏尸的张五不是一类。”

郑府尹又点点头。如今郑府尹颇信服谢庸，这位谢少卿虽年轻，说话却有理有据，又正正经经，不似那两个……

不知道自己又被腹诽的周祈和崔熠也在后面嘀嘀咕咕地说案情。

“一个擅长写墓志铭笔风的诱拐者……我怎么觉得后脊背发凉呢？”崔熠又想起自己那梦来。

周祈是个敢在坟地埌子睡觉的主儿，从未被这些神神鬼鬼的事儿困扰过。周祈教导崔熠独家法门：“你这心里就不能打怵。你还是跟我学套剑法吧，比收两张符有用。莫说做梦，便是真有什么邪魅，拿剑捅了它就是！”

“捅了它……”崔熠看周祈。

周祈一脸悍勇：“来一个捅一个，来两个捅一双，一下不行捅两下，把它捅成筛子！”

崔熠突然想起周祈从前说的什么“身在法随，勇猛强刚，倚仗手中之剑，擒拿鬼怪妖魔，涤荡人间凶戾”之类来，难道都是鬼扯？

“学不学？”周祈还在兜售她的剑法。

崔熠咬咬牙，学不会也不过是再被这人笑话两句：“学！”然后又觉得这“好事儿”不能落下谢庸，“连老谢一起。”

周祈懂崔熠的心思，丢人这种事儿，搭伴儿最好啦！只是谢少卿这样的性子，恐怕不会答应。周祈又觉得，谢少卿虽是个文弱书生，但估计是个胆大心硬的文弱书生。

几人来到正堂，因是命案，依旧是郑府尹和代表大理寺的谢少卿堂上主审，崔熠、周祈堂下坐着，衙差把张五掼在堂前地上。

郑府尹拍响醒木：“张五，还不把你所犯罪行从实招来！”张五如一团烂泥，只知道委顿在地上哭。

郑府尹审案审了几十年，很知道如何攻破嫌犯心防：“莫以为你不说，便不能定你的罪。本官实话告诉你，单凭那些证物，就足够斩了你的，只是有份口供，还完整些。你老老实实招了，免得临死之前，还受皮肉之苦。”

张五折磨杀害那些女子时或许心狠手辣，临到自己身上，却屃得紧，不用郑府尹真让人拿出棍棒，他便一股脑儿地都招了。

埋在院中下层的那个女子是同坊杨大先之女，九年前的清明节，来张五院中寻掉落的纸鸢。

“她那纸鸢坏了，我看小娘子可怜，便说让她随我进屋，我帮她修。进了屋子，我修纸鸢的时候，看那小娘子一身衣衫很薄，又跑得脸红扑扑的，便鬼使神差地想替她拭汗，她一下子叫起来，又要跑。

“若让她这样跑了，我在坊里还怎么住？我去拉她，她越发挣扎，我便堵住她的口，把她摁在了地上……我没想杀她，真没想杀她，但，但堵住口鼻的时候太久了些，过了一会儿，她就不动了……她死了，我怕让人发现，又没处藏她，便把她埋在了院子里。”

便是郑府尹这种审案多年的，也听得面沉如水：“另一具尸骨呢？”

“七年前的上元节，我在门口拐了脚，恰同坊的许二郎娘子经过。那许二郎带着孩子出门看灯了，许家娘子怕孩子冷，带着大衣服出来寻他们。我请许二郎娘子帮我进宅拿拐杖。她虽生了两个孩子，但身姿还挺好看，我没忍住……”

这许家娘子是做惯了活儿的，不是年轻力小的女郎，制服她并不容易，张五甚至还被抓破了脸：“我便有些怕了，不敢再下手。”

听他把两件杀人案交代得还算细致，郑府尹点点头：“说说门外马车的事儿吧。”

“我正在院中拨灯，隐约听到外面一声女人叫喊，我走到门口，顺着门缝往外看，借着月光，隐约能见到路边一辆车，两个男的正把一个

女的推上车……”说的与在其家审问时所述相同。

郑府尹也问了这两个人及车马特征。问过之后，郑府尹目视谢庸，自己问完了，看他还有什么想问的。

谢庸冷冷地看着张五：“你七年前上元节所谓在门口拐了脚，是设下的圈套吧？你杀了杨家女儿后，或许开始时还知道害怕，但后来却更起了兴致，偷盗那些女子衣服再不能满足你的淫欲了。但你一个老叟独居，鲜少有小娘子撞进你家门，你便趁着上元节主动出击。”

张五抬起眼皮看一眼谢庸，哭得越发大声。郑府尹拍响醒木，张五哭声小下来。

“尽管你提前做了准备，但许家娘子不像那些年轻力小的小娘子，她让你费了很大劲儿，甚至如你所说，让你受了伤，你便越发谨慎起来，只伺机挑选那些娇弱的独行女子。

“上元节这样的日子，你又得手过一次，自然不会错过。或许每年的上元节，你都躲在门后，如蜘蛛一般，等待‘猎物’。但常安坊地广人稀，经过你家的只有坊内西南部的人，其中，独行的、娇弱的，就更少了——直到今年上元节。你还不从实招来！”谢庸冷冷地道。

张五身子一震：“我，我……”

郑府尹与谢庸倒也配合无间，当下便要让人用杖刑。

张五磕头：“我说，我说……那年上元节，我确实是假装拐了脚，骗许二娘子帮我的……我，我实在忍不住啊。”

郑府尹怒道：“今年上元节呢？你还不招来！”

“我在门缝，看到一个小娘子和一个郎君一起走过，借着月光，能辨出那小娘子是常家女儿。”

“那郎君呢？”郑府尹急问。

“那郎君不是我们坊的，二十多岁的样子，细高个儿，长得也好，穿长袍，像个体面人。”

崔熠看周祈，周祈点头，这说法与之前大家的推测对上了。

“他们走到那边一辆车前，离得远了些，我不知道他们说什么，似乎是那郎君让常小娘子上车，小娘子犹豫。然后，大路上走过来两个小娘子，看体态，像是卖油的陈大娘姊妹。她们说了两句什么，那赶车的汉子跳下来，用手砍在陈家姊妹脖子上。常小娘子喊了一声，便被那年轻郎君捂住了嘴，那赶车的汉子也往她脖子上来了一下，然后两人便把小娘子们搬上了车。”

所以，果然拐走常玉娘的和掳走陈氏姊妹的是同一拨人。他们本来想带走的是常玉娘，陈氏姊妹是受了池鱼之灾。

郑府尹实在想不到这张五死到临头了，还有所隐瞒，更想不到，这样一个只知道哭的猥琐老叟，竟就像谢少卿说的蜘蛛一般，伏在那里设套害人，若是没抓到，以后不知道还有多少无辜女子被害。郑府尹又反反复复审问了几遍，见他再说不出旁的，谢少卿也没有要问的了，才让人把张五带走收监。

虽则常玉娘和陈氏姊妹失踪案审出些进展来，但去哪里找这伙人呢？谢庸、周祈这些旁司的只管坐在偏厅为此发愁，而京兆府的人还要忙着让人带那两具骸骨的家人来认尸，录证词。

听着外面的哭声，周祈轻叹，突然说了句真心话：“这一行做久了，就觉得人命如灯烛，灭得太容易。”

谢庸看她一眼：“所以还亮着的时候，就可着劲儿地闪耀跳腾。”

周祈也看谢少卿，他这话是说自己，还是说我？想想他那舒服的小院、好吃的、肥猫、袖筒子，应该是说他自己。

他这句“可着劲儿地闪耀跳腾”，让周祈又兴起花钱的心来，这阵子太忙了，钱都留得快长毛了。春天来了，该买买买了啊。

见她沉静着，谢庸猜，她或许还在感慨生命无常吧。想起她种种浪子行径，成天一副天当被地当床、今朝有酒今朝醉的样子，或许也跟见多了这些事儿有关吧。一个小娘子家……谢庸的目光温柔下来，拿案上的壶给周祈倒了一碗饮子。仆役要上前伺候，谢庸摆摆手，给自己也倒了一碗，然后便又琢磨起案情来。

暗室的门打开，一个矮胖子端着灯走进来，他身后跟着一个形容俊秀的年轻人，又有一个中年男子。

年轻人道："从前贵府说要个这样的，其实我觉得那个也不错。"说着抬下巴，看向陈阿芳。

三个女子都瑟缩成一团。

证词都能对得上，嫌犯张五又已认罪，杨大先之女和许二郎娘子两个受害人的案子处理得很快。虽卷宗和嫌犯还要移交大理寺，又要刑部复核，但受害人的骸骨第二日便发还了。

周祈到京兆府的时候，正好赶上杨、许两家人去接骸骨。

一个四十来岁哭得眼睛通红的中年汉子牵牛赶车，车上拉着棺木；车旁是个十二三岁的清秀少年，扛着招魂幡，捧着牌位；又有一个梳妇人髻、约莫十六七岁的女子站在少年边上儿哀哀哭泣。

另一家就气势大一些，四五个三四十岁的汉子，又有七八个少年，都拥簇着一个老妇人，老妇人被搀着，一边走一边大哭。他们赶着两辆车，一辆拉棺木，另一辆上面虽没篷子却铺了毡垫被褥，想来是给老妇人坐的。

周祈下马，把缰绳交给陈小六，走向主管移交骸骨的佟参军。

看着走近的两家人，佟参军摇摇头："白发人送黑发人，也着实凄凉。这杨小娘子上面有五个兄长，想来从小是娇养的，若不是出了这事儿，当早已嫁人生子了……"

"我的儿啊——我的儿啊——"老妇人捂着胸口，不断重复地哭喊着。几个汉子也都抬袖子擦眼泪。

周祈知道，老妪之所以捂着胸口，是因为"心疼"。也是那年韩老妪一病没了，周祈才知道"心疼"并不是个虚化说辞，那疼是真的，丝丝扯扯，还带着些酸。

佟参军又道："那边扛幡的小儿郎，不知道是不是还记得他母亲，也是可怜。"

周祈看一眼许家那小儿郎和旁边与他面貌相似的小娘子，又看他们的父亲，那个痛哭出声的汉子，当年爷儿三个高高兴兴地出去看灯，怎会想到与妻子与母亲从此天人永隔？

移交尸骨遗骸这种事儿，京兆都是做熟的。郑府尹讲究，不允许京兆府进棺木，故而在外面搭好了移灵的棚子，两家人在佟参军这里签了文书，自去把尸骨移入棺中带走就可以了。

说是简单，但涉及亡者，总有若干丧礼风俗在，更何况生者见了亲人亡骨哪有不大哭一场的？杨家老妇人见了女儿白骨，当场便厥了过去，儿孙们赶忙掐人中、抚胸顺气。

周祈要转身去找仵作——仵作们多懂些医术，却见谢少卿骑马而来。

谢庸翻身下马，急急走过去，见老妇如此，忙取出腰间荷包里的针囊，抽出一根银针，缓缓刺入老妇的人中，又揉其内外关、推其大陵等穴。老妇幽幽醒来："我的儿啊——"

谢庸收了针，轻叹一口气。

周祈知道谢少卿懂些医术，但想不到他还是个随身带着针的，不过想想他是大理寺少卿……他这带针，估计跟自己身上带溜门撬锁的钎子是一个意思。

因杨家儿郎们都围着老妇人，那为杨小娘子招魂的幡子便被倚在棺木上，牌位也放在棺木盖子上。周祈正转身要离开，突然一阵小风吹来，那幡子扬起几缕搭在牌位上，牌位想来还来不及木刻，是个纸糊的，被这一吹一搭，便歪了下来，周祈赶忙接住。

周祈看向那牌位，白惨惨的纸上写着"杨氏六娘之灵位"。看来这杨家是男女不分开论伯仲的。周祈突然皱起眉头，把那牌位凑近鼻子，然后神色一变。

谢庸看她。

周祈把牌位递给谢庸，她的脸冷得似带着冰碴儿。谢庸接过来，也把牌位凑近鼻端。那负责捧牌位的杨家小儿郎不明白两个贵人拿着姑母的牌位做什么，又不敢问。

谢庸放下杨小娘子的牌位，走去许家那边，也借许家娘子的牌位来看。许二郎不敢违拗，目视儿子，许小郎君便把其母的牌位递给谢庸。

谢庸看一眼牌位，又闻一闻："敢问这牌位是请何人所书？"

“请敦义坊安仁凶肆的人写的。”

“他们写牌位时，可曾往墨里加东西？”

许二郎有些蒙，一直未说话的许小郎君道：“我看那先生捏了炉中一些香灰放上。”

周祈也正在问杨家兄弟同样的问题。

“是请永平坊老巷凶肆的唐先生写的，棺木也是在那里买的……他说六娘凶死，用香写牌位，可以安魂辟邪。”杨大郎道。

谢庸和周祈一起离开移灵棚子。

“这长安城开凶肆、棺材铺子、墓碑店的，没有一百家，也有八十，排查起来太费工夫，若果真如你我想的，早一刻，兴许能救她们的命。这样，你们带人先排查着，我去找人问问。”周祈道。

谢庸点头。

周祈疾步去京兆府内取了那封作为证物的信，然后翻身上马，带着陈小六朝新昌坊奔去。

新昌坊宗真观里，“紫微宫传人”出去买了两个胡饼、两个咸蛋——他们这些在道观挂单的，都自己单吃。今日起晚了，早午饭并作一顿，待吃完了，正好东市开市摆摊儿去。

刚走到观前，不提防烟尘滚滚，奔过来两匹马，“紫微宫传人”赶忙往边儿上闪。那马却在他三步之前被骑士勒住，马略抬前蹄，“咴”一声。

“紫微宫传人”定定惊魂，抬头看是哪个缺教少养的五陵年少街头纵马，待看清马上的人，却露出笑来：“我当是谁，马术这般精湛，原来是周道长！昨晚我卜了个喜遇故人的好卦……”

周祈翻身下马，不跟他寒暄，与他往道观墙边少人处站住，拿出信来：“真人可知道这长安城开凶肆、棺材铺子、雕刻墓碑等丧葬行的里面有个年轻郎君，听说长得不错，写得一手好字？”

“紫微宫传人”大略知道周祈身份，见她这么问，便知道这是有事儿了，当下也端正了神色：“周道长知道我，于这学问上有限，靠字辨人，不大行，但字好不好，我还是能看出来的。要说这丧葬行里字写得好、长相又好的郎君——我还真认得两个。一个是群贤坊群贤凶肆的主人江郎君，一个是专卖墓碑的老章家的大郎。”

“紫微宫传人”他们虽然也是些假道士、野和尚，但与周祈等禁卫扮的专管探查民间异常的假道士不同，他们时常也搭着做些丧礼念经、超度亡魂之类的勾当，赚些零钱花花，故而认得丧葬行的人。其中“紫微宫传人”又是做人最活泛、在长安城混得最久的老江湖。问他，果真问着了。

“说说这两个人。”

“江郎君，听说是河东道人，若是不知道的，得以为是个高门子弟，一口雅言，气度好得很，不知怎么想起做这一行，去岁在群贤坊开了家凶肆。他字写得虽好，却不常给人写，他店里另有先生。我见过他给安仁坊一个胡商之母写的墓志铭，那文情真意切的，字也好。

“章大郎的字是家传，他们刻墓碑的，大多字写得不错。这孩子也算我看着长起来的，是个说话敞亮、浓眉大眼的俊朗后生。”

临上马了，周祈又多问一句：“他们丧葬行，爱往墨里掺香灰？”

“紫微宫传人”笑道：“都是为了辟邪，这个行当的，总是格外小心些。不过他们一般遇见凶死的、夭折的这些才加，那香灰都是用香燃出来的，各色香料多贵啊，沉香、檀香、降香，一两卖多少钱……”

周祈不等他算完账，便在马上拱拱手，又烟尘滚滚地打马跑了。

经过光德坊时，周祈让陈小六去京兆府调人手，自己则过门不入，径直奔向群贤坊，却没想到在西市南门遇见要进市排查的谢庸——在东西市都有丧葬行聚集的街曲，崔熠奔东市去了。

暗室中，陈氏姊妹依偎着。

“阿姊，他们到底掳我们来做什么？”阿幸颤声问，“为什么昨晚那人说‘死’……常小娘子，真的死了吗？”

阿芳摇摇头，用袖子擦一把脸上的泪，眼前似又闪现昨晚的事儿。

年轻人道：“……那个更踏实懂事些，比这个好。”

中年人有些犹豫：“可敝主喜欢袅娜些，最好识文断字的。不过，

郎君说得也有道理……”

这时，常小娘子扶着墙站了起来：“我跟你走，我除了识字，还能画两笔画儿，弹两支曲子。”

中年人笑了，对那年轻人道：“还是她吧。”

那披着漂亮皮囊的魔鬼看向常家小娘子，微笑道：“这般争抢，你可知道，出了这个门，是去做什么？”

“左右不是好事儿。”常小娘子闭闭眼。

“想不到倒是个视死如归的……也罢！”年轻人对矮胖子点点头。

矮胖子来绑了常玉娘，给她嘴里塞了布巾，常玉娘回头看陈氏姊妹一眼，踉跄着走了出去。

凶肆在群贤坊十字街西一条不甚显眼的小曲里，小小的黑木门，门旁挂着黑漆木头牌匾，上书隶体“群贤凶肆”四个白字。

周祈看谢庸，谢庸点头。

周祈挥手，衙差分开，有的去了侧墙，有的去后面，有的埋伏在大门两侧，周祈当先推门进去。

一个穿长袍的中年人迎上来，神情肃穆中带些恤悯：“客人想要点——”却被衙差们捂住嘴，扭住胳膊，中年人脸上的神情由肃穆恤悯变成了错愕。

周祈等快步绕过迎门山水屏风，屏风后大案旁站着一个年轻人，手里竟拿着一把刀。

周祈急忙上前抬脚踢他的手，那刀立刻脱手，周祈压住他的胳膊和手，把他反手剪住。

衙差们接过手来，周祈才看清那地上的刀是雕琢玉器用的刻刀，案上还放着好几把呢。

“几位穿着公服，行径却如强盗……”年轻人怒道。

周祈哪有空儿听他说话，带人径奔旁厅后院，把前面交给了谢庸。

谢庸对他的话也恍若不闻，只负着手打量他，这年轻人二十六七岁年纪，身材颀长，隽秀眉眼，长袍外套着匠人的黑灰围裙，虽被捆着略显狼狈，却风仪不减，卓然雅致。

谢庸又打量这屋子。凶肆外面的门脸儿不大，里面却颇宽敞，也并不似有的凶肆，挤挤挨挨地放满了香烛纸马，这里不像凶肆，倒似一间书房。

当间一张大案，靠边的地方铺着一块黑色皮毛毡布，布上摆着几把刻刀，刻刀旁是个雕了一半儿的玉蝉。另一边放着笔筒、笔洗、砚台、镇纸之类，又有一个小小的黄铜仙鹤香炉，此时没有燃香，只静静地立着。

谢庸走到案前，拿起那玉蝉看一眼："刀刀见锋，倒有些汉代琀蝉的功力。"

年轻人已冷静下来："贵人过奖。"

"明明身死如烛灭，却视死如生，又求来世，何其虚妄。"谢庸淡淡地道。

年轻人看着谢庸，没说什么。

"郎君是河东道人，又姓江，莫非是晋州江氏子弟？"谢庸放下玉蝉，手抚摸过香炉鹤嘴，在鼻端捻一捻。

年轻人皱一下眉，面色微变："为先人蒙羞，不说也罢。"

那就是了，谢庸再看他一眼，便接着打量这屋子，掠过书架、盆景、挂图，却在转头时把目光定在那架檀木石头屏风上。

这架屏风迎门正面是浮雕山水，背面却是阴刻的佛家经咒。眯着眼看了半晌，谢庸道："郎君这咒文写得真好，仿佛真带着佛陀的悲悯似的……"

"贵人过奖。"年轻人再看他一眼道。

后院里，周祈以迅疾之势，搜了几间屋子和院子，把几个正做棺材、雕碑的工匠都拘在一起，却没找到小娘子们，几个工匠中也没见到哪个是矮胖的。倒是在院子里一眼看见了那黑篷车，撩开帘子，看不出什么痕迹。

周祈又细细地把这院子翻了一遍，也没发现房屋夹层、地窖入口之类。难道错了？不！不会！看一眼那黑篷车，周祈面色不太好地走回前

面。谢庸看她，周祈摇摇头。

年轻人冷声道：“某是外乡人，想不到这天子脚下，会有人强闯强搜，真是好大官威排场。不知贵人们所为何来，可找到你们想要的东西了？若没有，就请回吧。”

周祈冷笑一声，走到年轻人面前，抬脚踏在案上，伸手拿一把刻刀往他脸上比一比。年轻人脸绷得紧紧的，往后略仰。

“你是外乡人，不知道我们天子脚下的规矩。我便是在这里活剥了你，把人皮制成灯笼绷成鼓，也没人说什么。”周祈手里的刻刀轻轻划过年轻人的颈部大脉。年轻人咽了口唾沫。

周祈上下打量他一眼，那刻刀托起他的下颌，轻轻地笑道：“告诉你，我最烦装相的了！什么雅望风仪，一顿棍子打过，保准屁滚尿流。干你这种恶事儿的，约莫不怕死，但你怕不怕死得难看？上了枷泡在屎尿里，正好天暖和了，也该有蛆虫了……”

年轻人面色大变。

后赶来的陈小六对自家老大佩服得五体投地，平时都用那本《酷吏》传奇里面的刑罚吓唬人，如今老大都能脱开那本书自创酷刑了。

押着那年轻人的衙差则偷偷互视一眼，干支卫果然是干支卫……

那边，被周祈称赞过数次“风仪”的谢少卿对周祈的言论行为恍若不闻不见，蹲下身子，用手摁那屏风底座上的石头，那石头竟然被摁了下去。

年轻人闭上了眼。

周祈急忙蹿过来，跟谢庸一起把四脚上的石头都摁下去，然后推动那屏风，竟然露出洞口来。

衙差递给她一个打着的火折子，周祈当先跳下，后面又跟着跳下来几个人。

借着微弱的光看一看，这地道没有升平坊的地道那么宽阔讲究，却也能容得双人直腰行走。往里没走几步，便越发宽阔起来，只是挡着一扇门。

把火折子塞在旁边人手里，又借他胳膊支一下，周祈扭身抬脚猛踹，门“哐”地开了，锁耷拉在一边。

周祈趔趄一下，“咝”了一声。

谢庸忙扶住她的腰，又随即放开，改而抓着她的胳膊。

身后衙差们冲进屋去。

周祈想看一下是哪个不着调的扶人都不会扶，不提防抬头对上谢庸的眼。

周祈的火儿“刺啦”一声，灭了，改而干笑着抖抖腿脚：“今天的门有点儿太过结实。”

谢庸不说话，松开她，走进暗室。

周祈也瘸拐两下，蹦跳进去。

屋里没人看守，只靠墙坐着两个小娘子，惊惧地搂在一起。怕吓着她们，谢庸和衙差们都未靠近。

周祈上前，蹲下：“别怕，我们是来救你们的。阿芳？阿幸？”

陈阿芳哭着点点头。

周祈拍拍她们的肩：“好了，好了，没事儿了，乖……”

听到她那声“乖”，陈阿幸再也忍不住，扑在周祈怀里哭起来。

谢庸看她一眼，又打量这暗室。

周祈拍拍阿幸的后背。阿芳用手捂着嘴哭。看她们还好，周祈问：“常小娘子呢？”

阿芳哭得更厉害了，但话说得很清楚：“常小娘子被带走几个时辰了。她昨晚是被一个留八字须的人带走的，那人四十多岁。”

出了地道，自有人带陈氏姊妹回京兆府，周祈和谢庸又站在那江姓年轻人的面前。

“还不说吗？”谢庸问。

“不知贵人是怎么发现的？”年轻人竟坦然起来，嘴角甚至微微带了一丝笑意。

“发现什么？发现你等作奸犯科、诱拐强掳民女，还是发现这地道密室？”

年轻人再笑一笑：“那贵人不妨再猜猜，那常小娘子被带去哪

儿了？”

周祈待说什么，年轻人竟道：“左右也是死罪，贵人们爱用什么刑就用什么刑吧。”不知是识破了周祈的诈供之术，还是死猪不怕开水烫了。

本朝惯例，公堂之外，都算私刑，又规定，官员不可妄动私刑，周祈固然可以不管三七二十一揍他一顿板子，但若他死扛着，也没办法——又不能就此打死他。

还有后院那些……

刑讯逼供太费事儿，常小娘子已经被带走几个时辰了……

人在地下暗室时候长了，对时间就模糊了，阿芳说“昨晚”又说“几个时辰”，若果真是昨晚，晚间有宵禁，带着一个被束缚的女郎，那买主能去哪里？现在是午时，距离昨天白天怎么也不是几个时辰……

周祈盯着那姓江的年轻人：“常玉娘是今晨被带走的吧？”

年轻人看着周祈：“常玉娘是不是今晨被带走的，贵人可以猜一猜。”

周祈断定：“就是今晨。”审过那么些人，人在慌张或者说谎时才会这样重复对方的问话。

可即便是白天，因上元节私奔男女及这诱拐案，城门口早就被知会过了，那买主想带着一个被捆绑或者昏迷的女子出城，也是不易。

谢庸走过来，递给周祈一个册子，吩咐听用衙差：“我去春明门，其余诸人分开去各城门问今日头午出城的装丧葬纸扎的车。若有，先追过去，让城门的人去京兆府报信，再调人手。”

周祈看那册子，竟是这店里的账簿子。难道这种事儿他们也记账？

那账簿上最新一笔写的是今天，正是那位江郎的笔墨，上书美人灯一盏、扎纸若干、锡箔器若干……周祈的目光着意在“美人灯”三个字上停了一瞬，后面写着钱数八万，最后又写了“奚”字。

周祈明白谢庸为什么自带人去春明门了，“奚”这个字写在最后极可能是买主姓氏，这姓氏说生僻倒也不生僻，可也并不很常见，而出春明门十五里，有个奚家庄，那里是奚姓家族聚居之所。

“你腿脚受了伤，莫奔波了。”谢庸对周祈道，“带嫌犯、证物径回京兆府吧。”说着便要带罗启出门。周祈却一把拉住他的袖子，谢庸看她。

周祈蹿往门外：“我就是腿折了，往城外救个把小娘子，也是手到擒来。”陈小六赶忙也跑出去。

谢庸疾步出去，周祈已经翻身上马，谢庸抿抿嘴，吩咐罗启也跟上她。

周祈领着两人打马往东奔去。

罗启心里有些高兴，阿郎还是知道心疼周将军的，只是周将军逞什么强啊。

“周将军，你腿脚受伤了，怎么还非得自己追啊？”罗启骑马赶上周祈。

“那矮胖子没找到，保不齐去送‘货’了，那似乎是个扎手的，又保不齐还有旁人，我怕你一个人对付起来难，你们谢少卿细皮嫩肉的，不抗造，若磕了碰了的——我们亥支今年的腊赐估计就玩完了。”

罗启一颗心起起伏伏，五味杂陈，开始觉得，原来周将军也心疼我们阿郎啊，只是在小娘子心里，郎君们若显得太“弱”是不是不好？阿郎就是太端着，把你的本事亮出来给周将军瞧瞧啊。待听得“腊赐”一句，罗启的心吧唧落回了原处，哦，原来如此。

扭个脚这点事儿，若是没事儿的时候，能让周祈使唤兄弟们给端茶倒水剥果皮一个月的；有事儿的时候，便是不骑马，这几十里也能蹿个来回，周祈是真没把这点伤当回事儿。

等周祈奔到春明门，问守门兵丁，果然大约在卯辰之交的时候，出去一辆拉着丧葬扎彩纸人纸马的车。

“押车的可有一个矮胖子？”

兵丁想了想：“好像一个随行骑马的是个矮胖子。”

周祈策马东奔。

听着马上飘来的“多谢，兄弟，改日喝酒”，守城兵丁相顾而笑：“周将军要是散漫起来，一步三晃；这急起来，能撵狼赶兔子。”春明

门离兴庆宫近，他们与周祈都相熟。

出了城，人少，正方便纵马疾奔，周祈骑的是一匹花大价钱买的塞外良驹，不大会工夫就甩开了陈小六和罗启一大截，两人在后面猛赶，却也只能远远地瞧着个人影儿。

到了奚家庄，在村口问了乡民，周祈又转弯儿向村北。

奚家坟地，两个奴仆样儿的看着坑里的常玉娘。

“这么美貌的小娘子，听说还念书识字，就这么埋了也着实可惜。”

“怎么，你还想干点什么？你若是要干，可快着点儿。一会吃完酒席，就该抬了棺木来出殡下葬了。”

另一个嗤笑：“我可不干这丧阴德的事儿。不过是可怜她罢了。我劝你也别，这种冤死的，保不齐化成厉鬼。”

“你没听那矮胖的先生在路上说的？他们都有符咒，这女子的魂魄被永远钉在这里，给主翁为奴为婢，再安稳不过了。”奴仆看一眼常玉娘，“罢了，将死之人，晦气，留给主翁自己吧。什么时辰了？过了午时了吧？那矮胖先生说过了午时就埋。”

“守着个活的，总比对着个死的要好些吧？再等等。”

“看不出来，你小子还挺怜香惜玉的……”

“怜个屁！埋，埋，省得来人看见。”

陪葬坑里，常玉娘闭上眼，泪从眼角流出。

土一锹一锹扔下，落在她身上。

突然，奴仆听到马蹄声，那马蹄声越来越近，两人对视一眼，不会是送葬的亲友提前来坟地了吧？可不能让外人看见，两人加紧埋土。

周祈纵马跳过一个封土堆，翻身下马，一鞭子挥向其中一个奴仆，把另一个也踹翻。

两个奴仆被打蒙了，不知道怎么跑来一个凶神恶煞的女子。

周祈跳下陪葬坑，从土里扒常玉娘。

罗启、陈小六也赶过来，制住两个奴仆。

好在那土屯得还不算多，尚露着口鼻，周祈把常玉娘从土里扒出来，拍她的脸，试她鼻息："常小娘子！玉娘！玉娘！"

常玉娘睁开眼。

周祈松了口气："真好，你还活着。"

常玉娘怔怔地看着周祈。

周祈给她解开绳索："回去好好洗洗，吃饱饭，睡一觉，噩梦已经过去了。"

常玉娘不说话。

"玉娘？"周祈叫她，莫不是吓傻了吧？

常玉娘终于点点头，泪水也流出来。

周祈放下心来，有些事儿，总要交给时间来平复。可怜的小娘子，可能要用很多年的午夜噩梦，甚至更多的东西，来为年轻时那点儿少女绮思付账。然而青春年少的时候，谁没点想头儿呢？

周祈又有些自责，并有更深的恐惧。长安城百万人口，每年失踪的不知道有多少。女子走失，报官者不足十之四五，怕宣扬，怕闹大，怕丢面子。那些女子真的都是与情郎私奔了吗？而这长安城阴暗处，又潜伏了多少像张五、群贤凶肆店主这样的黑手恶徒没有揪出？

出了坟地，来到大路上。周祈用自己的披风裹住常玉娘："你等等我，我去抓住那矮胖子，给你报仇。那买主也要抓了治罪。"

她还没来得及动身，就见大路上奔来一支人马，不是崔熠又是哪个？

看看周祈身后的女子，崔熠道："我又没赶上？我不就今日晚到京兆府一会儿吗？"

周祈笑起来："正好有个棘手的事儿，你来最合适！"当下把抓矮胖子和买主的事儿说了，又把那两个奴仆也交给他。

崔熠摆摆手："这种事儿，瞧我的。"立刻带着人马朝村子奔去。可以想见那村子里正、族长见这位突然驾临，得是什么神情。

周祈却没空儿瞧热闹，要先把常玉娘送回去。

周祈带着常玉娘，不敢像来时那样跑了，等到了京兆府，已近酉时。

看见常玉娘，郑府尹露出欢欣的神情："周将军做得好啊。"

谢庸也面露微笑，又看一眼她的脚。

被他这一看，周祈突然觉得脚不舒服起来："咝——"

谢庸皱眉，眼中略带责备地看罗启和陈小六。罗启和陈小六觉得自己简直太冤了，我们根本追不上！追不上好吗？

郑府尹则难得嘘寒问暖一回，听说是因为救人受的伤，又狠赞了周祈两句"勇武刚强""一心为公"。

"马上就敲暮鼓了，谢少卿和周将军二位辛苦，崔少尹又不在，我们干脆明日再审。"又额外嘱咐周祈，"周将军回去好好休息，找个郎中瞧瞧。"

周祈觉得这几年一共加起来也没听郑府尹这么些好话，难得啊……

周祈和谢庸告辞出来，两人并辔而行。

"你是习武之人，自己便知道骨头有事儿没事儿。若只是扭着了，先冷敷，待红肿退下，再热敷。热敷的时候，可以轻轻揉一揉，莫用劲儿太大了。"谢庸嘱咐她。

原来谢少卿也可以这么温柔体贴……周祈看他，莫不是又戴了什么面具吧？谢庸也看着她。

周祈又正经了脸，点点头，不太自然地用右腿夹一下马腹，心里盘算着，如果这时候狮子大开口，让谢家唐伯给做点补益的吃食，能成吗？民间常说以形补形，吃点烧蹄髈、扒羊蹄、炖牛筋儿？

看她满脸犹豫纠结，谢庸问："怎么了？"

周祈一狠心，也不找借口了："我想吃你们家唐伯做的饭。"

谢庸看她，不说话。

周祈猜，苦肉计露馅儿了，烧蹄髈、扒羊蹄、炖牛筋儿不用想，已是飞了。罢了，命里有时终须有，命里无时莫强求。

看她纠结中带着些失落，失落中又有一丝豁达，豁达里终带着三分纠结，脸颊上本没有笑靥，现在竟抿出酒靥来，谢庸扭过头去看旁处："想吃什么？"

周祈："啊？"

罗启恰好捕捉到谢庸嘴角的一丝笑意，不由得在后面微不可见地撇撇嘴，阿郎要笑，还偷着笑……心里又有些高兴，或许……还是可能的?

陈小六则觉得自家老大简直太厉害了，这都能混上吃的?

第二日，罗启把饭送到兴庆宫的时候，周祈正倚在榻上看书。

从前罗启去过干支卫亥支的廨房，这还是头一回来周祈的住处。靠墙一张大榻，与廨房的那张看起来一模一样，约莫都是官中一块儿配的。榻上放小案，案上除了笔墨纸砚，还有一个茶盏、一小堆松子儿皮——这是早起已经先吃了一拨了?

大榻对面是书架子，也与干支卫廨房的一样，上面里出外进地放了不少书卷。罗启有些眼馋，全东市、西市能找到的好看传奇，都在这上面了吧?一定要借几卷回去看看。

另外角上有个窄窄的高柜，不知道里面放的什么。

这屋里能看出两分女儿气的，大概就是榻上铺的褥子和扔着的几个隐囊了，都是华丽的蜀锦，比松花绿还要绿一些的颜色，上面织了浅绿的纹缕，让罗启想起夏天树荫下的潭水。用这么华丽的料子做坐褥隐囊，周将军还真是豪奢！但看到她脚上马上就要顶破的白布袜时，罗启又收回了这句话。

其实，罗启是有点儿懂小周将军的，她其实不是豪奢，更不是吝啬，就是不会过日子，跟个江湖豪侠似的，吃饱一醉，躺倒就睡，有钱就花，花完拉倒，出门一个小包袱都嫌多……

对于周祈不会过日子这种事儿，罗启觉得不算什么，甚至有些“这正好”的感觉——我们家阿郎会过日子啊。

阿郎去哪里都有本事把日子过得好好的，宅里有花，有竹，有猫，有鱼，闲了烹茶、弹琴、看书、下棋，来京里时错过宿头住在山神庙，阿郎都不嫌麻烦地支锅烧水亲自给大伙儿煮了腊肉菜粥吃。

这俩人啊，就是天生一对儿!

罗启笑眯眯地看着周祈，目光隐约有些慈祥。

周祈头也不抬地在那里呼噜呼噜地吃羊排骨泡葱油饼。

这羊骨炖得骨酥肉烂，颤巍巍的肥羊肉，又香又不腻口，还不膻气。周祈用竹箸捅脊骨里的骨髓吃，又用嘴吸，刺溜——香！

汤是浓浓的奶白色，略撒了一点儿胡椒，又有点干芫荽末，泡上酥香的葱油饼，啊——怎么这么好吃！

罗启笑道："唐伯说要'以形补形'，今日就去买豕脚，浓油重酱地烧着吃。唐伯烧的豕脚最香，阿郎这样讲究饮食七分饱又不爱饮酒的，每次唐伯烧豕脚，都要喝一杯，多吃几口。"

看看已经差不多空了的瓷盆，周祈本觉得肚子已经塞不下了，此时听罗启说，好像肠胃里又腾挪出了地方，我又可以了！

周祈又有些不好意思："老人家得几点起来炖？这没几个时辰，怕是炖不出这个味儿来。"

罗启摆手："睡前炖上的，炖一晚上，正好晨间吃。家里有专门炖肉的炉子和锅，郎君看书上的样式找人做的，不用盯着火儿。都用好几年了。"

周祈又生出些对谢少卿的羡慕嫉妒来，又赶忙压下，不能刚吃完奶就骂娘。

虽今日要去京兆府听审案，但按照习惯，郑府尹开堂怎么也要辰末了，如今时候还早，周祈不忙着动身，罗启也不急着走，要挑两卷传奇带回去读。

周祈一笑："我给你看个东西，你就不琢磨传奇的事儿了。"她不动窝，只用手指指那墙角高柜，"你自己去看。"

周祈倚在隐囊上，蜷着一条腿，伸着昨日受伤那条。昨晚回来看，脚脖子确实肿了一圈，擦了药油，又按谢少卿说的冷敷了一阵子，今晨似见好了些，但周祈还是能懒就懒着。

罗启走过去拉开柜子门，不由得"嚯"一声。里面上层挂着三把剑，看那形制，就是有来历的；中间搁板上铺着绒布，布上摆着两把刀身雪白的匕首；下面一层则挂着两把宝刀；最下的底儿上是两条马鞭。

武人哪有不爱刀剑的？罗启禁不住想搓手，又觉得自己狭隘了，周将军简直太会过日子了！不会过日子能攒下这么些名刀名剑？罗启虽没用过什么名剑，但眼力还是有的，这都是些有钱也不一定买到，需要机缘才能遇上的好东西啊。

周祈穷大方惯了，让罗启挑一把拿回去玩够了再还回来，罗启连连摆手：“拿这个，我怕不会打架。”

周祈笑起来，其实她自己平时用的也是普通的刀剑，刀剑这东西易耗损，这种名剑若崩个口子，得疼得她心抽抽。这其实与旁的小娘子们攒钱做件几万钱的衫裙，平时只在橱中挂着，宴会时方拿出来穿，钩个丝儿，烫个窟窿，能心疼哭，如出一辙。

在周祈这儿又消磨了一阵子，罗启才恋恋不舍地收了盆碗回去。

谢庸手里拿着一卷书，另一只手捏些米糠，正在喂上元节时在东市新买的鱼：“怎么才回来？”

罗启凑上前：“周将军那里真好。”

谢庸不答话，又捏一点儿米糠撒上。

“周将军那里真好，真的。”

谢庸嘴角微翘，顺着他问：“哦？怎么好法？糖炒栗子好吃？”

“阿郎，你不能看扁周将军啊。”罗启为周祈不平，“周将军屋里摆着一架子的书呢。”罗启把“都是传奇”隐去了。

“嗯。”谢庸拿帕子擦擦手，接着看鱼。

“周将军还有一柜子的刀剑，都是买也买不着的好东西！

“周将军允文允武。

“周将军人又风趣，又爽朗。”

谢庸看看罗启，不就是去送趟饭吗？至于吗？不由得又想起这小子除夜的时候喝醉叫“周老大”来，白眼狼小子……

见自家主人听了这些话，连“嗯”都不“嗯”了，喂完鱼，又坐回榻上看起书来，罗启觉得自己一颗心都要操碎了。你们昨天骑马说话不是挺好的吗？你还答应给她送饭，能不能再加把劲儿啊？

过了辰正，郑府尹、谢庸、崔熠、周祈就陆续到了京兆府。今日是正月二十，本是休沐的日子，但这常安坊三女失踪案里面又是诱拐，又

是杀人，又是殉葬的，也算个耸人听闻的大案了，故而今日赶着审了。

依旧是郑府尹与谢少卿堂上主审，崔熠、周祈堂下听着。

已经救回了三女，郑府尹也已约略问过受害者，故而对此案过程知道得颇清楚，嫌犯又是当场抓到的，人证、物证俱全，所缺者，唯有这江微之的作案缘由。

江微之站在堂上，虽形容略显狼狈，但风度却依旧很好。

郑府尹颇觉可惜："江微之，你世家出身、高门子弟，从小念圣贤书学道理，何以做出这种既违律法又丧德行的行径？"

江微之看一眼郑府尹，不说话。

"你难道还不认罪？那奚家庄奚通自知时日无多，想要个识文断字、清白出身的女子为殉，你便代为寻找。在永平坊慈安寺遇到常氏，你上前诱之，送其牡丹锞子，并于元正时又见面，定下上元之约。

"上元夜，常氏甩脱其婢女，与你见面。你本想诱拐她上马车，谁想同坊的陈氏姊妹上前相询，并劝说常氏要谨慎，你们便一不做二不休，把三女都打晕掳走，藏于群贤凶肆之地下密室中。

"昨日晨间，奚家家奴来带人，你把昏迷的常氏套上纸糊罩子，充作扎彩放入车中，送出城去……你难道还不招吗？"

"我只是有些奇怪，贵人们是如何找到我的？"江微之微笑道。

"那自然是因为你故作聪明的那封信。"郑府尹得意道，说完，才想起来这并非自己发现的端倪。

郑府尹轻咳一声："谢少卿看出你那字学的是北朝宋先生之字，宋先生之墓志铭少有人研习，你却习之，这委实有些蹊跷；你那书信上又有香灰之味，这丧葬行中，写凶死、夭折之人牌位、墓志等时，才如此。你或是对人殉之事心存顾忌，故而用了那香灰墨，或只是不注意，用错了，在那书信中留下了端倪。"

郑府尹看谢庸，看他可还有补充之处。

谢庸道："当是前者。你做着这样丧德之事，却有些'盗亦有道'的意思，你给每个人都留下千钱，这是买命钱吧？"

此话一出，郑府尹有些惊讶，想起那锞子，还有两千钱，原来是这般吗？

谢庸看一眼周祈：“周将军曾说过长安坊间一则传说，叫‘千钱婆婆’的，你把人命定价千钱，或许就是受这则传说影响？”

听审的崔熠胡噜胡噜胳膊上的鸡皮疙瘩，决定过两日等周祈腿脚好了，就去跟她学剑。

“想不到贵人们居庙堂之高，也听过这个……”江微之微笑着摇摇头。

郑府尹不知道何为“千钱婆婆”，谢庸简要与他说了。

从来不讲怪力乱神，不听这些乡俚怪谈的郑府尹，不知怎的，脑子里竟然想起周祈打趣崔熠的“多读书还是有用的”来。郑府尹不由得皱眉看一眼周祈。

周祈又摆出故作谦虚的样子，郑府尹又觉得两边太阳穴有些隐隐地疼起来。

“贵人又是如何发现我那地窖的呢？”江微之问。

“江郎让人送去陈家的信与那屏风上的经咒虽字体相同，但信上之字，间距大，有连笔，笔画间带着些漫不经心和敷衍；而经咒则严谨端肃得多，且横笔更平，多圆转藏锋，看起来似带了些悲悯之意。”

“宋先生之字极是端恪，带着对生死之事的敬畏，那封信中只有宋先生之形，这经咒才得宋先生笔风之魂。”谢庸看着江微之，“是因为你建这地窖便是做隐藏殉葬人之用，故而写屏风时心生不忍吗？”

江微之弯起嘴角一笑。

“或者是殉葬之事让你格外感怀？”

江微之的笑浅淡下来。

“昨日知道你的名字，我便觉得有些奇怪。《氏族志》中，江氏按五行取名，五代一轮，你的名字却是例外。”

江微之绷起脸。

“我的猜测有些冒犯，若是错了，还请勿怪。或许江郎并非嫡子，甚至连正经的庶子都不算……”

江微之沉下脸：“够了！”过了片刻，江微之缓缓呼一口气，神色又平静下来，“不错。我生身之母确实只是先父外室。我幼时，先父身故，夫人以承认我为江家子交换，让她殉葬。”

江微之哂笑：“阿姨出身低微，见识浅薄，竟真答应了……”

“你乐籍出身，让他随你去做个贱人吗？你以为放了良，就真是良人了？只要你死了，我便给他入族谱，认他为江氏子孙。”江微之脑中闪现过夫人不屑又厌恶的样子、阿姨犹豫退缩哭泣的脸、父亲的灵柩、奴仆们的推搡，还有大兄冷漠的神情。

江微之又想起这几年自己来赴考时大兄说的话：“我江氏这一代唯有你念书最有出息。如今不是从前察举授官的时候，又无从恩荫，要入朝为官，唯有科举一途。重振江氏名声，全看你了。”

而每次听说不第后，那嘴脸……

“当年逼迫阿姨殉葬，如今又逼我重振什么江氏名声！我为何要重振江氏名声？我不过是乐户之后，管江氏名声怎么样？”江微之哈哈两声，然后便大笑起来。

看他状似疯癫，郑府尹便要命人把他带下，谢庸微抬手：“你那账簿上，去年冬有两笔账目，虽未写什么‘美人灯’，但所列货物与后面银钱对不上，是怎么回事儿？”

郑府尹皱起眉头。

“那是我们头两笔买卖，客人要为其兄买两个年轻美貌的，我们便随意在平康北曲引了两个妓子……‘捧灯美人’之说，其实便是那个客人提的，只是未落于纸罢了。”

已经到这地步，江微之不用人催，自动说了那两个妓子的名字和买主身份。

后面又审了江氏奴仆们，一直到下午，才算审完。郑府尹和崔熠要做扫尾的事儿，查访那两个被害妓子、捉拿买主，再有就是送回常安坊三名女子。周祈专门去叮嘱了那送人的衙差怎么说，希望小娘子们以后的路能顺遂一些吧。

出了京兆府，周祈翻身上马，风吹动她的头发和披风。看看似乎略有些阴霾的天，周祈眯眯眼：“你说为何许多受害人，后来都成了施害者？”

本只是感慨一句，周祈没想到谢少卿会回答：“许是受害之时，未得救助吧。然后心生怨恨，故而报复。”

周祈点点头。

看她依旧皱着眉，谢庸温声道：“好在也有许多人得到救助，又有许多受害者成了阻止恶行的人。”

京兆府送常玉娘和陈氏姊妹回去的车也出了门，阿芳坐在车窗边儿，对周祈使劲儿挥挥手，看起来精神好了许多。周祈向车里看，阿幸对她露出笑来，小娘子竟然有两颗小虎牙。常玉娘坐在另一侧，身上还裹着周祈的披风，虽看起来还是很憔悴，但许是受陈氏姊妹感染，嘴角也抿出了笑意。

周祈也笑了，对她们挥挥手，道“保重”。

谢庸也露出微笑来。

目送那车子往南走出一射之地了，周祈突然打马追上，伏在车边说了几句什么，又跑回来。

谢庸看她。

“我跟阿芳说，那钱三郎不靠谱，配不上她，让她踹了他。”

谢庸愣了一下，又把头扭向另一侧。

看见了他嘴角的笑，周祈得意起来：“嘿，我在街上帮打架的妇人揍其郎君的时候都有。大概我上辈子就是那个打鸳鸯的棒槌。”

陈小六在她身后小声道：“然后被人家妇人追着骂。”

谢庸和罗启都笑了。周祈也笑：“也有感激我的啊。”

“晨间唐伯便炖上了豕蹄，这会子应该好了。”谢庸用谈论“今日有些冷，明天或许暖和些”的语气道。

周祈才不在乎语气呢，笑嘻嘻地道：“甚好，甚好！”

周祈的脚伤足养了十来日才好，好了头一件事儿就是奔东市买东西。

先去布匹绸缎店买了一匹最细密厚实的藏蓝桂布，这布又软和，又透气，正好让唐伯裁两身春衫穿；又去酒店买了两坛新丰酒，谢少卿不喜喝酒，老叟却是爱的；顺便又在腊货店买了两只腊鹅、两条腊肉，然后驮着这些东西去粮店。

周祈买东西素来豪气："每样米豆都来五斤。"

第二日是二月初一中和节，民间多以青布袋装各样米豆、菜蔬种实馈赠亲友，号曰"献生子"，不过是个乞求年丰岁稔的意思。

这两日来米粮店的人颇多，但是每样米豆买五斤的却少。大户人家都自有米粮备着，不用现买；一般人家馈赠亲友都是各种米粮豆子抓一点儿放入布袋，又互相馈赠，实在不必备这么多。

但卖东西的，哪有嫌客人买得多的？店内有专为中和节备的青布袋子，装满了倒也能装下五斤。店主人一边笑呵呵地把五斤五斤的袋子放入大麻袋，一边问："客人想来要送的人家多？"

"就一家。"

"那想来便是极亲近的人了。"店主人只能做此猜测。

周祈深深点头，亲！唐伯这十来日每天变着花样儿做各种吃食，真是——亲人哪……

按照习俗，周祈又买了些菜蔬种子。

这些米粮豆足塞了一大麻袋。

店主人与伙计抬到外面，要给周祈放上马。店主人看着肥壮，却是个没力气的，累得龇牙咧嘴，一抬竟然没抬到马背上去。正要先放下，却突然旁边伸过一只手来，店主人只觉得手里一轻，那袋子粮食就这么上了马背。

店主人扭头看那细白手的主人，不知道说什么，半晌才道："女郎好神力。"

第二日，见到周祈从马上卸粮食的唐伯也惊着了："小娘子家，快放下，快放下！"

但罗启和霍英两个小子都去别人家送百谷青囊了，唐伯回头看见刚走出屋门的谢庸："让大郎来搬！"

周祈正要搬那麻袋，听了这话，停下手，似笑非笑地看向一身青衫、萧萧肃肃的谢少卿。

唐伯不见外地自拿了那布、那酒，让周祈拿着腊肉和腊鹅：“粮食让阿郎搬。我今早买了些极好的蜜饯果子，配着清茶吃最好，将军尝尝。”

周祈嘴上答应着，手里拿着腊肉和腊鹅，却不进屋，只笑眯眯地看着谢庸。

谢庸看她一眼，把手里拿的箫管插在腰带里，走过去抓起麻袋头脚，搬去东院厨间。

周祈有些惊诧地笑了。想不到我们谢少卿拿笔抚琴的手也是能干活的，关键是步子也不显得拖沓沉重……

谢庸、周祈都净过手，在堂中坐下。

堂中案下放着一个打开的箱子，里面是些笛子、扇子之类，案上则摆着个盒子，盒中是一把红牙银镂尺。周祈知道，一定是宫使来过了，赐下应节的镂牙尺，想来这是正要收进箱子。

每年中和节，宫里都赐给信重的亲贵大臣各色雕金镂银的尺子，尺乃“度量钧衡”之器，希望臣子们能权衡利弊，廉洁奉公。

许干支卫是皇帝私家禁卫，不算朝臣，各支长从没得过这东西，周祈也对它没什么兴趣——又不能拿来打架……

周祈感兴趣的是旁的：“少卿会吹箫？”

谢庸“嗯”一声，用软布擦擦那箫，犹豫了一下，到底没把它放进箱子。

周祈却没如常人一般顺着话头儿请谢少卿吹一曲，而是叹息道：“那《南北迷案》里，陈生凭箫音辨出凶手，真是厉害。像我这种唱个小曲都跑调儿的，这辈子是没那本事了。”周祈又道，“这陈生虽有些酸腐气，讲的笑话也不好笑，人倒是不错，若他是个真人——”

“是个真人怎么样啊？”崔熠走进来。

周祈笑道：“若他是个真人，我就跟他混了啊。那般缜密，又见多识广、见微知著的，什么凶犯逮不着？”

崔熠笑，还当她要说，若那陈生是个真人，自己就嫁给他呢。你别

说，阿周若找个陈生那样的……兴许还真行。

崔熠坐下，谢庸给他倒一碗饮子，自己也端起杯盏喝一口，淡淡地问：“那传奇里的陈生极是酸腐吗？讲的笑话也不好笑？”

“酸腐，酸腐得很！”周祈道。

“不好笑，一点儿都不好笑，全不知风趣诙谐为何物。”崔熠笑道，“他又好时不常‘风趣’一句，著者还为他遮羞，动不动就‘满座捧腹’，哈哈哈哈哈……这倒是挺逗的。”

周祈跟着一起哈哈哈：“这事儿其实不怪‘陈生’，笑话不好笑，是因为那著者就不是个诙谐的。”崔熠深以为然。

谢庸不再说什么，只默默地喝饮子。

崔熠却突然又笑道：“那著者也不是全不知诙谐为何物的。这下卷里新加的那个江湖中人就有意思得紧。又爱吃，又爱玩，全没半分正经，跑到皇宫大内，猫在膳房梁上偷东西吃，又装什么狐大仙，惹得庖厨仆役跪拜……”周祈又哈哈哈地笑。

崔熠看她：“你别说，我觉得这原六郎跟你有些像，只是比你还要胆大包天些。”

周祈不以为忤，嘿，我要是有他的本事，比他还能闹腾。如多数武人一样，周祈心里也有个侠客梦，一剑一马一囊酒，江湖独行，任侠尚义……

“从腊月就忙，正月也没得闲，终于放个假。下午你们去做什么？”崔熠吃着唐伯为周祈准备的蜜饯问。

“没事儿，或许去西市逛逛，一起吧？不知道胡商们弄没弄些好玩意儿来。”就如崔熠说的，从腊月就忙，年前的腊赐，年后的岁俸，还有正月的月俸，都积着呢，周祈这受穷等不到天黑的，着实有些烧得慌，就想着得出去买买买。

“你上回说的那匹白马不知道还在不在。”周祈道。

崔熠笑道：“俩月了，马毛儿都没有了。”

周祈摆手，罢了，与那马没缘分！

崔熠又问谢庸去不去。

“午后约了曲公看开化坊的宅子。”

这曲公就是上回周祈说的左拾遗曲泽，老叟今年致仕了，要合家返乡，宅子自然是要卖的。

这么些日子都没信儿，周祈以为是谢庸没看上，或者那宅子已经卖他了，原来这会儿才去看。周祈看一眼谢庸，他不愿年节间与人说买卖屋舍的事儿，直拖到进了二月，想来一则怕人忌讳，再则也是怕老叟伤感，毕竟在京里一住半辈子，这一去，估计就不会回来了。谢少卿偶尔还挺体贴……

崔熠是爱扎堆儿的：“开化坊？正好，我和阿周可以先顺路陪你去看看宅子，再去逛西市。”

崔熠极是不见外地要求：“老谢，你一定要买个稍微大些的。这样晚间在你这里吃了饭，我就住下不走了。”

唐伯带着罗启他们把饭菜端进来，笑道：“若是晚了，崔郎君与我家阿郎住在一起就是。”

“话又说回来，不住一坊，就是不方便。这阵子周将军伤了脚，都没法照应。”唐伯看看周祈，“我看周将军比前阵子又瘦了。”

周祈捏捏自己的下巴，极违心地点头：“好在有唐伯你每日送吃的，不然得更瘦。”

看看她明显比前阵子圆润了的脸，崔熠笑起来。谢庸亦看她一眼，再看看唐伯，没说什么。

“周将军赶紧尝尝这鳜鱼，又肥又嫩，还补身子。”唐伯殷勤地劝周祈。

“还有这手把羊肉，你看看火候合适不?

“一会儿还有菌子老鸡汤，周将军一定要喝一碗，崔郎君，还有我们阿郎也要喝。听说这个补脑子，你们每日忙公务，喝这个最合适。”

如每次来谢家一样，周祈又吃撑了。

崔熠没骑马，周祈便也干脆把马留在谢家，几人步行走去开化坊，全当溜食儿了。

开化坊不大，位置却很好，就在朱雀大街边儿上，离皇城极近，离东、西两市也不远。

曲公家的宅子在开化坊的东南角，外墙虽有些旧，但看着整整肃肃的，又能看见墙内一片竹影。屋如其人，从外面，大致就能看出主人家的秉性来。

拾遗是谏官，谏官大多刚正，曲公又是这谏官里最刚正的，每旬一小谏，每月一大谏，好在如今皇帝精力不济，脾气也收了很多，不然便是有不杀谏官的惯例保着，只怕这老翁也不能顺顺当当到致仕。

门上老仆去回报，不大会儿工夫，曲公亲自迎了出来。老翁身材魁梧，浓眉大眼，面容很是严肃，一套圆领袍也穿得板板正正的，见了谢庸、崔熠、周祈，上前正经行官礼。

谢庸赶忙架住，又回礼，笑道：“又非公事，私宅之内，老翁请勿多礼。”

曲公却摇头道：“礼不可废。”

谢庸微笑，没说什么。

周祈难得见谢少卿这么正经的人被人教导“礼不可废”，觉得很是新鲜。又猜这曲公的宅子里面不会什么都是板板正正的吧？方照壁，笔直甬路，两侧房屋、景致一模一样，就连花草树木都修剪得整整齐齐的？

然而并不像周祈想的那样，事实上，这宅子既雅致，又有趣。

前院有竹，粗细相间，竹影婆娑；正房窗前有梅，枝干横斜，古雅朴拙；墙角一蓬一蓬的迎春花伸到小径上，花儿嫩黄嫩黄的，开得正好。后园有几株桃树、杏树，又有一个只几尺见方的小水池，几尾半大不小的红鲤鱼在里面游着。周祈随手扔进去几片草叶子，鱼都傻乎乎地去叼。水池旁边还有石案、石榻，可看书下棋、坐卧休憩。

屋子都是一色的瓦屋白墙木牖纸窗，檐下窗上还贴着元正时的红纸华胜。

谢庸微笑道：“某若也能在这宅中致仕，就是上天眷顾了。”

知他说的是真心话，曲公严肃的脸上露出笑容来。

双方卖屋买屋极是利落。因之前便知道价钱，这个小三进的院子，九十万钱，说贵不贵，说便宜也不便宜，走的是市价，谢庸不还价，曲公也不因上官是买主而减钱，双方干干脆脆地写了私契，谢庸便让曲家奴仆随自己去拿钱，等明日办了公契，这买卖也便成了。

谢庸要忙这个，崔熠和周祈就不跟着添乱了。两人出门往西走，去逛西市。

没走几步，来到邻宅门前，只见门旁贴了张纸，上书两个大字“售屋”，左边是行书写的诗：“老屋三十载，石阶绿生苔。顶角时漏雨，纸窗风自来。莫嫌屋居陋，桃李灼灼开。索价六十万，一二略可裁。劝君勿复议，复议亦不卖。苏州梨花酒，不足二十抬。”格律用典皆不讲究，句句宛若口语，一看便是戏题。

崔熠和周祈都笑起来。

崔熠问：“这便是你上回说的那个四门博士的宅子？”

周祈也只是听手下人说的，并不曾亲来，但想来是的。

“老叟倒是我道中人。买卖东西都用值多少酒衡量。”周祈笑道。苏州梨花白是名酒，又从江南远道运来，在京里每斗要十五贯钱。酒肆的所谓“一抬”，便是两斗，正好三万。这宅子可不就值二十抬梨花白吗?

“还道这些教书的老叟都是迂腐的，谁知这般有趣。”崔熠道。

不待周祈说什么，门“吱嘎”打开，走出一个老叟：“小子们说什么，我可听见了。”

老叟身材矮胖矮胖的，穿件交领宽身灰布夹袍子，头秃，稀疏的头发揪在头顶，脸圆圆的，两条长眉略往下耷，嘴角却有笑纹，显得很是喜兴——哪怕此时故意瞪着人。

周祈和崔熠笑着向老叟行礼道歉，称：“小子无知嘴欠，老翁莫要见怪。”

老叟是书斋里的官，并不认得他们，此时也不问他们身份，只问周祈：“女娃娃莫非也爱杯中物？”

看老叟有趣，周祈笑道：“算不得很爱，却有梨花白，在老梨树下埋三年了。”

梨花白这酒不只贵，在京中还不好买，只几家大酒肆有，又时常断货。其出窖时便已有十五载，再加上这三年，便是十八年的老酒。

四门博士冯公来了兴趣，想了想，笑问："可要买屋？我这屋若卖给有十八年梨花白的，还能再便宜些。"

崔熠哈哈大笑。

听说这冯公与隔壁曲公朋友相得几十载，时常歌诗唱和什么的，并称"冯曲"，如今又一起致仕、一同返乡，这脾气如此南辕北辙的两个人是怎么"相亲相爱"大半辈子的？

对此二公，周祈颇觉有些神奇。

崔熠却在旁边撺掇她："老翁如此说，你就买了吧。你在外面有个窝儿，多方便。免得每次回去晚了，都得住旅社。"

崔熠打蛇很会打七寸："关键，上老谢那儿蹭饭多方便啊。他们家的炖羊肉、蒸鲈鱼、八宝鸭子、烧子鹅……"

崔熠说得自己都想买了："要不是我不好在外面住，哪轮得到你……"崔熠是千顷地里一根独苗，其祖母寿康长公主的心头肉，如何也不能另院别居。

听崔熠报菜名的时候，周祈就已经动摇了，嘴上却还要矜持："这不好吧？"

"怎么不好？"崔熠睁大眼，"以后一块儿忙的时候多着呢，你们住得近，我让人来送信儿都方便些。"

周祈抿抿嘴，看崔熠，希望他还能找到个稍微更像话一点儿的借口。

崔熠看她，眼中明明白白的"我已经尽力了"。其实吧，就直说为了蹭饭，又怎么的？那传奇里的原六郎还为了吃正宗的手把羊肉，跑到安北都护府住了三年呢。

冯公招呼周祈："买不买的，进来看看！"又铁口直断，"我看你这女娃娃，与这宅子有缘。"

东市算命卜卦一条街占中间位子的周道长无奈地笑了。

这宅子比隔壁曲公的小一些，是个大两进，也不似隔壁住了一大家子，这里只住了冯公老夫妇并三四个奴仆，故而显得很宽敞。

萧索也是有些萧索的。老叟诗里“丑话说到了前头”，周祈却觉得，这屋子远没有他说的那么糟。屋檐上的瓦是有些破了，但补一补也就是了；窗子是有些关不严实，也不是大毛病，兴庆宫干支卫驻所的窗户就没有不漏风的；至于因为人少懒于打扫，壁阴台阶生绿苔——这叫事儿吗？青苔多么苍绿可爱。

周祈又尤其爱这院中几株桃树、杏树：“老翁，这是蟠桃，还是蜜桃？”

“有蟠桃，也有蜜桃，都甜得很。隔壁老曲家院子里的桃树就是从这儿移走的，结出来的果子味儿就差一些，大约是水土异也。”冯公有些得意地道。

周祈这会儿也觉得自己与这宅子八字甚合了，行了，就是它了！周祈拍板定下。

冯公定要卖她五十五万，但需饶两坛梨花白。周祈一共就藏了两坛，颇有些舍不得，又算算自己的腊赐加年俸加月俸：“不瞒老翁说，我的钱够六十万……”

冯公开始吹胡子瞪眼。

周祈“扑哧”笑了：“多大点儿事儿，送老翁一坛就是了。我算着，老翁与那坛梨花白也有缘！”

冯公立刻眉开眼笑，让周祈随他进屋写书契。

进了书房，见到四壁满架子的书，周祈才真正意识到，面前逗趣的老翁其实是个饱学的大儒。

“不白要你的酒，我也送你些东西吧。吾家家贫，没旁的，倒是有些珍本善本，你挑上两册吧。”冯公笑道。

周祈赶忙摆手：“不瞒老翁说，某一看书就睡觉，小时候被老师打过多少回手心儿。平生能读得进去的，就是传奇。”

老翁看看这不学无术的，皱皱眉，思索片刻：“罢了，便宜你小子。”说着弯腰，从榻下拉出一个小箱子，打开箱盖——

看着那最上面的两卷《侠客宋九娘传》，周祈的眼睛冒光：“莫非

是全本？”老翁点头。

这《侠客宋九娘传》是前朝的书了，周祈只见过残篇，没想到在这里看到了全本……

崔熠也满脸笑，不单因为又有好看的传奇可看，也因为想着以后在老谢那儿吃完饭，再来周祈这儿打打牌，下下棋，看看书，鬼扯一番，哎哟，啧啧……

二月二十休沐日，又是个适宜搬家移徙婚嫁开张的好日子。曲公早已带着家人回去故里，罗启他们也来这新居打扫收拾过，又陆陆续续搬过来好些东西，二十日这天，谢家人便把铺盖和日用也搬了过来，退了崇仁坊的房子。又收拾了半日，新家也便有了模样儿。

看看日色将暮，谢庸对唐伯道：“今日晚了，又累，莫做饭了，我出去找食肆买些饭菜回来。”说着便走出门去。

走不多远，谢庸停住。他看到一个熟悉的身影从邻家推门走出来，手里还拿着个陶罐。

周祈也怔一下，啊？难道谢少卿他们已经搬过来了？没听见动静呢。

谢庸看着她。

周祈眯眼笑道：“真是人生何处不相逢啊，谢少卿。”

“莫不是去买菜买饭？”如所有热心邻居一般，周祈介绍，“这坊里，美味斋的酒菜好；佟家老店的汤饼胡饼素饼各种饼有名；赵家粥铺的粥是一绝，尤其瘦肉粥最好吃，不过他家不能堂食，你得自带家伙去买。”说着，周祈抬抬她的罐子。

谢庸：“多谢。”

周祈觉得，得知有自己这么个新邻居，谢少卿好像有点儿太“惊喜”了。

“买十个胡饼应该够吃了吧？还有菜和粥呢。”周祈问。

谢庸点头。

周祈从钱袋里拿钱，佟家老店的老叟把饼用蒲叶包了，又用细麻绳一捆，递给谢庸。谢庸接了拎着。

往前走几步是卖炸货的小摊子。

“来一斤炸蚕豆！”周祈招呼卖炸货的，又扭头对谢庸说，“炸蚕豆又香又酥，下酒顶好。我认得一个老书生，用一把炸蚕豆，能喝一角酒。”

谢庸点头。

周祈看看大盘子里的鱼和肉：“你这炸小鲫鱼还有炸肉圆子还酥吗？”

卖炸货的笑道：“刚出锅的，小娘子不信，尝尝就是了。”说着拿个空盘，用炸东西的铁箸子各夹了一个肉圆和一条小鲫鱼放进去。

周祈接过盘子，让谢庸尝。

谢庸摇头。

周祈伸出拇指和食指拿起那肉圆子，咬开，禁不住在嘴里翻个儿，又哈哈地吹气，这圆子里面还烫呢。

谢庸低头，又扭头看向别处。

周祈到底把那圆子咽了下去，吐一下舌头，挺好吃的，外酥里嫩：“刚炸的这点儿都要了吧。”

周祈又吃那小鲫鱼，想不到鱼比肉圆子还好吃，刺儿都炸酥了，却还留着鱼鲜味儿：“这个也要！”

“好嘞！”卖炸货的用荷叶把肉圆、炸鱼、蚕豆包了，也都递给谢庸。

周祈接着满大街地“收割”吃食，谢庸只默默拿着越来越多的东西跟着。

经过一个只有一只大罐子的小摊儿，周祈又停住脚：“你爱吃辣的，我们买些方娘子的卤鸭脖、卤鸡脚、鸡翅膀吧。先炸后卤，加了花椒和茱萸，特别够味儿！”

守摊子的娘子是个爱说话的，与周祈打招呼：“小娘子又来照顾买卖了。”又看谢庸，“哟，郎君陪着娘子一块儿来买菜，真是体贴。娘子好福气！为了这好福气，也要给小娘子挑两块最好的肉。小娘子看，这两只鸡翅膀怎么样？”

周祈为了那两只格外肥硕的鸡翅膀，便没否认这“好福气”的话，反而笑眯眯地道：“多挑几个，鸭脖、鸭头也要。”

谢庸抿抿嘴，没说什么。

一路走到“美味斋”，周祈很豪气地点了蒸鲈鱼、烤羊腿、烧鹅、烧蹄髈、海味烩菘菜、酿豆腐之类店里的招牌菜——然后付账的时候便发现钱袋里的钱不够了。

店主人赔笑。

周祈不好意思地看看谢庸。

谢庸默默地把自己的钱袋递上。

周祈不见外地接过，对店主人笑道：“那就再加几只腌螃蟹，要大个儿的。”

店主人满脸笑：“小娘子真是行家！本店的腌蟹都是正经的广陵蟹，膏满肉肥。”

这“广陵”来的螃蟹，帮谢庸的钱袋减了不少重。

周祈嘱咐店主人尽快做好送过来，便与谢庸出了酒肆。

周祈道：“酒就不用买了，我那里还有一坛十八年的梨花白，若不是冯公说起，我都忘了。我送给那老叟一坛，这一坛这回正好拿出来喝。”其实周祈刚才就有点儿纳罕，明明只是领着谢少卿告诉他这坊里的买卖吃食，怎么就变成一块儿吃饭了呢？

想想自己空了的钱袋儿，周祈觉得，这大概就是所谓的“古道热肠”吧？不过话又说回来，吃了谢少卿家那么些好东西，他新搬来，是应该给他温居。关键，这梨花白是应该请唐伯一道儿喝。

周祈到底绕到佟家老店买了一罐子清清淡淡的杂米粥，晚间吃这么些肉，正合喝这个清口。

周祈拎着粥，谢庸拎着街头买的各样吃食，一块儿往回走。

正是日暮时分，刚关坊门，坊里还很热闹，有骑马挑担的，在关门最后一刻赶了回来；有三五一群士子打扮的，约莫是一道去喝酒；有老叟负着手在街上闲逛，估计是已经吃过暮食的；也有像谢庸和周祈一样拎着吃食往家走的。

谢庸看看前面不远处的小夫妻，郎君手里也拿着蒲叶包的饼，另一只手拎着一坛酱菜，一条鲜鱼；旁边的小娘子，领着一个四五岁的小童。夫妻两个一边走，一边说话。那郎君不知说了句什么，娘子娇嗔地拧郎君胳膊。

谢庸别开眼。

周祈却被别的占住了眼。她指指右手边儿的书肆："这书肆在外面看门脸儿小，里面挺宽敞，书也新，也齐全，不比东市、西市的书肆差。"

谢庸扭头看，那书肆门口立着牌子，上书："历年考题、经文注疏、各家法帖、名流诗集、最新传奇。"

恰那店伙计还在门口儿招徕："最新的传奇，《隐娘幽梦》《昆仑三侠传》《鬼灯桃花面》《狐三娘》，卖完无补，卖完无补啊。"

周祈脚步便有些踌躇。

谢庸正色道："倒确实没来过这家书肆，一起去看看吧。"

周祈弯起眼睛。

谢庸往里面去，周祈只站在门口看摆在最外面那些传奇。

周祈先拿那本《昆仑三侠传》，展开略看一下，说的是侠客们行侠仗义的事儿，很合周祈的心意，周祈把这本夹在腋下，又看《鬼灯桃花面》，没想到更好！说的都是各种怪闻奇谈，神神鬼鬼的，周祈最爱这种。周祈兴趣越发浓起来，又拿起那本《狐三娘》，随意展开："那狐三娘最通采补之道，饶这赵生年轻力壮……"

哦呵！采补……

谢庸走过来："挑好了吗？"

周祈若无其事地把《狐三娘》卷好："挑好了，就这几本吧。你呢？"

谢庸道："一时没看见什么很想看的，天晚了，改日再来吧。"

那多不好意思啊……周祈掏出谢庸的钱袋付了钱，拎着粥罐子，拿着三本书走在谢庸身边，笑嘻嘻地问："谢少卿刚才该不会是看我想买传奇，又怕我不好意思，才说去书肆的吧？"

“不是。”谢庸硬邦邦地道。

周祈觉得也不是，不过，去一趟，人家没买，自己倒买了，关键花的是人家的钱……

“其实传奇挺有意思的，可惜你不爱看。”不然一块儿看，你这钱也花得值些。

以为他不会说什么，没想到过了片刻，谢少卿道：“若有诙谐有趣的，也可以看看。”

周祈歪头看他。

谢庸清清嗓子：“公务之余，看两眼以自娱。”

周祈懂了，归到大理寺的都是些杀人放火的凶案，成天看的、听的都是这个，长了心里肯定压抑，就需要点逗乐子的松快松快，很应该啊！

周祈道：“这几卷都不行，我那里有本极逗趣的《笑语集》，看了能笑得在床榻上打滚儿，回头拿给你看。”

谢庸点头道谢，竟又问了一句：“今日你买的什么？”

“一些新传奇。估计都是今科士子写的，每年这时候都有好些新传奇卖。今天买的三本有一本是侠客行侠仗义的，还有一本鬼怪奇谈，还有一本是狐仙——”周祈停住。

谢庸看她。

周祈对他点下头：“一个狐仙与十七个郎君的故事。”

谢庸转过脸去。

周祈笑了：“你自己非要问的。”说着当先迈步拐进小曲，笑嘻嘻地往家门走。她拿着传奇的手负在后面，用书卷轻轻敲打着后背，谢庸又想起她那有节有毛、雕金镂银的“尾巴”来。

想到尾巴，突然又想起她刚才说的“一个狐仙与十七个郎君”，谢庸的唇抿得越发紧了。

前面家门处，唐伯的声音：“哎呀，周将军！快进来，快进来！”声音里满满都是惊喜。

“周将军！”罗启的大嗓门。

“周将军。”霍英小一些的声音，语气中也满是笑意。

“喵——”

“哎哟，我的胐胐，想我没有？”

谢庸站在家门口，听着家里的动静，笑了。

第四章 风流子

早晨，微微春雪。

崇仁坊青云行馆之松韵园内，一个奴仆模样的走到门上挂“风寂琴清”的院子前，推门，未开。奴仆微皱眉，“啪啪”地拍门：“史郎君——史郎君——”拍了一阵子，院内依旧没有动静。

倒是不远处另一个院子里走出人来：“纲纪此来，莫不是有什么事儿？”

奴仆施礼，笑道：“也正要去找吕郎君。明日就是礼部试了，我家阿郎不放心，要嘱咐几位郎君几句，又午间略备薄酒，算是提前为诸位郎君庆功。”

吕郎君赶忙施礼：“潘别驾对某等关怀若此，某等不胜感激。不知别驾用过朝食没有，某什么时候去方便？”

奴仆笑道：“正用着朝食呢。从早起就念叨着郎君们，又怕郎君们晚间用功起不来，不让奴早来。”吕郎君又说了几句感恩不尽的话。

奴仆一笑，又诧异：“怎么史郎君还没开门？”然后脸上的笑变得暧昧起来，“莫不会一开门儿走出个小娘子来吧？我们史郎君啊，什么都好，就是风流了些。”

吕郎君一双浓眉皱起，方正的脸沉下来。

奴仆知道他素来与史端不大合得来，忙道：“郎君且忙着，某再去叫来。”

吕郎君却跟着潘别驾的奴仆一起走到“风寂琴清”院子前帮着拍起门来：“庄之——庄之——”

这松韵园不大，里面为了风雅种了些花木，放了些假山石块，路虽曲曲折折的，其实几个小院离得颇近，他们一通喊，把另两个院子的住客喊了出来，又从园外走来两个行馆的奴仆。

所有人都站在门前，潘别驾的奴仆又拍了几下门，依旧没有人应。奴仆道：“不应该啊，这都到辰时了。要不，我过会儿再来？”

方脸浓眉的吕郎君看看众人，沉声道：“撞开吧。”

潘别驾的奴仆有些犹豫，尴尬地一笑，不说什么。一个眉清目秀的士子沉吟了片刻，点点头。

另一个身材瘦小的士子露出无可无不可的神色。

既然郎君们都同意，奴仆们还说什么？另两个行馆的奴仆甚至露出些跃跃欲试的神色，嘴角又都带着些暧昧的笑意。

行馆的柳木门不扛撞，三五下，也就撞开了。踏着院中薄雪，众人走进去。

“史郎君——我们进去啦？”潘别驾的奴仆喊道，却并不见应声。

姓吕的士子当先推开屋门，其余人随后，经过正堂，拐进卧房。虽掩着窗帘，屋里倒也能隐约看清。

“庄之——”

“啊——死人啦——”

“快去报告阿郎——”

干支卫在崇仁坊的人和崔熠的侍从的卢是一前一后到的兴庆宫。

周祈最近过得颇舒泰。自忙完了上元节的事儿，京里就消停下来，周祈又开始了她养老的日子。因为在开化坊买了宅子，她这老养得格外好。

每日晨间先在桃树下走两趟拳、练一回刀或是练一套剑，再慢悠悠地洗漱，洗漱完再去外面买吃的。

这开化坊里面有不少顺周祈口的东西。周祈挨个儿吃了一遍，有了心得，每日换着样儿地配搭着吃。

若今日是羊肉羹配烤胡饼，那明日就是黄豆浆配油炸捻头，再加上一个流油的咸鸭蛋，后日则吃醪糟桂花圆子，配着一两个红豆馅饼，大后日就吃大碗的豕肉卤子索饼，后面还有鲜掉舌头的鸡肉虾皮山菌三鲜馄饨，一咬流油的豕肉馅儿玉尖面，老远就能闻着香味的羊肉末炝锅馎饦，七天不重样是没有问题的。

等吃完了朝食，便或骑马，或溜达着去兴庆宫。

若无大事儿，在各坊值守的小子们每五日来兴庆宫一会，报上些张家郎君打娘子反被娘子捆了揍一顿，李家的狗吃了王家的鸡，两家为一只鸡打破了脑袋去医馆，两个嫖客争风吃醋在院子里大比武之类的事儿。

周祈也就是一听，她一贯律己甚宽，律别人也不严，谁家还没点儿小猫腻了？谁还不兴有点儿小脾气了？小打小闹的，不用管，也轮不着自己管——有族长乡老，有里正坊丁，动静儿再大些还有万年、长安两县呢。

小子们不来的日子，周祈就更自在了。跟陈小六等打打牌，看看传奇，偶尔也指点陈小六、赵参两下功夫，或者与段孟过过招儿，更偶尔也练练她那比狗爬好不了太多的字儿。

不过估计也就自在这两天了。等士子们考完试，他们就得疯玩儿一阵子，就连周祈这种无赖、崔熠这种纨绔，偶尔也得佩服这些士子玩出的花样儿，而这花样儿太多，就容易出事儿。等出了榜，就得防着寻短见的和破罐子破摔滋事的。

过两日的事儿过两日再想，看着外面的小雪花，周祈来了兴致，拎着剑走出去，在老梨树下舞了起来。

她练的是一套久不练的剑法。这套剑是当年苏师父教的头一套剑法，曰“屈子剑”，步法复杂，招式雅致，练起来好看得紧，而且每招还有个好听的名字——唯一不好的，就是打架不太实用。

周祈幼时比现在还要粗鲁些，不爱念书，不服管教，韩老妪也根本管不住她，活似个没主儿的野狗子，这套剑也硬生生让她练出两分野狗气，把苏师父气得够呛。

如今不知道是不是长大了，野狗气收敛了，又或许是终于懂了何谓“纫秋兰以为佩”，何谓“高翱翔之翼翼”了，白雪庭院中，一套剑行云流水地舞下来，鸦青色滚胭脂红锦边的袍子衣袂翻飞，竟然有了两分苏师父说的“君子美人气”。

陈小六在边儿上猛拍巴掌：“好，好看！跟花蝴蝶似的。”

周祈一点儿也不觉得手底下的兄弟说得粗，最后越发花哨地旋身收了剑，笑问：“果真吗？”

“真！比真金白银还要真！”

周祈笑了，她自己也觉得舞得不错。

那天一块儿守着抓药贩子时，周祈本来想把这套剑教给谢少卿的，他这种矫情文人，又不用打架，只为强身健体，舞这个正好。小崔是不行的，光这步法就能把他绕晕乎了，小崔跟自己一样，适合大开大合，上来就“哐哐哐”狠砸猛捅那种。

周祈正要回屋，干支卫守在崇仁坊的魏大郎跑了进来：“老大出事儿了！”

陈小六赶忙“呸呸”两声：“怎么是老大出事儿了？”

周祈却不忌讳：“怎么的？”

魏大郎还未说完，崔熠的侍从的卢就到了。周祈便带着陈小六、魏大郎与的卢一同出去。

这崇仁坊里有二十多个各州道设于京城的进奏院，又有许多的旅社行馆，此时住满了朝正未走的官员和赶考士子。

青云行馆是个半官半私的行馆，离江南东道的进奏院很近，也归这进奏院管，冬春主要接待江南东道诸州的官员和士子，待考完了试，送走了朝正的，士子们也跟着回乡了，留在京城的不管考中没考中都不能再免费住这里，这行馆就可以接待些旁的客人。

松韵园是青云行馆的一个大院子，像这样的院子，青云行馆有八个，现下住了江南东道润、常、建、泉四州的官员和士子，官员独居，士子合住，这松韵园住的是建州士子。

一边走，魏大郎和的卢一边低声跟周祈说："松韵园里套着四个小院，因建州士子来的不多，他们都是单住，这死的史端住在正中间那个小院。"

"听说院子门是撞开的。"

"我还听说这史端是个风流的，常混在平康坊东回三曲……"

周祈到了这挂"风寂琴清"匾额的院子，崔熠与建州别驾潘明德正站在院中说话。

"阿周！来，来。"崔熠招呼她。

崔熠又与他们介绍，潘别驾听说面前年轻俊美的女郎竟然是禁卫中的将军，不免有些诧异，但皇家的事儿，不合礼的多了，潘别驾早已学会与世道妥协，当下掩住惊讶，改而恭谨地叉手行礼——周祈为正五品上的羽林郎将，潘别驾是下州别驾，为从五品上，中间差了两级。

周祈也对这位潘别驾回个礼，带着些皇帝禁卫的傲气和五陵年少的痞气。

崔熠道："刚才潘别驾正与我说这死者的事儿，这位史生若是不死，或许也是朝廷栋梁。"

潘别驾点头叹气："这回随某来的四个本州贡举中，以此生资质最高，说声才华横溢一点儿也不为过。其实他去岁就该及第的，只是去岁礼部试时，他恰好病了，未及考试，今年却又如此……"

周祈若有所思地点头："走吧，先去看看尸首。"

潘别驾头前引路，崔熠与周祈并排走："我刚才看过，颜面青紫，没有明显伤痕。"周祈点点头。

这屋子窗帘半掩，不甚明朗，屋里又有股子宿醉的酒气。

尸首仰面躺在床上，除面色青紫外，与睡着无异，衣服虽有许多褶皱，穿得却还整齐。

“这尸首有人动过吗？”周祈问。

潘别驾道：“众人撞门进来便是这样的。”

周祈看他一眼，上前扒开死者眼睑看一看，再查看其口唇，又略解衣衫仔细看其脖颈，然后翻动尸体，本要看其血坠的，却一眼扫见淡青色褥子上的痕迹。

周祈扒开领子看看尸首后背的血坠，又给他掩上。

“潘别驾刚才所言怕是不实吧？”周祈冷笑道。

潘别驾面上一紧，随即显出些怒色：“周将军指责下官说话不实，可有真凭实据？”

崔熠见他对周祈不敬，先瞪他一眼。

“这屋里半掩窗帘，床上被褥散乱，死者却老老实实地穿着衣服笔挺躺着；死者头发蓬乱，绾的髻却结实；衣袍都皱巴成这德行了，却穿得整整齐齐的——最特别的，这床褥上的白色斑污又是怎么回事？”周祈长眉挑起，看着潘别驾，“都是男人，这个不用我说吧？”

潘别驾面色大变。

崔熠走去尸首旁查看。

屋外传来脚步声，谢庸和大理寺仵作吴怀仁走进来。

吴怀仁虽是胖子，却是个灵活的胖子，快步上前给崔熠、周祈行礼，顺便也给那位倒霉的别驾行个礼，然后便去验尸，周祈、崔熠给他挪地方。

谢庸也近前看看尸首，又打量打量这屋子，扭头对潘别驾道：“别驾当知道，这尸首、这屋子都是会说话的。”

崔熠亦怒斥：“还不实话实说？”

潘别驾慢慢跪在地上，腰也塌了，刚才脸上的怒色也不见了：“下官，下官也是为大局着想。他们撞门进来，见这史端赤身裸体死在床上，身上又无伤痕，这传扬出去，不知会被说成什么样，不但于史生自

已名声有碍，于建州士子名声有碍，便是对整个士林名声亦是不好，如今多少人都说‘进士浮薄’……”

不待谢庸、周祈说什么，崔熠先被气笑了：“故而你就让人给他穿好衣服、重绑了头发，做出这样假象来？你不怕这史端死不瞑目，半夜去找你？”

潘别驾却又梗起脖子：“这院门在里面插着，墙又这般高，断无外人进来的可能。这史端惯常是个风流的，他身上全无伤痕，赤身裸体，身下又有脏污，能是怎么死的？想来是——自渎纵欲过度而死，倒也没什么死不瞑目的……”

崔熠冷哼：“你怎么知道这院墙没人能进来？旁人不说，就周将军，进来不费吹灰之力。”说着极自豪地看看周祈。

周祈微皱眉，一时觉得有点儿别扭，一时又觉得能跳得这般高墙确也是个值得自豪的事儿。周祈又扭头看谢庸。

谢庸对周祈、崔熠的话恍若不闻，只是看着潘别驾：“潘别驾外任亲民官这么久，不知道断案切忌武断预判吗？”

潘别驾抬头，对上谢庸清冷的目光，又低下头：“下官，下官……”

吴怀仁已经初步验看完了尸首，挺着颤巍巍的肚子站起来，喘口气，叉手而立。

潘别驾还有点儿眼色，赶忙退出去。

吴怀仁道：“亡者面色青紫，眼膜有血色，血坠暗紫，有窒息而死之特征；但其脖颈未见扼痕、勒痕，口唇内无伤，并不是被扼死、勒死或捂死的；其四肢、躯干亦无伤痕，再结合身下精斑看——确实像脱症而亡。”

“这脱症而亡者，有不少是从前便有心疾的，再有就是用药无度，除了那专门助兴之药，还有五行散等丹药……”吴怀仁停住嘴。

本朝人秉承魏晋遗风，不只道士们，达官显贵士大夫也多有好丹药者。

吴怀仁是个谨慎之人，知道在座几位都懂，便点到为止，改说其他：“据其血坠推测，死者大概亡故于昨晚亥时许，最晚不超过子时。

死者口中有酒气，不知是暮食喝过酒，还是果真服了什么药，用酒做引，催其药性。其口中有少许上呕之物，我用银针探过，未曾变色。心疾及其他多种疾病发作，都常伴有或严重或轻微的上呕。”

崔熠问：“可用剖尸吗？”

“剖尸，这心疾和用药，许能验出来，许也验不出来。下官从前说过，患心疾者，其心脏格外肥大的能验出。至于药，若那药本身毒性甚大，便能验出来；若是助兴之药，怕是验不出来。”

禀告完了，吴怀仁便垂手而立，等候示下。

此案虽报到了京兆府，但因死者是建州贡举，郑府尹又是个能推出去就推出去的，当下便将其直接移交到了大理寺。

如此倒也便宜，谢庸让吴怀仁带着尸首先回大理寺，他与崔熠、周祈则留下接着探查。

吴怀仁领着衙差把尸首搬走，谢、崔、周三人又兵分两路，周祈在屋里搜查，谢庸和崔熠则去问询潘别驾。

潘别驾面色不太好，在院中恭立着，幞头和肩背上落了一层雪花。

谢庸神情已无刚才的冷冽，甚至带了些亲切：“劳别驾久候，这里杂乱，我看外面有小亭，我们去那里坐着说话吧。”

潘别驾面色微松，连忙道：“是。”

出了门，谢庸往不远处的假山亭子走：“明日就是礼部试了，这史生真是可惜啊。”

“是，史端是建州这几个贡举里才情最好的。”潘别驾道。因在屋里的事儿，潘别驾此时说话比开始对着崔熠和周祈时要拘束许多。

“听说是别驾的人先发现这史生出事儿的？”

潘别驾刚张嘴要解释，便听谢少卿道：“想来是明日要考试了，别驾惦记着，要叫他们来提点几句？”

潘别驾面上又一松：“是。”

“别驾对士子们很是关怀啊。”

潘别驾忙施礼：“这是下官的分内之事。”

谢庸微笑一下：“潘别驾对诸生这般关怀，一路从南边行来，又一

起在长安住了这么久，对他们的性情、秉性想来是熟的。潘别驾与某说说这史生吧。”

“这史生出身贫寒，听说幼年时靠族人救济才得读书，却委实有天分、有才情，只是性子放荡不羁了些，大约才子总是如此的。”

想到面前这位大理寺少卿年纪轻轻已经身居高位，看这周身气度，大概也是正经进士及第的“才子”，潘别驾面色一变，赶忙请罪。

谢庸笑着摆手：“无须如此。才子多风流，这本是实话。某虽进士及第，却不是什么才子，不过靠的死读书罢了。”

潘别驾赔笑，又恭维两句，气氛越发和缓下来。

谢庸、崔熠坐在亭中长木榻上，又请潘别驾坐，潘别驾道了谢，也在下首坐下。

“史生善古体歌行，用律不羁，用字却奇，奔放排奡，洒脱飘逸；另一位贡举吴清攸善近体绝句律诗，清新雅致，有六朝谢康公之遗风，都在本郡年轻人中有名声，小儿郎们戏称他们‘长史短吴’。”潘别驾接着说史端的事儿。

“想来二生也是极亲密的？”

“说不上极亲密，看着倒也不错。吴生乃建州郡望吴氏子弟，是个谦谦君子，脾气好，学问也好，我见过他们一块儿参加诗会，也见过他们唱和的诗。”

谢庸点头：“另外两位贡举士子呢？”

“另两个，一个叫吕直，一个叫焦宽，与史、吴二人不同，都考的是明经科。吕生脾气直爽，读书用功，焦生性子老实，不虚浮，是个实干的，都是好后生。”后面几个字，潘别驾说得格外郑重。

“今晨发现史生出事儿时，几位士子都在？”

“都在，他们住得这么近，哪有听不见的？”潘别驾觑着谢庸脸色道，“下官着意看过他们，并没有谁有异常，这几个士子着实都是好后生。”潘别驾又再行礼谢罪，“晨间是下官处置不妥了。”

谢庸微微点头，问起晨间发现史生亡故前后的细节，潘别驾一一作答。

“下官问过先进去的仆人，雪地上没有脚印。

“屋门未锁，只销了大门。

“未发现呕吐物，衣服扔在地上，床上也有。

“没有纸包纸袋、丸药的蜡皮之类。

“他们都是一起进去的，错后只遣两个仆从送信儿，未有单人在史生房里的时候。

“昨晚的事儿，下官还未来得及问。”

谢庸看看亭外雪松，扭头对潘别驾道：“这史生死因至今不明，若是剖尸，潘别驾为建州朝正官员，管理贡举事宜，怕是要请潘公代签剖尸文书。”

潘别驾脸上现出难色，迟疑半晌：“若少卿等以为有必要剖尸，下官自然依从，只是，只是……唉……回去若让史生家人知道闹起来，怕是不好收场。”

谢庸点点头：“我等于此事亦谨慎行之。”从来人们重死后尸身，本朝更是专门定了“残害死尸罪”，要“处减斗杀罪一等”，大理寺其实也是能不剖就不剖的。

听谢庸如此说，潘别驾面色松了一松。

谢庸看看崔熠，崔熠微摇头。谢庸站起身来：“如此，某等就不耽误潘别驾的工夫了。”

潘别驾赶忙站起来，施礼告退。

他们说话的工夫，那边周祈已经把史端住的三间屋子翻了个底儿掉。

这史生想来不是个家境好的，只一个旧箱子，里面放着几件旧衣服，日常所用之物也大多破旧，偏褥下压着几个极贵重精致的锦囊荷包和一方绣帕。荷包都是空的，周祈虽不懂刺绣，但看绣风，看配色，还是能分辨出这几个荷包当出自不同人之手，况且其香味亦有不同。

待展开那方粉白绣帕，周祈在心里“哟呵”一声，这上面印着梅红色口脂唇痕，旁边又题了李太白的两句诗：“长相思兮长相忆，短相思兮无穷极。早知如此绊人心，何如当初莫相识。”

香艳，香艳得紧啊。

用自己不高明的眼光把这绣帕与荷包对比对比，似又是另外一人。周祈闻闻那帕子上的口脂，香味几无，这帕子也稍有些旧了，许是这史端在建州临行时收到的。

送印有唇痕、眉痕的帕子给情郎，据说在京中妓子中颇风行，想不到建州也是如此——自然也不能排除是良家女子学妓子们的做派，送出此帕。京中女子风尚引领者，一个是宫眷们，即所谓“内家样”；一个便是名妓们，眉毛是宽是窄，口脂是紫是红，领口袖口，高髻低髻，一个不小心便影响了整个长安城的小娘子。

周祈又查看这史端的书案书架，这样一位才子，书却不多，且摆放整齐，周祈用手指抹一下书卷表面，一层薄灰，可见这位史生不是格外爱惜这些书，而是读得少。一样的不爱读书，人家就是才子，自己就是柴火；人家下笔如有神助，千言顷刻便成，自己写个年终奏表要吭哧吭哧写好些天，“数易其稿”“废寝忘食”，才算攒出来，这找谁说理去?

书架上又有一个糕饼盒子，打开看，有几封书信，并一些史端的诗赋旧作，参差错落地扔在里面。

书信没有什么特别的，都是远方朋友写来的，写的也是文人朋友间的家常话，且日期也不短了。

周祈又大略翻看那些诗赋，史端的字洒脱大方得很，又似格外钟爱行草，这些诗赋大多用行草写就，只有几篇颂圣、宴会及以“赋得”为首的应制之作是用楷书写的，即便是楷书，也能看出两分不羁来。

诗赋的内容颇杂，这些读书人，大概除了如厕，其余皆可入诗，但细看，还是能分出类别来，一类是游宴的，字里行间带着股子风流气；还有一类讽喻诗，看他把朝中某些朱紫大臣比成“虚耗”，周祈露出些无奈的笑来。

这“虚耗”是传说中穿红袍、长牛鼻子的恶鬼，最爱盗取东西，还能偷盗他人欢愉，使人忧愁焦虑。以前士子们最愤世嫉俗的也不过把朝中亲贵比喻成“硕鼠”，这史生还真是有想法。

挪动这糕饼盒子，又在这盒子下面发现几张精致的桃花笺，笺上几首小诗，有写落雪的，有回忆宴会的，还有一首咏梅诗，字迹秀丽婉约，署名都是“凝翠台主人”。这种笺子周祈在东市见过，或许可以去访一访这桃花笺诗的主人。

里里外外翻了一遍，周祈也没找到什么助兴丹药的痕迹及其他更多证物线索，便把那些锦囊香帕、桃花笺子都放在糕饼盒子里，等会儿连同书信、诗赋一块给谢庸、崔熠看，谢少卿是读书人，兴许能看出什么更多东西来。

正想着，他们便走了进来。

“如何？”崔熠先问。

周祈摇头：“不如何。只是有些感慨，人死了就没有秘密。若有一日我死了，阿崔你一定要早别人先到，把我的东西都烧了，我把那些传奇和刀剑都送你。”

谢庸面色不愉地看她一眼。

崔熠与周祈一样地浑不论：“说得就跟你有什么秘密一样，你最多也就是看两卷花花传奇罢了。”

周祈用手指指他，小看我，我还有春宫呢。她把那个糕饼盒子放在案上：“你们看看吧，物证都在此了。”

谢庸和崔熠凑近。

崔熠先拿起最上面的帕子：“哟，这是平康坊哪个娘子送的吧？”说着递给谢庸。

谢庸看一眼，又闻一下：“帕子有些旧了，口脂香气又极淡，应该不是平康坊的，许是路上得的，或者是在建州时有人送的。”

崔熠与周祈一对朋友所思所想总是一样：“原来建州妓子也爱弄这一套啊，我还当只京城妓子们爱送这个呢。”

“不知道别的地方，比如鄜州，花娘妓子们是不是这般。”周祈顺嘴道。

谢庸不说话，拿起那几个锦囊荷包看。

崔熠看周祈：“哎，我说阿周，你总试探老谢做什么？老谢是真正经。你们干支卫就这么不信任人吗？你从前还总说老谢跟嫌犯长得像……”

听崔熠这么说，才想起来谢庸从前是鄜州别驾，周祈赶忙解释：“我不是……”周祈也不知道自己怎么顺嘴说出的是鄜州，不是蒲州、商州、晋州什么的，刚才那话说得忒像小娘子呷醋。

谢庸不看她，只淡淡地道：“不知道鄜州妓子是不是也这般。”说着放下荷包，拿起那几张桃花笺。

周祈想不到谢少卿会给自己台阶，其实不用台阶，自己也能跳下来。周祈若无其事地道：“我在东市见过这花笺子，挺贵的。能用得起这样花笺的妓子当是南曲、中曲的，故而这凝翠台主人倒是好找。”

崔熠道：“找着这位，史端爱不爱吃药，也就知道了。”

“反正我是没在这屋里找到放药的纸包纸袋、药丸蜡皮或者盒子什么的。”周祈道，“况且，这史端吃穿住用看着不像个富家子弟，这些药都颇贵，他能买得起、配得起？不过他的钱袋儿里倒是有些钱。”

“他们是贡举，吃住不花钱。这史生在东南今科士子中有些名气，可卖字卖画。多有客居长安的商人求其本乡才俊之字画的，这大概与经商投钱类似，若该士子有一日发达了，这便是提前经营好的关系。他钱袋里的钱大概是由此来的。”谢庸道。

崔熠和周祈懂了，从来官商扯不清，却想不到士子们还没当官呢，就已经开始扯不清了。所以，这史端不一定没钱买药。

谢庸翻看那些诗赋。

有谢庸在，崔熠又是个看见字儿就困的，便不再看，只等他说。

“从字迹和诗赋上看，史生确实极有才情，性子风流不羁。除此之外，这几首讽喻诗都切中要害，用词又颇为尖刻，聪明人便是如此，说话喜欢一针见血，有的‘见血’还不行，还要‘见骨’，以彰显自己见识不凡，史生大约便是此类。一个有才气的、不羁的、说话偶尔尖刻的士子……”

谢庸想起潘别驾说的那位吴生来，士族子弟，好脾气的谦谦君子，才情亦不凡，与这位史端又同考进士科，这样两个人……

史端诗中又多有蔑视权贵之作，尤其爱讽刺无才能的尸位素餐者，那位潘别驾之才，能入得这位史生的眼吗？史生这样放纵的人平时会不会对潘别驾有不恭之举？那位别驾晨间所为，果真只是为了建州士子名声和自己官位才想一床大被盖住？

周祈道：“不只如此，我看他那正经书上都积了薄灰，这不是个靠用功读书读成的才子，纯是天赋过人。这种人最招人恨。想想，自己埋头苦读十几载，写的诗、作的文不如他这成天狎妓的好……”

崔熠深深点头：“果然可恨！”

两个狐朋狗友再次心有戚戚焉了。

戚戚焉完，崔熠也说出自己的疑惑：“我知道你们怎么想，怀疑那几个贡举呗。明天就是礼部试的日子，史生昨晚死了，这事确实蹊跷。可那门是从里面插着的，墙又那么高，关键他还是那样的死状……”

“我上墙看了，并没什么梯子、飞爪之类痕迹。”周祈道。

“就是。”崔熠突发奇想，“莫不是什么女采花大盗吧？能飞檐走壁那种，见这史生长得不错，便夜里翻墙进来……以致这史端虚脱而死。”

周祈“嘁”他：“你可拉倒吧。我就不该借你传奇看。还女采花大盗呢，你怎么不说是采补的狐仙？采花大盗……改日你都能写传奇去了。”

“你以为我写不了？就咱们办的这些案子，我写出来，不一定比那烟雨斋主人写的《南北迷案》差。”

在文墨这种事儿上，同样是个渣的周祈从来都维护崔熠，当下点头：“至少你写的人物说话肯定逗趣。”

崔熠笑着点头：“就是。而且我也不会两卷之间相隔数年！”

谢庸咳嗽一声。

周祈不明白他咳什么，大约是嫌自己和崔熠说着案情又胡扯了，便把话题又拉回来：“那潘别驾说什么了？”

崔熠与她简单说了。

周祈点点头：“咱们下一步做什么？让人去查这‘凝翠台主人’，

询问那几个贡举？可惜史端也没个奴仆，这些行馆又惯常是大撒手的，就连他昨日行踪都不好查。”周祈大致知道这些行馆，有公厨饭堂，有打扫院子的奴仆，各住客近身的事儿是不管的。不似小旅舍，店伙计送水送饭，什么都做。

“晨间我来时，行馆主人带着这松韵园的打扫奴仆在，都是一问三不知的。”崔熠道。

谢庸把东西都收回糕饼盒子，站起来：“让人去查查这‘凝翠台主人’的事儿，我们挨个儿探访这园中另几个小院的住客。”

崔熠和周祈都交代下去，京兆府和干支卫的人一明一暗地查，这“凝翠台主人”应该很快就会有消息。

三人走出史端住的院子，一起往南走。

路虽曲曲折折，其实离得颇近。这个院子比史生的院子稍偏一些，但看着似乎更大。这是吴清攸的住所。

吴清攸带着仆从迎出来。

这位吴生二十出头的年纪，相貌是南边人的秀雅，穿一袭半旧家常袍子，腰间悬着美玉，带着些旧族子弟特有的风姿。

听说面前的是大理寺少卿、京兆少尹和禁卫将军，吴清攸叉手行礼，请他们去堂上奉茶。

“吴郎君知道，吾等是为史生之事而来。”谢庸开门见山地道。

“是。”吴清攸垂着眼帘，面上带些悲意。

“听潘别驾说，吴郎君与史端时常一起歌诗唱和，称‘长史短吴’，想来是极好的朋友？”

“确实偶尔一起参加诗会，”吴清攸停顿一下，片刻方道，“确实是好友。”

谢庸看他一眼：“那想来对他行踪、癖好知之颇多了。吴郎君可知道昨日史端去了哪里，做了什么，特别是昨晚，他与什么人喝的酒？”

“昨天白日他去了哪里，某不得而知。昨晚是我们这些建州贡举一起吃的饭，因明日要考试了，便提前聚一聚。”

“哦？在哪里聚的？”

“便在这行馆西门对面的宋家酒肆。”

“何时散的？”

“大约戌末时散的。”

“然后便一起回来了？”

“是。”

谢庸点头：“这史生可有什么病症，比如心疾？”

吴清攸猛抬头看谢庸，脸上露出关切：“少卿以为庄之是心疾而亡？”

“还说不好，从死状上看，不无可能。”

吴清攸缓缓点头，轻呼一口气：“庄之身体还算康健，某不知他是否有心疾，也不知他是否有别的病症。”

“听说他去岁临考，也是病了，才缺考的？”

吴清攸张张嘴，片刻道：“去岁某尚在先祖父服期，于庄之缺考的事儿并不清楚。”

谢庸看着他。

吴清攸垂下眼帘。

谢庸再点头：“皆道史生风流，吴郎君可知道他在长安与哪个小娘子相熟？”

吴清攸摇头：“某说不上来。庄之风流倜傥，文采斐然，他的诗，平康坊的娘子们都爱传唱。”

“吴郎君亦善诗赋，想来大作在平康坊亦传唱甚广。”本朝士子多与妓子相交，并以自己的诗能被传唱为荣，甚至还有因此被达官显贵听到，欣赏其才气，而举荐得官的。

“拙作斧凿气太重。”吴清攸淡淡地道。

谢庸微笑道：“吴郎君莫要过谦，近体诗重格律对仗，与歌、行、吟等古体比，就显得不够朴率，倒也不能说斧凿匠气，诗体不同而已。”

吴清攸看看谢庸，施礼道谢。

“不知吴郎大作能否让某一观？”谢庸突然来了兴致，“某每日见

的都是案牍，久不行风雅之事，不看风雅之文，今日借吴郎大作，洗洗眼睛。”

吴清攸谦虚施礼，拿来自己的几篇近作，请谢庸指点。

此时士子考进士，要往达官显贵府上送由自己得意诗作辑成的行卷，一些达官显贵也爱提掖后进。谢庸若不是初到京城，估计府门也收到一堆行卷了。

谢庸点评了一篇小赋，又点评了两首诗，吴清攸便不似原先那般沉默疏远，脸上露出亲近敬服的神色，又主动问了谢庸几个问题，谢庸都答了。吴清攸施礼道谢。

“这首《赋得长安城东观梅》，我在史生那里也见过，想来是诗会一起作的？”

“是，腊月间在诗会上作的。”

“其余诸人的可抄录了？”

“抄录了。”吴清攸拿过另一卷诗来，呈给谢庸。

谢庸展开，头一首便是史端的。

评过了诗，谢庸便站起来，崔熠、周祈亦站起，吴清攸带着仆从相送。

一边往外走，谢庸一边问：“同园还住着一位吕生，一位焦生，听说都是考明经科的，吴郎君与他们相熟吗？史端与他们如何？”

“吕子耿直爽，焦济猛认真，大家同路而来，互相照应。”

吕直的院子在史端住处之北，两个院子离得很近，只隔着有七八棵树的小松林，绕行小径也不过三四十步。

谢庸等走近，发现院门上竟然挂了锁。三人对视一眼，这吕生不会也出事儿了吧？不然这种时候能去哪里？

三人往西走，又走大约五十步，便是焦生的住处。这里紧挨松韵园西门，出了这园门便是行馆西门，再出行馆西门，便是坊中街道了。

谢庸上前拍门，迎出来的是两个士子，一个身材高大，方脸浓眉，眉间有两道竖纹，一个身材瘦弱，细眉细眼，看着很是斯文，都穿着旧布绵袍。

见是一着深绯、一着浅绯襕袍的两位官员，两个士子赶忙行礼：“某吕直，某焦宽，见过几位贵人。”

谢庸和蔼地道：“某与崔少尹、周将军为史生之事而来，有几句话想问两位郎君。”

听周祈是位将军，二生并未表现出什么惊讶，只是又行礼，请谢庸三人去堂上坐。

谢庸坐在榻上，看着吕、焦二人：“两位郎君与史生系同乡士子，一路从南行来，又同住了这几个月，想来是熟悉的。这史端，生前有没有什么病症？”

吕直看一眼焦宽，答道：“某没听说他有什么病。”

焦宽亦道：“某亦不曾听说他有什么病症。”

“若不是身体不好，他去岁为何缺考呢？”谢庸诧异道。

吕直看看谢庸，闷声道：“并不是病了。某去岁也来考试，知道得清楚，他是头晚去狎妓，起晚了。”

周祈与崔熠互视一眼，都从对方眼中看到“嚯”字，这位比咱们俩还不靠谱呢。

谢庸也略有些无语，停顿片刻道：“果然是个不羁的风流才子。”

“这般不羁，今年还是贡举，想来贵府刺史和别驾是着实欣赏其才华了。”此时礼部试尚且不糊名，各州府试更是如此，头一年史端因这样荒唐的理由未能参加考试，第二年还能作为贡举再次进京，着实有些蹊跷。

吕直略显犹豫。

谢庸温言道：“但说无妨，我等也不过是为了查案问一句罢了。”

“本府赵使君确实极欣赏史庄之，曾言‘庄之类我’，又说‘史郎有魏晋遗风’。”

谢庸点点头，原来是刺史欣赏这史端。

谢庸看向一直没怎么说话的焦宽：“都说史端风流，焦郎君居于西门旁，或许见过与他来往的小娘子？”

焦宽有些尴尬地道：“见过几次，某认不大清，每次似乎都不一样。”

吕直道："某等考明经科的，与他们进士不同，靠的是死读书，不大去那种地方，故而不识。"

谢庸略感慨地道："二位既是同乡，又同考明经，若都及第，又是同年，这样的朋友，真好。吴郎与史端同考进士科，又都文采斐然，他们关系如何？"

"长行虽是士族子弟，脾气却不错，没那么些毛病。"吕直有些所答非所问，谢庸却听懂了。

又约略问了几句，谢庸便站起身道："我知道明经科士子都时间紧，哪怕临考，也是能多读一会儿是一会儿。就不打扰二位读书了。但明日就要考试了，今天莫要看书看得太晚，免得考场上没精神。"

吕直、焦宽都站起道谢。

看焦生起身时扶一下腰，谢庸又多关心一句："久坐便容易如此，起来动一动，气血活动开就好了。"

二生再次道谢，又一起送谢庸三人出来。

谢庸、崔熠、周祈往前略走几步，便出了这松韵园，跨过小路，推开一扇黑色木门，便来到街上。

那宋家酒肆就在街对面，是家不小的酒肆，快到饭点儿了，堂中已经坐了不少客人。

店内摆的都是胡式高脚大桌案，尤其堂中间摆的一张，约莫能坐二十个人，想来是为士子们聚会宴饮准备的。四周都是些可坐四人、六人的桌案。一架大六扇山水屏风摆在大案后，把大堂隔开，屏风上画的是曲江、雁塔、乐游原、终南山等长安内外景致，不是时下常见的青绿山水，而是水墨勾勒晕染的，摆在这堂中，一点儿都不显花哨闹腾。堂内又错落地摆了些花树盆景，早开的杏花粉嫩嫩地吐着蕊。粉壁上挂着两幅字画，角落架子上摆着瓶炉，虽是酒肆，却风雅得很，一看便是赚读书人钱的。

见三人走进来，跑堂的上来迎。因谢庸和崔熠穿的是官员常服，跑堂的格外殷勤。

来都来了，就在这里吃饭吧，三人找了屏风后靠墙的一张桌案坐下。

周祈晨间吃了不少，这会儿却又饿了，于是上来先点鱼肉，孜然羊肉是要的，茱萸辣嫩鸡也是要的，蒸豕肉也来一碗，那天在谢少卿家吃的蒸豕肉真香，今日天寒，再来一锅炖鲢鱼头，又吃鱼又喝汤，暖和！再点两个菘菜豆腐、菌子腊肉之类，便也足够了。因下午还有的忙，便不要酒，周祈又点了几个驴肉饼。

跑堂的奉上热饮子来。

“借问一下，昨晚有四个士子，都是住在对面的行馆的，其中两个都长相不错，又有一个高大的，一个瘦弱些的，一起来这里吃饭，你可记得？”谢庸问。

跑堂的道：“有这么四个人，不知道是不是贵人说的那四个，就坐在这旁边的位子，其中一个郎君击案高歌，说雁塔、探花什么的，估计是今年科考的士子。”做读书人买卖的酒肆果然不一般，跑堂的也能听懂诗文，说话也文气。

“这高歌的可是一位长相好看、举止洒脱的郎君？”

“是，是。”

“他们四人吃饭，可有什么异常？”

“异常……这却没有。来这儿吃饭的都是斯文人，不爱闹事儿，最多也就是喝醉了，跟这个郎君似的击案高歌，或者舞一舞。”跑堂的又赔笑，“贵人们看，这么些客人，一共就奴等三个伺候，实在也无暇细看客人们如何。”

这时又有客人进来，谢庸给他些赏钱，便放这跑堂的去忙了。

不好在酒肆里说案情，饭菜上来，三人专心吃饭。

看着那放了许多蒜末的孜然羊肉还有茱萸辣嫩鸡，崔熠诧异：“阿周，我记得你口味没这般重，又爱甜，怎么今日点了辣的？还有这蒸豕肉，都像老谢点的。莫不是你去老谢家蹭饭蹭多了，口味都一样了？”

周祈看了看，还真是……一个不小心，这口味就让唐伯拐偏了。但到底是小娘子，脸皮薄，周祈怎能承认这个？

周祈看着崔熠，一脸的你可长点儿心、识点儿相吧：“你身边连个人都没有，可带钱袋了？”

崔熠是万事不操心的，平时身边都跟着侍从们，哪里会自己带钱。但今日绝影没跟着，的卢被派去与衙差一块儿查“凝翠台主人”了。

“我钱袋里最多只有五十钱，够吃什么的？”周祈继续一脸嫌弃地问他。

周祈脸上改了殷勤的笑，对谢庸道：“多谢谢少卿今日请饭，待发了月俸，咱们去丰鱼楼，我请客。”

崔熠“嘁”她：“阿周，你的气节呢？”

谢庸看他一眼，把他面前的鱼头挪远了一寸。

崔熠立刻也把气节喂了狗：“阿周这菜点得好。明明入了春，又下起雪来，确实该吃些辣味的驱驱寒气。”说着给自己盛了一大碗鱼头。

周祈笑起来，谢庸嘴角也微微翘起——小崔最爱吃鱼头。

三人吃过饭，又走回青云行馆松韵园。看看隐在白雪松林里的院子，崔熠道：“我还是觉得这史端是自己把自己作死的。本来我看那吴生说话不尽不实的，他又与史端同考进士科，或许有什么瑜亮之争，却原来是帮史端遮掩去岁狎妓缺考的事儿，可见他们确实关系不错。这若是都中了，又是同乡，又是同年的，在官场上也是个帮扶——关键，他杀史端图个什么？又不是就他们俩考进士。”

周祈道：“也不一定就是关系好。那吴生是南边的旧族子弟，又是读书人，讲究口不言恶，史端缺考的原因不光彩，所以他不提。况且，就如你说的，他们这‘长史短吴’总被一起提的两个人，也要避些嫌疑。”

“照你的说法，他这么一个君子人，也不该是凶手。倒是那吕生有些可疑。他看起来是个脾气直的，心里憋不住事儿，嘴里憋不住话，想什么事儿，就恨不得马上干了。他这样的脾气，与放荡不羁嘴巴又尖刻的史端，定有不合，我们询问的时候，也能看得出来。保不齐史端说了什么话，做了什么事儿，就惹得他动了杀心。”崔熠越说越来劲儿，“他又身材高大，保不齐是个能文能武的，夜里偷偷进了史端的住处，趁史端喝醉，给他喝下助兴药……”

崔熠看周祈、谢庸：“你们说呢？”

周祈想了想，没说什么。

谢庸道："等一等问过那'凝翠台主人'吧，若还问不出什么，怕是要剖尸了。这史端案，难在死因，而不在动机缘由。毕竟史端是那样的性子，这行馆里，从潘别驾到几个贡举士子，都能寻出动机缘由来。"

谢庸、崔熠、周祈在史端的院子里，一边再次细细地翻看死者的物品，一边等着关于"凝翠台主人"的消息，然而等到快日暮了，还是没有消息。

看看外面的天时，谢庸把各样东西都收拾好，证物装箱，其余的物归原处。周祈和崔熠，则一个伸懒腰打哈欠，一个皱着眉看屋顶子。

"我这脑子里啊，乱七八糟，乱得跟老谢家那猫爱玩的线团一样，这断案的传奇还是让烟雨斋主人自家去写吧，我就不与他争锋了。"崔熠长叹，死了那颗写传奇的心。

周祈给兄弟鼓劲儿："各有所长而已，你也不要妄自菲薄。关键是如何避己之短，扬己之长。"

"哦？"崔熠来了精神。

周祈也拿那烟雨斋主人举例子："这烟雨斋主人善于辨识蛛丝马迹，又长于推导，知道人心，故而写案情是一把好手，但他一看就是那不解风情的。《南北迷案》里面杜侍郎和其妻生死离别，又再重逢，他就一句'携手相顾凝噎'就了了账，这就是在避短。你也可以如此嘛。"

崔熠让她拐跑偏了，不琢磨自己"长短"的事儿，改而与她专心议论起烟雨斋主人来。崔熠嘿嘿一笑："我看他也跟咱们一样，是个没家室的。"

"肯定没有啊。就这不解风情劲儿，他得长成什么天仙模样，才能不被娘子撵出卧房？"周祈又推测，"这一定是个落魄士子，每天苦读之余，写些传奇以自娱，不然，长夜漫漫，独对孤灯……"

"走吧。"谢庸搬起证物箱，经过周祈身边时到底没给她，却转身塞给了崔熠。

崔熠搬着箱子出门，守在院中的衙差赶忙来接，崔熠就把箱子又交了出去。

三人出行馆西门，来到坊中路上。崔熠家住永兴坊，往北走，谢庸和周祈则往南走，三人分开。

崇仁坊里多邸舍行馆，住了许多官员士子，一向热闹。明日就要礼部试，今天街上又尤其热闹，估计士子们临考看书也看不下去，故而出来“疯一疯”。

谢庸是科考出身，对此自然熟悉，周祈自从进了亥支，年年见这众生相，也见怪不怪，两人牵着马，避开街上三三两两走在一起的士子们。

“寒窗苦读多少年，就看这一哆嗦。我倒是有点儿明白史生考试前夜狎妓了，即便再洒脱不羁的人，这时候心里也焦虑，他便索性去温柔乡里找慰藉。”周祈道。

谢庸“嗯”了一声。

“当年少卿礼部试前夜是怎么过的？”周祈突生好奇。以谢少卿年龄官品推算，他礼部试及第时，应该不到二十岁，那时候自己才选进干支卫，还是个狗屁不知道，两眼一抹黑的生瓜蛋子。

周祈问完又觉得有些唐突，打个哈哈道：“不是读书人，故而对你们读书人好奇，少卿莫在意。”

“头一晚紧张得睡不着，在床上翻腾了半夜，有心起来看书，但本州贡举人多，我与人合住，半夜点灯，怕人起夜看见笑话我不经事儿，便瞪着帐子顶熬完了后半夜。”说到最后，谢庸微笑一下。

想不到谢少卿也有这般可爱的时候，周祈扭头看他。

“周将军没有这般时候吗？”谢庸不看她，只反问。

周祈想了想，还真没有：“我是宫人出身，养我的老妪又宽厚好糊弄，故而比旁人懂事晚，都十好几了，还人憎狗嫌的。选干支卫的时候也没人提前打个招呼，听说选拔，若选上就能出宫要，我领着几个小宦官就去了。打了两趟拳，把两个比我高大的宦者揍翻，我就被选中了。”

谢庸又一笑，很能够想象十二三岁的周祈领着几个小宦官雄赳赳去选拔，又生猛地把比她高大的宦者打翻的样子。

其实谢庸也好奇，从小在掖庭长大，怎么会长成她现在这样……不过两人相识不久，又男女有别，谢庸不好打探。

“嗯？”周祈本是看谢庸的，突然看向路边的书肆，“那不是吴郎君吗？”

谢庸顺着她的目光看过去，确实是吴清攸，正站在书肆里的架子旁捧着一本书看。

“这位吴郎君与出事儿的史郎君果然不同，这位才子看来是读书读出来的。”周祈道。

谢庸又看一眼吴清攸，没说什么。

两人出了坊门便上马，回开化坊。

到了谢庸家门口，周祈在马上拱拱手：“明日见，谢少卿。”

谢庸点头：“明日见。”

走出几步了，周祈突然想起来，回头道：“十字街东的老黄家豕肉馅儿玉尖面特别好吃，每早卯正开卖，就卖三十笼，要买得趁早。他们家的粟米粥和卤鸡子也很好。”

谢庸翘起嘴角：“知道了。”

周祈对他挥挥手，嘚嘚地骑马回自己家。

谢庸推开家门走进去，唐伯和朏朏都迎出来。

“只大郎一个人吗？我刚才似是听到小周将军的声音了。”唐伯问。

“嗯。”

唐伯疑惑地走去门前打开看一眼，肥猫朏朏亦往门前走两步好奇地看看。

唐伯关了门，朏朏接着回来绊着谢庸的腿脚走路，谢庸捞起它。

唐伯唠叨：“小周将军，一个小娘子家，宅子里也没个奴仆，回去冷锅冷灶的，吃不上喝不上，多可怜。大郎与她同僚，又是近邻，何妨时常邀她来吃个饭？她是小娘子，脸皮儿薄，你不邀请，她不好自己来。”

听唐伯说周祈脸皮儿薄，谢庸给猫顺毛的手略顿一下。

“听见了没？大郎。”

“嗯，改日您包些豕肉馅儿的玉尖面，请她来吃。”

唐伯连忙道“好”。打扫完院子，正在切磋拳脚的罗启和霍英相视一笑。

第二日，周祈刚到兴庆宫，就得到消息，找到那位“凝翠台主人”了。

陈小六昨天跟着跑了大半日，和负责崇仁、平康等几坊的魏大郎一起与她报上此事：“这‘凝翠台’不是真有这么个楼台，只是因为那妓馆里种了些松竹，他们联句作诗，史端说了句‘凝翠’什么的，很被称道，那妓子喜欢，便称‘凝翠台主人’。原是只这么三五个一起聚会的人知道，所以查起来才这么慢。”

周祈昨日下午把这史端的诗翻了个遍，也没见到带“凝翠”的句子，以史端的性情推测，一则他不羁懒散，可能有一些诗作散佚了，再则也可能是这联句作诗，众人以游戏为主，并非什么得意之作，史端懒得回来再抄录。不过似也能从中品出些“妾有意郎无情”的意味来。

“这‘凝翠台主人’，真名叫穆清，是中曲芳华馆的妓子。”魏大郎道。

周祈带着陈小六等来到平康坊，在东回三曲路口略等一等，便等到了谢庸和崔熠，三人一起去寻这叫穆清的妓子。

还未进院门，先听到铮铮的琵琶声。

三人往里面走，这中曲比北曲景致好许多，院子颇大，不只种了松竹，墙上还有藤蔓，院子栏下圃中还种了兰草之类，等再过些日子，都返了绿，可以想见是怎么一片深深浅浅的绿色。

琵琶声越来越响，正弹到《霓裳》之曲破段，拍急音繁，乐声铿锵。门口仆妇帮着撩开锦帘，谢庸三人走进堂去。

只见一个美人正随着曲子举起衣袖，扭腰旋转，另有一个美人抱着琵琶，微低头，手指快拨琴弦。

谢庸等站住，欣赏琵琶乐舞。

却不料那跳舞美人踩住了裙子，眼看就要向后倒去——

一个身影近前，“小心些。”周祈揽住美人细腰，低声笑道。

刚才只觉一阵衣风的崔熠扶了扶额。

崔熠又看谢庸，谢庸垂目，嘴角带着一丝笑意。

不知怎的，美人突然红了脸。

周祈放开她，美人垂着头道谢，声音娇软妩媚。

旁边弹琵琶的美人笑道：“好一场英雄救美！”

周祈越发风流地一笑。

弹琵琶的美人放下琵琶，也来见礼，自称叫穆清——原来这才是正主儿。

周祈再次与她确认：“凝翠台主人？”

穆清淡淡地一笑：“是，不过是原先叫着玩儿罢了。”

听了这“原先”二字，周祈与谢庸、崔熠对视一眼，然后笑了：“我也觉得这‘凝翠’只适合秋冬，春夏叫‘碧涛’更好。”

听周祈竟然学那些读书人也要起了“风雅”，怕她尴尬，崔熠正想词儿给她搭台捧场，却听见那位穆小娘子拊掌，笑道：“真好！春夏刮风的时候，这院子里还真有些碧涛如怒的意思。”

谢庸只微笑，负着手听着。

“听说这‘凝翠’之名，与建州士子史端有关，娘子与史端很是熟悉吗？是什么时候认识的？”周祈问。

“奴与史郎君是去岁十一月间认得的，有一阵子他常来，我也偶尔去他那里。他爱听琵琶我爱诗，故而那阵子常有往来。”

“听这意思，后来疏远了，这是为何呢？”

“这东回三曲能弹琵琶能解诗的又不是只有我，贵人见过为了一滴水，舍弃一片水塘的？况且，我也不是没有旁的客人。”穆清淡淡地一笑。

周祈懂她的意思，呷醋呗：“那娘子知道他最近与哪位在一块吗？”

穆清看一眼周祈：“奴不知道贵人们为何问起这个，奴觉得，贵人们要找出‘哪位’来怕是有些难，这史庄之委实风流。”

周祈看看谢庸、崔熠，两人略回避。

“某还有一问，有些唐突无礼，还请娘子勿怪。史庄之行事时，不知爱不爱用助兴之药？”

穆清极大方地道：“至少与我那时候是不用的。莫非——他出事儿了？”

周祈没说什么，穆清也不追问。

刚才跳舞的美人亲自端出茶饮来，捧给谢庸、崔熠、周祈三人。

穆清打趣笑道：“我们彤娘烹茶的本事最好，却轻易不动手，贵人莫要辜负了这茶才好。”

跳舞美人略带嗔恼地瞪穆清，又含羞看一眼周祈，娇声道：“贵人慢用。”

谢庸轻咳一声，满面肃然。

出了平康坊，崔熠叹气：“白忙活了，还是不知道这史端的死因。这史端真是倒霉，死相不体面，死因不明不白，又死在临考之前。若是好好儿的，这会儿正考试呢，再过些天保不齐真能曲江探花、雁塔题名。”

周祈也皱皱眉头，看谢庸：“真得剖尸了？”

谢庸点头：“试一试吧。”

但剖尸得让死者家人签署文书，然后呈王寺卿签批。

史端是地方贡举，家人不在京城，潘别驾作为建州来京朝正的官员，负责贡举事宜，便要由他代签。但今天是礼部试的日子，那位潘别驾按例要亲自带贡举们去礼部，试完再把士子们带回来，故而这时候恐怕不在行馆。

而且今日皇帝也会按惯例召集各部司主官在紫宸殿议本届科举之事，以表对拔选人才的重视，故而王寺卿也不在。

崔熠问：“老翁同意剖尸？”

谢庸点头，他之前已经详细与王寺卿汇报过此案了，老翁年纪虽大，却没有老吏惯有的世故推诿，很能担当，如一株老而弥坚的大树，为下面这些小的挡了许多风雨。

崔熠看周祈："要是我们老郑也这般就好了。"

周祈有些扎心地安慰一句："都是命啊……"

崔熠点点头。

被他们两个挤对惯了，谢庸恍若不闻。

下午考试散场时，谢庸、崔熠、周祈等在崇仁坊西门处——等在皇城门口未免不像话，而潘别驾从皇城出来回行馆，一定走此门。

周祈眼尖："那不是他们？"

在三五一群的士子和官员们中，周祈一眼看见身材略胖的潘别驾和他身旁的吴清攸、吕直、焦宽。他们当也看到了自己这边的三人，原本在说话的，此时都肃然了面色。

潘别驾领着几个士子快走几步，近前行礼。

谢庸微笑道："莫要多礼了。今日潘别驾辛苦，几位郎君更是辛苦。昨日才下过雪，几位郎君只铺单席坐在殿外大半日，莫要受了寒凉才好，回去吃点热汤饭，早点儿歇着，再过几日还有两场呢。"本朝礼部试分三场，第一场发了榜，没被黜落的参加第二场，第二场试过，又没被黜落的再试第三场。

吴清攸垂着眉眼，略提一下嘴角，领着吕直、焦宽行礼道谢，又与谢庸三人及潘别驾告辞，便走进了行馆西门。

谢庸等看着士子们的背影，目送他们离开，潘别驾轻呼一口气，面上神情也似松快了一些。

周祈微笑着看他一眼，没说什么。

谢庸正色道："我等此来是想请潘别驾跟我等去趟大理寺，代签剖尸文书。"

潘别驾刚挤出的笑卡在脸上，半晌终于点头。

他们一行人从崇仁坊到了大理寺，王寺卿已经等在那里了。有吴仵作写的初步验尸尸格，又有专门的剖尸文书，谢庸都签了字，然后极正式地再次向潘别驾告知剖尸之事，请他在文书上签字。潘别驾来都来了，自然没有不应之理，也签了字。谢庸便把这尸格和文书呈交王寺卿，王寺卿仔细看了，签署过，正本存档，副本则交给仵作吴怀仁。

吴怀仁便准备开始剖尸了。

已经过了申正，这剖尸不是一时半会儿能完的事儿，保不齐要秉烛夜剖。王寺卿年纪大了，扛不住跟他们这样熬，先回去，留下谢庸、崔熠、周祈等。

三人坐在殓房小院之偏间中，这里是仵作填尸格、放东西的地方，窗纸上破了洞，又没个烟火气，冷飕飕的。

看看四周白惨惨的墙，屋角箱子上摞着的裹尸布，桌案上的尸格纸，崔熠道："这里倒是可以入传奇了，什么鬼怪尸精之流……"

"你以为没有？看见屋角的长竹竿了吗？那是防着尸体成僵，顺着生气扑人，捅尸体用的。"周祈道。

崔熠看墙角，果然有一根长竹竿，不由得面色一变："真的？"

"那自然是真的，不然这里放个长竹竿干吗？"

"你莫蒙我，这世上果真有僵尸扑人？"崔熠还是不信。

"听说这僵尸是跳着走的，所以，你看这院子里各屋门槛格外高。"周祈又有证据。

崔熠看屋门，这院子里的门槛果然不同，竟然不是木头的，而是用砖石垒的，似乎确实比旁处的高一些。

听她说得这般真，崔熠原本不信有什么僵尸的，此时不免半信半疑了："老谢？"

谢庸手里正拿着史端最初的尸格看，听崔熠叫自己，"嗯"了一声。

"这世上果真有僵尸吗？这竹竿子果真是捅僵尸用的？"

"巴楚古来多巫者，前朝最好考据上古之事的明心先生便说《山海经》中的'鬼国'就在那巴楚地蛮人的山间。这赶尸夜行的事儿，听来虽诡异，却不一定没有——世间事便是如此，说有容易说无难。"

听他都搬出了前朝大儒和《山海经》，崔熠还有什么不信的："所以，这竿子果然是捅僵尸的？"

谢庸绷不住，眼角微翘："那是捅院子里树上老鸦窝用的。"

周祈"扑哧"笑了。

崔熠却又有些将信将疑，看看谢庸，又看周祈："你刚才还说门槛高……"

周祈笑道："因为这院子简陋偏僻地势低啊，屋门只有一级台阶，夏日下起雨来，怕是会内灌，重新盖院子太麻烦，便垒上砖石挡一挡呗。"

崔熠用手指指周祈，又指指不动声色却与周祈一块狼狈为奸的谢庸。

周祈却说起正事儿："原本我有些怀疑那潘别驾，以史端的性子，估计会对潘别驾不恭，这史端又是建州刺史看中的，主官与佐贰之间的事……关键，潘别驾那日又妄图遮掩。但如今看，不像是潘别驾。"

周祈说起下午的事儿："在行馆门口，他见到我们，面现忐忑，几个士子走了，他倒轻松下来，分明是怕我等来捉拿那几个士子中的一个的。若是他作案，只剩他自己独对我们，该更害怕才是。"

崔熠放过她刚才说"僵尸"的事儿，道："下午一照面儿，我就看那吴清攸神情不大好，他是不是心虚，觉得咱们是去拿他的？"

谢庸摇头："那是个聪明人，与潘别驾不同。真是去拿人，没有不带衙差，反而我们三个自己在那里等着的道理。"

周祈道："我估摸着，他许是没考好。"

崔熠想了想，点点头，也是，街上士子有一半都垂头丧气、神色不好的。

周祈看谢庸，谢庸也看她一眼。周祈知道他也怀疑，这样一个精于诗赋的才子，头一场就是试诗赋，他为何会没答好？进士科许多"才子"其实是卡在后面的帖经和时务策两场上的。这吴清攸是碰巧题目不擅长，还是旁的什么原因？

三人说着话儿，直等了足有两个半时辰，吴怀仁才来报，已经剖检完毕。

他手里端着个托盘，托盘上有一小堆儿棕黑的东西，又有一只死鼠。

“史端的心肺等看不出异常，其胃内的食糜有问题。虽银针试不出什么，但我以之喂了养在这院子里的老鼠，约两刻钟，老鼠开始站立不稳，如喝醉之状，然后身体抽搐，又半炷香的时间，老鼠死了。”

谢、崔、周三人面色均是一变。

谢庸沉声道：“明日再去青云行馆。”

然而第二日，他们还未进行馆的门，便得了消息，又出事儿了。

“奴等要给郎君摆饭，郎君说吃过了。看郎君有些累，奴便服侍阿郎略做洗漱，又劝他早睡，阿郎惯常不用人守夜……”

谢庸等推开屋门进去，潘别驾满面晦暗地站在堂中，他面前跪着两个人。

潘别驾见谢庸等进来，赶忙行礼。

谢庸摆摆手，看地上跪着的人，是吴清攸的奴仆。

潘别驾道：“你们再给贵人们说一遍。”

许是第二回说，这仆从说得颇为连贯清楚：“昨天，郎君大约酉时出去，说出去走走，没让奴等跟着。刚交戌时，郎君回来。奴问阿郎吃没吃饭，要给郎君摆饭，郎君说吃过了。奴等服侍郎君洗漱过，劝他早睡，郎君答应着，让我们也去歇着，奴二人就回了厢房。”

另一个奴仆道：“大约戌正的时候，奴看郎君屋里就熄灯了。”

谢庸点点头，与崔熠、周祈一起走进吴清攸的卧房。

床帷没有落下，吴清攸穿着绵袍躺在床上，面色青黑，口鼻耳中都有流出的血迹，枕畔有稀薄秽物，已经半干了。

谢庸取出腰间荷包里的针囊，抽出一根银针在那秽物上试一试，针色变黑——这种死状与针色都表明吴清攸是中砒霜之毒而死。

谢庸接着查看他的脖颈、手腕胳膊、后背血坠等处，周祈和崔熠则查看这屋子里的东西。

吴清攸这卧房亦是书房，除了床榻箱柜外，还放着书案书架。

周祈来到书案前，案上笔筒中插着满满的笔，玉石笔架上还有一支没洗的，砚中也尚有余墨，除了笔墨纸砚、镇纸、笔洗、笔架、香炉之类外，案头还有一个檀木小箱，打开看，放的是吴清攸自己的文章诗赋。

周祈拿起最上面一卷，是一首《登武夷山赏竹》，看一看，放下，又拿起另一卷展开，是一篇《桂花赋》。

自己于诗赋不在行，周祈把这赋又卷上放入箱中，等着谢少卿来细看，回头却看谢庸正蹲在炭盆前。

虽都这个时候了，但今年倒春寒，吴清攸又是南边人，畏冷，故而屋里还点着炭盆。周祈也凑过去，那盆中炭已经燃尽了，没有半点儿红光，只余灰烬。

谢庸用手指捏起一点儿最上面的碎灰轻轻捻动，周祈则戳一戳炭盆中靠下面的灰，一块似是整块的炭灰被她戳散了。

谢庸站起来走去书案前。

崔熠把书架上的书展开、卷上，都挪动了一遍，没发现什么夹藏，至于书中有没有旁的玄机，也留给了谢庸。

崔熠、周祈接着查旁的东西。

吴清攸是世家子，日子比史端过得讲究得多，屋子里的东西也多，但都放得井井有条的。不同场合不同薄厚的衣服，各种配饰腰带幞头巾子，各种用途的笔墨纸张，都分放在不同的箱子里，固然是吴生有奴仆收拾，想来与二人脾性也有关系。

在吴清攸的箱子里也找到了两条精致绣帕，一浅粉，一深绿，一绣白芙蓉，一绣翠竹，香味亦不同。周祈估计这些读书人，凡是有些才气的，大约都有这么一条两条的“美人恩”。

因尸首还躺在床上，床榻一时还不好查，周祈走到床榻旁，看向床前小案，上面放着个白瓷花盆，有土而无花。用手戳那土，还微有潮意。

周祈走去堂上问还跪着的两个奴仆：“你家郎君床头花盆子里原来种的什么？”

“原来种的兰草。”

“怎么？养死了？”

"没养死，是郎君不喜欢了。"

"哦？为什么呢？"

谢庸从吴清攸的文墨中抬起头，侧耳听外间周祈与那奴仆说话。

奴仆摇头："奴不知道。本来郎君甚喜欢那株兰草，说是上了兰谱的，天和暖的时候，还时常把那草搬到窗前晒一晒，前日晚间突然就把它拔了。奴问他，郎君只说这兰草长得不好，担不起兰谱上的名头。因着郎君考试，我们也跟着乱，这盆子还没来得及收起来。"

周祈点点头，顺口让奴仆们都起来，便走回室内。

谢庸又把目光放回手中的纸上，上面写的是《咏冬日兰草》，前序说"隆冬时节，余案头盆栽之兰竟发新枝，喜甚，以诗十六韵咏之"。谢庸又看那正诗……

吴怀仁来得很快，查得也快，确认吴清攸是砒霜毒发身亡，亡故时间大约是昨日戌时，最晚不会超过亥时。

谢庸让吴怀仁把尸首带回大理寺，他们三人则在此接着整理证物。

一直守在屋里未说话的潘别驾终于忍不住："谢少卿，这吴生是他杀还是自杀？他的死与史端之死莫非是一人所为？"

"还不好说。怎么？潘别驾莫非发现了什么？"谢庸看他。

潘别驾摇摇头，叹口气。

谢庸没再说什么。

整理完证物装了箱子，众人便一起走出来，院内只留两个衙差看守。

吕直站在门口，正与潘别驾的奴仆说什么，无意之中见几位官员走出来，赶忙停住，叉手行礼。

谢庸看他一眼，微微点头。

周祈问："昨日散场，几位郎君没在一块儿吃饭吧？"

吕直摇头，嘴巴张一张，又闭上。

"吕郎君有什么话，尽管说。"谢庸道。

"敢问贵人，长行是怎么死的？"

"中毒。"

吕直的面色一变。

谢庸看看他，转头对潘别驾道："别驾留步吧，另外还请收留吴生的这两个奴仆。"

潘别驾赶忙答"是"，行礼恭送。

谢庸与崔熠、周祈一起往行馆西门走，后面不远处跟着搬箱子的衙差。

崔熠有与潘别驾一样的疑问："这吴清攸是他杀还是自杀？这帮士子到底惹到了什么人？"

"我看是自杀。"周祈道。

"为何？"崔熠到底当京兆少尹这两年，也办过不少命案，"这砒霜在腹中，短则不到半个时辰，长则两个时辰便会发作，按时候推算，这吴清攸固然可能是在家中服毒，也可能在外面中毒。那奴仆不是说了吗？他在外面吃晚饭，谁知道跟什么人吃的，保不齐被下了毒呢。"

周祈摇摇头："砒霜中毒者多会呕吐，这吴清攸枕畔的呕吐物，稀薄如水，那是胃内汁液，他根本没与旁人吃饭。"

崔熠略歪头，想一想："还有旁的原因吗？"

"他案上有未洗之笔，砚中微有余墨，那墨还未干，应该是昨晚的，像吴清攸这种细致人，为何写完字未洗笔？关键，他写的什么？我未在案上找到他昨晚写的诗文，那箱子里最上面的是去岁在建州时作的诗赋。自然，他可能题在书册上了，但更可能是投进炭盆烧了。"周祈看一眼谢庸，"炭灰未散，纸灰散碎，那炭盆中炭灰之上有些散碎纸灰，想来就是吴清攸写了又烧了的东西，兴许还有装砒霜的纸包。"

谢庸道："不只这些，烧了的还有他之前写的一些诗文，应该都是与史端有关的，比如那卷《赋得长安城东观梅》。那诗文箱中的稿子近期的在下，远期的在上，是整理过一遍，又一起放进去的，其中未有与史端相关的只语片字。"

崔熠点头："对，不是一个人说他们歌诗唱和过。整理与史端相关的东西，投入火盆烧了……他昨晚写了又烧了的字纸，想来是遗书了。"

“还有那兰花盆。他前晚突然把极喜欢的兰花拔了，其奴仆说，吴清攸拔兰花是因它‘长得不好，担不起兰谱上的名头’。自古便以兰比君子，吴清攸有几首兰花诗，隐见其以兰自喻。突然拔了兰花，怕是因为自悔做了不君子的事儿吧。”谢庸又道。

“可他前晚拔兰花，昨晚自杀……”

周祈冷哼一声：“做了亏心事儿，没考好，觉得这都是报应，就自杀了。临死要写遗书坦白，又到底怕带累家族名声，故而把遗书又烧了。”

崔熠想想昨日在行馆西门见到吴清攸，他的神情如今品读起来，似是有些绝望惨然的意思。

崔熠摇摇头，叹道：“这吴清攸杀了史端，又自杀……何苦来的！这帮子念书人啊……”

周祈终于找到机会“挑拨”谢、崔二人：“不要当着读书人说读书人。”

崔熠不以为意：“老谢怎么一样？全天下像老谢这样的读书人能有几个？”

谢庸不理他们，只想着这“前晚”“昨晚”的时间，前晚，前晚……

出了西门，崔熠让衙差们去查坊里的药铺子，确认昨日傍晚吴清攸有没有去买砒霜，然后几人一起牵马往坊外走。

谢庸在前天日暮时与周祈见到吴清攸的书肆前停住。

“怎么？”崔熠问。

“我进去找本书，你们先回大理寺。”

“咦？”崔熠有些无奈，到底纵容地笑了，这些读书人啊……

周祈看看谢庸，没说什么。

周祈与崔熠领着衙差带着证物骑马回大理寺，谢庸则站在书肆中吴清攸当日站的位置。

谢庸看向那书架上层各书卷的书封，不由得微眯起眼睛，一卷一卷地查阅起来。

翻看了不短时间，他的目光终于定在其中一段上……透过那文字，谢庸眼前浮现出雪松掩映中的院子，几个士子的模样，还有昨日在西门口他们的背影。

过了片刻，谢庸叹口气："店主，这卷书，我买了。"

吕直坐在小酒肆中，面前摆着一盘腌酸芹、一盘羊头肉和一壶酒，芹菜和肉只略吃了一点儿，酒壶却已空了大半儿。

吕直又给自己斟了一盏，一仰脖饮下。

不远处几个士子正在一边吃饭一边说话儿。

"陈九，你今年定是能及第的，到时候可莫忘了兄弟们。"其中一个捶另外一个一拳。

另一个歪歪身子，笑道："那是！我们这可是吃同一坛子鱼鲊过来的交情。话说令堂腌的鱼鲊如何这般好吃？以后我饮食不下、生病长灾的时候，肯定惦记着。"

先前说话的叹一声，笑道："我今科是不行了，再考两年若还不行，你又授了官，我就去你治下，开个店铺，专卖鱼鲊。正堂上你得给我题词，方便我与人夸口，'这是贵人爱吃的'。"

"陈九"听出朋友的沮丧之意，赶忙劝道："何至于此？"又出主意，"今年圣人整寿，兴许会有制科。玉常，你若果真这一科不利，莫如赌一把大的，就留在京里考制科。你律法书念得熟，今年常科未有明法，兴许制科会有。制科又有一样比常科好的，中了就授官，不似常科及第的，还要通过吏部铨选。"

被劝的那位想了想，有些心动地点头："倒也是个办法。"

另外一个有些醉了，大着舌头笑道："你们就是想得太多，想得太远，这及第与否都是以后的事儿，先喝酒！"说着击案高歌起来。

"陈九"和"玉常"都笑着捂耳朵："快别唱了，堪比驴嚎！"另外一个却越发得意起来。

店主人和跑堂的听见了，也只是笑。

听着他们的话，看那醉酒狂生的样子，吕直想起另一个人来，也是这般狂放，这般闹腾，才气也好，喝醉了，那么长的歌行，一蹴而就。

他有时候虽讨厌，但也不是没有好处。去岁两人都未及第，自己沮丧得很，他是个不大在乎的，却陪了自己半宿。他说话直，极少说假话，虽偶尔戳得人肺管子疼，但细想想，说得都对……

吕直晃晃头，站起来，放下酒钱，看一眼旁桌把酒言欢的三个士子，走出小酒肆。

二月下旬，头半夜月亮未出，天边只挂着几点寒星，化过雪的路不好走，好在吕直酒量不错，今日虽喝了不少，脚下却还稳当。

吕直从西门走进行馆，看一眼焦宽的院子，走回自己的住处。

身无长物，住的又是行馆，故而吕直从不锁门。他推开大门，反手插上，走进院子，来到屋里点着灯，突然发现案上放了一张纸。

吕直拿起，是焦宽的笔迹："地冷天寒，灯孤人单，沽得佳酿一壶，待君同饮。"

看着这信笺，吕直皱起眉头，面色突然变得极差。他冷哼一声，大步走到墙边取了佩剑，往外走去。

推开焦宽院子的大门，吕直走进院子，卧房窗纸上透出微微的灯光来，又有一个瘦弱的背影。

吕直并未掩盖行藏，"吪"地推开堂屋的门，走进黑漆漆的正堂，又拐入焦宽的卧房。

卧房里的灯突然灭了，吕直一愣，只觉耳畔一阵风声，吕直赶忙躲闪："焦宽，你杀了史端和吴清攸，竟连我也不放过！"

屋里虽暗，吕直却已看清那人影所在，"来啊，我不怕你！"说着举剑向其刺去。

焦宽扭身，极轻巧地便避了过去，他抬右手搭在吕直腕上，吕直还未及反应，只觉得手一麻，剑便掉落在地。

吕直大惊，待要挣脱焦宽的钳制，却被他另一只手擒住了肩，吕直正要凭身高体壮推他，却只觉胳膊和膝盖窝同时一疼，胳膊已被拧在背后，身体也跪伏到了地上。

"嚓——"有人从床榻阴影处走出，打着了火折子，走到案前，点着那灯烛。又有几个人从榻上、墙角等处走出来。

吕直愣住，又下意识地回头，看擒住自己的人。

带着男子幞头的周祈把他脚底下的剑踢远，满脸嫌弃：“白长这么大个儿，连点劲儿都没有，出息！”

崔熠笑道：“都跟你似的就麻烦了。”周祈想想，也是。

因这吕直性子冲动，怕他有什么过激之举，周祈便把他拽到屋子中间，又用绳子绑了。

谢庸坐在坐榻上，看着吕直道：“事已至此，说吧。”吕直却咬着牙不说话。

崔熠走去拾起周祈刚才当“暗器”的书，用书卷敲打着自己的手心围着吕直转一圈：“我就不明白了，你一个考明经的，跟史端有什么大冤仇，非要置他于死地？”

吕直还是不说话。

谢庸淡淡地道：“或许是史端说话不小心，得罪了他，或许是因为他们住得太近了，也可能两者兼而有之吧。”

“这离得近了怎么就值当杀人？”

“吕直是明经科，考记忆背诵，越临近考期，时间越珍贵。史端时常召妓来歌舞夜饮，他又爱琵琶，琵琶声铮铮嘈嘈，传得颇远，吕直这位近邻想来深受其扰。”

“这就值得杀人？”崔熠看周祈，两个不爱念书又天生心大的都觉得有点儿不可理解。

“他当不知道那药会要人命。”谢庸看着吕直，“当时焦宽是怎么跟你们说的？这药只是让史端腿脚抽筋，还是拉个肚子，或者头疼一日？”

听谢庸说“他当不知道那药会要人命”，吕直脸上终于现出懊悔的神色，也张了口：“我真的不知道他会死……”

“贵人，史端当真是吃那药毒死的？”吕直看谢庸。

谢庸点头：“是。”

吕直闭闭眼，垂下头：“史端性子放荡不羁，嘴巴又尖刻，大伙儿都不喜欢他，尤其这到临考了，他那里还日夜笙歌，我和焦宽都深受

其扰。

“大约七八天前，我们一起从潘别驾处回来。史端说快考试了，要一起吃个酒。到底没有撕破面皮，我们都应着。恰有妓子婢女来寻他，他便先走了。

“我看他那轻狂样儿很不过眼，说了两句。长行是君子人，没说什么。焦宽道，真应该把自己治痹症的药喂他些，让他也手脚麻一麻、抽抽筋，消停两日。

“焦宽有痹症，随身带着一种叫马钱子的药，我见过他吃。这药虽能缓解痹症，刚吃过时却委实不大好受，抽搐、头晕、站立不稳，总要有半日才能全缓过来。

“本只当他是随口一说，谁想大前日晚间一块儿吃酒时，他竟然真带了来。酒过三巡，史端去厕间，焦宽随后跟上，把一包药粉留在案上，又说‘都放进酒里就是’。

“因头一晚史端院子里又弹了半宿的琵琶，我烦得很，便拿起那药倒进史端的酒盏。长行说‘胡闹’，却也并未拦我。等史端回来，大伙儿又吃了几盏酒，焦宽便有些不胜酒力。史端笑话他小船不能重载，还要再吃，长行劝着，散了酒宴，一起回了行馆。”

谢庸点头：“我们去问话时，想来你是去找焦宽问此事？”

“是。焦宽不认，说自己吃那么多回都没事儿，并不是这药的问题，又说怕是史端吃了酒，回去一时性起，吃了什么药，甚或与什么人鬼混，才那般的。史端死状着实不好，我虽有些疑心，却也信了。

“后来听说，贵人们疑心史端有心疾，我就更信了焦宽的话，以为此事只是凑巧了，直到听贵人说长行是被毒死的，我才又疑心焦宽。长行出身好，对人从没什么失礼处，我实在不知道他为何要毒死长行——除非为了灭口！他知道是我下的药，我们是绑在一条绳上的蚂蚱，长行却不是。

“想不到焦宽如此丧心病狂！”吕直咬牙，“连我也要害死。”吕直却又有些疑惑，不知道谢庸等如何得知，又在这里等自己，难道……

谢庸自己权充书吏写了口供文书，衙差拿过去，吕直签字画了押。

谢庸到底给他解惑："吴清攸是自杀而死，那约你来饮酒的信是我写的。"

吕直惊疑地看谢庸，到底叹了一口气，点点头。

谢庸、崔熠、周祈走出焦宽的小院，几个大理寺衙差带着夜禁公验文牒押吕直回大理寺，等明日再正式过堂。

"他们果真只是想让史端手脚抽一抽，难受半日？"崔熠问。

周祈冷笑："他们怎么可能没想到礼部试？至于焦宽，恐怕想的就更多了。"

崔熠摇摇头，与谢庸、周祈打声招呼，回了永兴坊自己家。

谢庸、周祈则缓缓骑马往南走。微寒的夜风吹在脸上，两人都有些累，今日这案件也确实有些让人唏嘘，两人都不说话。

叫开坊门，进了开化坊，两人拐进自家所在街曲。

"咕咕——"周祈胡噜胡噜肚子。

先带走焦宽，又埋伏着等吕直，到这会儿，其实已经有点儿饿过劲儿、不觉得饿了。周祈有些疑惑，怎么到了谢少卿家门口肚子就叫唤起来了呢？莫非这肚子也认地方？

谢庸看看她，犹豫一下："你在我这里随意吃些吧。"

周祈的脸上立刻绽开笑来。

谢庸推开门，周祈随他进去。二人拴了马，进了内院，罗启蒙眬着眼迎出来："阿郎、周将军，你们回来了。"

谢庸温声道："去睡吧。"

罗启点头，打着哈欠走了。

谢庸与周祈直接来到东跨院厨房。

周祈不挑："看有剩饭剩菜没？凑合吃点儿算了。"

谢庸往水盆中舀了水，用澡豆净了手："你也先洗手，等会儿吃饭。"

周祈嘿嘿一笑，极乖巧地洗过手坐在小胡凳上等着。

炉子上有唐伯给谢庸温的热水，谢庸先把炉子捅旺了，把热水倒进小锅里，盖上锅盖等水开。

又从房梁吊着的筐子里拿出一根腊肠，洗过切了丁子，又把唐伯在

盆儿里种的青蒜也割了一些，洗净切小段。

他切完，水就开了，谢庸找出唐伯手擀切好晾干的细素饼条放进锅里煮着，又卧了两个荷包鸡蛋进去。用筷子搅一下，不大会儿，便熟了，连汤带素饼舀进两个大碗里。

又另起了锅，放些油，用手在上面试一试油温，放进腊肠，略煸炒。

“放一点儿茱萸酱？”谢庸问。

周祈正闻着香味儿咽口水：“放，放！”

谢庸看她一眼，到底比平时少放了不少，只略提个味儿，然后便把青蒜段扔进去，瞬时香气大盛。

这是快手菜，略翻炒就可出锅。谢庸直接把腊肠青蒜盛在了素饼碗上。

周祈很有眼力见儿地把两碗素饼端到大锅台旁边的小案上，又给谢庸放好小胡床和筷子。

谢庸净过手，过来坐下：“吃吧。”

两人便在灶台旁隔着小案面对面地坐着吃起来。碗里热气升腾，案上灯烛跳动，使得这初春的寒夜都沾了些暖和气儿。

如上次审“画中女子”案一样，王寺卿与崔熠、周祈坐在堂下，把公堂交给谢庸。

衙差带来焦宽。在牢里熬了一晚，焦宽一身绵袍子皱巴巴、脏兮兮的，眼睛眍着，神色有些惊惧又有些木讷，脸似乎也越发瘦削。

看着这样一张处处透露着“老实”甚至有些“可怜”的脸，谁能想到他会害死人命？

“我们已经拿到了吕直的口供。焦宽，关于谋害史端的事儿，你也实说了吧。”谢庸道。

焦宽看着谢庸，目光惊疑。

谢庸知道他怀疑自己诈供。昨日午后，大理寺的衙差以询问吴清攸案为由把焦宽带到大理寺，如今问的却是史端案。且只过了半日一夜，如何吕直便吐口儿招供？这事儿叫谁也不信。

“我昨日以你的名义给吕直留了张字条，请他去你那里喝酒。”谢庸一脸正经地说出自己的诡计。

焦宽面色一变。

“吕直没有你这么敏锐，主要是吴清攸之死让他很是怀疑你。即便你再怎么与他解释，只要这么一张字条，他便气炸了。”

焦宽面色如土，但嘴还是紧紧闭着。

谢庸不给他一点儿幻想地道：“吕直把从潘别驾处回松韵园路上你说的‘玩笑话’、宋家酒肆中你随史端去如厕留下的药包等事儿都说了。”

焦宽脸上的肉有些抖，他扭头看向别处，半晌哑着嗓子道：“既然贵人都知道了，还问我什么？”

“他毕竟不是始作俑者，你的作案缘由，还有那药的事儿，某只能请教你。你的院子在西门处，离史端住处虽不算远，可也不很近，按说他的琵琶声对你的干扰并不很大。你为何杀他？”

焦宽道：“我没想杀他，只想让他难受难受。”

“已经如此，何必再狡辩？”谢庸淡淡地道，“你让吕直给史端下的药是未经炮制的马钱子，自己吃的则是炮制过的。吕直的口供中说得明明白白，那药粉是淡灰黄色！”

崔熠和周祈二人对视一眼，周祈又看谢庸，谢少卿真是诈得一口好供！焦宽否认，是因为“谋诸杀人”和“误杀”量刑不同，但那吕直口供中哪有什么药粉颜色？以吕直的性子，他也不会注意那药粉是什么颜色。

焦宽抿着嘴垂下头，半晌道：“我是立意要杀了他，那药粉确是未炮制的。”

焦宽又抬起头：“他那样的人，有才无德，放荡无耻，口齿刻薄，却刺史护着，同年们吹捧着，日后还有个好前程，凭什么？”

“他口齿刻薄——他嘲笑你什么？”

焦宽咬咬牙：“我是南边人，不耐长安天气，腊月里，痹症发作得

厉害。他嘲笑我一瘸一拐弯腰驼背，有失读书人体统，又说吏部铨选讲究身、言、书、判，我这样的即便明经及第，也授不了官。”

谢庸微微点头，想来这便是直接的原因了：“说说过程吧。你如何确定吕直、吴清攸会与你一同作案？”

“吕直总与我抱怨史端，我也与他一块儿抱怨，有一回吕直甚至恨道‘真想拿着剑去给他两下子’。我便知道他能为我所用。至于吴清攸，我赌他总是被史端压着，心里也不舒服，且我告诉他们这药会让人头晕抽搐、手脚麻木，吴清攸肯定会想到马上要考的礼部试，我不信他不心动。等真出了事儿，药是吕直放的，他不会说；至于吴清攸，他自己嫌疑最大，说了，自己就先洗不清。他即便不爱惜自己的性命，也要顾及他百年吴氏的名声。”

谢庸再次点头：“思虑很周全。且你这是个进可攻退可守的办法。若是吕直无心，这下药事便不会发生，自然是没什么；若吕直有心，而吴清攸不同意，吴生是个君子人，他当时便会拦下吕直，且以他‘口不言恶’的秉性，也绝不会把此事告诉史端，你全无半点儿风险。”

焦宽垂着头，没说什么。

“药也着实选得好。马钱子，大毒，未经炮制的马钱子比炮制过的毒性大得多。该药可通络散结、消肿止痛，用以治疗风湿寒痹。这药又有壮阳之功，可做催情之用，而黄酒更助药性，故而史端死相才那般不体面。史端又生性放荡风流，见了他的死相，人们只会以为是脱症，不会想到别的。

“且马钱子这种药，北方少见，药铺子里没有卖的，怕是连医家也多有不知。因其毒性，估计在南边用的也不多。吴清攸、吕直不通药理，都只知道你用它治疗痹症，而不知其他——焦郎君真是方方面面都想到了。”

焦宽依旧没说什么，过了半晌方道：“我却没想到吴清攸会死，他是自杀的吧？”

“是。”

“呵，”焦宽冷笑，“天底下竟然有这么傻的人……”

“快考试了，士子们一块儿喝酒吃饭的多，酒肆多需预订。那宋家酒肆想来是你去订的？”谢庸问。

“这种跑腿奴仆的活儿，史端、吴清攸他们哪里会干？吕直只知道一个猛子扎到书里，自然也不管。”

“于是你就选了有大屏风、有各种花木遮挡的宋家酒肆。”

焦宽点头。

又问了诸如“你可还有马钱子药粉”“你把药粉都埋在了何处”之类问题，谢庸看王寺卿，王寺卿微点头，又看周祈、崔熠，他们亦没有什么要补充问的，谢庸便让焦宽在口供上画押，差人把他带了下去。

堂审吕直就简单得多，有之前的口供，有焦宽的口供，不过是为了更严密罢了。

退了堂，王寺卿站起来，崔熠很有眼力见儿地搀老叟一把。

周祈道：“我说让您跟我学套拳……”

王寺卿笑起来：“你是不把大理寺变成猴子山不死心啊。听说小吴跟你学呢？”

周祈点头，教过吴怀仁两回，然后这胖子再见了自己就躲，什么今日有尸格要整理，今日家中有事儿，今日腹疼……

谢庸是见过吴怀仁怎么躲周祈的，不由得翘起嘴角。

王寺卿扭头看他：“今日的案审得不错。成天正经着脸，倒是诈得一口好供。”

听王老叟说谢庸这表里不一的德行，崔熠、周祈都一脸看笑话的样子。

谢庸略尴尬，抿抿嘴：“是。”

“御史台那帮人不喜欢诈供，但有时候不诈不行啊。”王寺卿庄重了神色，看看谢庸，又看崔熠、周祈，“但办案却不能全依靠这些小巧，要首行正途。”

三人一起恭敬地叉手称“是”。

周祈抬头，恰对上谢庸的目光，周祈知道他是想起上回自己说“首行正途”来，周祈便绷出一个极庄重正经的神色。见她这样，谢庸微低

头，嘴角带着一丝笑影儿。

谢庸把本案卷宗都已整理好，呈交王寺卿。

王寺卿是个严谨细致的老叟，案情还要再捋一遍。这样的命案，谢庸作为少卿，只初步写了量刑建议，具体怎么判还要寺卿定夺，又有要签字的地方，正式的结案词也是寺卿来写。

王寺卿带着卷宗回了自己廨房，谢庸、崔熠、周祈则信步走到大理寺堂后的小园子里。天虽然还冷，地上尚有残雪，园子里的柳树却已经泛绿了。

“哎，老谢，你是怎么发现这药的？本来还说吴清攸杀了史端又自杀，怎么突然大拐弯儿，就找到了焦宽的药？”崔熠好奇。

“你也曾有疑问，吴清攸为何考试头一晚心生悔恨，拔了那兰草，第二晚自杀，当时周将军解释说这里面有考试失利的缘故。我疑惑的与你相类，我们上午去询问他时，他神色尚可，尤其在听了我们问心疾之后，明显轻松了，还与我议了会子学问，如何晚间就拔了那以之自喻的兰草？”

“对啊，为什么？”崔熠问。

“当天日暮时，我与周将军同出崇仁坊。天有些暗了，吴清攸却还极认真地站在书肆里看书。进士科考试，实在不是临考了多读这一时半会儿就有用的，以吴清攸的秉性，也不是会站在书肆里用功的人——那么他在看什么？此举与他晚间拔兰之举有无关系？”

崔熠击掌：“妙啊！我知道了，一定是医书药典！那书肆中卖医书药典，他有所怀疑，故而去查阅翻找！从而知道了史端死亡真相，从而很是自责。”

谢庸点头：“不错，那架子上都是医书药典。”

崔熠笑道：“老谢，这么些医书药典你都翻了一遍，找出这马钱子来，不容易啊。”崔熠想想翻一架子的医书……不行，头疼！

“也不是尽翻。”谢庸道，“当日我们去询问焦宽时，他站起来腰有些挺不直，用手扶了一下，当时我只以为是久坐的缘故，但他们考完礼部试回来，焦宽腰背僵硬，走路也总落后别人一些。在我们面前还不显，看他们三人走回松韵园的背影，有另外两人对比，便格外明显。”

崔熠摇摇头，老谢眼睛忒尖了：“所以你便格外找这与痹症相关的药物？”

谢庸点头：“史端中毒而死，按杀人动机和死亡时间来看，最有可能的便是与他一起吃暮食的吴、吕、焦三人。吴清攸与史端同考进士科，有瑜亮之争；吕直住得离史端近，性子又莽直，深受其歌舞琵琶所扰，他们两个明显，焦宽却亦有动机。

“四人中，焦宽的院子最不好，紧靠西门，有些吵闹，人才样子最不出众，又略显木讷，不善言辞，考的还是明经，并非显科。史端是个眼高又说话不客气的，对朝廷命官才浅的且看不上，更何况焦宽？他们又住在一个园子里，总是见面，可以想见其日常言辞恐怕多有不客气处。总是被这样不客气着，焦宽又住在西门边，时常可以见到史端倚红偎翠，迎来送往，日子过得肆意又得意，他心里能不怒不恨？

“还有，史端身亡，我们去查问，吕直不在自己住处，却在焦宽那里。作为史端的同乡同年，这种惶惶的时候，吕直去焦宽的院子做什么？便是不关心史端，他们只是一起读书，也当去吕直那里，焦宽的院子临街临门呢。”

崔熠心想老谢不只眼尖，想的也忒多。他看向一直没怎么说话的周祈：“能想到吗？”

周祈一向是与崔熠站在一起的，极自然地摆摆头：“想不到。”

崔熠立刻觉得不是自己笨，是谢庸太逆天了。

“全天下像谢少卿这样的，能有几个呢？”周祈又笑着加一句，引的是前日崔熠夸谢庸的话。

崔熠点头忍笑：“很是！”

“关键这样一位英才，还会做饭……”

“你莫非吃了老谢做的烤羊肉了？什么时候吃的？为何没叫我？”崔熠神色认真起来，发出三连问。

“谢少卿做的烤羊肉好吃？你什么时候吃的？为何没叫我？”周祈回以三连问。

两人同时伸出手，周祈是拳，崔熠是掌。

崔熠得意，每次猜拳，阿周都出拳，这个笨蛋！都不知道换一换。

周祈愿赌服输，老实交代："昨晚回去，在谢少卿家蹭了一碗腊肉青蒜素饼。"

崔熠亦告诉她："我吃老谢做的烤羊肉还是好几年前，他科考的时候。"

崔熠对一碗腊肉素饼不在乎，周祈听说是好几年前的事儿，也不纠缠，两人和好如初。

办完了建州士子案，趁着礼部试第二场还没考，周祈本想舒舒服服地躺一个休沐日，头晚一夜东风把她"躺"的打算全刮散了。

周祈站在院子里，脚下是几片碎瓦。她抬头看屋顶，屋檐被掀掉一段。她又蹿上墙头儿看一看，靠屋脊得有两张床榻那么大的地方瓦都掀了起来。冯公说屋顶漏雨，想来就是因为年深日久，瓦片不那么牢固了。

周祈在置之不理和修补屋顶之间略踌躇，到底选了修补——这掀开瓦片的地方正是卧房，别看现在还寒凉，很快就是雨季，到时候外面大下，床头小下……

周祈不禁感慨，自己到底不如冯公洒脱。

周祈在院子里打了一趟拳，练了会子刀，便洗漱了出门去吃朝食。吃了一碗鸡肉虾皮山菌三鲜馄饨，与卖馄饨的秦四郎打听了这附近坊里的圬工，周祈便找过去。

圬工郑大的娘子笑道："小娘子不知道，如今圣人重修紫云台，官中工匠不够，就从城里拣着名声好、本事高的去帮忙，他阿爷就被选中了。"

周祈倒是知道重修紫云台的事儿，但是不知道工部的人从民间找了工匠。

行吧，被皇帝截了和，没地方说理去。只是这郑大不在，旁的吴大钱大孙大肯定也不在。

“若只是屋顶的瓦掀了，小娘子让家里的郎君们，”郑大娘子看周祈的穿着，又赶忙改了口，“让家里的奴仆们自己修补就是了。我家隔壁的王二就卖青灰、砖瓦。”

周祈想了想，自己应该能做得来……吧？

吃过朝食，读了会儿书，谢庸把前几日买的两卷字帖拿出来修补。

这字帖说是王右军真迹，但据谢庸看，是仿的，然即便是仿的，也写得极好，故而虽残破了，谢庸还是花不少钱买了来。

这是个水磨工夫的活儿，谢庸自做了官，干得就少了。好在当初在县学修过不少破烂书册，在书院帮先生修过古籍，也算有“童子功”傍身的。

谢庸把纸张、刷子、镊子、剪刀、尺子之类都摆好，展开那字帖看，琢磨怎么修补。他其实颇喜欢这样的活计，虽需用心，却不怎么用动脑，就这么一点儿一点儿地磨着，一寸寸地补着，脑子里可以无拘无束地乱想，也可以干脆什么都不想，与吹箫弹琴的时候相仿。

大约琢磨好了，谢庸去厨房打修补帖子用的细糨糊。

刚出屋门，就见唐伯从西跨院走来：“大郎，你快去看看吧，周将军上房了！”

谢庸疑惑地看了看房顶。

“快点儿啊。”唐伯催他。

谢庸走到自家西跨院，抬头看见周祈正在她屋顶上揭瓦呢。

周祈与他打招呼：“早啊，谢少卿。”

她蹲在屋顶上探着头往下看的样子，让谢庸想起屋脊“鸱吻”——那种传说中爱东张西望、可以辟邪灭火的神兽。

谢庸眼角微翘：“这一大早儿的，周将军兴致真好。”

“嘿，那是！三天不上房揭个瓦，浑身难受！”周祈弯着眉眼对谢庸得意地一笑。

谢庸到底是正经人，问她：“请不到圬工吗？”

“都修紫云台去了。等我练好了，也给圣人修紫云台去。”

谢庸点头，转身负着手走了。周祈哼着小调儿，接着揭碎瓦片子。

谁想不大会儿工夫，谢少卿竟然来了自家的院子。

周祈扬眉，嘴欠地招惹他：“莫非谢少卿是来帮忙的？”

看周祈那不着调的样儿，谢庸道：“下来！”

哟！听这口气，该以为来的不是大理寺少卿，而是工部侍郎，或是将作少监呢。周祈突然有点儿弄不清虚实了，也许谢少卿这拿笔弹琴的手真能干得了这粗活儿？

周祈下来：“得嘞！我给你打下手，和灰泥。”

谢家院子里，唐伯催着罗启：“赶紧去给周将军帮忙去，哪能让她一个小娘子干那粗重活儿。”

罗启答应着，放下手里棍棒便走。

霍英也要跟上，却被唐伯拉住：“你做什么去？”

“去给周将军帮忙啊。”

唐伯一脸的“你怎么不懂呢”：“大郎已经去帮忙了，若不是还要和泥拌沙什么的，阿启也不该去。你想想……”

霍英恍然大悟。

还未走出家门的罗启笑起来。

唐伯亦笑：“阿英，你买菜买肉去。那天大郎说周将军爱豕肉馅儿玉尖面，你去买些五花三层的豕肉，再买些新韭菜，别的菜蔬豆腐鱼虾之类若是新鲜也买一些。”

“好嘞！”霍英答应着。

看谢庸要踩着墙边杏树上墙，周祈蝎蝎螯螯地道：“我去给你借个梯子吧？”

谢庸卷卷袖子，把袍子边儿塞在腰带里，踏着周祈搬来的鼓凳，踩上树杈。

周祈站在旁边，时刻等着他脚下一滑，自己接住他。

传奇上时常有美人坠楼坠台，一个白衣侠客飞起接住的场景，那写传奇的还总要写他们四目相对、衣袂翻飞，周围又总有花树之类，此时也要应景地落英缤纷。

这里倒是有花树，但今年倒春寒，杏树才打花苞，长得且结实呢，

"落英缤纷"是不能了；自己倒也勉强能充个侠客，可穿的却不是白衣，为了干活方便不怕脏，特意套了件旧藏蓝胡服；要说唯一与传奇里搭边的就是美人儿了。

周祈抬头看树上身长八尺的"美人儿"。

谢庸攀着墙头儿，略用力，便稳稳地上了墙，又几步走过院墙，上了屋顶。

周祈心想：看这矫健的样子，约莫小时候也不是个让人省心的主儿啊。

周祈略失落地把手背到身后。

罗启进了院子，见自家阿郎已经麻利地上了屋顶，便二话不说打水拌灰泥。

周祈接着蝎蝎螫螫，提着手里装灰泥的小桶："我给你送上去。"

"拴绳子，把绳子扔上来。"看看被周祈揭瓦片揭得豁豁牙牙、窟窿眼睛的屋顶，谢庸道。

听出两分嫌弃之意，周祈皱皱鼻子，这屋顶的瓦固然不好补，揭其实也不好揭，有那么三块五块、七块八块，或者十几块揭掉了下面的灰泥其实情有可原……

周祈甩起绳子，扔上屋顶，绳子稳稳地落在谢庸的身边。

谢庸看她一眼，周祈得意地一笑，这可是跟小崔玩套马练出来的绝技。看她那样子，谢庸到底禁不住笑了。

在旁边拌灰泥的罗启赶忙低下头，觉得刚才那相视一笑很应该跟唐伯报一报，以安老翁之心。

拌完灰泥的罗启到底也上了房，帮着把灰泥、新瓦吊上去，把旧的破碎瓦片吊下来，谢庸专心抹泥铺瓦，周祈则支应着下边儿。

隔壁院子里，唐伯在择菜、和面的空当儿来西跨院看一眼房顶上低头干活的谢庸，又乐呵呵地走了。跟他一起来到西跨院的肥猫朏朏却没走，蹲在墙下喵喵地叫。

周祈听见了，笑问："它莫不是也要上墙吧？"

"它怕高。"谢庸道。

周祈："真是只恬静的猫啊。"

胐胐："喵——"许是听出了周祈的揶揄之意，胐胐轻甩尾巴，接着回主院廊下趴着晒太阳去了。

其实被风刮坏的地方不算大，半个时辰也就修好了，谢庸又在屋顶走一圈，把别的三五处碎瓦和有蚁巢处都修补了，才招呼罗启收工。

罗启站在屋顶感慨："想不到阿郎还有这般本事。"

周祈被他说得好奇起来，蹿上屋顶去看。那原本破了的一片已经平平整整地铺好了瓦，瓦片错缝整整齐齐，似尺子量过一般，比原先圬工铺得还要平整一些。

周祈还能说什么？才子们，大概便是这般博学多才、深不可测吧？

周祈直接从屋顶跳下来，罗启拎着装有铲子抹子的小桶也从屋顶跳下来。

见阿郎没跳下来，罗启回头看。

谢庸走到墙头上，轻扶枝干，从墙头踩上树杈，又稳稳地踏在鼓凳上，然后风姿颀然地走了下来。

罗启撇了撇嘴。

周祈很狗腿地上前施礼道谢，又亲自端了水盆、拿过澡豆来："今日真是多谢谢少卿了。"

谢庸"嗯"了一声，接过澡豆搓手，在水盆里洗一洗。周祈看那水还不清澈，又赶忙去偏院小井打了一盆来。谢庸洗过，周祈又奉上巾帕。

谢庸略满意地道声谢。

罗启不用周祈伺候，自端着盆、拿着澡豆去水井边儿。

周祈招呼谢庸："谢少卿请去堂上坐，喝盏茶。"

谢庸摇头："估计今日唐伯蒸玉尖面，你一会儿去吃。"

周祈笑起来，真好，嘿嘿！这种帮干活还请吃饭的邻居，上哪儿寻去？

谢庸却突然轻皱眉头："为何这边的杏树都打了花苞儿，敝宅的杏树却没有？"

周祈越发笑起来，哈哈哈哈哈哈……冯公果然是个实诚老叟！

虽然人家刚帮自己干完活儿，自己就这样嘚瑟有些不合适，但是“人生得意须尽欢”，有的嘚瑟的时候不嘚瑟，周祈觉得更不合适：“据说，只是据说啊，这边院子里的桃树、杏树不只开花比府上的要早一点儿，回头结的果实，也更甜一点儿。”

谢庸看着周祈得意的嘴脸，淡淡地道：“嗯。”便负着手走了。

周祈到底有良心，在谢家吃玉尖面的时候，把家里的果子许出大半儿去：“唐伯会做桃子酱？甚好，甚好！据说我那院子里的果子格外甜，唐伯随意去摘，你们吃剩的就做酱。”

周祈不是只说漂亮话的人，当下拿出钥匙，递给唐伯一把。

唐伯笑着，极不客气地收下：“到时候给周将军用蛋、奶、桃子酱蒸糕吃，又松软，又香甜。原先我们县学后面山上有好些桃树，山桃不大甜，做了酱，酵过以后，味儿却甚好，蒸了糕，县学的先生、学子都爱吃，郭明府也喜欢，就连大郎这不嗜甜的，都爱。”

听这意思，谢少卿上的是官学，而唐伯原来是官学庖厨？周祈又想起谢庸说的小时候家贫吃不上几顿肉来……谢少卿这身世，跟开始自己想的，真是一点儿都不一样。

周祈笑嘻嘻地咬一口韭菜五花肉玉尖面，汤汁瞬时流了出来，周祈赶忙一吸，又鲜又烫。

“小心烫！”唐伯笑道，“这小笼出尖馒头是要汤汁多才好吃的。如今开了春，用新韭菜和五花肉做，又放了些虾仁提鲜，正好应季。但到底不如蟹黄的，等秋天，给周将军做蟹黄的吃。”

周祈猛点头。

唐伯又让：“周将军尝尝这蒜泥肘花？这拌菠菜也正应季，和那韭菜一样，都是盖着草苫子长的新菜。还有这炸小酥鲫鱼，买回来的时候还活蹦乱跳呢，新鲜得很……”

干了半上午活儿的谢庸默默吃饭。

那一夜东风后，天一下子和暖了，不过一两日，周祈院子里几树杏

花儿开了大半，一枝枝一簇簇，粉嫩嫩的，竟显出几分热闹来。

此时午后的阳光透过花朵洒在树下铺着的大胡毯上。这毯子不是宣州毯那样的金贵东西，是胡人用驼毛、羊毛捻成粗线编的，虽不柔顺却很厚实。

毯上放一张大方案，案上放着陶壶、杯盏，壶里是从外面买的蜜糖乳茶，还隐隐冒着热气儿。旁边又有攒盘，里面放着杏脯、梅干、梨糖、牛乳饼之类小零嘴儿，有的是周祈存货，有的是刚才周祈在卖乳茶的店里一块儿买的。

忙中偷闲、春日"赏花"的周、崔二人，各盘踞案的一边，一个脸上贴着几张纸条儿，皱眉皱眼，想着怎么死地求生；另一个嘴角噙笑，气定神闲。

崔熠笑道："阿周啊，要不你去洗个手，摸摸香囊，我们重新来过？"崔熠也觉得奇怪，阿周这牌技数年如一日地不长进也就罢了，为何牌运也每每这么差？

周祈是个牌技差但脾气硬的，自摸一张："不！我觉得这一局我还能再坚持一阵子！"崔熠哈哈地笑起来。

两人又一边打牌一边聊天儿。

明日就是上巳节，又是个一年一度士庶男女倾城出动的热闹日子，也是个让禁军、京兆府头疼的日子。

好在上巳节只有一天，又好在是在白天过节，比上元三日放夜要好得多。

而且今年上元节过完，郑府尹听从谢少卿建议，上表请求招募义勇，节庆日时在坊内及人流聚集地巡视，并张贴治安布告，令坊丁宣扬传布。周祈也去蒋大将军那里禀告了一回。朝中几位相公也觉得主意不错，这奏表也便允了。

义勇招募的事儿颇为顺利。这个不用练兵，不耽误平时工夫，只大节庆的时候聚集，又是为了维护自己家人友邻，多少还可以得一点儿官府补贴，故而报名者不少。

便是"节庆教化"的事儿，也有模有样。早半个月前，各坊门口就贴了布告，告诉百姓上巳节出门要锁门闭户，出门少扎堆儿，不要挤踏推搡，女子不要单独出行之类，后面还有专门警告有心作恶者的条款，都写得挺通俗易懂，甚至还透着那么点儿“有趣”，也很朗朗上口，便于传诵，不似以往京兆府的布告那般板着面孔，堂皇却难懂。

有这些安排，再按照往年的办法布防，也就差不多了。布防这种事儿，崔熠、周祈早几日就在做，又都是做熟的，真临近过节了，此时倒闲了下来。

周祈与崔熠夸赞郑府尹这回办事办得好，尤其那布告，简直改了门庭。

崔熠笑道：“看不出来吧？这主要都是老谢的手笔。”

周祈惊奇。

崔熠颇维护谢庸：“老谢虽爱装一点儿，其实是个有趣的。”

周祈笑了：“我不是觉得谢少卿无趣。像谢少卿这种，外表看着深沉内敛得很，内里往往不只有趣，保不齐还很——”周祈琢磨措辞。

崔熠想了想，道：“风骚？”

周祈以拳击掌，小崔说话总是这么既俗又精。

崔熠得意地一笑。周祈亦笑。两人背后一块儿埋汰朋友，半点儿心虚都没有。

谢庸走进院子，后面跟着一起来串门儿的肥猫朏朏。见二人傻笑，谢庸随口问：“说什么呢，这般高兴？”

崔熠笑道：“说你呢。想知道说你什么吗？”

周祈举着茶盏，可惜茶盏太小，遮不住她弯着的眉眼和咧着的嘴。

谢庸不理他们，坐在给自己留出的案边。朏朏亦颇有其主人风度地坐在毯子上，小眼神如果不往案上飘，几乎可以算是庄严了。

哎哟，实在太可爱逗趣了！

周祈从攒盘里拿一块牛乳饼放在手心儿，朏朏优雅地走过来，闻一闻，吃起来。

周祈喂朏朏的时候多，如今很知道可喂什么不可喂什么，只喂一块便罢了手。朏朏吃完，很自然地爬上她的膝头，把头搁在周祈拿牌的胳

膊上，蹭一蹭，闭上了眼睛。

周祈张嘴，惊喜来得太突然！这是头一回胐胐主动让自己抱。

最难辜负美猫恩，周祈把牌换个手，到底不方便：“谢少卿，帮着打这半局吧？你看我这……”她脸上神情半是恳求，半是显摆。

谢庸看看周祈，又看看胐胐，到底点头，接过周祈的牌来。

周祈便笑眯眯地专心撸起猫来。

接了周祈牌的谢庸却皱起眉，不禁又看看那位周将军，有点儿不明白，为何会有人把牌打成这德行。

周祈极大方：“没事儿，输了算我的。”想想让外表深沉内敛内里不知道风骚不风骚的谢少卿往脸上贴纸条也不大可能。

周祈又看怀里的猫，物随其主，但胐胐的假庄严，怎么就这么可爱？

周祈挠挠它的下巴，胐胐咕噜一声，并不睁眼，只蹭蹭周祈的胸口。

周祈觉得自己的心都要融化了。

心里的不情之请不免就又冒了芽儿：“谢少卿，让胐胐在我家做两天客？”

正帮周祈收拾残局的谢庸淡淡地道：“不行。”

周祈幽怨地叹一口气：“我们明明是两相情愿的……铁石心肠！”口气一如被她棒打鸳鸯的小娘子。

谢庸动作一顿，接着若无其事地打牌。

既然不能长相守，周祈对胐胐自然是能多抱一会儿是一会儿，又用鼻子凑在它身上，胐胐身上的味道很特别，有点儿旧书的味儿，与周祈买的那些二手传奇味道类似，又不全一样，还有点儿刚出锅的蒸饼味儿，那种淡淡的麦子面的甜香气，又有点儿这春天杏花的味儿……

崔熠微皱眉，一样的牌，怎么到了老谢手里，就格外难收拾……这一局不会要输吧？

谢庸抬眼，恰看到周祈一脸沉醉，手微抖，一张牌掉在案上。

“哈哈！”崔熠大笑，“落牌无悔！老谢，你这回输定了！”

谢庸抿抿嘴，笑了。

周祈亦是一笑，还当谢少卿是个无所不能的呢，原来跟自己一样是个牌渣……

知道他是个同道，周祈格外大方：“条儿贴我这边脸，正好对称着。”

谢庸默默地拈起一张纸条，蘸湿，贴在自己脑门儿上。

崔熠越发春风得意起来，哈哈哈哈，老谢，你也有今天！

周祈也觉得这样子的谢少卿格外新鲜，谢庸却一脸的淡然。

顶着这张纸条，又下了一盘棋，看了一回周祈借给他的《笑语集》，谢庸接着顶着这纸条看周祈教崔熠练刀。

任那边刀光剑影，朏朏卧在毯子上自在安睡。

周祈脸上的纸条早飞没了，她旋身，出刀，因是教崔熠，动作放得极慢，但那一刀中却似藏了千钧的力量。

谢庸发现，周祈一刀在手，人似乎都变了，之前的轻佻懒散全部不见，沉静得似夏日山间深碧色的水潭。

收了式，周祈负刀一笑，露出牙来，又是那副德行。

谢庸低下头喝已经不热的奶茶，纸条垂在杯沿儿上。

“还有更简单一点儿的吗，阿周？就这错步我就学不会……”崔熠一扭身，差点儿绊倒。

刚才还大杀四方、霸气满怀的崔少尹此时垂眉耷拉眼：“太难了，我真的太难了……”

这样的时光总是过得格外快，日暮时，因明日上巳节要忙，崔熠破例没留在开化坊吃饭，拿着周祈专门给他画的几式刀谱儿走了，谢庸亦告辞出来。

“嗯？朏朏？”周祈道。

“睡得那般香甜，就先不动它了，明日你出门时把它给唐伯。”

周祈咧开嘴笑了，幸福来得太突然！真的太突然了！

谢庸转过身去往家走，嘴角隐隐有些笑影儿，负着的手里攥着临出门扯下的纸条。

三月初三上巳节，曲江。

如往年一样，江里游船点点，岸边花红柳绿，到处都是游春的人，芙蓉园前有教坊娘子歌舞，曲水岸边有年轻男女踏歌，草地上时见围起的彩障，路上既有宝马雕车，也有普通人家的牛车、驴车，就连路边卖吃食的小摊儿、提篮卖花的小娘子都与往年没什么不一样，但与往年比，总觉得要冷清一点——大概是因为今年没有新科进士探花。

今年科考晚，进了三月第二场还没开考，很多年份这个时候已经全考完且放了榜，新科进士曲江探花，便是上巳节一大盛事。

今年这样，对崔熠、周祈这种负责京城治安的官员来说，没什么不好的——从前不是没有因为看探花郎，发生踩踏之事造成伤亡的。

探花郎探花，哪天不能探啊？以后花儿开得更盛，探起来多么方便——这是崔熠的看法。

周祈巡了一圈儿，经过曲江亭附近京兆府的“行衙”，过去蹭碗茶水喝，遇见也转了一圈儿回来的崔熠。

两人一边喝茶，一边歇脚，一边闲扯，崔熠便发表了如上高论。

虽不是读书人，周祈却懂他们的心思：“看的人多和看的人少能一样吗？这是多少进士一辈子最荣耀的时候。那么些人围着，还有小娘子扔巾帕荷包……”

崔熠想想，也是！

“不知道今年的探花郎是什么样儿的……”周祈又道。

听了她的话，崔熠不免想起去年事儿，嘲笑周祈：“我说阿周，你这眼光不行。去年那探花郎，才比我阿爷小了两岁，你还跟着起哄。你跟着起哄也就罢了，人家小娘子们都是扔香囊帕子，你倒好，解下剑穗子扔过去，还扔得极准，把人家探花郎的帽子砸歪了。”

每年进士及第者不过二三十人，时人总道“五十少进士”，这二三十人里往往有不少已经可以自称“老夫”了，很多年份被推选出来的两位最“风流俊俏”的探花使也已非盛年。

周祈笑起来，她其实就是瞎凑热闹，嘴上却教导崔熠：“显明啊，你还是得多读书，这侧帽风流可是在讲儿的……”

崔熠“嘁”她，两人阿大阿二的关系，说什么“多读书”。崔熠接着说她眼光不行的事儿："有我和老谢这样的美男子在身边，你还惦记着看什么新科士子探花郎，真是……"

周祈明白他的意思了，赶忙承认错误："崔少尹说得很是！有你们珠玉在侧，看谁我都觉得是瓦楞子。"

崔熠终于放过她，也笑起来。

听崔熠说到谢庸，周祈问："以谢少卿才貌，当年该是探花郎吧？"

谢庸及第的时候，周祈才进干支卫，还不能满城乱窜，故而未见这位当年的丰姿。

"不是，当年他夜里睡觉让风吹了后背，骑不得马，故而推拒了。"

"这么巧？"

崔熠一笑："反正他是这么说的。"

周祈便明白这其中又有典故。

"老谢没说，但我估摸是这么回事儿。他及第时还不到二十岁，考的名次却好，只排在状头后面。那位状元公是位五十余岁满脸沟壑的老才子，性子有些孤傲，老谢却极尊敬他，说他的诗文是可流传百世的。老谢这样的名次，这样的相貌，若再去探花，未免压了状元的风头，故而退避了。"

周祈点头，突然又笑了，小声道："他不去也对，去了就不是内里'风骚'了，而是明明白白大敞大亮的'风骚'。"

崔熠哈哈大笑。

周祈一口把茶饮尽："行了，我接着巡查去。芙蓉园大宴这会子快散了吧？"

崔熠点头。

今上有了年纪，这种宫外节庆大宴参加得极少，往往只让几位皇子、亲贵大臣代往。皇子并不与臣子过分亲近，往往中席便走了，大臣们再喝一巡，几位相公也走了，席就慢慢散了。

周祈带着人往芙蓉园走，虽则那边侍卫重重，还是要去看一眼。

虽说紧接下来的一场，进士科考帖经，明经科试义，考的都是背书

的学问，但曲江边还是有不少闲逛的士子，三个一群，两个一伙儿的。

周祈与几个士子擦肩而过，听到什么“祓禊兮中流”“濯足兮兰汤”，不由得一笑，这透心凉的江水，谁下去洗脚，我敬他是条汉子。

刚走几步，那几个汉子中的一个突然喊：“将军！周将军！”

周祈回头，微皱眉，这个士子和中身材，团团脸，笑起来眉眼微弯——看着有些面善。

突然，周祈想起来了，是在丰鱼楼吃饭时说仰慕身高近丈、虎眉豹眼、膀大腰圆的周将军的那位。

周祈有些抱歉，照着这般吃下去，自己兴许有一天还能“膀大腰圆”，“身高近丈，虎眉豹眼”是真的不行了。

士子对周祈行礼：“周将军。”

周祈笑着点头：“郎君也来曲水边儿逛逛？”

见周祈认出了自己，士子脸色略红，舔一下嘴唇，张张嘴，却没说出什么。

看他的样子，许是想问什么。莫非他是想找谢少卿或者小崔？如今再投行卷已经晚了，不过倒是可以为明年做准备。

又莫非，他是想问我军中有没有“烟熏太岁、火燎金刚”的女将军？干支卫里面确实有几个女子，其中有艳丽的，有冷峻的，有柔和的，就是没有金刚这一款的。

周祈心里瞎猜，面上却和和气气地等着这士子说话。

士子嗫嚅一句：“周将军这一向可好？”

“很好，多谢。”

士子的脸越发红了，他抬头看一眼周祈，恰好对上她的目光，又赶紧避开。士子叉着的手也有些抖了。

周祈突然有些懂了，他该不会……

士子到底只是一揖：“某不打扰周将军了，将军上巳吉祥安乐。”

周祈清清嗓子，干笑一声：“郎君也安乐，呵呵……”

士子揖着没有抬头，周祈赶紧转身走了。

后面的陈小六在心里“哟哟”了足有六十声，周老大的桃花开了！

但陈小六作为“娘家人”，不免有些挑剔，觉得这朵桃花小了些，花色也不那么美，有些配不上自家英姿飒爽、能揍人能上墙能喝酒的老大。

陈小六转身抬眼，嘿，这个就差不多！

谢少卿穿着官服，打扮得很是整齐，面色被深绯的袍子衬得很白，让陈小六想起传奇上常说的“面如冠玉”一词，顺带着想起来的还有“玉树临风”“翩翩浊世佳公子”。

周祈看看谢庸，又看看不远处几个穿官服的朝官：“大宴散了？”

谢庸点头：“散了有一阵子了，几位大王和相公们已经走了。”

周祈四处看一看，安安宁宁的，挺好。

“谢少卿要回去了？”周祈随口问他。

谢庸点头，看向周祈甲胄领口上别的兰草，眼风扫过不远处，抿抿嘴，却没说什么。

周祈顺着他的目光看自己，嘿嘿一笑：“美人恩！刚才巡江边看踏歌，那日跳《霓裳羽衣》的彤娘送的，好看吧？”

谢庸脸上露出微笑来：“嗯，好看。”

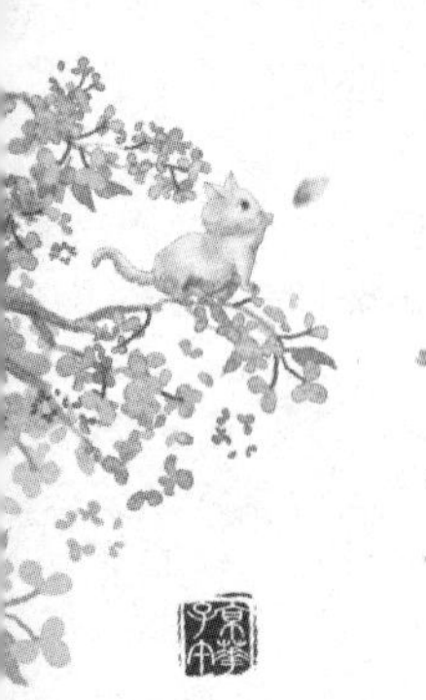

第五章 花肥

上巳节过得颇为安稳，比从前哪一年都安稳，没有踩踏、没有盗窃，连个来报失踪的都没有，惯常节后忙得脚不沾地儿的崔熠、周祈相对喝闲茶。

周祈伸个懒腰，笑道：“真好啊，是不是我们离夜不闭户、路不拾遗的大同世界不远了？”

崔熠笑道：“若果然到了大同世界，我还罢了，你跟老谢这专管作奸犯科的都得喝西北风去。”

周祈嘿嘿一笑：“以谢少卿的为人，到时候肯定说：‘西北风，味道甚佳！’”后面半句周祈压低声音，口气淡淡的，说完还抿一下嘴角儿。

崔熠哈哈大笑：“像！还真像！”

“所以你大可不必担心我，凭着这学人的本事，到时候我可以去做滑稽戏弄，或者耍刀舞剑，哪怕胸口碎大石呢？”周祈一脸得意，技不压身啊。

“这么说，老谢可以卖字卖画，也不用喝西北风。”崔熠到底心疼朋友，帮他想了营生。

周祈想象自己在西市耍完刀剑、演完吞火和单手劈碑，托着帽子里得的铜钱去买羊肉汤和胡饼，碰见一幅画也没卖掉的落魄谢少卿。春寒料峭，谢少卿穿着单衣，冻得颤颤哆嗦的，还硬绷着。这自然逃不过自己的法眼，便请他一起去吃羊肉汤和胡饼。

第二天，他又没卖掉，自己还请。

第三天也请。

天天请。

然后谢少卿肯定就看不过去了……

“想什么呢，笑得这般猥琐？”崔熠问。

周祈把自己的展望说了：“到时候，谢少卿得说，你把肉买回来，我做！”周祈摇头，咂一下嘴，“你不知道上回谢少卿做的腊肉青蒜素饼多好吃……”

崔熠差点儿笑得从坐榻上跌下来：“让你说得，我就跟真见着一样。”

周祈嘿嘿一笑：“我每天出去耍刀舞剑爬杆吞火，尽兴折腾一番，回家就能吃上烤羊肉、八宝饭、豕肉玉尖面、腊肉素饼……”

明明这般落魄的日子，崔熠竟然有点儿羡慕起来……

周祈本来觉得京兆府的饭挺不错的，但得知唐伯原先是县学庖厨，就觉得京兆府的饭也不算什么了。如今说了这会子，特别报了这些菜名，虽才申时，周祈又觉得饿了。

“行了，等了三天了，我的人，还有长安、万年两县都没报上什么，上巳节是真平安过来了。我不跟你这儿蹲着了，走啦！”周祈站起来。

崔熠打个哈欠：“你去哪里？”

“我去逛花市，你去不？”

如果是去逛马市、去刀剑行，哪怕去书肆选传奇，崔熠都与她一起，听说去花市，不免怏怏起来，摆摆手。

周祈一笑，出了崔熠廨房。

早过了散衙的时候，京兆府官员们大多都没走，周祈知道，这是崔熠这个少尹还在这儿的缘故。周祈对几个站在庭前的挥挥手，官员们叉手行礼相送。

出了京兆府，周祈在东市、西市之间选了一下，到底去了东市。

西市的花儿品种繁多，有不少是胡人带来的花种子养出来的，高的矮的，各种颜色的，有异香的，又据说有的可以安神，有的能驱蚊，甚至还有能“通灵”的，千奇百怪。若周祈自己种、自己看，自然选这些，但送给唐伯，种到谢少卿家，还是得选东市那些庄重典雅的。

谢家正院阶下花圃的几丛牡丹有两棵没熬过冬天，前两天周祈看唐伯在那儿可惜，如今正是买牡丹的好时候，便想送他两株，把那空儿补上。

花市上都是买花客，摩肩接踵，很是热闹。

周祈与崔熠都是见过名花的，两人却都对花草不感兴趣，也不大讲究。崔熠不愿逛花市，周祈分不清各种牡丹的名字，只知道重瓣深色者最贵重。

送人嘛，又是送唐伯，自然哪种贵重就买哪种，周祈站在花摊边儿上，指着两株深绯色、据说叫什么“丹心艳骨”的牡丹，说自己要了。

花摊儿主人就喜欢这种豪客，收了钱，笑问：“看女郎是自己出来的，不知府上远近，要不让小仆给女郎送回去？”

周祈还牵着马呢，确实拿不了，正要点头，却听人打招呼：“周将军。”

周祈扭头，笑了，对花摊儿主人道：“不必麻烦，来了搬花儿的了。”

花摊儿主人见来的是位极斯文俊雅的郎君，便觉得这是小两口儿耍笑呢，笑呵呵地把两盆花都递给了谢庸。

谢庸微抿嘴，到底没说什么，接过，两臂一左一右地搬着。

周祈牵着马，空着手与他一起从花市出来。

周祈扭头看看谢庸，两盆花都两三尺高，他这样搬着，花朵恰在他的颈旁脸侧，两盆十来朵花都开得正艳，乍一看，像花间长了个人头一样。

周祈想起从前看过的一本叫《牡丹娘子》的传奇。

说在一个叫禅明寺的地方，种着极好的牡丹。年深日久，牡丹成妖，可幻化成美人。这妖却不是害人的妖，只是有些多情，若见有风流客来看花，便从花间现出一张美人面来，声音娇软甜媚地叫人。风流客进了花丛，见到这位美人，然后两人便你侬我侬，如此这般、这般如此起来。

风流客这种事儿做多了，少不得要羸弱一些，便被寺里的老僧识破机关。老僧刨了那牡丹，花儿下竟然埋着一副女子尸骨，看样子至少也有百载了，其身上的衣服，一着风，便化了灰。

老僧怜悯，把那女子尸骨烧埋了，又念了两卷经超度她。晚间女子魂魄来谢恩，说出原委。

说这寺庙初建时，女子来寺里上香，遇到一位相貌极好的郎君，两人私订了终身，只等那郎君回来娶她。却谁知那郎君一去不回，女子每日徘徊在这庙里，竟相思一病，死了。

其父母知她心事，便求了寺里住持，把她埋在寺里后园，又因女儿爱花，便在其坟旁种了牡丹花。却不知寺庙这种地方，种花种草最是讲究，这女子竟因那几丛花不得转世托生，渐渐便与那花儿一体了，成了牡丹妖……

“咯——”谢庸看周祈一眼，又正过脸去。

周祈回过神儿来，把眼睛从谢庸的脸上挪开。

谢庸松一松肩膀。

周祈清清嗓子：“看谢少卿搬着这牡丹花儿，我想起两句诗来。”花妖传奇自然是不能说的，周祈顺嘴扯别的。

“哦？说来听听。”谢庸淡淡地道。

周祈不学无术，肚子里一共没有几首存货，自己作就更不能了，扭头看谢庸，拿出最有名的来充数：“‘名花倾国两相欢’……”

谢庸板起面孔。

周祈也意识到自己说了什么，开始有些尴尬，但看他即便不悦也好看的脸，又不由得笑起来，李太白这一句很切题啊，啧啧……好一个冷美人！

周祈干脆越发耍起了无赖：“我还会旁的呢，‘美人如花隔云端。上有青冥之长天，下有渌水之波澜……’”

“周祈！”

周祈停住嘴，笑眯眯地看着他。

谢庸看看她，过了半晌，轻声责备道：“小娘子家，怎能如此贫嘴。”周祈挑起眉毛，看看谢庸，没说什么，反而吹起口哨儿来。

谢庸细听，虽荒腔走板，却也能听出就是刚才的《清平调》！看她那街头小儿一般无赖的样子，谢庸到底无奈地笑了。

到了家门口儿，谢庸才知道这花儿是给自己家买的。

抱着两盆可抵她半月薪俸的花，谢庸想了想，问周祈：“周将军前阵子说丰鱼楼请客，不知道还作不作数儿？”

周祈眨巴眨巴眼睛。

“某知道将军是言而有信的君子……”

周祈咬咬牙：“行！明日中午丰鱼楼，叫上小崔。”

谢庸轻笑：“多谢。”

然而周祈到底没请这顿饭，南边青龙坊旁出事儿了，一个亥支的兄弟来报，一只野狗叼着一块新鲜带肉的人骨。

周祈拿着从狗嘴里抢出来的肉骨头，翻来覆去地看。

能看出来，这是一段上臂骨，骨头上还残存一点儿破破烂烂的皮肉，皮肉有弹性，虽脏污得厉害，却也能看出肤质颇为细腻；骨头上端断口整齐，是利刃留下的痕迹。周祈把这段骨头与自己胳膊比一比，差不多长。

只这样一段残骨，实在看不出什么，周祈放下它，等仵作来验。

“那狗呢？”周祈问。

亥支负责这一片儿的叫冯七郎。因周祈随和，兄弟们在她面前都不拘束："老大，那毁尸犯们跑得太快了，转眼就四散没影儿了。怎么？还得治它们的罪吗？"

周祈没什么威严地瞪他一眼："找狗是看能不能顺藤摸瓜，找到剩下的尸骨。"

冯七郎满脸难色："这可不容易，这附近尽是野狗，街曲里，山坡子上，曲江边儿，树林子里，一群一伙地到处乱窜。我认人还行，认狗……"

周祈本以为亥支的人多少都有点功夫，夺这骨头时，兴许顺便逮住了那狗，如今看来只得作罢。

冯七郎是在青龙坊、敦化坊中间的大街上发现这尸骨的。这里属万年县，在长安城最东南，紧挨着曲江池。虽然节庆时曲江繁华热闹，江边儿又有皇帝的芙蓉园和几处贵人别业，但这东南诸坊其实很是闲僻。

这最靠南的三排里坊被称为"围外地"，住户稀少，且住的多是贫民，并不比朱雀大街那边长安县的西南诸坊好。

长安城东高西低，有原有坡，这附近就有个坡子，绵延于青龙、敦化旁边儿的立政坊、修政坊中，坡上少人家，又有杂树林。

带了陈小六等常驻兴庆宫的来，干支卫亥支本在东南诸坊的还有几个人，周祈把他们都撒出去，一边查找失踪人口，一边查看附近的山坡子、小树林等地方，至于查看曲江边儿大片的园子林子，就不是周祈这点人能干完的活儿了。

周祈这边还没得到什么消息，崔熠和谢庸便到了，同来的还有大理寺仵作吴怀仁，并京兆府和大理寺衙差们。

吴怀仁今天见了周祈倒不心虚，因知她有正事儿做，没空儿教自己练拳。

吴怀仁举着那尸骨看了半晌，又用净水把骨上脏污洗去，看一看，对谢、崔、周三人禀道："这是上臂骨，虽看不出血坠，但据其新鲜程度看，死者死亡不会超过三日。

"臂骨上缘有利刃伤，应该是刀斧，剑和匕首不行。看断口儿，凶

手很有力气，且动手时不犹豫。

“根据骨长推断，这死者身高在六尺五寸到七尺之间；骨头并不粗壮；骨上带有零散皮肉，有弹性，洗净了细观，颇为白皙细腻。这样总起来看，死者极可能是个女子——自然也可能是个年轻力薄、身量不很高的男子。”

这么一块被狗啃烂了的尸骨，哪怕是吴怀仁这样的仵作，也只能看出这些：“看能不能再找到旁的尸骨吧。”

吴怀仁又问周祈：“周将军，能从那狗上顺藤摸瓜吗？”

周祈摇头，把狗的事儿与他们说了。

“为何这附近这么多狗？”崔熠诧异。

“起初是因为偏僻，住户养狗以看家护院，但狗又生狗，住户多养无用，又费粮，自然就扔了，这狗就成了野狗，野狗再生狗，就越来越多。”透过坊门，谢庸看向青龙坊内，房屋破烂低矮，街道坑坑洼洼，两条狗趴在路边儿上晒太阳，“若不是有人捕杀吃肉，这狗还远不是这个数儿。”

崔熠那样的出身，虽当了京兆少尹这两年，已略知民生，却如何知道这穷街陋巷里的细节，想了想，点点头。

周祈与谢庸、崔熠说了自己的安排：“这附近着实荒凉，又是土坡子，又是树林子，又是河沿子的，比方说敦化坊里那小片儿榆树林，就是埋尸藏尸的好地方。若这尸骨被埋在这些地方，因埋得浅，被狗刨了出来，肯定有痕迹，我已经让我的人去搜了。若找不到，恐怕还得去搜曲江边那一大片园子林子……”

崔熠点头，当下便要派人去协助一起搜找。

“且等一等，这坊里无人的旧宅也不要放过。”谢庸道。

周祈看他：“这附近可埋尸的地方这么多，会有人去旧宅子里埋尸？这若不是自家旧宅，就得翻墙撬户；若是自家旧宅，埋在里面，到底也是个麻烦。”

以周祈从前的经验，嫌犯们犯案，与买卖东西有些像，都是能少花就少花，能多得就多得。不管是选择杀的人，还是杀人的办法、抛尸之地，都能省时间就省时间，能省力气就省力气的。比如抛尸，若在僻静不会被人发现的地方，差不多没人会再费事儿把尸首埋起来。再比如女子杀人爱用毒，男子杀人多用器物，其中不太强壮的喜绳索，强壮的就爱用刀剑，无非是因为力气大小不同，选用最方便的罢了。

谢庸赞许地点头："你说得有理，只是这狗到底是家畜，哪怕是野狗，平时也多徘徊在里坊中，翻翻人的秽污弃物，进厨间偷些吃食，甚或咬死鸡鸭，夜里则宿于街头或废弃的宅中。从狗这一点来看，这些废宅不无可能。"

周祈想一想，也对，宁可多花费些力气，也不要放过。

崔熠便让衙差们去搜这附近诸坊的废宅、树林等处。

周祈又看谢庸，谢少卿对这穷街陋巷的情况，似乎比自己还熟悉些，再联想到他说过的幼时事……周祈对谢少卿越发好奇起来，若所猜不差，他当是从小住在这种地方，一个陋巷少年是怎么成为这样一位萧萧肃肃绯袍高官的?

谢庸回视周祈。

周祈只若无其事地笑一笑。

查找其余残骸的一时没有音信，倒是去排查失踪人口的有了回音儿。

陈小六带着青龙坊坊丁走过来行礼。这样的天气，陈小六蹿得额角冒汗："这青龙坊里面有个张娘子，是个独居寡妇，极爱刘家饼铺的胡饼，时常去吃，如今却三日未去了。我在街上访查时，听刘家饼铺的人顺嘴说了，就去找。张家关着门，却没锁，屋里没人，也没见打斗痕迹。我又问其邻居，也说好几天未见她了。"

陈小六看坊丁："你把与我说的，也禀给贵人们。"

坊丁何曾见过这么多大官，有些战战兢兢地再次行礼："这张寡妇，三十来岁，四五年前死了当家的，又没儿女，只自己住个小院子。这个人……有些不大那么老成，打扮得妖妖乔乔的。"坊丁看一眼周祈，后面的话说得声音极小。

周祈却直问："可知道她时常与谁来往？"

“某听说她与坊里杀豕杀羊的卢屠户近来打得火热。”

屠户……周祈看谢庸和崔熠。

谢庸道：“走，去张家看看。另，传唤这卢屠户。”

小十字街口儿，十来个人围成一圈儿。

“我就是听说出事儿了，去看看……”男人的声音不很大，那“看看”二字说得尤其虚。

“去看看！你个老狗鬼怎么回事儿当我不知道！就是那玩意儿又不安分了！”中气十足的女声。

周围一片哄笑。

谢庸等停住脚，坊丁看看谢庸、崔熠、周祈，正要上前去，却被周祈伸臂拦住。

“老娘成天累死累活，让你养娼妇！想得倒美！你个下作东西！”

即便隔着人也能看到这说话的妇人，足有七尺高，膀大腰圆的，手里拿着一根挺粗的棍子。

“你看她娇滴滴是吧，你让她剁个肉杀个猪试试！嫌老娘水桶腰，水桶腰怎么了？水桶腰有力气！”

旁边看客的声音：“嘿嘿嘿，水桶腰有水桶腰的好处……”

“滚！这话你只合跟张寡妇说去！再嘴里不干不净，老娘拿大棍抽你！”妇人举起棍子。

说荤话的看客赶忙抱头跑了两步，又有几人笑了。

妇人怒火接着朝着丈夫喷：“老娘跟你过来，不是拦着你，是告诉你，只要你敢拐进那小曲半步，就别回去了！哪条腿再迈进家门，我就打折你哪条腿！”

刚才跑开的无赖汉笑嘻嘻地喊：“中间那条腿！”

妇人抬手把棍子扔过去，无赖汉赶忙一躲，扭头笑道：“打不着！”

看热闹看得兴起的众人顺着那棍子的方向终于发现了谢庸等人，无赖汉一回头，也看到了他们，对上谢庸的眼睛，不由得缩缩脖子，讪讪地跑了，看热闹的众人也讪讪地往旁边退一退。

从小十字街另一边跑过来一个四五十岁穿绛色长袍子的，还未走近，先轰众人："散了散了，裹什么乱！"

绛色长袍跑到谢庸等面前，连呼哧带喘地行礼："青龙坊里正赵卯拜见贵人们。"

谢庸点点头，越过这里正看向站在路中间的卢屠户两口子。

刚才还彪悍无比的屠户娘子这时候有些愣，卢屠户也一脸的无措。

屠户娘子先反应过来，瞪丈夫一眼，转身捡起那扔出去的棍子，拽一下卢屠户，两口子便要离开。

"二位且慢。"谢庸道。

卢屠户和娘子互视一眼，近前几步行礼。

看看这位身高最多七尺、人长得颇为斯文的屠户还有他高大壮实的妻子，谢庸道："一会儿某有话问二位。"

卢屠户又看他娘子，屠户娘子则皱起眉头。

谢庸看向里正："亦请赵里正随某来。"

"是，是。"赵里正忙道。

谢庸、崔熠、周祈带着衙差拐进小曲，行百十步，陈小六指着一户人家："这便是张寡妇家。"

一个守在这里的亥支的兄弟听见动静，走出来行礼。

这院子在坊里算是好的，夯土墙夯得颇高，上面又铺了一层青砖，门楼亦是青砖垒的，木头门板也颇厚实。

周祈仔细看看那门，又走到院墙边儿绕一圈儿，盯着墙上几处印迹看一看，突然抬腿一蹬，蹿上了墙头儿。

大约没见过女飞贼，里正、卢屠户夫妇，并小曲里几个胆大看热闹的百姓都目瞪口呆。

谢庸只略看她一眼，崔熠则一笑，阿周今日上墙格外英俊。

留闲杂人等在院外等候，谢庸、崔熠走进院中。

院子收拾得颇干净，屋檐下也种了花草，两株挺大的花树，还未开花儿，看树形和刺儿，当是蔷薇之类，若到夏天，想来半院子的娇红香艳。

周祈从墙头儿跳下，与谢庸、崔熠一起走进屋里。

屋里收拾得也很利索，榻上是水红的坐褥，碧绿的隐囊，案上铺着桃红色案布，布上放着绣花绷子、针凿篓子，绷子上是绣了一半儿的荷花，针凿篓子里除了有针线，还有一张纸，打开看，就是那荷花的花样子，上面写着“珍绣坊”——想来是这张娘子接了外面绣坊的绣活儿。

只在堂上略转一圈儿，三人便进了卧房。

卧房比外面还要娇艳些，也是能铺布的地方都铺布，布上能绣花的地方都绣花。周祈这惯常靠“抹灰尘”来判断屋主失踪时间的颇有些为难，到底伸手在其床榻头儿小案上放的杯盏里抹了一下，捻一捻，有薄薄的灰尘。

谢庸捏着掖而未系的床帷络绳，看看床榻上叠着的被子，又低头撩起床单布看床下。

崔熠打开墙角的柜子，里面是被子。崔熠翻一翻，从最下面找到一个钱袋子，掂一掂，打开看，里面装了二三千钱。

崔熠把钱袋子对正查看妆台的周祈晃一晃，走过去看谢庸那边儿。

谢庸打开床尾的箱子，箱子里一片花红柳绿，最上面的是石榴红的诃子[1]和柳绿的纱裤……

崔熠“哦呵”一声，看看谢庸一本正经的脸，露出促狭的笑来。

周祈也走过来，看到那极薄的纱裤，也“哦呵”一声。

谢庸瞪崔熠一眼，却没看周祈，只一层一层地看箱中之物。那箱子里的衣物放得颇为整齐，谢庸在一件秋冬夹裙与一件胡式短袄中间找到一个绣花荷包儿，里面是一对光面银镯、一支牡丹花头儿的银钗及一对铃铛形的银耳坠子。

崔熠道：“钱袋与首饰都没带，不是与人私奔了，况且她一个寡妇，也没什么可奔的，再嫁就是了；钱财未动，屋里纹丝不乱，也不是进了盗贼，被贼劫杀；若那断臂果真是她的，她又是这样儿的寡妇，只

1　诃子（读音 hē zǐ）亦称“袜胸”“裲裆”“合欢襕裆”“抹胸”等，是中国古代女性的内衣之一。

能是情杀了。外面那两口子有重大嫌疑啊。”

周祈皱皱鼻子，看谢庸。

“先出去问问。”谢庸道。

先被带进院子的是里正。

估计已经在心里把这张娘子的事儿捋过好些遍了，周祈一问，里正就都倒了出来：“她当家人没了四五年了，原先是个木匠，手艺挺好，有一回给一个大户人家弄屋顶的梁枋，掉下来摔了脑袋死了。

“这小娘子嘴上也来得，手上也来得，只是有些不大稳当，她当家人死了后，每天打扮得妖里妖气的，惹得附近无赖汉子们时常在这儿转悠。我曾让贱内来劝，让她再嫁，她挑挑选选的，一直没成。她娘家就是那边安乐坊的，去岁其娘家嫂子给她相个鳏夫，她嫌那人人品不好，不乐意，姑嫂吵了起来，也是贱内来调停的。”

听说其娘家是安乐坊的，崔熠看向一个衙差，衙差行礼出去了。

“去年冬天，听说认得一个大茶商，坊里人见过两回，不知怎么又没了音信儿。听坊丁说，近来她与外面的屠户卢大郎多有来往。”

里正说完了，叉手而立，等候示下。

周祈笑道：“这坊里的事儿都在赵里正肚子里装着呢，真是不错。”

赵里正赔笑，只是那笑里发苦——出了这样的事儿，他的里正是做到头儿了。

“再说说卢屠户两口子。”

“卢大郎家是这坊里的坐地户儿了，他阿翁阿爷都是屠户，到他这儿，偏胎里弱，于是家里给娶了个厉害娘子。这胡氏着实让他家娶着了，来了卢家十来年，杀猪卖肉，比男人还利索，卢大郎只合给她搭把手儿。如今老的没了，看着他家倒像是这娘子顶门立户。”

周祈点点头，看谢庸和崔熠。

“你们每日巡逻是怎么样的？”谢庸问。

里正忙道：“青龙坊虽不小，人却少，故而行的是小坊的规矩，有坊丁五个，分日夜两班，日二夜三。日间上下午各巡一次，夜里除了更

鼓正点儿，按照县里要夜间加巡的规矩，考虑到二更三更的时候人们睡得最熟，我让他们在二更半、三更半时再加巡两次。日间都是明巡，夜里一个守里坊正门，两个巡逻，一明一暗。”

谢庸看着这里正还算谨慎的样子，点点头。

让里正暂时退下，卢屠户被带进来。

崔熠道：“别用我们问了，自己说说吧。”

“她果真出事儿了？”卢大郎睁大眼。

没人回答他。

卢大郎赶忙跪下磕头，被谢、崔、周三人注视着，他一个卖肉的，何曾见过这阵势？他苦着脸，一副不知说什么好的样子。

“你是何时与这张娘子有勾连的？到了哪一步儿了？你们有何打算？这张娘子还有没有旁的人？”周祈问道。

“年前她去买肉骨头，买得多，我给她送回来，她留我喝了一盏茶，说了会子话儿，慢慢就熟了……”卢大郎不敢抬头，“我们已经，已经那样儿了。我是想娶她做妾，她不肯，说不给人做小，内人也不肯，我们就这么混着……

“她是个实诚人，贵人们莫听旁人说的。她看上谁，就一心一意对谁，从不三心二意的。从前她汉子在的时候，她一心一意跟着他，后来想跟着隔壁坊的魏八，魏八不牢靠，她又看中一个贩茶的，姓屈，那人只是贪新鲜，也不是好人，然后便是和我……”

周祈撇撇嘴，这张娘子眼光可着实不怎么样。

屠户娘子胡氏与周祈的看法一样。

“她又蠢又瞎，才看上我家那口子。那鬼奴懒、馋，还废物，若不是我照应着，早要饭当了乞索汉了。”胡氏从鼻子里哼笑一声，“她若真愿意要，我就给她。

“看样子那娼妇是出事儿了。贵人莫不是怀疑我？我害她干吗？为了那鬼奴，我值当吗？我有肉摊子，有孩子，不缺鬼奴那鼻涕似的二两肉。”

周祈一笑，崔熠挑挑眉，也笑了，谢庸轻咳一声：“如今她失踪了，娘子还有什么能告诉我们的吗？”

“许是跟大和尚们说的一样，她‘顿悟’了，也看不上我家那鬼奴，跟旁人跑了吧？”

干支卫的人回来，在周祈耳侧回禀，已搜过，并未在卢屠户家找到尸骸或者衣服之类可疑之物。

周祈对谢庸、崔熠摇摇头。

谢庸看看胡氏，突然道：“听说娘子家的肉格外好，我想买些羊肉。”

胡氏惊讶地瞧了一眼谢庸。

周祈和崔熠也转头看他。

周祈猜他是发现了什么，心里又想，今晚是不是有烤羊肉吃了？

崔熠与她想的一样，两人相视一笑。

卢大郎和胡氏引着谢庸、崔熠、周祈一行来到自己家肉铺。

铺子不大，收拾得很利索。

胡氏拿了围裙系上，洗过手，取下顶子上吊着的半扇羊来，拿起砍刀，“哐哐”地斩了几下：“贵人要这一块行吗？”

谢庸点头。

胡氏便接着“哐哐”起来，把羊肋骨都剁成小块。

旁边卢大郎也系了围裙，洗过手，取了几片大干荷叶，等胡氏剁完，把肉都用荷叶包了，又用麻绳捆住，看一看，递给了一个衙差。

“多少钱？”

“送给贵人吃。”卢大郎赔笑。

谢庸拿出钱袋取出些钱来放下，道了谢，转身离开。

“贵人给多了……”胡氏在后面道。

崔熠回头看一眼肉铺里的两口子，不是他们？

吴怀仁在张娘子的院子里等着，见谢庸等回来，忙迎上来。

谢庸递上荷叶包。

“羊肉？人肉？”吴怀仁问。

崔熠笑起来。

周祈学崔熠架秧子拨火瞎挑拨："老吴啊，你把你们少卿想得口味有点儿重啊。"

吴怀仁做出更"大逆不道"的动作，背过手去，嘿嘿一笑："我先去洗个手！验人可以不洗手，验羊不行。不然晚间还怎么烤、炖、煎、炸？"

周祈与崔熠对视一眼，觉得这个胖子简直太识趣了！我俩道中人啊……

谢庸也笑一下，拎着羊肉，等着吴怀仁。

吴怀仁回来，接过谢庸手中其中的一包，打开，稍微翻找，捏起一段细看，然后又看别的……

"这剁肉之人刀功不错，剁肉而不伤骨。少卿、少尹、周将军你们看，"吴怀仁捏起一段带脊骨的，"正好卡在骨缝儿里切的。不只这一段，段段如此，而且大小均匀。

"那臂骨被砍掉了与肩膀接榫的一段，若是在生前打斗时被斩下来的，凶手是这样刀功的人，倒还可能；若是死后分尸，应该就不是这操刀者所为了——周将军说得好，这凶手作案也是能省力气就省力气，能省工夫就省工夫的，她有这骨肉分离的本事，干吗费劲儿剁骨头啊？"

谢庸道："胡氏身形高大，死者要矮小一些，胡氏举刀，若死者当时胳膊垂放，伤面当是顺着或斜顺着骨头的，要造成这样垂直于臂骨的横伤面有些难；若当时死者手臂在动，形成这样的伤面就更难了；胡氏惯用右手，这又是一段右臂骨，如此就又增加许多限制——以此看，前者可能性也不大。"

崔熠以手为刀比画比画："还真是！"又看周祈。

"关键，以胡氏那两根手指拎半片大羊的力气还有这刀功，想杀张氏，直接砍脖子就完了，不会砍到胳膊；若说是打斗误伤——张氏恐怕没有与胡氏一斗之力。"周祈道。

"而且，胡氏这个人悍勇而不凶戾，她与卢大郎吵架，没有顺手拿刀，反而拿棍棒，要挟丈夫说的是'打折腿'，而不是'砍下来'，更不是杀人；她又看不上卢大郎——”周祈想起她说的“鼻涕似的二两肉”，不免露出些戏谑的笑来。

崔熠知道她想起了什么，“哎，哎”两声：“你正经点儿啊，阿周。调戏我们这些规矩正派人，有意思吗？”

听他说规矩正派人，周祈直接扭头看谢庸。

谢庸不看周祈，只接着她的话头儿道：“故而以其性情，因妒恨冲动杀人的可能性不大。”

周祈眯眼，谢少卿的耳下是不是有点儿红啊？不会吧？话说从前怎么没发现谢少卿还是个羞涩的人儿呢……

被她这样看着，谢庸到底忍不住，扭过头来微瞪周祈一眼。

周祈施施然地收回目光。

“张氏是个干净利索又爱美的人，其屋内无不平整干净，床榻却有些异常。她的被子虽是叠起的，却是随便团折而成；床帷拢得也不整齐，只用络绳转一圈儿掖住，络子穗头儿半塞在绳中；床下又有干溺盆——张氏断然不是一个白日还把溺盆放在屋里的人。”

崔熠微皱眉头：“所以，她是半夜被人劫走杀害的？那凶手怕人猜出，故意做出这假象来？”

谢庸点头：“极有可能。从这随意团折的被子、掖着的帷帘看，凶手不是个干净利索人——人行动再匆忙，也会带出平时的习惯来，他能做此掩饰，就不差这点儿工夫掩饰得更好。”

谢庸又道：“那卢家肉铺收拾得颇利索，胡氏的围裙亦不算脏污，她卖肉前先洗手，是个干净人；卢大郎亦如此，这荷叶包上的麻绳也系得平平整整。在这点上，他们与作案人不符。”

崔熠嘬嘬后牙花子，突然灵光一闪：“夜里劫走，又不是个干净利索人……会不会是那些街头无赖？那里正说这张氏妖乔，引得一堆闲汉在此闲逛。会不会是其中一个，或几个，劫走奸杀了这张氏？”

谢庸点头：“不无可能，只是那些无赖汉为何没动这屋里的财物？张氏的东西并不难找。”

“那个时候色心冲颅，哪顾得上找财物？又黑灯瞎火的，点着灯烛

也不方便找。再说张氏寡妇失业，能有多少积蓄？兴许他们觉得不值当找呢。”

谢庸微微摇头：“穷街陋巷的无赖汉，因色而放过财的，极少。”

崔熠想想这坊里的样子，还有那些街头闲汉的破衣烂衫，点点头。

“我查看了那门和院墙——”周祈道。

谢庸、崔熠、吴怀仁都看这位溜门撬锁翻墙头的行家。

“那门极严实，插关也做得巧，里面插上，在外面很难拨开。故而，外人夜间要进来，要么张氏自己开门放进来，要么那人翻墙头。外墙上有不少足蹬攀爬的痕迹，但大多踏点低。”

周祈在院内现场演示。她右脚蹬在院墙约四尺高的地方，然后往上拔身子，左脚又蹬一下，手便攀在了墙头儿上。

周祈便这么攀着墙头儿回头对谢庸、崔熠等道：“这是普通人爬墙，但若后面没人顶着帮着，往往蹬不了这第二步，就掉下去了。故而那些踏点当是几个无赖汉互相帮着，一起爬墙头留下的——他们不管第一步第二步都有往下滑的痕迹，显得拙笨。”

练步法把自己绊倒好几回的崔熠觉得有点儿扎心，看看周祈挂在墙头衣袂飘飘、谈笑自若的潇洒样子，扭头看谢庸：“老谢，你上回帮阿周修房顶，她八成在心里说你拙笨了。”

谢庸还没说什么，偏偏周祈耳朵长听见了，嘿嘿一笑，从墙上跳下来：“不，不，我们谢少卿即便上墙也很是飘逸端雅，宛若闲庭信步、看山观云。”周祈颇知道感恩地对谢庸讨好地一笑。

谢庸嘴上未说什么，眼角儿却微微翘起。

崔熠看看他们俩，我怎么不信呢？阿周这节操啊……

周祈接着说正事儿：“土墙上这些两步痕迹，除了十分旧的，不太好判断时间。

“可我看，其中还有一个高的坑点，比我踏的也低不了多少，且没有往下滑的痕迹，倒像个也会功夫的人踩的——不过，也可能是哪个无赖汉在第二步时偶尔蹋上的，倒也不好妄下决断。”

谢庸点头，想了想：“让里正列出常在这宅子周围的无赖汉，挨个儿排查吧。”

衙差领命出去。

周祈看那两个荷叶包：“所以，这羊肉应该是能吃的吧？”说着便看谢庸，脸上讨好的神色越发浓了。

崔熠立刻忘了腹诽周祈节操的事儿，笑道：“我们老谢确实风姿好，你没见过他烤肉，啧！啧！那姿态，就像临水赋诗、对月弹琴，秀雅，秀雅得很！”

呵！马屁精！谁烤肉能像临水赋诗、对月弹琴？周祈面上却极认真：“哦？果然是我们谢少卿！”

边儿上的吴怀仁终于明白人家为什么都是穿绯袍的，自己只是个小小仵作了，脸皮厚度不一样啊！

吴怀仁虽自知不敌，到底也说了一句：“那想来味道也是极佳的。”

三人中唯一吃过谢氏烤肉的崔熠立刻以过来人的口气对周祈和吴怀仁道：“极佳，真是极佳！”

谢庸看看他们：“目前尚不能完全排除卢大郎和胡氏的嫌疑，多少凶案，都是嫌疑最小甚至已经被排除的人做的。你们可曾想过，他们兴许就是用那切羊肉的刀、在那切羊肉的案板上分的尸？”

三人立刻绷住了脸。

谢庸淡淡地道：“其余残骸找不到，兴许是被他们当豕肉卖了……”

崔熠和吴怀仁一时不知道说他什么好，周祈却点头道：“还真不无可能。”

周祈突然皱眉一笑：“我怎么有走入《南北迷案》之感？”

崔熠笑起来：“那你就是里面的原六郎。”

周祈垂着眉眼，小声嘟囔：“原六郎吃正宗的手把羊肉不知道吃过多少回，我连个好吃的烤羊肉都吃不上……”

听她又绕回到羊肉上，崔熠越发笑起来，到底是阿周……

谢庸看一眼周祈，抿抿嘴：“等休沐日，我看能不能买到好羊肉，你们都来我家吧。”

崔熠、周祈、吴怀仁都露出笑来，谢庸也微微笑了。

吴怀仁却又有些纠结，到时候周将军会不会揪着自己教拳法？

周祈看看崔熠和吴怀仁：“左右现在我们在这里等消息，也没旁的事儿做，不如活动活动手脚，练两趟拳，耍一回剑吧？”

崔熠和吴怀仁赶紧低下头去。

谢庸不由得莞尔。

“报——”干支卫冯七郎和两个衙差快步走进来。

“禀将军，禀少卿、少尹，在坊内窦家旧宅，找到了残骸。”

谢庸对崔熠、周祈和吴怀仁道：“走，一起去看看。”

一路走来，看到几所荒宅，大多院墙和屋顶都塌了，只勉强剩个房屋架子，院子里枯黄的荒草下又冒出一片新绿，偶见三两条狗在那土堆上追逐而过。

窦家旧宅情况却好些。这宅子与张娘子家隔着两条小曲，从外面看，至少屋顶、院墙都还完好。

周祈看那门板上挂着的锁和门鼻子，扭头问冯七郎：“这锁是本来就搭着的，还是你们拽开的？”

“本来就搭着的，看着像是锁着，其实一拽就开。”

谢庸、崔熠、周祈走进院子里，眼前的样子着实有些惨不忍睹。

几株蔷薇花下，有人挖的坑，也有狗刨的痕迹，地上扔着两段白骨，又有三块带土的骨肉残骸。

“我们查到这里时，便看见荒草中两段白骨，花树下又有一片松土和狗刨的土坑土堆。我们在荒草中再找一找，又找到这剩下的白骨，在花下的狗刨坑旁则挖到这些带皮肉的尸骨。”领头儿的衙差禀道。

谢庸点头。看人挖的那坑子，这几段尸骨能完整保存，当与埋得较深有关系，估计与狗吃饱了也有关系。

“这边还有！”墙角儿处一个衙差喊道。

谢庸四人走过去，墙角长了荒草的地上都是狗爪印，那尸骨埋得很浅，七八块，有盆骨，有肋骨，有腿骨，都被啃食过，但上面大多数带有残肉，应该是狗给自己藏起来的“吃食”。

饶谢庸、崔熠、周祈、吴怀仁俱是见惯尸首的，见此景象，也都面色深沉。

吴怀仁亲自捡这堆新发现的尸骨，谢庸、崔熠、周祈则去花树旁看那三块皮肉完整的。

这是一段肩膀、一段腰肋和一段大腿，都系被利刃砍断，皮肤细腻有弹性，从新鲜程度上看，当与之前发现的臂骨属同一人，而从肩膀段下缘能看出，死者确实是一位女子。因尸骨表面沾了不少泥土，更细致的痕迹要等洗过之后再看。

谢庸等又略看过那几块被狗啃干净的白骨，便进了这窭宅的屋子。

屋子里已经搬空了，屋顶上有一个洞，到处是灰尘、蛛网，地上有同一人的几个脚印。

“你们可曾进来过？”周祈对外面喊。

一个衙差赶忙跑过来：“某进去过，见屋里没有什么，便退了出来。”

周祈点点头，衙差退下。

周祈看看谢庸、崔熠，所以，这凶手并没有进屋子里来……

那边吴怀仁把所有的尸骨都捡在一起，在院中按人形摆放，并把之前发现的那段臂骨和已经被狗啃干净的几块白骨也摆上，对走出屋门的谢、崔、周三人道：“是一个人的，两条上臂骨一样长，横冲直撞的斩剁法也一样。可惜缺得有点多，尤其没有头颅。”

吴怀仁又拿起那三段皮肉完整的尸骨。

这三段是最可能看出东西的，吴怀仁先大略看过，又让衙差去打了水来，细细清洗了两遍。

“凶手分尸用的当是刀。”吴怀仁举着肩膀一段，指着其截面给谢庸等看，“这样长的创面，若用斧子，当有接痕，菜刀也不行，这般平直，一刀而下，只能是长刀。”

周祈最懂刀剑，指着那创缘上不太平整之处问：“这莫不是刀刃卷了或者有缺口吧？”

吴怀仁点头：“周将军利眼，极可能是这样。”

“那他这刀卷得可够厉害的……”周祈数一数，那创缘这样不平整的地方共有五六处之多。

吴怀仁又细细查看这三段的皮肤表面，上面有不少擦痕，有的翻出皮瓣儿：“这当是临死或死后拖曳形成的，若是活着时形成，当发红、肿胀，痂皮也会边缘微缩。”

谢庸指着肩膀上擦痕之间的一段黑紫印迹问：“这是勒痕？”

吴怀仁点头：“许是勒痕，但也可能是什么硬东西硌的、压的。若是勒痕，也不是用的麻绳，麻绳都会留下麻绳印子。”

谢庸拿起腰肋一段，在侧腰的位置亦发现这么一段类似的黑紫印迹，大腿一段则未见——也许是因为大腿上拖擦痕迹格外厉害。

查完细处，把这三段也拼上，整个人还是缺了不少，但这院子里能找的地方已经都找了，其余部分要么被分埋他处，要么被狗叼走扔到了旁处。

“应该是被埋到了旁处。头颅坚硬，不容易分开，且太容易辨识，这坊里虽荒僻，若一条狗叼着个头骨，还是会发现的。”谢庸道。

“也许是和衣服埋在了一起？”崔熠猜，“都是容易辨别出身份的东西。”

谢庸点头。

吴怀仁指着拼好的尸骨道：“就像我们之前说的，该女子大约死于三天前，身长六尺六寸左右，不胖，从盆骨上看，生育过。”

张氏大约是这个身材，从其箱中衣物可以看出。周祈回头吩咐冯七郎：“去与里正核实一下，张氏之前是否生育过。”

“如何致死不明，但应当不是毒死的，死后被长刀分尸，分尸场所亦不明。”吴怀仁接着说。

谢庸指指周围土堆中的深色部分：“许就是在这院子里分的尸。分完尸，埋入地下，把挖出的鲜土盖在上面，隐藏血迹。若不是野狗挖出来，有人经过也不会发现。”

“劫走人的时候记得叠被，分尸埋尸也做得干脆利索，是个能人啊。”周祈点头。

“胆子也大，若是我作案，定是在屋里分尸。他就不怕有声音，被人听到吗？若是夜里分尸，点了灯烛，也容易引了人来。”崔熠道。

“这几日月光极好，不用点灯烛也行。”谢庸道。

听他如此说，周祈便知道，没跑了！前日晚间对月吹箫的就是谢少卿。吹的什么《杏园春》，想来是他院子里的杏花终于都开了，谢少卿一颗骚客的心就躁动起来，月下对着花树吹起了曲子，兴许还画了画儿，写了诗？啧啧，文人……

谢庸看一眼周祈。

周祈微微皱眉，他难道听到了我的腹诽？这也行？

为了那顿休沐日的羊肉，周祈把神情摆得越发端正：“这样的好月光，便是点着风灯，有这院子，在外面也看不出来。”

崔熠看看那院墙，点点头。

吴怀仁不似崔熠，发现了这二位的眉眼官司，莫非谢少卿与周将军这几日每天花前月下？啧啧，年轻人……

冯七郎来禀，里正到了，衙差们还带着几个坊里的无赖汉，都在门外等候。

“我问过里正，那张氏确实曾有一个孩子，几个月就夭折了。”

周祈点头，与谢庸、崔熠走到门外。

里正上前禀道：“常在张氏家附近的几个无赖汉子便是他们了，还有一个佟三，是旁边修政坊的。”

一个衙差叉手：“已经去拿这佟三了。”

几个无赖汉中，有一个脸熟的，便是卢屠户夫妇吵架时在旁边说荤话那位。几个无赖都一通磕头，使出街头本事，虚张声势，大声喊冤。

周祈皱眉，挨个儿拎起扔出去，无赖们跌成一片，有两个啃了一嘴泥。没想到这位如此暴躁，不单里正，便是与周祈还算熟悉的衙差们都有些目瞪口呆。冯七郎等干支卫则一脸赞许、与有荣焉的样子，嘿，到底是咱们周老大！这帮小子，就该让老大这样整治整治。

谢庸看一眼周祈，没说什么，崔熠则拍手叫好。

把其余几人带远，谢庸先从那个熟脸的开问。

这个小子叫裘五，二十七岁，家里有个老娘，家贫，无业，没有妻室，偶尔给人做些零工，赚点儿家用。

“冤枉啊，”被周祈那一扔，想是摔得不轻，裘五不敢再撒泼，喊冤也喊得颇老实，“我真好几个月没挨这张寡妇的边儿了。年前的时候，在张寡妇家门前，我截住她，跟她说话，被她骂了几句。正纠缠着，遇上了我们坊的陆坊丁和那边昌乐坊的齐坊丁，被他们狠说了一顿，还挨了齐坊丁几下，我跟他们保证绝不再犯，从此便再没凑近过这张寡妇。”

谢庸问他攀墙头儿的事儿。

裘五赔笑：“连这，贵人们也知道。我们就是攀墙头儿往里看看，拿石子儿扔她窗户，没敢真进去。”

周祈在旁边拍拍手上的脏污，裘五一缩，赶忙道：“我们里头，要说胆子大、本事也大的，是佟三。他会两下子拳脚，别看胖，利索得很……”

把几个无赖汉都审了一遍，谢庸让人暂时把他们收押了。

周祈对谢庸、崔熠道：“这几人中没有会功夫的。会功夫的人，即便装，也能看出痕迹，摔不成他们那德行。不过都是年轻汉子，拿长刀分尸，倒也没问题。”

谢庸对无赖汉是什么样子颇为熟悉，看其神色，比对其证词，这几人不似作伪，他们小偷小摸或许常干，杀人分尸恐怕干不了。

“报——”衙差走过来。

“佟三不在家中，其邻居已经有三两个月未见他了。”

谢庸、崔熠、周祈又转战修政坊，仵作吴怀仁则留在窦家荒宅，收拾那些尸骨。

修政坊与青龙坊一般的大而荒凉，尤其坊里东半边儿还有一段土坡，坡上人家更少。这佟三家倒是不在坡上，而是在十字街西的平地，两间斜拉胯的屋子，院墙破得厉害，大门连门鼻子都没有，谢庸等推门进去。

院子里除了常走的地方，都长着草，草中扔着些露洞烂鞋、掉腿胡床、破酒坛子之类的杂物，窗下趴着两只老鼠，见有人来，刺溜钻进了墙上洞里。

屋里与院子一样破旧，正堂当中一张食案、一把胡床，案上油泥积了老厚，上面两个盘子、一双竹箸，盘子里面有一层干了的黑色污垢，估计是不知什么时候的剩菜汤，案下又有一个碎碗。食案旁边还或立或倒着几个空酒坛子。其余地方又有脸盆之类杂物散乱放着。

周祈这惯常靠抹灰判断屋主失踪时间的，在那食案上抹了一下，手指上除了尘土，还蹭了油泥，黏糊糊的。

“这里莫不是有过打斗？”崔熠捏起一块碎碗碴儿。

谢庸沉吟：“不一定，碗在食案侧下，可能是人在旁边经过把碗蹭了下来，也可能是老鼠碰下来的。若是打斗，不能碎的只是碗。”

三人在堂屋转了一圈儿，并无更多发现，便一起拐进佟三的卧房。

卧房里迎面靠墙一张床榻，床上帷帘半垂，被窝儿摊着，油渍麻花的枕头放在床头。床头儿有个高几，几上空无一物。窗边靠墙还有一个三屉破矮柜。

谢庸撩开床帷，总体看一看，拿起枕头，看下面可压了什么东西，又撩开那被子，查看被子和下面褥子上是否有可疑印迹。这被子一撩起，便有一股子又潮又油腻的脏污味儿散了出来。

站在高几旁的崔熠被波及，皱皱眉头，扭头儿看谢庸这边儿。

见谢庸捏着黑漆漆、油腻腻的被头正在细看，神情严肃平静，眉头都不皱一下，崔熠只能叹两句，老谢真汉子！老谢辛苦了！

崔熠看高几旁墙上钉的铁钉：“这里是挂什么的？”铁钉处倒不算脏，右斜下墙皮二尺多处有几个磕碰的地方。

崔熠比量一下：“刀剑！极可能是刀！”

“老谢、阿周，这佟三可能有刀，许就是那凶手。”

窗前查看矮柜的周祈道：“有刀不代表就是凶手。他失踪几个月了，如何会于几日前突然出现，并杀了张氏？”

“许是流窜去了旁处作案，或者躲避仇家，甚至在哪个山头儿落了草？这种无赖，谁能说得清呢？他回来估计是想劫张氏走，或者就是立

意奸杀，如今又跑了。”

“你说的不无可能，但有可疑处。你看这个。”周祈伸手，递给他一把小木片儿。

崔熠接过来。小木片儿长短参差，上面有的写着几个数字，有的写着“张”“赵”等姓氏，下面又有小字“紫云十八年腊月廿六”“紫云十九年正月初五”“紫云十九年正月十三”“紫云十九年春张榜后”，木片后面是“同利赌坊”之类赌坊名字。

“这就是传说中的彩筹吧？”崔熠到底是贵介子弟，家里管得严，他又不缺钱，故而对这个不熟。

周祈却是在街面儿上混的，教给他：“城里不少赌坊都发这个，二三十文到百文一个不等，售价与开奖时的奖额有关，下面的日期是开奖的日子。这写数儿的，就是开奖时，赌场庄家摇骰子，凭数儿对上几个来领奖；这些写姓氏的，则是最风行的‘科考彩’，若今科状元姓赵或者姓张，这佟三就赚大了。”

“嗯？这么熟？莫不是也买这个了？”崔熠笑着看周祈。

“买啊，时常买上几个，万一中了，就发财了。”周祈一脸的理所当然。

“哦？中过吗？”

“没有。”

崔熠绷不住，到底笑出来：“就你那赌运……阿周啊，听我一句劝，别买了啊，免得常买常失望。”

“我这么些年的坏赌运，兴许是攒着拼一把大的呢？”周祈嘿嘿一笑，“我连中了奖买什么都想好了。”

崔熠笑道：“说说，买什么？”

“去东市瞿家、唐家那几个刀剑库啊。到时候，我就说，这一把，这一把，”周祈虚指一下，一脸的财大气粗，“还有那一把不要，其他都送到舍下。”

崔熠越发笑起来，便是那边掀开油渍麻花褥子的谢庸也翘起了嘴角儿。

周祈把话题又扯回来："兑过的彩筹，若不中，当时便扔了，若中了，赌坊会收回，故而这都是未兑的彩筹。从时间上也能看出来，这彩筹的日期最早是腊月底，与邻居说的三四个月没见他正好对得上，而科考彩，现在还没开奖，且这些科考彩还是长期承兑的。

"别的他都乱扔，这些东西却统一放在那屉子柜的下层，可见是何等珍之重之。像我们这种总心怀大期望想着一夜暴富的人，是不会把彩筹扔下就走的。"周祈断言。

"你的意思是？"

周祈点头："虽没有更直接的证据，但我觉得这佟三也出事儿了。"

"我也认为佟三出事儿了。"谢庸手里拿着一根布腰带和一个纸包儿走过来。

"这是什么？"崔熠指着那纸包儿。

"从褥子下找到的，"谢庸把纸包儿打开，里面是淡紫色药粉，"有淡淡的芋香味。高峻被毒杀案中，我们去捉拿那几个卖药胡商，其乱扔的就是紫芋粉。这一包或许就是他们之前掺过芋粉的药，只是不知道是哪一种。这样的药，即便掺了芋粉，当也是个珍贵物，佟三不该扔下。"

"还有这腰带，若他是自己走的，这个不会还在床脚。"谢庸又道。

"也许他系了旁的腰带呢？"崔熠道。

谢庸摇头："这里的人日子过得不讲究，没那么些腰带可用。"谢庸指着那床头高几，"那高几上也太利索了些。可能佟三平日脱了衣服就扔在几上和床上。有人带走佟三时，顺手把他的衣服，还有那墙上的刀也一并拿走。这腰带掉在了床脚和高几中间，被遗漏了。"

周祈微眯眼睛："与带走那张氏一样都有善后……"

"对，极可能是一人所为。"谢庸点头。

谢庸吩咐衙差："叫人去搜本坊荒宅，尤其是像青龙坊窦宅那样离左右邻居比较远的荒宅。要搜仔细一些，佟三失踪已经是三四个月之前

的事儿了。”

找到窦家荒宅中的残骸后，其余在山坡、树林、荒宅搜寻查找的人本已撤了回来，如今又得令再去搜找。

但这回只搜荒宅，指令又明确，时候并不很长，便有人来报，在本坊西北角一处荒宅中有动过土的痕迹，刚刚刨开，发现了人手。

这所藏尸之宅在最边角儿上，旁边也是一处荒宅，与同样在十字街西的佟三家隔着三条小曲。

几棵花树下，摆着已经被挖出的两条胳膊、两条腿，与窦家荒宅中的残骸不同，这胳膊腿都没从中间砍断。

虽是冬春，但毕竟已经三四个月，残尸上的皮肉有些还挂在骨上，有些已经烂在了泥里，要看尸表是不能了，要看骨头可也看不清。

“这怎么办？”崔熠问。

“煮。”谢庸淡淡地道。

崔熠：“咦……”

“谢少卿，你们看这个！”正在院中背阴处一棵花树下挖掘的衙差喊。

他拿小锹慢慢地把尸块周围的泥土拨开，能看出来，这是一段腰背，与那边挖出的胳膊、腿不同，这一段大部分没有腐烂，其表皮光滑，土黄色，有油光，就像抹了一层蜡。

“这大概就是前朝刑部侍郎李公在笔谈中说的‘蜡尸’了。他遇到过一案，那死者被扔在水塘中一年，尸体全身都覆盖着蜡油似的东西，身上伤痕清晰可辨。”谢庸蹲下细看。

这味儿太冲，崔熠皱着鼻子蹲下：“这蜡从哪里来？为何只这一段是这样，那边挖出的胳膊、腿都没有？”

周祈亦凑在一堆儿，蹲着看：“能从哪儿来？想来也只能是这尸体自己的油啊，只是从体内渗出到体外，时间一长，就成了这蜡似的样子了。”

听周祈说尸油，崔熠突然想起从她那里借的传奇上说邪道用尸油炼药来。

谢庸点头：“周将军聪敏，李公也这般认为。”

谢少卿刚才在夸我？周祈看谢庸。谢庸也抬起眼睛。

周祈赶忙摇头：“没什么。”等忙完了这案子，一定要去买彩筹……

谢庸又低下头，接着看那尸块，又回答刚才崔熠的问题：“这腰腹一段儿上油脂多，故而比胳膊等处更容易形成蜡尸。或许与这里是背阴之处，冬天雪水存留时间长，更潮湿也有关系。”

崔熠点头，对，刚才老谢说那李公笔谈中提到的尸首是从水里打捞出来的。

衙差又在旁边儿挖出一段肩膀，可惜这一段只有一点儿有蜡皮，其他都腐坏了。

仵作吴怀仁从青龙坊赶过来，他更年轻时跟着师父见过一次这种蜡皮尸首，当下从随身小箱中取出毛刷，把这块残骸上的土清理下去。

在一片摩擦伤中，谢庸又在其上看到了疑似勒出来的印迹，他若有所思地眯起眼。

在外面不方便，吴怀仁到底没用“煮”的办法来处理那些皮肉腐烂的尸骨，而是用小刀裹着布慢慢清理。

谢庸用手无意识地画着什么。

“这人双腿的髌骨都碎了。”吴怀仁道。

谢庸停住他的手：“我知道是什么人了。”

此时在长安城的一间破屋中，一个女子正被绑着：“求求你，放了我吧，我还有孩子呢。”

她对面的人看着她，没有说话。

荒宅中，崔熠听了谢庸的话，立刻问道：“什么人？”

谢庸微微摆手，吩咐院中几个衙差：“去叫万年县这南十四坊的里正来，并传令我们的人在这荒宅西面空地上整队待命。”

衙差们领命出去。

吩咐完，谢庸蹲下，用手指在地上画了个人形，又在上面画线："那女尸肩膀部的黑紫印迹是这样的，腰肋部的印迹是这样的。"

崔熠一头雾水，周祈略睁大眼睛，看看谢庸画的线，又扭头看向那块蜡尸。

"我们刚才在这间院子里发现的腰背部尸块上亦有这样的黑紫印迹。"谢庸又在那人形上添了短短的两道线。

崔熠越发不明白了："你是说这是同一个人的尸骨？不对啊，老谢。"

周祈代他答道："谢少卿说的是绑痕。"

谢庸把几条实线用虚点连上，又另画了几条虚线。

"花式大绑？"崔熠面色一变，明白过来。

"不错，如果那黑紫痕迹是绑痕，这两个死者都极可能被人花式大绑过。这是官府中特有的绑人办法，从颈部开始，绕肩至臂经腰，前心后背胳膊整个上身都捆得死死的，普通人不会这个。"谢庸道。

"还有刚才令人清理出来的腿骨，髌骨齐齐破碎，"谢庸看一眼周祈，"或许是因为有人在后面猛踹其膝窝、双膝突然跪地所致。踹膝是衙差、禁军捕人时的惯常举动。"

崔熠也看周祈，阿周是自己见过拧胳膊踹膝窝最利索的，自然，她救人、扑人、砍人、追人都是最利索的。

"哎，"周祈看他们俩，"我可从没把人髌骨弄碎过……"每次都矜着劲儿呢。

谢庸又看她一眼，轻轻地"嗯"了一声。

他虽没说什么，周祈却突然觉得熨帖了，似乎那一声"嗯"里带着些"我们都懂"甚至赞许的意思。话说谢少卿这个人，有时候还挺……周祈一时不知用什么词儿说他。

谢庸道："我们要找的这个人会功夫，能轻易拿住会拳脚的佟三——自然，也可能佟三喝醉睡死了，但能搬着这样一个胖子走三个小曲，至少有把力气。他应该没用车马，翻墙作案，车马不便隐藏。我觉得，周将军在张氏家墙头见到的高处浅踏痕或许就是这个人留下的。

“这人颇有心计，且沉得住气，杀人分尸后形迹掩藏得很好，若非野狗坏事儿，恐怕没人会发现。

“此人惯用长刀，但他分尸用的当非官府中发的横刀，横刀虽锋利，却未免太窄太轻，不宜劈砍，他分尸用的许是民间普通的砍刀。

“与两名死者有牵连，能找到合适的分尸埋尸之所，此人极可能便住在这附近几坊，甚至从小就住在这片地方——穷街陋巷中固然有张氏和卢氏夫妇那样的干净利索人，但更多的是日子过得不讲究的，从给张氏叠的被子来看，凶手不是个整洁人。

“此人或许看起来还颇够义气，交游广泛，他敢这样夜间劫人分尸，从容掩藏形迹，当是掐准了青龙坊、修政坊坊丁夜巡的时间，甚至知道他们的巡逻路线。各坊加巡的时间不同，路线更各个不同，这时间和路线应该就是坊丁甚至里正曾透露给他的。”

“会不会便是坊丁？”崔熠问，说完自己便找出了漏洞，“坊丁们不会花式大绑。”

坊丁大多是里正在本坊征募，然后报上县里的，与衙差不同。他们又偶尔与官府衙差打交道，与一些衙差相熟，特别这个衙差还是附近几坊的坐地户，看起来很够义气，甚至坊丁们与他从小相识，一起长大……想套夜巡时间和路线确实容易。崔熠点头。

“所以我们要找的是一个会功夫，擅用刀，有心计，看起来颇可靠够义气，又住在这东南十四坊的衙差或禁军中人。”周祈撮其精要道。

谢庸点头。

“这就好找了，东南诸坊人都不多，坊里有什么人都在里正心里装着呢，特别这人还是衙差或禁军中人。”崔熠道，“而且这人与张氏、佟三都有纠葛。会不会他也是看上张氏，因佟三欺辱张氏杀了佟三，后来见张氏与那卖肉的卢大郎在一起，因爱生恨，又杀了张氏？”

周祈同意他的说法：“所以这人没有侵财，因他本就不是小偷小摸之人。而且张氏的尸首被砍得很碎，足见恨意更大——或许是他觉得张氏背叛了自己。在这种事儿上，男女不同，女人总是更恨‘外面的狐狸精’，男人多数更恨妻子。”

“嚯，挺懂啊阿周！”崔熠看周祈。

“反正出了事儿，都是女人的错嘛。”周祈一哂。

谢庸看她一眼。

周祈又正经了脸：“不过，那青龙坊里正如何当时没提到有这样一个人？因其身份，觉得不可能？刻意为其隐藏？或者这个人与张氏来往得极其隐秘，里正不知道？”

谢庸、崔熠都点头，如今一切都还是推断，有些疑点或许只能等到审结的时候才能知道。

外面一阵说话声，声音颇大，传到院子里来。

“求求你们，让我见一见贵人吧。”一个女人的声音。

“你有什么事儿求见贵人？此重案要地，不得擅入。鸡毛蒜皮的事儿去找坊丁里正吧。”

“与我同住的柳娘不见了。她从晨间出门，到如今快日暮了，还没回去。她那孩子还小，饿得直嗷嗷哭……”

听她说“同住”，女子在一起同住的，能是什么人……衙差皱着眉看这女子，刚才不觉得，现在却看她满身风尘气，谁个良家女子这个时候就露一片胸脯子？与她同住的自然也是暗娼妓子之流。一个娼女一天不归算什么事儿？衙差正待赶她走，却听身后门声，谢少卿几位走了出来。

“你刚才说有人不见了？莫怕，细细说来。”谢庸道。

女子赶忙上前跪下。

“奴与柳娘、薇娘一起租住在旁边通善坊里蒲公家后院。晨间柳娘出门，”女子看一眼谢庸等，“她孩子还小，夜里不行，白天也让孩子缠磨着，便常在晨间趁着孩子睡觉时出去兜揽。她惦记着孩子，一般到巳时就回来了，最晚也不会超过午时。可今日都这个时候了，她还没回来。”

“我出去寻她，有个小孩说见过她与一个高大男人说话，再问就不知道别的了。”女子磕头，“她不是那等会扔下孩子跟人跑了的狠心娘。她，她许是出事儿了。求贵人帮着寻一寻。”

谢庸与周祈都神色微变，两人互视一眼，崔熠也皱起眉。

“我们知道了，会去寻她。”谢庸温声道。

女子赶忙道谢，行礼走了。女子其实有些犹疑，那贵人都没问柳娘长什么样儿，也没问旁的，如何去找？莫不是敷衍自己？但想起刚才那贵人说话的样子，又觉得不像。再说，自己这样身份的人，贵人何必敷衍？直接打发走就是了。

谢庸、崔熠、周祈走进院内。

“我们或许错了，那凶犯杀人分尸不是与张氏、佟三有什么爱恨情仇的纠葛，他是觉得自己在‘清理污秽’。一个招蜂引蝶的寡妇，一个行为不端的无赖，还有今天失踪的暗娼，都不是正经老实良民。”谢庸道，“他把人都埋在花树下，或许用意便在此，他觉得像他们这样的‘污秽渣滓’，也只适合当肥料。”

崔熠睁大眼睛。

周祈道：“这也解释清了，为何青龙坊里正当初没提到有这么一个人与张氏有牵连，因为本来就没有牵连。”

“一个衙差或者禁军，怎么突然清理起‘污秽’来？莫不是因这些人被上官责罚了？”崔熠疑惑。

谢庸点头：“有此可能。亦可能有别的变故，周将军前面说此人恨张氏多过恨佟三，这变故或许与其家中女子有关。”

又过一刻，东南十四坊里正终于在这荒宅前聚齐。谢庸把这要找的人说了。

听完他的话，昌乐坊里正神色大变，喃喃道：“这，这恐怕是本坊的坊丁齐大郎。”

崔熠皱眉看他：“坊丁？”

昌乐坊里正赶忙叉手道：“他原先是县里的衙差，去岁十月间，因醉了酒打了几个无赖汉，把人打残了，便退了下来。他功夫格外好，本坊当时正缺一个坊丁，便把他补了进去，县令怜他人才，也批了。他身材高大，人也精明，平日间说话、做事都颇可靠，我也算从小看着他长大的……他竟是这样的人吗？”老里正有些难以相信。

"除此之外，他家可有变故？他的妻子如何？"谢庸问。

"去年冬天，他娘子跟人跑了。他阿爷前两年就没了，他没有孩子。"

"就是他！他今天白天不当值？"周祈问。

"他今天值夜。"

周祈带人朝昌乐坊奔去，谢庸、崔熠紧随其后。

经过昌乐坊对面的通善坊时，周祈分出一半人手去里面找荒宅弃尸："小心！那齐大兴许还在，他功夫不错。"按时间估算，他应该已经分完尸离开了荒宅，极可能已经回家了，但是也说不准——坊丁们昼夜交接班是在起更的时候，到现下还有一个多时辰呢，他还有大把时间慢慢收尾。

然而周祈却扑了个空，昌乐坊齐大郎家没人。

齐家三间土屋，里面很是脏污，如那佟三家一样，地上扔着许多酒坛子。

长安城第一声暮鼓敲响。

破屋中，女子还在哭求："我不是那种女子，我是不得已的。我死了，我的孩子就没娘了，求求你了……"

周祈又亲自带人扑去昌乐坊中一所左右邻居俱远的荒宅，没有任何异状，搜找坊内其他荒宅的及搜找通善坊的也陆续回报，并未发现埋尸之处，也未发现齐大郎。

那么齐大郎带着柳娘去了哪里？周祈手放在腰间挎着的横刀上，用鼻子重重地呼口气，皱着眉看谢庸，又看崔熠。

昌乐坊老里正也赶了过来。

"敢问里正，你只说了这齐大郎之父、之妻的事儿，他母亲呢？"谢庸突然问。

"那是个不守妇道的，"老里正摇头，"嫌弃他阿爷穷，又爱喝酒，十四五年前与个走街串巷的货郎跑了。"

谢庸微皱眉头，话速突然快了起来：“他的功夫又是跟谁学的？”

“跟个叫净慧的游方和尚学的。这净慧和尚是个好人，也是个能耐人，功夫好，教给这附近几坊的孩子们认字、习武，又讲得好经文。我还记得他来坊里讲经呢……”

“什么经？”

老里正不明白为何这位大理寺少卿会问讲的什么经，眯着眼想了想：“最常讲的是《维摩诘经》。”

“这和尚住在哪里？”

“早走了。他是远道来的和尚，仰慕旁边晋昌坊大慈恩寺里众多佛经佛迹，才在长安逗留了七八年。可慈恩寺住不了那么些游方僧人，这净慧和尚就住在曲池坊林子里一处小庙。那时候那小庙香火就不旺盛，有那么三两个和尚，如今这庙不知道还在不在了。”

谢庸对周祈、崔熠道：“走！去这小庙。柳娘有可能还活着！”

让一个坊丁带路，谢庸、崔熠、周祈带人奔向曲池坊。

暮鼓已经将尽，坊门即将关闭，大街上没什么人了。周祈在前，谢庸、崔熠并几个干支卫亥支的人和衙差在后，一路飞奔。

江边树林破庙中。

“我的孩子饿了一天了，我若死了，他怎么办？求求你了。”柳娘声音嘶哑地哭求。

“你是个好娘，当年我阿娘扔下我时，就不曾想过这个。”齐大郎扒拉出刚烤完还很烫的芋头，用袍子角捧着，又不断地倒换手，剥两下，吹一吹。

“那时候，她走了，阿爷又是个老酒鬼糊涂虫，我便时常饿肚子，直到师父来了。他在庙前种了一片芋头，时常烤了，分给来学文习武的孩子吃。其实，我那时候不是喜欢习武，只是想吃芋头。”齐大郎脸上露出一丝微笑。

很快，齐大郎脸上的微笑变成了哂笑。他看看庙里扔着的几个破蒲团，似乎那里坐着什么人一样：“说什么‘随其心净，则佛土净’，老和尚，尽胡说！”

齐大郎站起来："要想净啊，还得出手做。"

拿着芋头，齐大郎走到满脸泪痕、眼睛红肿的柳娘面前："饿了吧？吃吧。老和尚当年种了一片，如今只能扒到这一块两块的了。"

齐大郎把芋头递到柳娘嘴边。

柳娘不敢不吃，咬了一口。

"嗯，吃吧，都吃完，吃完好上路。"

柳娘的泪顺着脸汹涌地流着。

齐大郎看她一眼："像你这种女人，我本是当手起刀落的，但因你还有那么一丝人性，知道惦记孩子，我才多留你这一日。"齐大郎透过没有窗纸的窗子看向越来越重的暮色，"你说你还有两个同住的？我应你，不动她们。她们会替你——"

窗外几只林鸟突然飞起。

齐大郎皱眉，扔了手里的芋头，抽出腰间的刀来。

"听说你功夫不错？咱俩比画比画。"门口儿一个懒散的声音。

齐大郎看向门口儿的女子，剑眉杏眼，一身武官缺胯袍，手里拿着一把横刀。

"你是禁卫？"齐大郎到底混过几年衙门。

"好眼力。怎么样？打不打？"周祈挑下巴，"那边儿菩萨前面还宽敞点儿，去那儿打？"

齐大郎眼光一闪："好！"却挥手去砍柳娘。

似早料到一般，周祈手里的刀扔出去砸向齐大郎的刀，同时猱身向前。齐大郎的刀被磕歪，错过脖颈，砍在柳娘的肩头，柳娘惨叫一声。

周祈已到近前，齐大郎提刀向周祈砍去。周祈侧头扭身，避过齐大郎的刀，抬手去捏他右手脉门，两人斗在一起。

周祈的马好，有功夫，走山坡林子也比旁人快些，把众人都甩在了后面。先追过来的是冯七郎和谢庸。

在打斗的空当，周祈吩咐冯七郎："止血，把柳娘带走！"

周祈腾挪着，又避过齐大郎一刀："其余人等出去！"口气严厉，不似平时。

干支卫亥支诸人虽平时没上没下的，临阵却令行禁止，冯七郎忙领命去救柳娘。

齐大郎人高马大，功夫也确实不错，关键是他手里有刀，周祈赤手空拳，难免吃亏，好在如今不用怕他再伤了柳娘。

齐大郎一刀劈来，周祈左跨一步，反手捏住刀柄，同时抬腿朝着齐大郎脖颈踢去——便是当日踢晕卖药胡人的那一式。

齐大郎却不似那胡人，反应极快，矮身躲过，本已经用老的刀式一变，改而斩向周祈的腰。周祈仰身躲避，却听“噹啷”一声，一把刀替自己挡了下来。

是本该出去的“其余人等”之一！谢庸顺手挥刀逼开齐大郎，然后把刀塞在周祈手里，自己改而拽出佩剑。

周祈一刀在手，立刻气焰高涨，斜眼看谢庸：“高手啊，谢少卿……”看他刚才那一挡的架势，断然也是练过的。

齐大郎却有些心浮气躁，知道一会儿只会人越来越多，举刀朝谢庸砍去。谢庸拿剑，不与砍刀硬扛，侧身避过，反手用剑刺齐大郎胸膛。齐大郎挥刀去磕那剑，谢庸变招，改刺为削，攻其臂膀。齐大郎仰身，拿刀砍谢庸脖颈。

周祈抬刀，替他架开，用手推他腰，轻笑道：“看我的，你替我掠阵。”虽只三两式，也能看出，谢少卿功夫是会的，要说多精深却是没有的，尤其他的招式都是“文人剑”，不够狠。与这种凶戾之徒搏命，不狠是不行的！

周祈举刀朝齐大郎砍去，大开大合，又凶又狠又稳。

谢庸抿着嘴，站在一旁。看着周祈，想起她上回教崔熠时说她自己的“野狗气”，如今看来，倒不像野狗，反倒有两分虎气。

齐大郎到底不是“母老虎”的对手，周祈先是砍伤了其臂膀，又猛踹一脚把其踢倒，刀刃便搁在了齐大郎的脖子上。

崔熠、陈小六等进门，刚好来得及喊“阿周厉害”“老大威武”。

周祈和谢庸先去看柳娘，她肩膀已经被裹好了，虽面白如纸，精神却还好，又挣扎着要给他们磕头：“多谢贵人相救。”

谢庸温声道：“你莫要动了。”又回头吩咐衙差：“回头找个郎中给她看伤。”

周祈则弯腰，轻轻拍一下她未受伤的肩。

柳娘又流下泪来。

看看谢庸、崔熠，看看干支卫的兄弟还有衙差，再看看救下的柳娘和抓住的齐大郎，周祈呼一口气：“天黑啦！回家！”

来的时候，奔命似的，回去就不着急了，何况还带着伤者和人犯。干支卫和衙差们带着人在前面走，谢庸、崔熠、周祈走在最后面。

“阿周，你实在是我见过的最飒爽英姿的了，脚踩在人犯胸口，拿刀逼在他脖子上，啧啧……”崔熠赞叹。

崔熠又看谢庸：“老谢，我看你今天还抽出剑来了。要想不只是壮胆儿，还是得学起来。怎么样？跟我一起吧？一块跟阿周学。”

“不了。”谢庸淡淡地道。

崔熠摇摇头，老谢啊……崔熠的神情颇有两分其先生当初给他上课时的意思。

谢庸自己不说，周祈也替他瞒着——小崔要是知道就他自己是个练个步法就摔跤的，得多伤心啊。就譬如上学的时候，看旁人疯玩，自己也疯玩，没完成先生布置的书和字，本以为大家皆如此呢，结果人家早就完成了，且字写得工整漂亮，书也背得烂熟……

瞒着，一定要瞒着！无知才快乐。

周祈把话题岔开：“谢少卿，你如何确定齐大郎把柳娘带来了这里？”

谢庸道：“《维摩诘经》上有言‘欲得净土，当净其心，随其心净，则佛土净。’齐大郎跟着净慧和尚学武多年，当听过不少这种佛家的话，或许早年他也曾用师父的话勉励自己，但却遭遇诸多不顺，丢了差使，与其妻亦不睦……他便反其道而行之起来。

“我猜，他心里充斥恨意，恨其父，恨其母，恨教他认字练武的老师，甚至恨自己。他觉得自己如今的境地，是因为陷在泥淖中，周围污浊不堪，充满秽恶，欲得‘净土’，‘净心’是不行的，便亲自动手去清除这些‘污浊秽恶’，并清除给净慧和尚看。”

听谢庸说佛经，周祈与崔熠两个不学无术的对视一眼，罢了，学问的事儿，还是都交给谢少卿吧……

晚间，树林子难行。周祈手疾眼快，替谢庸拂开他脸侧的树枝子。周祈的小指扫过谢庸的额侧眉边。谢庸扭头看她，那瞬间的轻柔温热让他的眉边有些痒。谢庸只得忍着。

周祈笑道：“小心。”

谢庸眉边的痒才消，又想起打斗时她在自己腰间的一推来。

那痒，才下眉头，又上腰间。

自有衙差押解人犯去京兆府大牢，大理寺的人和干支卫的人各自散去，谢庸、崔熠、周祈一起冒着夜禁骑马往回走。

今日着实累了，从晨间出来，在东南诸坊跑了个遍，验看了两副遗骸碎尸，捉着了连环杀人凶犯，救下了一个女子，中间连口水都没喝。

肚子咕噜咕噜叫的崔熠突然看谢庸：“老谢，你的羊肉呢？”

听了“羊肉”，周祈也扭头儿。谢少卿两手拽着缰绳，周身没有半点儿可以藏羊肉的地方，肉估计是吴仵作带走了。

周祈怏怏地正过头去。

谢庸清清嗓子：“休沐日吃羊肉，你们是喜欢炖的，还是烤的？”

虽然今天晚上的肉飞了，但是休沐日的还在，崔熠笑道：“烤的，必须是烤的！”

周祈也忙点头附和，本来已经饿过劲儿的肚子此时也被勾得叫唤起来。

如今还不太晚，坊里食店、酒肆还开着。周祈抬起自己的胳膊闻一闻，皱起鼻子，太臭了……先回去洗个澡，然后出去吃碗素饼、馄饨？

三人在东市西门前的路口分开，崔熠接着一路往北，谢庸、周祈则往西拐。

叫开坊门，进了开化坊，经主路拐进小曲，在谢庸家门前停住，周祈对谢庸拱拱手，懒洋洋地笑道：“明日京兆府见，谢少卿。”说着便

双腿夹马要走。

“你且停一停——”

周祈又勒住马，回头看谢庸。

谢庸微舔一下嘴唇：“唐伯或许还留了饭，一起吃吧。”

周祈立刻咧开嘴笑了：“好。”

周祈又与他商量：“我们这样太臭了……”

谢庸莞尔：“我等你。”

嘿！忒够义气！“谢谢啊，谢少卿。”周祈给他一个大笑脸，再拱拱手，欢快地骑马走了。

看着她的背影，谢庸又笑了一下，牵着马走进家门。唐伯和罗启、霍英已经吃过饭了，两个小子正在下棋，唐伯则在鼓捣他腌的鱼鲊。

听说谢庸还没吃饭，特别是一会儿周将军要来，唐伯立刻便要忙起来：“周将军爱吃肉，爱吃鱼，爱吃甜，做个糖醋肉，把明日要煮鱼粥的厚鱼蒸一蒸……”

谢庸失笑，止住他：“您给做两碗索饼吧。有鱼，就熘些鱼片儿做浇头儿。”

唐伯想起来，上回他们回来晚，大郎也做的索饼，后来周将军还跟自己夸赞来着……就做索饼！

唐伯又看一眼谢庸，笑着走了，若大郎自己吃索饼，多半浇头儿选辣的，如今却选了清淡的熘鱼片……

霍英去帮谢庸提水，罗启收拾棋盘：“阿郎，您今天这是去哪儿了？弄得这一身味儿。”平日罗启、霍英轮流跟谢庸出门，今日晨间罗启被谢庸派去刑部送公牍，等回到大理寺，谢庸已经跟干支卫的人走了。

“去捉一个连环杀人碎尸的凶犯。”

听说又杀人又碎尸的，罗启道：“这种人就该让干支卫的人用他们的刑收拾收拾。”

谢庸笑起来。

罗启不明所以。

“以后周将军的话，莫要全信。”谢庸笑道，说完便走去了屏风后面。

罗启看着屏风，周将军他们没有“十大酷刑”？不是……没有十大酷刑，阿郎你笑得这么摇曳干吗?

周祈用干布巾把头发拧了拧，松松散散地绾了，穿件半新不旧的天青色交领布袍子，没理那一盆泡着的脏衣服，哼着小调出了门。

听见推门声，胐胐先出来迎她。还不等它围着自己的脚绕来绕去，周祈已经抄起它：“我的小宝贝，想我没有？”

“喵——”

“想了呀，我也想你。一日不见，如隔三秋啊……”

“喵——”

“喀喀——”

周祈抬头，谢少卿站在廊下。

周祈半点儿没有与旁人的猫互诉相思被主人家捉到的心虚：“胐胐真是聪明伶俐，善解人意。”

“它是想让你一会儿给它鱼片。”谢庸淡淡地道。

“喵——”

周祈把猫语转成人言：“不，我们是真心的。”

周祈笑眯眯地抚摸猫头。

谢庸到底不会与周祈还有胐胐一般见识：“进来吧，马上就吃饭了。”

周祈又撸一把猫头猫脸，在它耳边小声道：“一会儿把最嫩的两块给你。”

胐胐蹭一蹭周祈的手。

谢庸有些无奈地笑了。

唐伯带着罗启端了索饼和配菜来：“来，来，周将军，洗手吃饭！”

到底是唐伯出手，比那日谢少卿的腊肉青蒜索饼要豪华得多。

一大钵醪糟鱼片，白嫩嫩的鱼片配着些黑木耳，带着醪糟香，一看

便鲜嫩可口；一道春笋腊肉丝，玉色春笋、肥瘦相间的腊肉、几段青蒜苗，好一盘子春色！又有芫荽末、香椿芽、醋芹丁之类的小菜，并芝麻酱、食茱萸酱等酱料，满满当当摆了一案。

若崔熠在，三人正经吃饭，便是分食的，如今只谢庸、周祈两个，便只用一张榻上大案。谢庸与周祈再净过手，对面坐下。

今日唐伯只劝了周祈几句，便退了下去，临走还看看罗启、霍英。然后屋里便除了谢庸、周祈，只剩了朏朏。

周祈果真不食言，挑了几块肥嫩的鱼片给它。

热气氤氲，饭香缭绕，两人一猫围案各自低头吃着。谢庸和周祈都单簪挽发，穿着家常旧衣，迥异于平时庄严的大理寺少卿和不羁的干支卫将军。细微的咀嚼声、偶尔的箸匙碰触盘碗声、猫惬意的呼噜声，交织出长安人家最寻常的暮食声响。

一绺湿头发垂下来，周祈顺手掖在耳后，又往嘴里塞一口索饼。一碗已经下去一半儿，周祈腹中打了底儿，便慢条斯理起来，伸手拿勺又给自己添了点儿芹菜丁和香椿芽。

“当年我家院子里也有一棵香椿树，长得不好，病歪歪的，但芽子极好吃，先母便用它拌腌菜，略点几滴芝麻香油，我便能就着吃一大碗杂米饭。”

周祈抬起头。

谢庸微笑一下：“偶尔也用它炒鸡蛋，先母厨艺不佳，除了猪头烧得好，就是这鸡蛋炒得香了。当年先母传授，猪头只要烧的时候长便好，炒鸡蛋则要舍得放油。”

周祈笑起来，谢家太夫人真是个有趣的人。

“她去的那年，我九岁。”

周祈的笑淡下来，看着谢庸，慢慢咀嚼嘴里的索饼。

“先母带着我住在汧阳县城东北最边的一个里坊，叫居安坊，其实特别不安，穷街陋巷的，多有地痞无赖，又有窃贼小偷，有一家夜里门板都被人摘走了。先母未与我说过她的身世和遭遇，只偶尔听她骂两句‘那杀千刀的’，再参照她的性子，我估计她是与人私奔的，后来不知是被弃了，还是别的什么变故。”谢庸顿一下，“把那张氏与今日救下的柳娘合二为一，大约就是先母的样子了。她带着我，跟了一个又一个男人，都为混口饭吃。”

周祈停住咀嚼的嘴。

谢庸沉浸在旧时光里。两间刮风漏风、下雨漏雨的破屋，一个抬脚就能跨过的院子，阿娘倚着门框吃炒豆子，她最爱吃炒豆子。自己从外面跑回来，不管是去给隔壁的钱二娘与她的客人送口信儿了，或者刚与街上孩子打完架，阿娘都极少过问，只塞给自己一把炒豆子。

若偶尔得了一文钱两文钱，自己要交给她，阿娘总撇嘴笑：“自己攒着，以后娶新妇子吧。”

偶尔阿娘心里不痛快，也会骂两句：“又出去疯！养你个狗崽子，一点儿用也没有，倒是能吃！把老娘吃穷吃死了，你倒省得养老！”

谢庸的眼圈突然有些红，如今想养也养不成了……

“我日渐大了，有一回，她的一个恩客起了邪念，要对我不好。阿娘拼命护着我，拿菜刀砍那恶徒，反被那恶徒抢了刀，伤了她，等郎中来了，她已经不行了。”

周祈静静地看着谢庸。

谢庸哽一下嗓子，过了片刻，眼圈的红渐渐退去：“县令是个极好的老翁，按斗杀判了那恶徒绞刑。”

周祈终于说话：“那你一个小孩儿，怎么过活呢？”

“老翁可怜我，说可以送我去学裁缝、瓦匠之类手艺，以后也能混口饭吃。怕我接着住在那里被人报复，便让我暂住县学的仆房中，找到可以学手艺的地方再搬去。

“后来他找到了愿意带我的瓦匠，我却求他留在县学，在那里跑腿打杂……”

周祈懂了，被书香晕染着，这跑腿打杂的，成了正经读书人。周祈也终于知道，谢少卿百般功夫俱全的缘由了。

周祈故作轻松地摇头道：“果真人比人得死，货比货得扔啊……”

“先生们都是极好的人。”谢庸微笑。

“不用安慰！”

谢庸嘴角翘起得更多了些。他不惯情感外露，也不爱与人说自己，更何况这些伤心旧事，但总有人会让你破例，想让你告诉她关于自己的一切。

时候不早了，周祈吃完饭就回去，谢庸送她。

周祈摆手，笑道：“我还用送？这长安城敢在我面前伸手伸脚的妖魔鬼怪还没生出来呢。”

谢庸笑，到底送到大门外。周祈回头对他挥挥手，然后踢踢踏踏地踩着月光走回自己家。看她走路的样子，谢庸又想起那有节有毛的“尾巴”来，不由得手指微动，又攥上。

月亮很亮，两家又实在离得近，谢庸看她走到家门口，又对自己挥挥手。

“明天见，谢少卿！”惹得不知谁家的狗叫起来。

谢庸微笑，也对她挥一下手，然后慢慢踱进门去，插了门，又慢慢走进院子。

突然，“嗒”的一声。谢庸微皱眉，看向不远处，似乎是个石块或者土块。

“谢少卿——”

谢庸走进旁边跨院。西墙头儿杏树影儿里，一张俏脸：“明早儿一起去京兆府？”

谢庸微翘嘴角：“好。”

周祈从墙上跳下来，把手里另一个土块儿扔了，拍拍手，又不由得哂笑，觉得自己有些太过蝎蝎螫螫了。谢少卿是谁？这种能写文章能揍人、能断案能验尸、能做饭能吹箫，有猫有鱼、有花有草，还有毛毛袖筒子的强人，即便幼时身世惨了些又如何？何用别人“恻隐”这么一下子？

周祈摇摇头，转瞬便原谅了自己。罢了，美人儿嘛，多怜惜怜惜总是没错的。

想到谢美人儿，周祈头一回对自己看人的眼光有了怀疑。谢少卿这周身气派，着实像个书香门庭世家子，大约是受学里先生们熏陶的……

可宫廷内教博士那么些大儒，为何没有把自己的野狗气熏走？嗐，我想这个干吗？周祈甩手，走去洗漱。

另一边儿院子里，谢庸在中庭又站了好一会子，才走进屋去。

到第二日晨间，周祈见谢庸时，便觉得自己头一日的蝎蝎螫螫还是对了，谢少卿眼睛微有些眍，想来是没睡好……

周祈越发和软地与他说话。

谢庸微笑着看周祈，他昨晚对这个连环杀人分尸案略做了些整理，如下棋“复局”一样，重新推一遍，查找漏洞，是这几年审凶案前的习惯，然后就睡得晚了些。

不过睡得也确实不太好，梦里有海棠树，有飞得很高的秋千架子，有一个男人汗味的胸怀，有阿娘与自己一大一小两个身影相对吃杂面素饼，每人拿瓣儿蒜咬着，然后便是阿娘倒在血泊里。

关于前两者，自己曾问过阿娘，阿娘只是道：“那树招蜂子，砍了！”“黑衣服的？汗味？谁知道是你小时候这街上的哪个无赖子抱着你瞎疯？”然后便骂起来，“该记住的记不住，这些没打紧的倒记得明白！再出去疯跑，跟人打架扯破衣裳，打烂你的腿……”

那时候不过是想起来了，随便一问，阿娘怎么说，自己便怎么信。后来长大了，虽然阿娘的话有破绽，但斯人已逝，满心余痛，于这些她不愿自己问的，也便不想了。

谢庸抬眼看周祈，昨晚梦见阿娘之后，醒了，又蒙眬睡去。这回的梦里，自己已经有了家室。一个极机灵活泼的女童坐在膝头，抱着个糖匣子讨价还价：“阿爷，我今天可以吃两块芝麻糖吗？”

“行。”

“三块呢？就吃三块芝麻糖。”孩子抓着自己的手摇一摇。

“行吧。”

“再加一块银丝糖？小小的……”

有人推门：“豹子奴，你是不是又偷着吃糖了？”

“阿娘来了！”女童机警地跳下膝头，要去藏糖匣子。

自己笑着抬头，可惜此时梦醒了。

“谢少卿！”

“嗯。”谢庸若无其事地点点头，“今日怕是还有的忙。我总疑心那齐大郎还另做了他案，他杀害佟三又分尸，痕迹未免太干脆利落了些。”

听他说起案情，周祈接口道：“他的妻子……”

谢庸点头。

周祈感慨：“还是小崔说得对啊，‘不婚不娶保平安’。”

“亦有许多相知相惜、不离不弃到白头的眷侣。”

周祈扭头看谢庸，嘿，难得！从小到大，从亲民官到如今做大理寺少卿，这位不知道见过多少爱侣反目、夫妻成仇的凶案，竟然还……嗯，挺好！

谢庸亦扭头看她，神色认真严肃。周祈眯眼一笑。见她那惫懒样子，谢庸没再说什么。

到了京兆府，见到郑府尹和崔熠，四人再次在惯常坐的偏厅坐了。崔熠已经把昨日缉凶的过程与郑府尹说过了。

郑府尹摇头感慨：“当真凶残！竟然连杀二人，这最后的暗娼也差一点儿命丧他手。穷街陋巷出恶徒，果然……”

“其实穷街陋巷中也有许多谦谦君子。”周祈道。

郑府尹不理这杠头，和颜悦色地对谢庸道：“谢少卿推论得着实缜密，如同亲见一般。如今捉住了人犯，救出了那柳娘，我们再找到人头，此案也便可以了了。”

“此案尚有别的可疑处，在来的路上，下官与周将军还在说，这齐大郎杀害佟三，从尸骨痕迹看，分尸分得极是利落干脆，没有犹豫。分尸，于普通人，即便是武人，也并不是件简单事儿，故而我们疑心这不是他第一次作案。”

郑府尹大惊：“他还杀了旁人？”

“其妻私奔得有些蹊跷。他原来每日在衙门的时候，其妻不奔，为何他每日或在家或在坊里时，与人私奔？这未免太冒险了些。还有他杀害佟三到杀害张氏中间的几个月……”

郑府尹摇头：“凶徒！真是凶徒！”

案件依旧是郑府尹主审，谢庸亦坐堂上，崔熠、周祈坐在堂下旁听。

郑府尹面前案上摆着件作出的尸格，还有卷刃的刀、昨日捆着柳娘的皮绳等物。

对杀害张氏、佟三及欲谋害柳娘的事儿，齐大郎供认不讳：“一个招蜂引蝶的淫妇，一个下贱无赖，一个街头揽客的娼女，都是这世上的污秽祸害，我杀了他们，也算为民除害了。

“去岁腊月，我与青龙坊坊丁陆九一起找小食店吃饭，遇见那姓张的淫妇被个无赖纠缠，我救了她又揍了那无赖汉，陆九劝我，那无赖也申诉，我才知道这淫妇的为人。腊月间我本要出手，却几次碰见那佟三攀墙头。张氏固然可恨，这佟三更不能饶，不然以后不知道有多少良家妇人受他祸害。我便先结果了这佟三。四日前，才又结果了这张氏。”

“这中间，你可还害了旁人？”郑府尹问。

“府尹到底是府尹。不错，杀了佟三后，我深觉此类人是个祸害，便围着这几坊转悠寻访，又找到两个，一个叫王六，一个叫高多，都是与佟三一般的凶狠无赖，不是一般的闲汉。那高多颇不好收拾，还踢伤了我的腿，害得我好些日子行走不快便，不然这张氏早化成花肥了。”

“大胆！他们便是有不好，又何用你出手？你自家便污秽不堪！”郑府尹怒道。

已到这般地步，齐大郎没什么惧怕的：“我也是帮贵人。”

郑府尹何曾被人这样讽刺过：“大胆！大胆！来啊——”

齐大郎冷笑。

谢庸安抚地微微抬手，郑府尹呼一口气。

“你把另两人的尸身也埋在了他们所在里坊的荒宅中？这所有人的头颅呢？”

齐大郎看一眼周祈，又看谢庸：“便是贵人你找到我的？既然你们能找到旁的尸骨，找到我，不妨再猜猜我把他们的头放在哪里了。”

“你分尸，是为了隐藏他们的身份，把他们埋在花下，是觉得他们是污秽渣滓，只合做花肥——我却还听过一个传说，据说花木可以摄人魂魄，可使人不得超生。或许你让他们不得全尸，也有此用意？”

齐大郎看着谢庸，半晌道：“贵人竟然也知道这些乡野俚俗。”

“我还听说庙宇中的花木尤其厉害，或许他们的头颅便在某个庙宇，比如捉拿你的那间小庙？”

齐大郎头扭向另一侧，冷哼：“他们便是转世又如何？我本是替天行道。”

郑府尹对衙差点头，衙差领命而去。

“你妻子蒋氏果真与人私奔了吗？”谢庸又问。

见自己藏尸之处已经被发现，齐大郎便不再隐瞒：“那个淫妇嫌我喝酒多，嫌我丢了差使，每日唠唠叨叨，总是放刁。街上卖杂货的来，她不管买不买东西，都跑去看，与那货郎说话，眉开眼笑。分明是勾搭成奸！难道我还等她与那奸夫跑了不成？我便假意骗她去曲江边散一散，在那里把她杀了，埋在庙后梨树下。若非那货郎这几个月没来，我也把他一并结果了。”

谢庸抿起嘴。

“师父说什么‘欲得净土，当净其心，随其心净，则佛土净’，这到处污浊不堪，怎么净心？怎么净心！我杀这两个淫妇，杀那三个恶棍，有什么错？”齐大郎已几近疯狂。

郑府尹刚才的火气散了，与个疯癫之人何必一般见识？扭头询问地看谢少卿，谢庸微微摇头。

郑府尹便让人把齐大郎拖了下去。

退了堂，几位官员再回偏厅。郑府尹与谢少卿行在前面，崔熠与周祈走在后面。

郑府尹感慨：“这齐大郎从杀妻的时候，便疯了。他杀妻当与其母当年与货郎私奔有关。当年种的因，如今收的果……”郑府尹摇摇头。

谢庸点头。

崔熠则问周祈：“老谢也不是我们长安人，如何知道那花木摄人魂魄的事儿？我还是小时候听一个老奴说过的。他不说我都忘了。”

周祈一本正经地道：“读书人，读书多。”

周祈看着谢少卿的后脑勺儿，原来法相庄严的谢少卿也看传奇，还是《牡丹娘子》这种传奇，想不到你是这样的谢少卿！

齐大郎连环杀人案告破，周祈便又闲下来。闲了便想买买买，但算算手里的钱，也只得作罢。那就请谢少卿和崔熠去丰鱼楼吃饭吧，请他们吃饭的钱还是够的。

谢少卿这个人，不只有点儿暗里的风骚，还有点儿闷坏。上回自己送他——不对，送唐伯两丛挺贵的牡丹，他知道自己没多少钱了，偏挤对自己，提这请客的事儿，又说什么“言而有信”君子不君子的。

周祈总觉得，“不君子”的行径，是合该留在大事项、留在刀刃儿上用的，请人吃饭这种事儿，还是君子一点儿的好。

周祈便又攀上墙头儿，一边听谢少卿吹箫，一边儿想着请他吃饭。

周祈坐在墙头儿上，微耸着肩，塌着腰，两手摁在墙头上，耷拉着两条腿，还一踢一踢的，从头发丝儿到脚后跟儿都在诠释着什么叫“坐没坐相”。

月光很亮，隔着谢少卿家的西跨院，能看见他家主院。谢少卿正站在中庭花树旁吹箫。今天吹的不是《杏园春》了，要安宁悠远一些。

周祈微闭着眼细听，觉得好像有月有星，有一缕薄云蒙住月亮，又很快散开，有夜鸟抖动翅膀，有微微的花香味儿……

这样的箫声让夜显得很是宁静，周祈的腿都不踢腾了。

箫声突然一转，活泼轻快起来，仿佛一只猫蹿上墙头儿，轻快地飞檐走壁，又低头对墙下的主人撒娇，喵喵两声。

周祈睁开眼睛，找了找，并没找到朏朏，对，那位是娴静怕高的……不由得有些失望。

谢少卿一曲吹完，周祈正想故技重施，用小石子、小土块砸他们家院子，却见谢少卿朝西跨院走来。

周祈的小腿又开始晃荡，她歪着头看谢少卿：“吹得真好。”

谢庸笑了。

"这支曲子叫什么？"

"《春夜月》。"

"从前没听过，是新曲，还是旁的什么地方的曲子？"

"就算是新曲吧。"

就算是……周祈对曲子不甚了了，便不问了："明日中午散了衙，别在公厨吃饭了，叫上小崔，我们一起去丰鱼楼。"

谢庸笑，过了片刻，道："后日就是休沐了，你且来这边吃烤羊肉吧，丰鱼楼以后再吃。"

这样拖拖拉拉，也就到了月中发薪日，周祈笑起来，偏又说便宜话："我是想着要'言而有信'……"

谢庸微笑点头："君子行事，倒也不用那么拘泥。"

周祈弯着眉眼，腿不再晃荡，改而虚虚地别在一起，用脚尖儿画圈圈儿。

谢庸看她的样子，想起朏朏来。每当高兴了，得意了，偷吃了肉，伸出爪子去戳鱼，把鱼吓跑了，回头看看，以为没人发现，便都眯着眼，尾巴竖着，尾尖轻摇。谢庸看一眼周祈的脚，又避开。

"总是吃谢少卿的好饭，实在心里不安，回头我带两坛梨花白来。"周祈笑道。

"你还不如早点儿来给我打个下手。"

"啊？"周祈脚不画圈儿了，看着谢少卿。

谢庸微挑眉毛："周将军不方便？"

"方便。"

谢庸点头。

"不是……我是怕有我帮忙……行吧！"周祈到底点点头，"我切肉应该不错，好赖也练了那么些年刀。"

谢庸微笑。

周祈顺嘴问起谢庸他练武的事儿："谢少卿是跟学里骑射先生学的剑法？"

谢庸点头："县令郭翁是个重文教的，故而汧阳虽不是什么富庶之地，县学却颇像样儿。礼乐射御书数皆有人教，教骑射的先生也教剑法，但我的剑却主要是跟教诗文的先生学的。

“先生爱诗爱酒爱剑，喜于月下舞剑。”

这位县学的杨先生，据说是前朝皇族之后，作得好诗文，为人洒脱不羁，早年的时候也做过官，后来不知道为何罢了职，游历到关内道，便停了下来，隐居于此。这位先生颇看重谢庸，不只指点他诗书文章，还教他剑法。

虽只一句话，周祈也能想象得出这位先生的风姿，笑道：“难怪你的剑法一股子文人雅致气。”

谢庸接着道：“后来去书院读书时，有位师兄好剑，也得他指点过。”

周祈这好为人师又喜与人切磋的毛病又犯了，笑得似条大尾巴狼：“我夜观星象，今晚是个适宜以武会友的日子……谢少卿与某切磋一二如何？”

谢庸看着她，略沉吟，抿抿嘴：“嗯。”然后又补一句，“请周将军赐教。”

周祈折了两段杏花枝，然后从墙上跳下来。

两人各执一段树枝，周祈摆个起手式，笑道：“请。”

谢庸微笑：“请。”

周祈先出招，用花枝扫谢庸的腰腹，谢庸错步避开，转身用花枝刺周祈右肩。

周祈略侧肩膀避过，第二式转攻谢庸脖颈。谢庸歪头，用手里的花枝格一下，两段枝子一触即离。周祈改刺为劈，斜着劈下来，是一式从刀法中化出的剑法。谢庸再避过，刺周祈左肩……

周祈的剑法与她的刀法一脉相传，都是大开大合的路子，略显霸道，又带着长期与人打斗，刀头舔血中练出的诡变，即便用树枝子，即便出招不快，又未用力，还是带着些隐隐的凶悍气。

谢庸的剑法则君子得多，不刺人要命处，不攻下三路，给人留下余地。

周祈发现他只攻自己的胳膊、双肩和腰部，连前胸都避开，不由得

一笑，这般君子，小时候若与街上孩子打架，肯定时常被打哭。

想到哭咧咧、瘪着小嘴的谢少卿，周祈心下痒痒，可惜不得一见，不然可捏一捏他的腮，胡噜两下子脑袋上的乱毛，说：“走，我去给你报仇！”嘿！嘿！

却全然忘了谢庸比她还要大四五岁，谢少卿能街头打架的时候，她比桌案高不了多少。

周祈心思越发歪起来，突然出招加快，用花枝刺谢庸胸口，谢庸仰身避过。

周祈一式连一式越发紧地攻其胸腹，如大多数对手一样，谢庸一边闪避，一边用“剑”来格挡。周祈又是极凌厉的一“剑”攻其左胸，谢庸侧身，正待来格，那“剑”却中途变招，顺着谢庸手里的花枝向上，前刺，然后便抵在了谢庸的脖颈处——

在西北诸道颇有些名气的大盗“飞猿”陆十三郎，前年冬天来京里接连作案七起，便是被这一式拿下的，周祈还用剑尖在他下巴下留了个印子，谢少卿自然是不能留印子的。

周祈轻抬花枝子，谢庸抬头看她，周祈眯眼，轻佻地一笑。

谢庸抿着嘴，拂开挑着自己下巴的树枝。

周祈越发笑起来。

谢庸没绷一会儿，到底也笑了，却还是轻声斥责：“女郎家，总做这副街头无赖的样子。”

“今天不是无赖，今天是恶少。”周祈纠正道。

谢庸无语地看着她。

周祈想象自己骑着高头大马，带着几个狗腿恶仆，正打马街头，突然看见出来游春或者买书的年轻士子谢少卿。自己见他风姿好，就这么用剑鞘挑起他的脸，哎哟，好一个眉目如画的少年郎！

自己自然便动了色心，先言语调戏之，谢少卿自然是不从的，且定然还义正词严地斥责自己，嘿嘿，像自己这种恶人，自然就越发来了兴致……

看她笑的样子，再顺着她说的“恶少”一想……谢庸耳朵微微有些烫，伸手拿过她手里的花枝子："时候不早了，早点儿回去睡吧。"

"行吧。"周祈笑眯眯地道。

谢庸送她出去。

恰好遇见半夜饿了，来前院找吃食的罗启——因谢庸看书看公文时常睡得晚，唐伯便时常给他备些清淡糕点。

罗启："周将军。"

周祈冲他打个招呼，走出院子。

阿郎先是吹箫，这会子又送周将军出去……周将军莫非是循着箫声来的？罗启看看月亮，看看院中花树，啧啧两声，今天的事儿也要跟唐伯说说。

谢庸站在门前，目送周祈回了家，便也回转。走进堂内，看看手里还捏着那两个花枝子，上面大多数花瓣都尽落了，只剩两个极小的未开的花苞，谢庸顺手把它插在了案头白瓷水丞里。

惦记着去谢少卿家吃烤肉，周祈朝食就吃了一小碗醪糟桂花圆子，平时总还要加的红豆饼今日便没加。

吃过朝食不久，周祈就晃去了谢少卿家——既然谢少卿说让早点儿过去打下手，那自然就要早点儿去。在吃东西这种事儿上，周祈从来上心，也不怕等。

东市有家卖胡式糕点的，其做的酥山[1]绝美，比宫里和许多权贵之家做得都好，每到夏天，购者如云。

其做酥山的羊乳酥油极细腻新鲜，带着自然的奶香味；蔗浆也加得恰到好处，并不甜得发腻；冻的时候也好，已经成型，却还未发硬；端出来时底下衬着冰，上面点缀樱桃、葡萄之类，看见就让人咽唾沫。炎炎暑日，用勺挖一口含在嘴里，又滑又糯又香又甜又凉，简直舍不得咽下。为了吃这酥山，周祈在大太阳底下排队等过一个时辰。

等谢少卿做烤肉又不一样，这等本身便很舒服——谢家有唐伯和

1　唐代冷饮，类似冰激凌。

他备下的许多糕饼糖果子；有小可爱胐胐喵喵绕腿、蹭胳膊撒娇；有罗启、霍英可以一起下棋打牌；自然，还有虽略嫌太过正经却也有意思的谢美人儿。

美人儿嘛，端方了，那叫君子如玉，肃肃如松下风，高而徐引；要是不正经呢，也可赞一句倜傥风流，翩翩浊世佳公子。

平日谢少卿总是在“如玉”和“如风”中间徘徊，不知何时能风流一回？周祈突然想起当初查凶宅案时谢少卿在酒楼那轻佻一笑……

想到他那难得一见的风流轻佻样儿，周祈又开始心里痒痒，自觉就像胐胐看见鱼缸里的鱼，总想伸出爪子去戳一戳、碰一碰。唉，这看见美人儿就走不动道的毛病啊……

到了谢家，谢美人儿正在修补旧字帖。

唐伯给周祈端上糖果子和乳茶来，笑道：“今日中午全看大郎的。周将军也看看我们大郎的本事。”

周祈颇真心实意地捧道：“谢少卿这手又能写文章，又能修字帖，又能补屋顶，还会做饭，到底怎么长的？别的才子也这样吗？”

听周祈这般夸赞，唐伯露出极是开怀的笑来：“不是我偏心，真是再也没见过如我家大郎这样的了……”

在书案前用剪刀修字帖残边的谢庸轻咳一声。周祈笑起来，夸你还不乐意。唐伯则笑呵呵地端着托盘走了出去。

谢庸埋头修字帖，并不管周祈。周祈也不用他招呼，抱着胐胐，走到院子里转一转。杏花已经有些残了，桃花开始吐蕊，花期比往年总晚了有小半个月。自己前几天送的牡丹许是因为才移植，或许是催开的，略有点儿蔫巴，而院子里本来的牡丹才长出极小的花苞，估计要到桃花谢了才会开。这牡丹有早开的，有晚开的，能从三月初赏到四月中下，周祈只知是牡丹，分不清哪种早、哪种晚。

看一会花儿，周祈又绕回屋里来，把胐胐放在榻上。觑着谢少卿不注意，从榻边鸡毛掸子上拽了一根羽毛逗猫玩。

胐胐极端庄地坐着，瞥了一眼周祈。

周祈不死心，接着用那羽毛扫胐胐的鼻子。胐胐到底给面子地抬了抬爪子，但周祈看它那样儿，不像想抓，倒像拨开，样子与昨日谢少卿拨开花枝子有些神似。

周祈歪头看谢庸，谢庸明明没有扭头，却对这边的事儿一清二楚：“你无事可做，便来给我帮忙。”

“这个也要我打下手？”周祈笑着走到谢庸的案前，“我就怕一个不小心毁了，半夜王右军去找我说道说道。”

谢庸失笑：“不是真迹。”

“那你还修它？”

“却也写得极好，残破了可惜。”

嘿，这话说得忒贤惠……周祈又一笑。

“帮我用小毛刷把霉痕刷掉。”谢庸支使周祈。

周祈极老实地坐在他的旁边，学着谢庸的样子用软毛刷子刷那字迹上青黑的霉斑痕迹。谢庸则拿过用来托裱的衬纸，用小喷壶往上喷浆水，准备开始裱糊。

周祈刷完了霉痕，又被安排修残边儿。她是个坐不住的，便是年前写奏表时，有交奏表的日子压着，她也坐一会儿便要吃点东西，起来折腾折腾，去下棋的陈小六他们旁边指点一番江山。

今日不知为何却坐住了，周祈甚至还觉得修补古籍字画是个挺好的活计，手底下不闲着，脑子里可以瞎想，也可以什么都不想。旁边有走过来卧下打呼噜的朏朏，案上水丞里插着花枝子，周祈竟然找着两分士大夫们说的闲适之感。

那水丞中插的许多桃花、杏花枝子，其余尚好，有两枝只有三两个花苞儿了，光秃秃的，倒似昨日两人比试用的“剑”。顺手塞这儿了？嘿，真不知道该说谢少卿雅人深致，还是该说他懒。

周祈扭过头，半趴在案边，用手托着腮，看谢庸描补字迹。

周祈见过谢少卿的字，雄浑厚重，是颜鲁公的字风，与王氏的洒脱秀美不同。如今看他描补王羲之字帖，有的缺字直接补写上，以周祈这不大好的眼光看，他补的与前后左右原本的字也不差什么。

周祈又看他的脸，他的鼻子挺高，但又不似胡人那般高得突兀，而

是中原人的端庄，配着长眉凤目，严肃时显得威仪颇重，不好亲近，此时这样安静地潜心写字，又显得很乖……

谢庸扭头看她。周祈立刻把自己那“与原本的字也不差什么”的马屁搬出来。

谢庸笑了，停住笔：“差得远。这帖子的原作者能得七八分王右军的神韵，我最多二分。只是缺了字，到底不好，反正自己看，也便不嫌丑地补上了。”

听了这话，周祈再想想自己的字……以后有事儿还是当面说，或者让人传话儿，自己的“墨宝”就不要让谢少卿看见了。

“饿了吧？”谢庸问。

听他说“饿”，周祈立刻坐不住了：“去切肉吗？”

谢庸笑着卷字帖纸张，收拾案上刷子、镊子、喷壶、剪刀、尺子之类工具，周祈也帮着收拾。

谢庸把字帖往小柜屉子里放，周祈一眼看见那屉子里最上面一个大信封，信封上未写名字，看上去颇厚，不知道谢少卿这是与谁“诉相思”。

周祈一笑，并未多问。

来到厨房，周祈发现其实已经准备得差不多了。

几个盆里放着肉，有羊肋排，有普通的羊肉，有鸡，有鱼，都分门别类地用料子腌着，罗启、霍英晨间买了青菜和新鲜虾子回来，唐伯已经择好洗净了。

本来想挥刀切肉的周祈颇无用武之地。

霍英搬出烤肉的炉子来。这圆炉径约三尺，下层放炭，上面有铁架子。炉子下面又有架子，如此烤肉者便不用弯腰了。

罗启则收拾大木炭。周祈终于找到了自己能干的活儿：“我来砸炭。这个我行。要多大的块儿？”说着便要去拎锤子。

谢庸微皱眉：“你去剥蒜。”

周祈转头看着他。

“一会儿做蒜蓉酱，烤虾用。”

英武不凡的周将军便乖乖巧巧地搬了个小胡床，坐在门边上，膝头放着蒜钵，腿边放着装蒜的篓子，一个一个地剥起蒜来。

谢庸扭头看看她，嘴角翘起。

估计这辈子没进过厨房的崔熠走了进来，一眼瞧见周祈：“哎哟，号称要帮老谢烤肉，其实干的就是这小孩子的活儿？”

周祈看都没看他：“一会儿不吃蒜蓉烤虾？”

一同进门的吴怀仁只嘿嘿一笑，并不多言语。崔熠颇识时务，马上闭嘴。

过不多时，众人移驾后园。

后园草地上已铺了毡垫子，垫子上摆开七张小案——为着热闹，不分主仆客人，只团团围圈而坐，案上放着杯盘碗箸，周祈带来的梨花白已经温上，崔熠带来的西域葡萄酒也倒入了小壶中，只欠谢庖厨的“东风”。

旁边树下，谢少卿站在那里烤羊肋排。他没戴幞头，只用簪绾着发，正正经经的靛青长袍外系着唐伯的花色水田围裙——围裙上有翠绿、蜜合、枣红、佛头青等诸多颜色，布店常卖这种东西，都是用布头儿做的。头一回见他这般五彩斑斓，周祈颇觉逗趣。

谢少卿自己却自然得很，微垂着目，一手持扇悠悠然地扇着，另一手拿大长铁箸不慌不忙地给肉翻面儿。崔熠说他烤肉时“像临水赋诗、对月弹琴”——换言之，就是不像烤肉的厨子。

周祈觉得自己虽然不会烤肉，但庖厨的样子要比谢少卿足。她把自己的胡服领子往旁边拉一拉，卷起袖子，前面一段袍子角塞进腰带，走到炉子边儿，斜拉胯地一站，目视谢庸。谢庸微笑着把长铁箸给她，自己只扇风。

周祈翻两块肉，挑眉问崔熠：“像不像街边卖烤肉的胡儿？”

“像！若有个胡毡帽，歪斜戴着，就更像了。”

周祈嘿嘿一笑，又扭头看谢庸：“原来我跟小崔设想，要是有一日大同世界了，咱们俩官没的做，我便去街头演戏弄、耍刀耍枪，胸口碎大石，你便只好卖字卖画儿。挣了钱，买烤肉胡饼吃。如今看来，我们完全可

以卖烤肉啊。”

周祈讨好道：“我还给你打下手。”

谢庸看她一眼，微笑道：“好。”

周祈略惊异，谢少卿惯常不接这种玩笑话的，今日这是怎么了？

铁架子上的肉变成了金黄色，刺刺地冒着油，带着孜然、胡椒、食茱萸的羊肉香越来越浓……

朏朏这么淡然娴雅的猫都坐不住了，围着炉架子和谢庸、周祈的脚绕着圈子。

那边崔熠已经开始敲碗聒噪起来：“好了没有？好了没有？还不熟吗？”

（上册完）

图书在版编目（CIP）数据

京华子午：全 2 册 / 樱桃糕著．— 南京：江苏凤
凰文艺出版社，2021.7
ISBN 978-7-5594-5927-5

Ⅰ．①京… Ⅱ．①樱… Ⅲ．①长篇小说 – 中国 – 当代
Ⅳ．① I247.5

中国版本图书馆 CIP 数据核字 (2021) 第 097133 号

京华子午：全2册

樱桃糕 著

责任编辑	白　涵
特约监制	燕　兮
策划编辑	曹若飞
营销支持	胡小雨　姚　瑶
设计统筹	呆桃君
封面绘图	风一伊
封面题字	仓仓仓鼠
责任印制	刘　君
出版发行	江苏凤凰文艺出版社 南京市中央路 165 号，邮编：210009
网　址	http://www.jswenyi.com
印　刷	北京美图印务有限公司
开　本	880 毫米 ×1230 毫米 1/32
字　数	574 千字
印　张	21
版　次	2021 年 7 月第 1 版
印　次	2021 年 7 月第 1 次印刷
书　号	ISBN 978-7-5594-5927-5
定　价	79.80 元（全二册）